Regina Raaf

Kyla

Die Reise

Kriegerin der grünen Wasser
Teil 2 der Saga

Fantasy-Roman

TWENTYSIX – Der Self-Publishing-Verlag
Eine Kooperation zwischen der Verlagsgruppe Random House
und BoD – Books on Demand

© 2020 Regina Raaf

Herstellung und Verlag:
BoD – Books on Demand, Norderstedt.
ISBN: 9783740750459

Bildrechte:
LANDSCHAFT – Urheber: Kristaps Eberlins / 123RF Lizenzfreie Bilder
SILHOUETTE – Urheber: hibrida / 123RF Lizenzfreie Bilder
DOLCH – Urheber: omnimoney / 123RF Lizenzfreie Bilder
ORNAMENTE – Urheber: giraphics / 123RF Lizenzfreie Bilder

UMSCHLAGGESTALTUNG UND SATZ
ralf d. hildebrand – www.rdh-kommunikation.de

1. Kapitel

»Los, Golan, wir wollen sehen, was uns in Tritam erwartet!« Kyla trieb ihr Pferd an. Sie ließ es den Berg hinabsteigen, dessen Weg in die gewaltige Talsenke führte, in der die Stadt Tritam erbaut worden war. Die Straßen und niedrigen Gebäude lagen inzwischen im Schatten, doch die höheren Bauwerke schienen im schwindenden Sonnenlicht in purem Gold zu erstrahlen. Schon von hier aus konnte Kyla erkennen, dass unzählige glitzernde Elemente in die hellen Steine eingearbeitet worden waren. Das Funkeln war in der tiefstehenden Sonne stellenweise schon ein Gleißen. So grell, dass sie die Augen ab und zu schließen musste. Kyla war froh, ihr Ziel noch vor Einbruch der Dunkelheit erreicht zu haben.

Die vergangene Nacht war äußerst unbequem für Reiterin und Pferd gewesen. Kyla hatte es bedauert, als die dichten Wälder hinter ihnen gelegen hatten, und sie gezwungen gewesen war, mit Golan für die Nacht im Gasthaus eines kleinen Dorfes unterkommen zu müssen. Ihr Bett war so altersschwach gewesen, dass es bei der kleinsten Bewegung laut geknarzt hatte, und ihr Rücken sich auf der dünnen Matratze durchbog wie fauliges Jantholz. Im Nebenzimmer hatten ein paar Männer offenbar zu viel des Wirtshausbieres genossen – sie sangen und stritten miteinander im Wechsel die gesamte Nacht hindurch. Im Morgengrauen hatten sie dann so laut geschnarcht, dass die Wände wackelten.

Als Kyla am Morgen gezahlt hatte und in den Stall gegangen war, um Golan zu holen, musste sie feststellen, dass man ihm nicht einmal den Sattel vom Rücken genommen hatte, obwohl ihr versichert worden war, man würde sich gut um ihr Pferd kümmern. Wutentbrannt hatte sie den Wirt zur Rede gestellt, doch der kratzte sich nur am Hinterkopf und zuckte ein ums andere Mal mit den Schultern, als wisse er nicht, was ihn das alles anginge. Kyla hatte es schließlich aufgegeben, ihn maßregeln zu wollen, auch wenn ein Teil von ihr versucht gewesen war, ihm stattdessen das Messer an die Kehle zu setzen – oder zumindest ihr Geld zurückzufordern. Doch sie hatte begriffen, dass das zu nichts als weiterem Ärger führen würde. Als Kriegerin der Herrscherin stünde es ihr schlecht zu Gesicht, so rasch die Nerven zu verlieren. Dennoch hatte sie den gesamten Vormittag über auf den Wirt und die betrunkenen Männer geschimpft – Golan hatte ihr ab und zu düster schnaubend zugestimmt. Umso erleichterter war sie, keine weitere Nacht in einem Dorf verbringen zu müssen, da die Auswahl an Unterkünften in Tritam um einiges zahlreicher sein dürfte.

»Du wirst sehen, hier finden wir einen Stall, in dem du eine erholsame Nacht verbringen kannst. Absatteln, striegeln und füttern werde ich dich selbst, damit du alles bekommst, was du brauchst, um dich nach dem langen Ritt zu entspannen.« Sie hoffte, dass Golan sie verstand, damit auch er freudig auf Tritam zusteuerte. Kyla selbst hatte sich vorgenommen, für die kommende Nacht nicht nur *ein* Zimmer zu nehmen, sondern auch die daneben liegenden zu bezahlen, sofern dies möglich war. Sie wollte, dass ihrer Nachtruhe diesmal nichts im Wege stand. Ein wenig schämte sie sich dafür, in der Abgeschiedenheit ihres ruhigen Palastflügels offenbar das einfache Leben verlernt zu haben. Früher hatte es sie nicht gestört, wenn sie Zygal aus dem Nebenzimmer schnarchen oder furzen hörte. Im Gegenteil, es hatte sie sogar beruhigt, nach ihrem einsamen Dasein im Wald nicht mehr alleine sein zu müssen. Ja, damals war all das wirklich tröstlich gewesen, und sie hatte sich, nach den anfänglichen Schwierigkeiten, geborgen gefühlt. Inzwischen sah ihr Leben jedoch vollkommen anders aus. Sie sehnte sich danach, den Schmutz vom Körper zu waschen und in einem Bett zu liegen, das sauber und bequem war. Außerdem wollte sie nicht auch nur eine einzige andere Chyrrta-Stimme vernehmen müssen, sondern in völliger Stille in den Schlaf hinüberdämmern. Doch zuerst wollte sie Tritam auf sich wirken lassen, die Straßen und Gassen erkunden, und ergründen, was die Bewohner dieser Stadt ausmachte. Kyla fragte sich, warum der Palast der Herrscherinnen nicht hier, inmitten dieses kultivierten Stückchens Chyrrta erbaut worden war. Möglicherweise war Tritam erst im Laufe der Zeit entstanden, und zweifelsohne war der Gallan-Familie Tradition sehr wichtig, was sie wohl dazu veranlasst hatte, ihren Herrschersitz nicht nach Tritam zu verlegen. Doch es ließ sich nicht leugnen, dass diese Stadt das Herzstück von Parailas Reich darstellte.

Golan hatte die Senke inzwischen erreicht. Kyla lenkte ihn auf dem Hauptweg in die Stadt hinein. Es gab noch weitere Pfade stadteinwärts, doch diese waren im Gegensatz zu dem breiten Weg, an dessen Rändern Blumen gepflanzt waren, nur schlecht befestigt. Die Pflanzen mussten regelmäßig mit unverseuchtem Wasser versorgt werden – ein Aufwand, der nicht zu unterschätzen war. Die Stadt Tritam gab sich offensichtlich Mühe, auswärtige Besucher freundlich zu empfangen. Kyla entdeckte gleich neben dem Stadttor abgedeckte Pferdetränken und zwei Brunnen, die für jeden leicht zu öffnen waren. So konnten durstige Reiter und ihre Tiere bei der Ankunft trinken. Reisende wurden auf diese Art willkommen geheißen. Und auch bei ihrem Aufbruch, nach dem Besuch in der Stadt, erhielten sie so einen herzlichen Gruß mit auf den Weg. Diese Geste zeigte bereits die Besonderheit der Stadt Tritam und ihre Verbundenheit mit Parailas Palast. Denn außer diesen beiden Plätzen kannte Kyla keinen anderen Ort, an dem trinkbares Wasser derart großzügig verteilt wurde.

Damals, als sie als Kind an Parailas Palast gekommen war, hatte sie kaum glauben können, dass es sauberes Wasser überhaupt in so einer großen Menge gab. Dort hatte sie zum ersten Mal Brunnen gesehen, aus denen es ohne Unterlass hervorströmte. Und es gab ein Becken, das so groß war, dass man sich darin regelrecht verloren fühlte, wenn man zum Baden hineinstieg. Inzwischen gehörten diese Dinge für Kyla zum alltäglichen Bild, aber das änderte nichts daran, dass außerhalb des Palastes jeder Tropfen Trinkwasser kostbar und somit hart umkämpft war. Doch hier, an diesem Ort, spürte man nichts davon, sondern konnte sich an den großzügigen Wasserspenden und der Schönheit üppiger Blumenbeete erfreuen, noch bevor man die Stadt überhaupt betreten hatte.

Kyla zweifelte keinen Moment daran, dass Reisende sehr gerne nach Tritam kamen – und ihr erging es nicht anders. Sie stieg vom Pferd, führte Golan an die Tränke und trat selbst an einen der Brunnen heran, um ein paar Schlucke zu trinken. Als sie sich den Mund mit dem Handrücken abwischte, fiel ihr Blick auf ein Gemälde an der Mauer direkt hinter der Wasserstelle – Paraila war darauf zu sehen. Die Herrscherin lächelte gütig. In goldenen Lettern war unter ihrem Porträt zu lesen:

Die Familie Gallan lässt jeden an ihrem Reichtum teilhaben – nimm so viel Wasser wie du für dich und deine mit dir reisenden Tiere benötigst, und künde auch anderen Chyrrta von den Wohltaten deiner Herrscherinnen.

Kyla fragte sich stumm, wie viele Reisende wohl noch dankbar wären, wenn sie wüssten, dass die Gallan-Frauen seit Generationen das Wasser der Flüsse, Seen und Bäche vergifteten, um das Volk unter Kontrolle zu halten. Paraila hatte ihr selbst davon erzählt und ihr erklärt, wie wichtig es war, diese schreckliche Maßnahme ergreifen zu müssen, um noch viel Grausameres zu verhindern.

Einst hatten sich die Chyrrta gegenseitig bekämpft und niedergemetzelt, weil niemand mit dem zufrieden war, was er hatte, sondern durch Gewalt und Mord immer mehr an sich reißen wollte. Hyntha Gallan – eine Ahnin von Paraila – hatte dem ein Ende bereitet, indem sie in den Wassern Parasiten ausgesetzt hatte und somit dafür sorgte, dass die Chyrrta sich nicht mehr gegenseitig bekämpfen konnten, sondern sich darum kümmern mussten, ihr eigenes Überleben zu sichern. Dazu war für die meisten fortan ein großer Aufwand nötig, denn sie mussten bis zum Palast reisen, um sich Wasser zu holen. Oder sie waren auf die Nähe ihrer Heimat beschränkt, weil sie dort entweder eine sichere Wasserquelle zur Verfügung hatten, oder sie wurden von Bediensteten des Palastes mit dem notwendigen Gut versorgt.

Der Plan ging bis heute auf, und Kyla erkannte durchaus den Vorteil, der den Chyrrta durch die harten Maßnahmen zuteil wurde. Dennoch kostete es sie immer wieder Überwindung, die Notwendigkeit der flächendeckenden Vergiftungen einzusehen. Vor allem, da diese nicht nur die Chyrrta selbst, sondern auch die Pflanzen und Tiere in Mitleidenschaft zogen. Zum Glück hatten sich viele Tiere längst auf die Gegebenheiten eingestellt und tranken nur aus Quellen, die aus dem Erdreich hervorsprudelten oder in Höhlen zu finden waren. Da die Parasiten nur dann überleben konnten, wenn das Sonnenlicht sie stärkte, blieben der Bevölkerung und den Tieren zumindest diese Möglichkeiten, um sich mit Wasser zu versorgen.

Die Pflanzen zogen sich das Wasser ohnehin aus dem Erdreich, doch wie Kyla aus Olhas Büchern wusste, hatte es früher auch üppig blühende Pflanzen gegeben, die direkt aus den Seen wuchsen. Doch in keinem natürlichen See waren sie heute noch zu finden. Und auch die Tiere, die sich im Wasser bewegten, gab es schon lange nicht mehr. Zumindest nicht in der Natur, denn auf dem Palastgelände hatte Kyla zum ersten Mal Fische gesehen, die im Wasser schwammen, das nicht grün und von Parasiten verseucht war. Es war von einer Klarheit gewesen, die Kyla vollkommen gefangen genommen hatte. Und so ging es ihr immer noch, wenn sie ein Wasser vor sich sah, bei dem sie bis auf den Grund blicken konnte.

Sie ging zur Pferdetränke und sah zu, wie Golan sich den Bauch vollschlug – als sie bemerkte, dass er zugleich Wasser ließ, musste sie lachen. Es sah aus, als würde die Flüssigkeit einfach so durch den großen Pferdekörper hindurchfließen. Als Golan den Kopf schließlich aus der Tränke hob, fasste Kyla ihn an den Zügeln und ging mit ihm durch das Stadttor. Wachen waren links und rechts positioniert. Sie blickten Kyla kurz an, nickten ihr zu und bedeuteten ihr, weiterzugehen.

Die junge Kriegerin glaubte schon, es wäre so einfach in die Stadt zu gelangen, doch plötzlich stellte sich ihr ein Mann in den Weg, der der reinste Hüne war. Er trug ein Schwert an der Seite und wurde durch einen Brustpanzer geschützt. Der Bewaffnete bemühte sich sichtlich, trotz seiner Erscheinung freundlich zu wirken. Erst dann erkannte Kyla, dass noch zwei weitere Wachen in der Nähe standen, doch offensichtlich hielten sie es bei ihrem Anblick nicht für nötig, sich zu dem ersten Wächter zu gesellen.

»Willkommen in der Stadt Tritam! Im Namen der Herrscherin Paraila gewähren wir dir Gastfreundschaft und unseren Schutz.«

Kyla musste bei den Worten des Mannes schmunzeln.

Er runzelte die Stirn. »Was erheitert dich?«

»Es ist nichts. Ich bin nur amüsiert, weil ich erst vor kurzem Parailas Palast verlassen habe. Und nun gewährt sie mir hier zugleich schon ihre Gastfreundschaft. Natürlich handelt Ihr in ihrem Namen, daher ist meine Erheiterung fehl am Platz.« Kyla lächelte unbeholfen und fragte sich insgeheim, warum sie überhaupt versuchte, ihm ihre Verwirrung zu erklären.

Der Mann brauchte einen Augenblick, dann hellte sich seine Miene deutlich auf, und er machte eine Verbeugung. »Dann müsst Ihr Kyla sein – die Kriegerin der grünen Wasser.« Er versuchte, so unauffällig wie möglich auf ein Gemälde zu blicken, das in einem Holzverschlag hing, der ihm wohl bei schlechtem Wetter als Unterstand diente. Kyla folgte seinem Blick und erkannte auf dem Bild sich selbst. Der Wächter sah rasch wieder zu ihr.

»Verzeiht mir bitte, hochgeschätzte Herrin, dass ich Euch nicht gleich erkannte. Ich hoffe, Ihr könnt mir – Eurem ergebenen Diener – vergeben. Mir wurde angekündigt, dass Ihr irgendwann die Stadt besuchen werdet, jedoch bekam ich keine Mitteilung darüber, dass es nun soweit ist. Natürlich liegt es allein in meiner Verantwortung, Euch gleich beim ersten Anblick die Ehre zuteilwerden zu lassen, die Euch gebührt. Mein Versäumnis ist tadelnswert.«

»Schon gut«, murmelte Kyla, der bei der ehrerbietigen Anrede ganz seltsam zumute war. Sicher, in den Dörfern rund um den Palast hatte man auch um ihren Stand gewusst, doch die Leute waren ungebildet und bedienten sich einer schlichten Sprache, sodass sie zwar Respekt gespürt, doch selten so viel Förmlichkeit gehört hatte. Kyla wurde ein wenig rot und hoffte, der Wachmann würde es auf ihre anstrengende Reise zurückführen. In ihren Gedanken hatte sie bereits eine ähnlich förmliche Antwort formuliert, doch dann besann sie sich darauf, dass sie als höher gestellte Chyrrta beim Du bleiben musste.

»Du wusstest, dass ich irgendwann kommen würde?« Es erstaunte sie wirklich, dass man hier mit ihr gerechnet hatte – wenn auch nicht zu diesem Zeitpunkt.

»Ja, über verschiedene Boten wurde uns mitgeteilt, dass Ihr neugierig auf diese Stadt seid und sie ganz sicher irgendwann besichtigen werdet. Wir sind seit vielen Jahreszeiten darauf vorbereitet.« Kyla sah ihn erstaunt an. Man hatte sich auf ihr Kommen vorbereitet? Sie nickte nur vage, da sie nicht offenbaren wollte, wie sehr sie diese Tatsache erstaunte.

»Ein Zimmer in der besten Unterkunft der Stadt ist für Euch vorbereitet, und ein Platz im Stall des Hauses für Euer Pferd reserviert«, sagte der Wächter.

»Außerdem werden Euch drei Dienerinnen mit Freuden die Schönheiten Tritams zeigen – aber darüber erfahrt Ihr alles in der 'Kriegerin der grünen Wasser'.«

Als Kyla ihn verständnislos anblickte, erklärte der Mann schnell: »Die Unterkunft – also das Gasthaus – wurde nach Euch benannt. Es liegt linksseitig im Zentrum des Marktes. Von dort aus habt Ihr die kürzesten Wege zu den Ständen der Händler und könnt jederzeit ins Gasthaus zurückkehren, um Euch zu erfrischen. Man wird sich sehr freuen, Euch endlich persönlich bewirten zu dürfen.«

Kyla seufzte schwer. Es war nicht ihre Absicht gewesen, hier hofiert zu werden. Ganz im Gegenteil! Sie hatte sich auf dieses Abenteuer gefreut, da sie glaubte, endlich einmal zu den gewöhnlichen Chyrrta gehören zu dürfen – alles mit deren Augen zu sehen und Dinge zu erleben, die nicht durch die Zugehörigkeit zum Palast geprägt waren. Im Grunde hatte sie bislang in ihrem Leben nur völlige Einsamkeit und ein recht bodenständiges Dasein bei Olha und Zygal, sowie – zumindest am Tage – ständige Gesellschaft und den verschwenderischen Prunk am Hofe kennengelernt.

Sie dürstete danach, die Ebenen dazwischen kennenzulernen, wie sie die absolute Mehrheit der Bevölkerung tagtäglich erlebte. Wie sollte man einem Volk nahe sein, dessen Alltag, einfache Freuden und Nöte man nicht kannte? Dies hier war ihre Möglichkeit, endlich all das hautnah zu erleben. Aber das würde ihr verwehrt bleiben, wenn bereits alles für sie bereitstand.

»Angenommen, ich wäre eine andere Besucherin dieser Stadt – eine Reisende, die hier nur Erholung sucht – welche Empfehlung für eine Unterkunft hättest du mir dann gegeben?«

Der Wachmann schien über die Frage erstaunt, aber er nahm die Herausforderung sofort an. »In der Gasse am nördlichen Ende hinter dem Marktplatz gibt es eine Unterkunft, die klein aber sauber ist und fernab des Trubels liegt. Sie heißt 'Handuls Schenke'. Es gibt dort nur drei Zimmer im Obergeschoss. Trotz der geringen Anzahl stehen sie meist leer, denn die Händler möchten nahe am Markt wohnen, um schon früh am Morgen ihren Stand zu bestücken. Sie bevorzugen daher die Unterkünfte unmittelbar am Platze. Bei Handul hingegen logieren die wenigen Reisenden, die sich lediglich die Schönheiten der Stadt ansehen wollen, ohne selbst Geschäfte zu betreiben.«

»Genau das bin ich – eine Reisende, die die Schönheiten der Stadt sehen möchte. Und das Treiben auf dem Markt bekomme ich ja auch zu sehen, wenn ich mich von der Schenke aus dorthin begebe. Geschäfte will ich nicht betreiben, außer das eine oder andere für meine weitere Reise zu erwerben.«

Der Wächter wand sich. »Ich weiß nicht ...«, murmelte er unglücklich. »Ich wurde dazu angehalten, Euch jeden Wunsch von den Augen abzulesen. Dass Ihr aber auf die Gastfreundschaft des Hauses verzichten möchtet, das eigens für Euch seit so langer Zeit alles hergerichtet hat, wird man mir übelnehmen.«

Kyla seufzte. Sie wollte nicht, dass der Wächter sich derart unwohl fühlte, nur weil sie ihre Ruhe haben wollte. Wer wusste schon, wie man ihn dafür bezahlen lassen würde, dass sie ihren eigenen Kopf durchsetzte.

»Na gut, dann werde ich diese Nacht in der 'Kriegerin der grünen Wasser' verbringen«, lenkte sie ein.

Der Wachmann stieß einen erleichterten Seufzer aus. »Eine gute Entscheidung – immerhin wurde das Gasthaus ja auch nach Euch benannt.«

»Das sagtest du bereits«, erwiderte Kyla lächelnd. Der Mann nahm wieder mehr Haltung an, als er bemerkte, dass seine Schultern vor Kummer nach unten gesunken waren.

»Erwähnte ich auch, dass man sich dort gut um Euch kümmern wird?«

»Ja, auch das hast du mir bereits gesagt.«

»Dann werde ich Euch nun dorthin geleiten.«

Kyla schüttelte den Kopf. Es fehlte gerade noch, dass er sie wie ein Kind beaufsichtigte. »Bleibe auf deinem Posten, damit ehrliche Neuankömmlinge ebenso freundlich begrüßt werden wie ich. Und damit Übeltäter ferngehalten werden. Ich werde den Weg zu meiner Unterkunft schon selbst finden.«

Ehe er ihre Worte in Zweifel ziehen konnte, trieb die junge Frau Golan dazu an, sich vom Stadttor zu entfernen und der Straße zu folgen, die ins Zentrum führte. »Ich wünsche Euch einen angenehmen Aufenthalt!«, rief der Wächter ihr nach. Kyla hob die Hand, um ihm mit dieser Geste zu danken. Sie war froh, dass sie in Tritam trotz Golan nicht sonderlich auffiel. In die Stadt kamen viele Reisende zu Pferde. Die meisten von ihnen waren zweifellos wohlhabend. Aber auch die Händler besaßen Pferde, da sie ansonsten ihre Waren nicht über weite Strecken transportieren konnten.

Kyla blickte sich um, während Golans Hufe auf dem Kopfsteinpflaster klapperten. Die Häuser hier sahen anders aus, als alle, die sie bislang in ihrem Leben gesehen hatte. Sie waren hoch gebaut und hatten viele Fenster, die zum Teil mit Stoff verhangen waren. Kyla wusste, dass in Städten oftmals mehrere Familien ein einziges Haus bewohnten – sie hatte es nur noch nie gesehen. Selbst in dem Dorf, das sich am Fuße zu Parailas Palast erstreckte, gab es nur einzelne Häuser, die vor der Kulisse des viel größeren Bauwerks beinahe so aussahen, als würden sie sich ducken. In Tritam waren die Gebäude um einiges größer und schienen einen Stolz auszustrahlen, der Kyla tatsächlich ehrfürchtig werden ließ. Über den Dächern flogen Vögel, die Kyla noch nie gesehen hatte. Einige von ihnen ließen sich bis auf die Höhe der Fenster hinabfallen und spähten in die Räume, wohl auf der Suche nach leichter Beute, falls jemand Essensreste schnell erreichbar hatte liegen lassen. Kyla konnte sehen, wie einer der Vögel durch ein geöffnetes Fenster ins Gebäude flog und kurz darauf mit einer abgenagten Hühnerkeule wieder herauskam und davonflog. Sein Gefieder schillerte in allen Farben, als das Tier sich auf dem Dach niederließ, um die Beute zu verspeisen.

»Entschuldigung, wie heißen diese Vögel?« Sie hatte eine junge Frau angesprochen, die mit einem Bündel in den Händen auf der Straße ging. Die Frau sah in die Richtung, in die Kyla deutete.

»Das sind Glinthas. Davon gibt es hier so viele, dass wir sie nach jedem vollen Mond in Käfigen fangen und verbrennen. Sie sind eine Plage, die uns über den Kopf wächst, wenn wir nicht dafür sorgen, dass sie nicht ständig mehr und mehr werden können.« Kyla nickte verstehend. Vermutlich waren diese Vögel nicht essbar, wenn man es vorzog, ihr Fleisch ungenutzt zu verbrennen. Die junge Frau eilte bereits weiter. Vielleicht war sie es gewohnt, von Fremden Fragen gestellt zu bekommen, und fühlte sich als Stadtbewohnerin von Tritam verpflichtet, sie so gut wie möglich zu beantworten. Sie ließ sich davon jedoch offensichtlich nicht von ihren Pflichten abhalten. Kyla hätte ihr zwar gerne noch weitere Fragen gestellt, aber sie akzeptierte, dass sie dazu kein Recht hatte. Es sei denn, sie würde sich als Kriegerin der grünen Wasser zu erkennen geben ... doch das hatte sie nicht vor. Zumindest auf ihrem Weg zur Unterkunft wollte sie noch unerkannt bleiben und das Stadtleben möglichst unauffällig beobachten.

Kyla ließ Golan nur langsam voranschreiten, während sie sich neugierig umsah. Die Wege hier waren so sauber, dass sie hoffte, ihr Pferd würde nicht ausgerechnet jetzt seine Äpfel fallen lassen. In den Dörfern störte so etwas niemanden, denn die Wege dort waren oft genug von den Exkrementen des Viehs völlig verschmutzt, aber in Tritam schien es kein Vieh zu geben, was Kyla nicht verwunderte.

Die Stadt war ein Aushängeschild der Familie Gallan. Tritam wurde aus diesem Grunde mit genügend frischem Wasser, Lebensmitteln, Baumaterialien und anderem versorgt. Viehhaltung war hier nicht notwendig, ebenso wenig wie grobes Handwerk. In dieser Vorzeigestadt widmeten sich die handwerklich tätigen Chyrrta filigranen Arbeiten, wie der Schmuckschmiedekunst, der Porträtmalerei oder der Herstellung von Naschwerk und kostspieligen Nahrungsmitteln, die eher dem Gaumen als dem hungrigen Bauch schmeicheln sollten.

Viele Geschäftsbetreiber verkauften natürlich auch die lebensnotwendigen Waren, die sie den Herstellern abkauften, um sie hier unters Volk zu bringen. Doch auffallend viele Geschäfte boten Waren an, die in keinster Weise zum Überleben wichtig waren – eben den genannten Schmuck, kulinarische Köstlichkeiten und eine ganz besondere Art von Wasser, dem verschiedene Düfte beigemischt waren. Kyla ließ Golan vor einem solchen Laden anhalten, stieg vom Rücken des Pferdes und betrat das Geschäft. Der Raum war nicht sehr groß, die Waren wurden in Holzregalen präsentiert, die beinahe bis unter die niedrige Decke reichten. Durch große Fenster schien das inzwischen rötliche Sonnenlicht herein; der Ladenbesitzer hatte in den Ecken Lampen entzündet, die jeglichen Schatten vertreiben sollten. Kein Staubkorn war zu entdecken. Die Verkaufsflächen und die fragilen Gefäße wurden vermutlich regelmäßig gründlich gereinigt.

Das Licht der Sonne brach sich in einigen der geschickt geschliffenen Glasbehälter und warf vielfarbige Muster an die weiß getünchten Wände. Kyla betastete mit ihren Fingern vorsichtig einige der kunstvoll geblasenen Fläschchen, in denen die teuren Flüssigkeiten untergebracht waren. Reich verzierte Deckel und silberne Stopfen zogen Kylas Blicke auf beinahe schon magische Art an. Jede einzelne Glasflasche war ein Kunstwerk und schien ein verführerisches Geheimnis in sich zu bergen.

»Willst du den Duft riechen? Warte, ich öffne rasch die Phiole. Schließe die Augen und atme tief ein – öffne die Augen erst wieder, wenn der Duft sich verflüchtigt hat. Und dann sage mir, ob du fortan noch ohne ihn zu leben vermagst.«

Kyla wusste, dass die Verkäufer gerne so taten, als bräuchte man ihre Waren unbedingt – und dieser

Geschäftsmann schien ein Meister seines Faches zu sein. Sein Haar war ergraut und sein Gesicht zeigte Falten, die davon zeugten, dass er vermutlich bereits etliche Jahreszeiten an Erfahrung in seinem Metier erworben hatte, die er nun geschickt einzusetzen vermochte, wenn er ein Geschäft witterte. Ein spöttisches Lächeln umspielte Kylas Mundwinkel, weil er tatsächlich zu glauben schien, er könne ihr ein so kostspieliges Duftwasser andrehen, als sei es ein warmes Paar Schuhe, ohne das man in der kalten Jahreszeit dem Tode verschrieben war. Der Verkäufer ignorierte Kylas Herablassung jedoch. Er stellte das freundlichste Lächeln zur Schau, das sie je gesehen hatte. Sie seufzte und tat ihm den Gefallen – ihre Lider senkten sich. Kyla atmete durch die Nase ein.

Zunächst geschah gar nichts, und sie hätte die Augen schon fast wieder geöffnet, doch dann stieg ihr der erste Hauch des Duftwassers in die Nase – und er blieb nicht nur dort. Er durchströmte sie bis in den letzten Winkel ihres Körpers, dabei schien er Schmerz, Hoffnungslosigkeit und jeglichen Zorn einfach aufzulösen. Es war unglaublich! Kyla brauchte mehr von diesem Duft, der sie befreite und alles ganz leicht machte. Sie sog ihn erneut ein, und eine weitere Welle hob sie zu einem Wohlempfinden heran, das sie noch nie zuvor erlebt hatte. Einzig der Moment, wenn ihre Hand des nachts ihre Scham zum Beben brachte, schien ihr damit ansatzweise vergleichbar. Aber das hier war doch so gänzlich anders, denn dieses unglaublich gut riechende Wasser konnte sie jederzeit und überall verwenden. Sie könnte damit schlechte Empfindungen für eine lange Dauer fernhalten, einfach indem sie es sich auf die Halsbeuge träufelte – so, wie der Verkäufer es ihr nun erklärte. Kyla hörte ihm zu, doch die Augen hielt sie immer noch geschlossen. Sie hörte ihn zufrieden lachen, und auch sie war zufrieden. Doch dann verschwand der Duft plötzlich. Sofort riss Kyla die Augen auf und wollte protestieren. Der Verkäufer verschloss die Phiole mit einem silbernen Stöpsel, der mit einem zierlichen Kettchen an dem gläsernen Behältnis befestigt war.

Der Mann stellte die Phiole unter den Tresen. »Du brauchst diesen Duft nicht.«

»Doch! Ich brauche ihn!« Kyla war sich bewusst, dass ihre Antwort viel zu schnell und zu laut gekommen war. Aber sie wollte dieses Duftwasser auf jeden Fall haben, auch wenn sie sich darüber im Klaren war, dass sie in die Falle des Verkäufers tappte. Der Mann ließ sich zu ihrer Überraschung seine Selbstzufriedenheit jedoch nicht mehr anmerken. Er holte die Phiole wieder hervor, nahm ein hübsches Stückchen Stoff und wickelte das Fläschchen sorgsam darin ein. Als er den Preis nannte, war Kyla sich sicher, dass er das Doppelte von dem verlangte, was er normalerweise berechnete. Kyla wollte jedoch nicht verhandeln, denn das hätte in ihren Augen den Wert des Duftwassers geschmälert. Sie zahlte, ohne zu murren, und nahm das eingepackte Duftwasser. Sie verließ das Geschäft und verstaute das Gekaufte tief in Golans Satteltaschen.

Als sie sich in den Sattel schwang, schwor sie sich, dass dies der einzige Anfall von Schwäche bleiben sollte, den sie hier erlitt. Ein wenig war sie erschrocken, dass sie ebenso auf Schönheiten und angenehme Gerüche ansprach wie Paraila, Galynda, Lanari und all die anderen Frauen, die sie kannte.

Lanari ... Kyla spürte einen kurzen Stich in ihrem Herzen, als sie an die Freundin dachte. Doch die Gefühle, die sie für sie hatte, waren ohnehin viel zu stark. Eine Trennung war das einzig Richtige, um wieder zur Vernunft zu kommen. Während Golan gemächlich durch die Straßen schritt, wurde Kyla bewusst, dass diese Trennung aber vielleicht viel länger dauern könnte, als ihr lieb war.

Ein Laden mit ledernen Taschen erregte Kylas Aufmerksamkeit. Sie hielt Golan an und betrachtete die Auslagen. Für ihre weitere Reise benötigte sie eine größere und stabile Tasche, also war es ja keine Schwäche, sich ein Exemplar auszusuchen und käuflich zu erwerben. Der Verkäufer in diesem Laden widmete sich ihr erst, als Kyla eine blau eingefärbte Tasche bezahlen wollte. Er kassierte und überließ sie dann wieder sich selbst. Kyla fand es seltsam, dass die Ladenbesitzer hier so unterschiedlich waren, obwohl sie doch das gleiche Ziel hatten – ihre Existenz durch Verkäufe zu sichern. Da dieser Mann sich offensichtlich nicht erfolgreich genug um seine Geschäfte kümmern konnte, kaufte Kyla ihm sogleich noch eine Geldbörse und einen hübschen Schal aus feinem Stoff ab, den er auf einem hölzernen Gestell darbot. Jetzt strahlte der Verkäufer über das ganze Gesicht, und Kyla spürte eine Art von Freude, die ihr bislang gänzlich fremd gewesen war. Es bereitete ihr großes Vergnügen, diese neuen Dinge zu besitzen. Den Schal würde sie Lanari schenken, und sie freute sich darauf, ihn an ihr betrachten zu können. Mit ihren Schätzen kehrte sie zu Golan zurück und versprach ihm, nun keinen Halt mehr zu machen, bevor er nicht gut aufgehoben und fressend im Stall untergebracht war.

Sie hielt Wort und stand schon bald vor dem Gasthaus, das nach ihr benannt war. Es war mehr als sonderbar, den Schriftzug, der mit Glüheisen in Holz gebrannt und an der Fassade des mehrstöckigen Gebäudes angebracht war, zu betrachten. In Kästen vor den Fenstern hatte man Blumen gepflanzt, die keinem anderen Zweck dienten, als in prächtigen Farben vor sich hin zu blühen und die Augen der Betrachter zu erfreuen.

Das Gebäude wirkte, als wäre es gerade neu mit weißer Farbe gestrichen worden. Einige Holzstreben in der Außenfassade stachen mit ihrem dunklen Farbton hervor und zogen die Blicke auf sich. Ebenso die Schrift natürlich, die in nicht gerade kleinen Lettern Kylas kompletten Kriegerinnen-Namen zeigte. Der Eingang war einladend hell, die Tür bereits geöffnet.

Was im Inneren vor sich ging, konnte Kyla nicht erkennen. Sie stieg von Golans Rücken und blickte zum Marktplatz. Er war riesig. Zu dieser Tageszeit lag er jedoch still und verlassen da. Kein Unrat war zu sehen, der vom Markttag übrig geblieben war. Die junge Frau spürte nun doch eine gewisse Vorfreude, ihn beim nächsten Sonnenlicht voll von buntem Treiben zu erleben. Sie wandte sich dem Eingang des Gasthauses zu und betrat es. Kaum war sie im Inneren, brach wahrer Tumult aus. Kyla wusste kaum wie ihr geschah, als plötzlich etwa ein

Dutzend Chyrrta um sie herum wuselten, um ihr jeden Wunsch von den Augen abzulesen. Sie seufzte innerlich und ließ es geschehen. Einzig um Golan kümmerte sie sich wie versprochen selbst und stellte sicher, dass er in dem zum Gasthaus gehörenden Stall alles bekam, das einem Pferd gut tat. Schließlich kehrte sie ins Hauptgebäude zurück und wurde sofort von drei Frauen unterschiedlicher Altersstufen im Empfang genommen.

»Mein Name ist Yola«, stellte die Älteste sich vor. »Das sind T'hana und Lylha. Wir werden uns um Euer Wohl kümmern, solange Ihr hier in der 'Kriegerin der grünen Wasser' logiert, Kyla – Kriegerin der grünen Wasser.« Beinahe hätte Kyla aufgelacht, weil wohl niemand zuvor bedacht hatte, wie seltsam es anmutete, wenn die Unterkunft ebenso hieß, wie der Gast. Sie sah es den dafür verantwortlichen Chyrrta jedoch nach, denn sie war sich sicher, dass sie es nur gut gemeint hatten. In Windeseile wurde ihr ihr Zimmer gezeigt, das gleich aus mehreren Räumen bestand – in Wahrheit war es so, dass man ihr ein komplettes Stockwerk zugedacht hatte.

Kyla war für diesen Umstand dankbar, denn die Aussichten auf eine ungestörte Nacht waren damit fast greifbar. Als man jedoch Musiker holte, die auf dem Gang ein Lied nach dem anderen spielten, um ihre Nerven zu beruhigen, musste Kyla sich enorm beherrschen, diese in freundlichem Ton zu bitten, erst beim nächsten Sonnenlicht wieder zu erscheinen. Sie hoffte, die Männer nahmen es nicht zu wörtlich und ließen sie ausschlafen. Kyla gab jedem von ihnen ein paar Münzen und atmete tief durch, als endlich alles still war. Doch kaum hatte sie einen weiteren Atemzug getan, klopfte es an ihrer Tür. Sie öffnete, und sofort strömten die drei Frauen herein, die sich um sie kümmerten. Yola trug einen großen Korb mit Obst bei sich, den sie auf einen niedrigen Tisch stellte, der mitten im Raum von mehreren Sitzmöbeln umgeben war. T'hana trug in einem ganz ähnlichen Korb mit Brot, Käse, Butter, Fleisch und Marmelade herbei. Lylha schließlich hatte eine Kiste bei sich, in der eine Vielzahl von Büchern untergebracht war. Sie wirkte unsicher, wo sie ihre schwere Last abladen durfte. Kyla wollte ihr gerade helfen, da ließ Lylha die Kiste bereits so ungeschickt auf den Schrank plumpsen, auf dem Kyla ihre Tasche mit den Waffen abgestellt hatte, dass die Tasche umkippte. Ein Kurzschwert und ein Messer fielen heraus und zu Boden. Das Messer blieb mit der Spitze im Holz stecken, das Heft vibrierte. Lylha war ganz blass vor Schreck geworden. Sie bückte sich rasch und griff nach dem Messer.

»Nein, nicht!«, rief Kyla, doch da hatte die junge Frau sich bereits die Hand aufgeschnitten. Sie sah mit weit geöffnetem Mund ungläubig auf das Blut und sank dann zu Boden.

»Oh nein!« Yola schlug sich die Hand vor den Mund, fasste sich dann jedoch wieder und bedeutete T'hana, ihr zu helfen. Gemeinsam fächelten sie Lylha Luft zu und halfen der Erwachenden auf die Beine. Kyla indes zog das Messer aus dem Holz und legte es mit dem Schwert zusammen auf den Schrank.

»Wir werden den Boden gleich säubern, sobald wir Lylha

zu einem Heiler gebracht haben«, versicherte Yola eilig.

»Ich werde das Blut selbst entfernen. Und danach werde ich mich zur Nachtruhe begeben.« Kyla hoffte, sie war nicht zu abweisend. Die Frauen nickten rasch und wünschten ihr eine gute Nacht, dann verließen sie das Zimmer. Kyla sah ihnen nach. Es tat ihr leid, als sie sah, dass Lylha gestützt werden musste – und das nur wegen ein wenig Blut. Kyla wurde sich bewusst, wie seltsam sie manch anderer Frau vorkommen musste, weil sie bei Kämpfen oftmals regelrecht in Blut badete – in dem ihrer Feinde, aber oft genug auch in ihrem eigenen, ohne dass ihr die Sinne deswegen schwanden. Was würden diese Chyrrta, die sie so hofierten, eigentlich von ihr denken, wenn sie Zeuginnen davon würden, wie sie einem Feind die Kehle durchschnitt? Oder ihm einen Dolch in den Leib jagte und einen Schnitt ausführte, sodass dessen Eingeweide ihm aus dem Körper hingen. Sicher würde ihnen der Appetit für geraume Zeit vergehen. Und sie würden Kyla fürchten. Doch wollte sie das? Ihre Gedanken wurden düster. Was, wenn Lanari sie in Wahrheit auch fürchtete? Vielleicht hatte sie die Freundschaft zwischen ihnen immer nur vorgespielt, weil sie als Tochter ihrer Dienerin dazu verpflichtet gewesen war. Vermutlich war sie froh, dass Kyla nun endlich weit von ihr entfernt war und sie Freundschaft, Liebe und Verständnis bei Thonda fand. Thonda ... Kyla beneidete ihn zutiefst.

Sie entledigte sich ihrer Kampfkleidung, zündete die bereitstehende Laterne an, ergriff sie und machte sich daran, in dünnen Beinkleidern und einem Hemdchen die anderen

Räume zu erkunden. Das Badezimmer wies eine Wanne aus Metall auf, die auf Krallenfüßen stand. Eine große Waschschüssel befand sich auf einem Tisch. Und daneben – Kyla konnte es kaum glauben – standen drei Fläschchen, in der Art wie sie kurz zuvor eines erworben hatte. Barfuß ging sie auf dem steinernen Boden bis zu dem Tisch. Sie stellte die Laterne ab und öffnete die erste Phiole. Der Duft war etwas zu süßlich für ihren Geschmack. Sie probierte die zweite und stellte fest, dass ihr dieses Duftwasser fast ebenso zusagte wie das, welches sie selbst gekauft hatte. Die dritte Duftnote roch nach etwas Würzigem, das Kyla zwar mochte, das sie aber nicht auf ihrem Körper tragen wollte.

Sie entschied sich, den Inhalt des mittleren Fläschchens solange zu benutzen, wie sie in diesen Räumen verweilte. So konnte sie ihre eigene Phiole noch verstaut lassen und brauchte nicht zu befürchten, dass der Duft mit der Zeit verflog, wenn sie den Deckel öffnete. Kyla nahm die Laterne und ging in den nächsten Raum. Er war sehr groß, und sie hätte beinahe das Bett übersehen, das hinter Vorhängen verborgen war. Das war also ihr Schlafgemach. Kyla befühlte die Matratze – sie war angenehm. Vielleicht sollte sie sofort zu Bett gehen. Doch sie entschied sich, auch die weiteren Räume zu erkunden. Einer war jedoch vollkommen leer, während ein anderer klein und komplett mit Dingen zum Reinemachen voll gestellt war. Offenbar hatte man wirklich noch nicht mit ihrem Aufenthalt im Gasthaus gerechnet, ansonsten hätte man diese Dinge wohl an einem anderen Ort untergebracht. Kyla kehrte in das Hauptzimmer zurück und ließ ihren Blick über die Bücher schweifen, die Lylha ihr gebracht hatte. Einige davon kannte sie bereits. Es waren Werke, die über das alte Chyrrta berichteten. Ob sie der Wahrheit entsprachen, wagte Kyla zu bezweifeln, denn in keinem von ihnen war davon die Rede, dass die Wasser einst rein und ungefährlich gewesen waren. Vielmehr schien es so, als hätte Olha damals recht gehabt, als sie Kyla erklärte, dass sie lernen würde, selbst einzuschätzen, was sie glauben durfte, und was nicht.

Damals hatte Kyla nicht mal einen einzigen Buchstaben gekannt, und sie hatte es ihrer Ziehmutter zu verdanken, dass sie das Lesen und Schreiben erlernt hatte. Das schien so unglaublich lange her zu sein, dass es ihr vorkam, als wäre es in einem anderen Leben gewesen. Mit Wehmut dachte sie an die meist freundliche Olha zurück. Sie hatte ihr vieles zu verdanken. Kylas Fingerspitzen strichen über einen Einband aus dunklem Leder. Es befand sich kein Titel darauf. Sie schlug das Buch auf und begann die ersten Zeilen zu lesen.

Diese berichteten von einem großen Untier, das ganze Dörfer niedertrampelte. Die Chyrrta schlossen sich zusammen, um die Gefahr gemeinsam zu bekämpfen. Kyla dachte darüber nach. Was mochte Paraila wohl von diesem Buch halten, wo sie doch so sehr darauf bedacht war, dass ihr Volk jeglichen Zusammenschluss zum Kampfe unterließ – einzige Ausnahme waren Kyla und die Reiter der Herrscherin. Nur sie als Kämpferin und die Männer, die sich in Parailas Dienst gestellt und ihr bedingungslose

Treue geschworen hatten, durften gemeinsam in den Kampf ziehen. Doch Kyla wusste, dass es mit der Zeit immer schwieriger werden würde, dem gegnerischen Ansturm von jenseits der Undurchdringlichen Mauern Stand zu halten. Irgendwann würde sich jeder Chyrrta in Parailas Reich darauf einstellen müssen, das Land zu verteidigen, auf dem er lebte. Doch daran wollte sie jetzt nicht denken. Die Reiter der Herrscherin würden in der nächsten Zeit auch ohne sie und ihre taktischen Überlegungen auskommen müssen, denn Kyla hatte eine Aufgabe zu erledigen. Sie sollte Quyntyr ausfindig machen, den Paraila vor den Augen aller hinrichten lassen wollte.

Kyla hatte jedoch ihre ganz eigenen Gründe, warum sie ihren ehemaligen Kampflehrer unbedingt finden wollte. In einem Brief hatte er ihr offenbart, mehr über sie zu wissen, als sie selbst es tat. Vielleicht hatte er es nur geschrieben, um sie dafür zu bestrafen, dass sie ihm den Befehl gegeben hatte, sie vor aller Augen zur Frau zu machen. Aber möglicherweise hatte er tatsächlich Wissen über sie, das Kyla verborgen geblieben war. Quyntyr hatte sie bislang niemals belogen, soweit sie das beurteilen konnte. Es war immerhin denkbar, dass er auch in seinem Brief die Wahrheit geschrieben hatte. So oder so würde sie es herausfinden müssen. Doch was sie tun sollte, wenn sie ihn am Berg Ultay fand, wusste Kyla jetzt noch nicht.

Würde sie ihn festnehmen und Parailas grausamer Rache ausliefern, die vielleicht gar nicht gerechtfertigt war? Doch was blieb ihr sonst schon übrig? Sie hatte ihrer

Herrscherin einen Schwur geleistet – den, ihr immer treu zu dienen. Wenn sie Quyntyr nicht auslieferte, würde sie ihr Gelübde brechen. Kyla verfluchte sich selbst dafür, weil sie sich all diese Gedanken machte, während sie auf dem Weg ins Bett war. Sie nahm sich vor, augenblicklich damit aufzuhören und die Dinge auf sich zukommen zu lassen. Sie ließ die Vorhänge geöffnet, denn so konnte sie durch das Fenster nach draußen blicken. Es war kaum zu glauben, dass sie immer noch die gleichen Sterne wie von den Palastfenstern aus sah. Chyrrta war eine kleine Welt – doch sie war voller großer Probleme.

»So wird das nichts. Konzentriere dich gefälligst auf deine Aufgabe!«

Das war doch Zygals Stimme! Aber das konnte nicht sein ... Kyla sprang aus dem Bett und blickte aus dem Fenster. Sie war noch vom Schlaf benommen, doch sie erkannte, dass es nicht ihr Ziehvater gewesen war, der die Rüge erteilte, sondern ein vollkommen anderer Mann. Vom Leibesumfang her entsprach er tatsächlich Zygal, doch der Rest wollte so gar nicht stimmen. Es war ein kahlköpfiger, breitnasiger Händler, der einen jungen Burschen harsch anwies, wie er den Stand aufzubauen hatte.

Die Sonne war noch nicht aufgegangen, doch Kyla konnte im Schein der zahlreichen Fackeln sehen, dass auf dem Marktplatz bereits rege Betriebsamkeit herrschte. Männer und Frauen bereiteten sich darauf vor, ihre Waren feilzubieten. Das Licht war zu schwach, als dass Kyla in einiger Entfernung Einzelheiten hätte erkennen können, aber sie war sich sicher, dass es alles geben würde, was das Herz begehrte. Ihr Körper hingegen begehrte momentan lediglich mehr Schlaf. Also ging Kyla ins Bett zurück, zog sich die Decke bis zum Kinn und schloss die Augen. Sie hörte den Händler wieder schimpfen, der sie geweckt hatte. Eine gewisse Ähnlichkeit mit Zygals Stimme war eindeutig vorhanden – und es tat ihr weh, das zu hören. Wie sehr sie diesen grobschlächtigen Mann immer noch vermisste, obwohl er und Olha inzwischen bereits seit vielen Jahreszeiten tot waren. Wären sie stolz auf sie, wenn sie sie heute sehen könnten? Immerhin hatten sie alles getan, um sie auf ihre Aufgaben als Kriegerin vorzubereiten. Doch was hatte sie bislang schon wirklich erreicht?

Sie hatte viele Schlachten angeführt und sie erfolgreich geschlagen. Sie verteidigte ihre Herrscherin und das Reich gegen Feinde und Gefahren. Zudem versuchte sie immer, anderen Chyrrta zu helfen, wo es nur ging, aber reichte das? Waren diese Dinge eine Berechtigung, den Stand einer Kriegerin einzunehmen? Noch dazu eine, die am Palast lebte, und der alle dienen mussten, außer der Herrscherin selbst? Kyla drehte sich zur Seite und bettete ihren Kopf bequemer auf dem Kissen. Was nutzten schon diese Gedanken? Die Umstände waren nun einmal so, wie sie waren. Und sie führte zwar ein privilegiertes Leben, doch es konnte auch jederzeit gewaltsam enden. Jeder Kampf, jede auch noch so kleine Auseinandersetzung, zu der sie gerufen wurde, konnte ihren Tod bedeuten. Oftmals gab sie Dorfbewohnern den Rat, Ärger aus dem Weg zu gehen – insbesondere denen, die junge Kinder hatten. Für sie selbst galt dieser Rat jedoch nicht, denn es war ihr Schicksal, sich einzumischen, wann immer Gefahr drohte.

Kyla war gerade wieder eingeschlafen, da schwoll der Lärm draußen erneut an. Es polterte – gefolgt vom Brüllen des Mannes, dessen Stimme Kyla inzwischen zu Genüge kannte. Sie seufzte und gab ihren Plan, noch länger zu schlafen, endgültig auf. Ein Blick aus dem Fenster zeigte ihr, dass der Stand des Kahlköpfigen zusammengebrochen war. Schuld daran war wohl sein Gehilfe, der mit eingezogenem Kopf die Schimpftirade über sich ergehen ließ. Der junge Mann tat Kyla leid. Ihr blieb jedoch keine Zeit, sich darüber länger Gedanken zu machen, denn bereits im nächsten Moment klopfte jemand an ihre Tür.

»Wer ist da?«, rief Kyla. »Ich bin es, T'hana. Yola lässt Euch ausrichten, dass Euer Frühstück bereitsteht. Möchtet Ihr es im Speisesaal einnehmen?«

Kyla seufzte leise, dann rief sie: »Ja, ich komme gleich.« Man hielt offenbar nicht viel von Langschläfern in dieser Stadt. Kyla hätte T'hana lieber geantwortet, dass sie in ihren Räumen frühstücken wollte, aber ganz sicher würde man es ihr übelnehmen, wenn sie nicht die Gasträume nutzte, die eigens für sie hergerichtet worden waren. Während sie ihre Kampfkleidung anlegte, fragte sich Kyla insgeheim, warum sie überhaupt so diplomatisch war. Paraila blieb in solchen Fällen bestimmt nichts anderes übrig, als die Dienste ihrer Gastgeber in Anspruch zu nehmen. Aber sie selbst war keine Herrscherin, die den Regeln der Höflichkeit Genüge tun musste, sondern eine Kriegerin, die die meiste Zeit ihres Lebens mit den Gewalttätigkeiten anderer Chyrrta umzugehen hatte. Wenn sie dem einmal nicht ausgesetzt war, hieß das jedoch nicht, dass sie sich in eine Edeldame verwandeln musste. Ganz im Gegenteil sogar, war es doch nur zu verständlich, dass sie die Chyrrta blieb, die sie nun einmal war. Und diese speiste entweder allein in ihren Räumen des Palastes oder inmitten der unfeinen Männer auf dem Schlachtfeld, indem sie rasch irgendetwas Essbares hinunterschlang.

Sie schmunzelte, als sie sich vorstellte, dass sie wie die Reiter der Herrscherin es in Gasthäusern taten, nun die Füße auf den Essenstisch legen und Wein am frühen Morgen ordern könnte. Aber auch wenn die Vorstellung sie erheiterte, so verzichtete sie doch darauf, als sie nur wenig später in einem lichtdurchfluteten Raum saß, der Platz für viele Gäste bot. Einige der Tische waren besetzt. Kyla versuchte, nicht darauf zu achten, dass sie immer wieder neugierig beäugt wurde. Sie griff zu einem großen Tonkrug und goss sich Wasser in einen Becher. Das Brot, das vor ihr stand, duftete herrlich. Vermutlich kam es gerade aus dem Ofen, denn der kleine Laib war noch ganz warm. Kyla brach ein Stück davon ab und schob es sich in den Mund. Es schmeckte köstlich!

Sie blickte zum Fenster hinaus. Die Sonne war inzwischen über die Berge gestiegen, die Tritam umgaben. Es würde ein heißer Tag werden. Lylha kam an ihren Tisch und brachte Kyla gebratene Tilanifrüchte. »Yola bereitet frischen Rula-Sud vor. Er ist gleich fertig«, berichtete sie mit gepresster Stimme. Kyla fiel auf, dass die junge Frau einen dicken Verband um ihre Hand trug. »Hat sich die Wunde entzündet?«, fragte sie. Lylha schüttelte den Kopf. »Nein, aber bei mir dauert es sehr lange, bis eine Wunde zu bluten aufhört. Es ist ... eine Krankheit, glaube ich.«

»Oh«, machte Kyla, die nicht wusste, was sie dazu sagen sollte. Denn jetzt fiel ihr auf, dass der Verband stellenweise immer noch von frischem Blut befleckt war. Ganz sicher wäre sie inzwischen längst tot, wenn sie eine solche Krankheit ebenfalls hätte, denn ihre Wunden waren für gewöhnlich um einiges größer und tiefer. »Dann solltest du dich ausruhen, anstatt zu arbeiten. Und vielleicht solltest du auch einen Heiler aufsuchen, der die Wunde behandeln kann, damit du bald wieder genesen bist«, schlug Kyla vor.

»Das kann ich nicht. Ich habe zwei kleine Töchter, und mein Mann ... er ist fort.«

Kyla begriff. »Hole mir den Besitzer dieses Gasthauses her!«, befahl sie. Lylha sah sie erstaunt an. Sie lächelte leicht. »Die Besitzerin ist Yola.« Kyla kam sich augenblicklich dumm vor. Warum hatte sie nicht eher daran gedacht, dass die Besitzerin es sich natürlich nicht nehmen lassen würde, sie als Erste willkommen zu heißen und ihre Dienste anzubieten? Sie ließ sich ihre Verwirrung jedoch nicht anmerken, als Yola mit dem Rula-Sud an ihren Tisch kam. Während die Gasthaus-Besitzerin das dunkle Gebräu in einen kleinen Becher füllte, sagte Kyla entschieden: »Du wirst Lylha heute und für die kommenden beiden Sonnenlichter von ihren Pflichten entbinden. Sie wird einen Heiler aufsuchen und bald wieder bei Kräften sein, um ihren Dienst zu verrichten. Die Bezahlung für sie und den Heiler erhältst du von mir, sobald ich abreise. Füge die Summe meiner Rechnung hinzu.«

»Und wer soll dann die anstehenden Arbeiten übernehmen? Lylha war tollpatschig und ist selbst schuld, dass sie sich verletzt hat«, erwiderte Yola aufgebracht.

»Was tut das zur Sache?«, herrschte Kyla sie an. Sofort senkte Yola den Kopf und murmelte: »Nichts ... natürlich.«

»Dann lass sie nach Hause gehen. Es wird genügend Chyrrta in dieser Stadt geben, die ihre Arbeit einstweilen übernehmen möchten.«

»Aber niemand von denen ist so gut unterwiesen, dass wir unsere Arbeit schaffen könnten. Es gibt noch so vieles zu tun, um das Festmahl vorzubereiten.«

»Welches Festmahl?«, fragte Kyla.

»Das heutige Mahl Euch zu Ehren. Viele Würdenträger der Stadt werden hierher kommen, um Euch zu sehen und Euch Ihre Dankbarkeit zum Ausdruck zu bringen.«

Kyla drehte sich bei diesen Worten fast der Magen um. Sie schob den Rula-Sud von sich, den sie ohnehin nicht hatte trinken wollen.

»Dann wird das Festmahl eben ausfallen. Meine Verpflichtungen lassen es auch gar nicht zu, daran teilzunehmen.« Yola sah nun so enttäuscht aus, dass es Kyla beinahe leid tat, sie so vor den Kopf zu stoßen.

»Meine Zeit hier ist begrenzt«, erklärte sie. »Ich muss so bald wie möglich weiter reiten. Ich bin nur hier, um ...« Ja, wozu eigentlich? Kyla konnte natürlich schlecht sagen, dass sie nur hergekommen war, um wie jede andere junge Frau die Schönheiten der Stadt zu entdecken. Sie war nun einmal nicht wie andere Frauen ihres Alters. Hier, innerhalb der Undurchdringlichen Mauern, wäre sie das jedoch ganz gerne gewesen. Denn im Reiche Parailas waren Frauen ebenso angesehen wie Männer. Es waren sogar ausschließlich Frauen aus der Gallan-Familie, die über die Chyrrta hier herrschten. Und niemals hatten sie jemanden versklavt, soweit Kyla informiert war. Damals, als Kyla noch jenseits der Mauern gelebt hatte, hatte sie jedoch eine ganz andere Welt kennengelernt.

Dort waren die Frauen wie das Eigentum der Männer behandelt worden – und die junge Kriegerin war froh, kein solches Leben führen zu müssen. Sie wies sich also selbst zurecht und nahm es hin, dass sie dafür einen gewissen Preis zahlen musste. Es war um so vieles besser, hofiert zu werden, statt mit Körper und Seele jemandem dienen zu müssen. Vor allem war es ihr unerträglich, dass diese Sklavenhalter ihren Stand durch nichts weiter als ihrer geschlechtlichen Zugehörigkeit verdient hatten. Welcher Verdienst das eigentlich sein sollte, war Kyla ein Rätsel. Sicher, Männer zeugten Kinder – aber waren es denn nicht die Frauen, die die Nachkommen so lange in ihren Leibern trugen, bis diese lebensfähig waren? Und waren sie es nicht, deren Schöße zerfetzt wurden, wenn sie Töchter und Söhne gebaren? Viele von ihnen starben sogar dabei. Doch statt dies wertzuschätzen, wurden sie auf der anderen Seite der Mauern behandelt, als wären sie minderwertige Kreaturen. Kyla wurde zornig bei dem Gedanken. Nein, die Chyrrta von jenseits der Undurchdringlichen Mauern durften niemals Parailas Welt in ihre Gewalt bringen, denn dann wäre alles verloren, was die Gallan-Frauen aufgebaut hatten. Ihr Volk war zufrieden. Es war freundlich zueinander – auch wenn es hier ebenfalls Bedienstete und Arbeiter gab, die ihren Geldgebern gehorchen mussten. Doch es stand ihnen frei, sich nach anderen Stellen umzusehen. Niemand wurde hier wie Eigentum behandelt. Auch wenn der junge Mann, der am Morgen von dem Kaufmann ausgeschimpft worden war, das derzeit sicher anders sehen würde. Und doch war auch er frei – frei wie Kyla, die sich aussuchen durfte, wo sie am Abend speisen würde.

»Es bleibt dabei, dieses Festmahl wird nicht stattfinden. Vielleicht ein anderes Mal, bei einem anderen Besuch.«

Yola grollte offensichtlich, doch sie unterdrückte ihre Wut. »So soll es sein. Ein anderes Mal ...« Sie sah zu Lylha, die alles mit angehört hatte, und machte ihr eine Geste, dass sie verschwinden solle. Kyla bemerkte, dass die junge Frau gleichsam erleichtert wie besorgt aussah. Sie konnte sich denken, was in ihrem Kopf vor sich ging – und in dem von Yola.

»Ich wünsche, dass Lylha ihre Stelle hier behält! Du wirst keine finanzielle Einbuße durch ihren Ausfall erleiden«, stellte Kyla mit Nachdruck klar.

»Sie wird ihre Stelle behalten. Hauptsache, Ihr seid zufrieden, Kyla, Kriegerin der grünen Wasser.«

»Das bin ich, wenn du tust, was ich angeordnet habe. Bei Sonnenuntergang werde ich aufbrechen. Bitte sorge dafür, dass mein Pferd dann gesattelt bereitsteht.« Yola nickte und versprach es. Als Kyla wenig später über den

Marktplatz ging, fragte sie sich, ob sie richtig gehandelt hatte. Es war gar nicht so einfach, alles so zu machen, dass jedem Genüge getan wurde. Langsam begriff sie, welch schwierige Aufgabe Paraila zu bewältigen hatte, von der bei jedem Sonnenlicht aufs Neue erwartet wurde, dass sie so überaus vielen Chyrrta gerecht wurde. Kyla hatte sehr wohl gespürt, wie gerne Yola ihr die Meinung gesagt hätte. Und zweifellos gab es auch Chyrrta, die nicht mit den Entscheidungen von Paraila einverstanden waren. Doch sie hatte noch nie so deutlich gemerkt, dass jemand der Herrscherin Widerworte hatte geben wollen, wie Yola es bei ihr tun wollte.

Die junge Kriegerin begriff, dass sie noch viel zu lernen hatte, wenn sie das Reich auch außerhalb der Palastmauern würdig vertreten wollte. Sie ging zwischen den Ständen hindurch, an denen verschiedene Waren feilgeboten wurden. Hier gab es nicht nur alles zu kaufen, was im Hause benötigt wurde, sondern auch Dinge, die die Sinne erfreuten. Duftwasser, kulinarische Köstlichkeiten, Schals mit eingewobenen Goldfäden, Spielzeug für die Kinder – aber auch wundersame Dinge für Erwachsene, deren Einsatzmöglichkeiten Kyla die Röte in die Wangen trieb. Gerade, als sie es endlich wagte, eines dieser absonderlichen Holzinstrumente in die Hand zu nehmen, spürte sie jemanden neben sich stehen. Rasch legte sie das glatt polierte Holzstück wieder zurück, ihre Hand schloss sich stattdessen um den Griff des mitgeführten Messers, als der Mann auch schon seine Worte an sie richtete.

»Kyla, Kriegerin der grünen Wasser? – Wie lange ist

unser Treffen jetzt her? Es kommt mir vor wie Ewigkeiten!« Der Mann strahlte übers ganze Gesicht. Kyla konnte eine Reihe gelblicher Zähne zwischen einem dunklen Vollbart auftauchen sehen, bevor der Mann den Mund wieder schloss und sich verlegen am Kopf kratzte.

»Ich Narr stelle mich dir in den Weg, obwohl ich um deine Kampfkunst weiß, und bringe mich damit in Gefahr. Denn natürlich erinnerst du dich gar nicht mehr an mich. Du musst mich für einen Dieb, oder eine andere zwielichtige Gestalt halten.«

»Der Gedanke ist mir tatsächlich gekommen. Zudem halte ich dich für recht unverschämt, weil du mich so vertraulich ansprichst, als seien wir alte Freunde. Mag sein, dass du mein Gedächtnis diesbezüglich auffrischen musst, aber wie auch immer ... Es stimmt, meine Kampfkunst solltest du besser nicht unterschätzen.« Sie zeigte ihm das Messer, das sie bereits in der Hand hielt, um sich notfalls verteidigen zu können. Der Mann lächelte. »Ich unterschätze dich schon seit damals nicht mehr, als du nach Lam Olhana kamst.«

Endlich begriff Kyla, warum ihr die Gesichtszüge des Mannes bekannt vorkamen.

»Lopal! Du bist es!«

»Du kennst meinen Namen noch?«, wunderte er sich.

»Aber natürlich! Es war eine aufregende Zeit damals. Sie hat sich mir ganz besonders ins Gedächtnis gegraben.«

»Ich wünschte, es wären schönere Dinge gewesen, an die du dich zurückerinnern kannst.« Er sah sie unglücklich an. Kyla steckte das Messer ein. »Es gibt genügend schöne

Erinnerungen, sorge dich nicht. Wenn du etwas Zeit hast, dann erzähle mir doch, was dich hierher geführt hat. Und wie es dir und den Bewohnern deines Dorfes inzwischen ergangen ist.«

»Das werde ich sehr gerne tun. Aber vielleicht sollten wir dafür einen ruhigeren Ort wählen.« Einige Marktbesucher drängten sich an ihnen vorbei und stießen sie dabei immer wieder an.

»Ich hörte von einem Wirtshaus in der Nähe, das recht gemütlich sein soll. 'Handuls Schenke', wenn ich mich recht entsinne.«

»'Handuls Schenke'? Ja, die ist mir bekannt. Eine gute Wahl!« Lopal deutete in die Richtung, in die sie gehen mussten. Kyla folgte ihm, bis sie vor dem Gebäude ankamen. Es war unscheinbar im Gegensatz zu dem Gasthaus, das nach ihr benannt worden war. Kyla schloss die Schenke sofort ins Herz und sah sich neugierig um, als sie sie betraten. Es war düster darin, aber auf eine angenehme Art.

Der Wirt hieß sie willkommen und erkundigte sich nach ihren Wünschen, als Kyla und Lopal an einem Tisch in der Ecke Platz genommen hatten. Kyla wusste bereits, was sie trinken wollte, denn auf einem Schild hatte sie gesehen, dass hier Blandur ausgeschenkt wurde – ein Bier, das in Tritam gebraut wurde und den Namen seines Braumeisters trug. Sie freute sich darauf, das alkoholische Getränk endlich probieren zu können. Kyla wusste, dass ihr Lehrer Hirlay eine Vorliebe für dieses Gebräu hatte. Einmal, kurz vor ihrer Abreise, hatte sie ihn angetroffen, als er dem Getränk über die Maßen zugesprochen hatte. Normalerweise war es ihr alter Lehrer gewesen, der stets wollte, dass sie ihm zuhörte, doch an diesem Abend hatte er ihr mit Interesse gelauscht, und wohl zum ersten Mal wirklich begriffen, welchen Verlust Kyla an dem Tag erlebt hatte, bevor sie Bahanda in wilder und auch reichlich törichter Wut zu einem Kampf auf Leben und Tod herausgefordert hatte. Hirlay hatte schließlich tief geseufzt und gesagt: »Die Verluste und die Schmerzen, die man durchleidet, bringen manchmal etwas Neues hervor. Oft ist es etwas, das wir nicht wollen. Eigenschaften, die uns innerlich zerfressen. Aber Verluste sind auch notwendig, um zu reifen ... um eine neue Richtung einzuschlagen.« Kyla – durch den engen Kontakt mit ihm mutiger geworden – hatte ihn gefragt, ob auch er einen Verlust erlebt hatte, durch den er eine neue Richtung eingeschlagen hatte.

»Ich wäre niemals Lehrer geworden, wenn es nicht ... einen Vorfall gegeben hätte.« Als er daraufhin schwieg, hatte Kyla sich nach dem besagten Vorfall erkundigt, doch egal wie viel Blandur Hirlay an dem Abend noch trank, er gab ihr darauf keine Antwort mehr, sondern war wieder in die Rolle des Lehrers geschlüpft. Er hatte ihr von den Sternen erzählt, die sie am Himmel sahen, und von den Pflanzen, die um sie herum wuchsen. Kyla hatte es schließlich aufgegeben.

Das Bier hatte ihr nicht alle Wahrheiten gebracht, die sie erhofft hatte, doch es jetzt mit Lopal zu genießen, kam ihr nur gerecht vor. Es machte sie beschwingt und frei – und Kyla fand, dass das durchaus akzeptabel war. Denn als sie sich das letzte Mal in Lam Olhana gesehen hatten, war dies ihre Feuerprobe als Kämpferin gewesen. Eigentlich hatte sie nur den Schmied Braylon aus diesem Dorf abholen sollen, doch dann war sie auf den einsamen Wächter Lopal getroffen, der völlig verzweifelt gewesen war, weil er sein Dorf nicht mehr gegen die Eindringlinge von außerhalb der Undurchdringlichen Mauern hatte schützen können.

Kyla hatte damals spontan entschieden, ihren eigentlichen Auftrag aufzuschieben und Lopal so gut zu unterstützen, wie es ihr möglich war. Wie sich herausstellte, war sie ihm eine große Hilfe. Sie hatte mit ihrem Geschick im Kampf und ihrer Entschlossenheit gezeigt, dass sie ihren Status als Kriegerin der Herrscherin absolut verdient hatte und ihren Aufgaben gewachsen war. Damals war sie jedoch noch ein Kind gewesen, und seitdem hatten Lopal und sie sich nicht mehr gesehen. Dass er sie trotz ihres Standes immer noch mit Du ansprach, fand Kyla nur gerecht. Nun, da sie bei einem Bier zusammensaßen, und der Wächter sie immer wieder lächelnd betrachtete, als könne er diesen Zufall noch nicht ganz fassen, fragte Kyla: »Ähnle ich dem Kind von einst so sehr, dass du mich sofort erkannt hast?«

»Was? Nein, keineswegs! Aus dir ist eine schöne und stolze Frau geworden – ganz so, wie ich es mir schon dachte. Doch dass ich dich erkannte, ist wohl kaum ein Wunder in dieser Stadt, meinst du nicht auch?« Er lächelte nun mit mildem Spott.

»Ich verstehe nicht ... Warum ist es kein Wunder in dieser Stadt? Ich war zuvor noch nie hier.«

Lopal nahm einen kräftigen Schluck aus seinem Krug

und stellte ihn dann ab. Jetzt hatte er beide Hände frei und wies damit auf die Wände zu ihrer rechten und linken Seite. Kyla folgte der Geste mit ihrem Blick, verschluckte sich vor Schreck am Bier und hustete heftig. Lopal wartete, bis sie sich wieder beruhigt hatte und sagte dann grinsend: »Ist dir bisher noch nicht aufgefallen, dass es hier überall Gemälde von dir gibt? Die Chyrrta dieser Stadt verehren dich. Zugegeben, die Bilder weichen ein wenig von der Realität ab, doch ich habe dich sofort erkannt. Und das werden ganz sicher auch noch andere Stadtbewohner tun. Sei also darauf gefasst, dass man dich hier mit Geschenken und Wohlwollen überhäufen wird.«

»Der Händler, bei dem ich ein Duftwasser erstand, hat mir dennoch sehr gerne mein Geld abgenommen – und nicht gerade wenig, wie ich wohl anmerken darf. Wenn er mich erkannt hat, dann wusste er das gut zu überspielen.« Nun lachte Lopal. »Die Händler sind ein ganz eigenes Völkchen. Die müssen immer auf Profit aus sein, sonst werden sie ganz schnell zum Verräter ihrer eigenen Zunft. Und glaube mir, sie sind blind für das Aussehen ihrer Kunden, denn es ist einzig und allein deren Geld, das sie im Blick haben.«

Das schien Kyla einleuchtend. Dennoch bezweifelte sie, dass man sie tatsächlich erkennen würde. Der Wächter am Stadttor hatte sie jedenfalls nicht auf Anhieb erkannt – sie schöpfte Hoffnung, dass Lopal übertrieb. Er sah sie aufmerksam an und hatte wohl das Wechselbad ihrer Gefühle erraten.

»Du möchtest das gar nicht, nicht wahr? Du bist

hergekommen, weil du glaubtest, die Stadt in Ruhe und unerkannt entdecken zu können. Oder bist du hier gar mit einem Mann verabredet? Es gibt viele ansehnliche Männer in dieser Stadt, die zudem gebildet sind. Und hier ist mehr los, als rund um den Palast. Ich könnte es verstehen, wenn du hergekommen bist, um eine stürmische Romanze ohne die gesellschaftlichen Zwänge zu erleben.« Er zwinkerte ihr zu, und sein Gesicht errötete ein wenig bei diesem aufregenden Gedanken. Kyla wunderte sich ein wenig über die Fantasie des Mannes.

»Tatsächlich ist ein Mann der Grund, warum ich herkam. Aber es handelt sich nicht um eine Romanze, sondern um einen Flüchtigen.« Lopal schien enttäuscht zu sein. »Dann besteht dein Leben also nur aus Pflichten?« Kyla dachte nach. »Ich weiß nicht ... Es ist eine lebenslange Verpflichtung, die ich eingegangen bin. Ich diene meiner Herrscherin, und meine Pflicht steht immer an erster Stelle. Aber du hast recht, ich wollte gerne unerkannt bleiben und die Stadt mit eigenen Augen sehen, statt ständig von Chyrrta umgeben zu sein, die mir die Sicht auf diese herrlichen Gebäude und das alltägliche Leben hier verwehren.«

»Das verstehe ich. Ich wünsche dir, dass dieser Plan gelingt, aber ich bezweifle es. Tritam ist wirklich eindrucksvoll. Du wolltest wissen, warum ich hier bin und wie es den Bewohnern von Lam Olhana erging?« Kyla nickte. »Unser Dorf hat sich sehr verändert, seit du es zuletzt gesehen hast. Dank der Unterstützung der Reiter, die du mir geschickt hattest, konnten wir uns lange Zeit gegen die Eindringlinge zur Wehr setzen. Doch schließlich war unser Dorf nur eines unter vielen, die ständig aufs Neue den Ansturm der Feinde erdulden mussten. Ich will nicht klagen, dass schließlich immer weniger Unterstützer vom Palast ausgesandt wurden. Auch in den anderen Ortschaften bangten die Chyrrta um ihr Leben.

Als unsere Mauer schließlich fiel, hatte ich bereits die Taschen gepackt und für mich, meine Frau und Zindra – unsere Tochter – Pferde besorgt. Wir ritten davon, während Lam Olhana in Flammen aufging. Alles, was ich viele Jahreszeitläufe hindurch beschützt hatte, verschwand unter der grenzenlosen Gewalt der Eindringlinge. Während wir durch die Wälder ritten – einem unbekannten Ziel entgegen – brach eine ganze Reiterarmee der Herrscherin durch den Wald. Sie kamen zu spät, um unser Dorf zu schützen, aber sie töteten wohl jeden, der von der anderen Seite der Undurchdringlichen Mauern kam. Ich hörte, das zerstörte Bauwerk wurde nicht nur repariert, sondern auch mit einer ganzen Menge tödlicher Fallen versehen.

Der Ort, an dem sich einst mein Heimatdorf befand, ist nun eine unpassierbare Todeszone. Wir konnten nicht mehr dorthin zurück. Also nahm ich all meinen Mut zusammen und brachte meine Frau und meine Tochter hierher nach Tritam. Es gab eine Anfrage im Palast, ob ich mir ein Leben hier verdient hätte – Herrscherin Paraila stimmte zu, und so wurden meine Familie und ich aufgenommen. Hat sie dir nie von dieser Anfrage erzählt?«

Kyla schüttelte den Kopf. »Nein, sie spricht mit mir meist nur über Dinge, die mich direkt etwas angehen – deine

Umsiedlung gehörte ihrer Ansicht nach wohl nicht dazu.«

»Vermutlich war ihr nicht klar, wie wichtig wir damals füreinander waren. Und, um ehrlich zu sein, muss sie das auch nicht wissen. Ihr war bewusst, dass ich ein Wächter war, der sein Dorf lange Zeit geschützt hatte – lange genug, um mir ein Leben in der Sicherheit der Stadt zu erarbeiten. Und ich bin sehr dankbar dafür, denn meine kleine Familie ist hier sehr glücklich. Ich habe die Überwachung der Wasserstellen übernommen. Allerdings bin ich längst nicht der einzige, der ein Auge auf die Brunnen und Tanks hat. Die Gefahr, dass jemand sich daran zu schaffen macht, scheint mir eher gering zu sein. Dennoch nehme ich meine Aufgabe natürlich ernst«, erläuterte er rasch.

Kyla nickte, denn sie war überzeugt, dass er auch hier stets wachsam war. Sie gönnte ihm dieses neue Leben. Es musste schwer sein, alles zu verlieren und neu anzufangen. Zwangsläufig kam ihr Quyntyr in den Sinn. Auch er hatte ein neues Leben begonnen, und sie fragte sich, ob er es freiwillig getan hatte, wie Paraila glaubte. Vielleicht war er wirklich ein Verräter, der alles von langer Hand geplant hatte. Doch Kyla wurde den Verdacht nicht los, dass er nur gegangen war, weil sie ihn gezwungen hatte, sie vor Zeugen zur Frau zu machen.

Dass ihr Befehl ihn wirklich verletzt hatte, hatte sie ihm ansehen können. Und dass er ihre langjährige Freundschaft aufgekündigt hatte, sprach ebenfalls dafür, dass er den Palast wegen dieses Vorfalls verlassen hatte. Es musste eine Katastrophe für ihn gewesen sein, zu begreifen, dass er seine angebetete Paraila niemals für sich würde erwärmen können. Natürlich hatte er vorgegeben, das längst zu wissen, aber der Funke Hoffnung war wohl nie erloschen – bis Kyla ihn dazu gezwungen hatte. Zumindest musste es ihm so vorkommen, als habe sie endgültig einen Schlussstrich unter die Möglichkeit gezogen, dass Paraila ihn irgendwann erwählen könnte. Denn natürlich hätte die Herrscherin niemals einen Mann gewählt, mit dem Kyla sich bereits vereinigt hatte. Dass sie Quyntyr aber ohnehin niemals erwählt hätte, war Kyla klar geworden, als sie Parailas Hass auf ihn gespürt hatte.

Paraila hatte Quyntyr schon immer argwöhnisch betrachtet und seine Anwesenheit im Palast nur geduldet, weil ihre Mutter es einst so entschieden hatte. Dass er sich jetzt in ihren Augen als Feind entpuppte, war wohl ihrer schwelenden Unzufriedenheit über die Situation geschuldet. Und nun wollte sie ihn sogar in aller Öffentlichkeit hinrichten lassen.

Kyla war der Gedanke ein Gräuel, denn Quyntyr hatte bereits ein Leben voller Qualen hinter sich, und ihn so enden zu sehen, war ihr unerträglich. Aber was, wenn die Herrscherin recht hatte und durch sein Zutun viele Chyrrta ihr Leben verloren hatten? Sie würde es herausfinden müssen. Das schlechte Gewissen begann sich zu regen, als sie sich eingestehen musste, dass sie besser sofort zum Berg Ultay geritten wäre. Doch wenn sie es getan hätte, ohne sich zuvor – wie von Paraila befohlen – in Tritam blicken zu lassen, wäre der Herrscherin sofort klar gewesen, dass Kyla mehr wusste, als sie ihr gesagt hatte. Ihr Gewissen beruhigte sich wieder. Was machten schon ein oder zwei

Tage Verzögerung aus? Quyntyr würde ja auf sie warten. Sie musste einfach sichergehen, dass Paraila glaubte, sie habe die Spur zu ihm erst hier gefunden, nicht bereits im Palast, in seinen Räumen, als sie seine Nachricht gelesen hatte. Immerhin hatte Quyntyr darin angekündigt, ihr weit mehr über ihre Vergangenheit mitteilen zu können, als sie bislang erfahren hatte. Es war also eine ganz persönliche Angelegenheit, dass sie seinen Aufenthaltsort nicht preisgeben wollte, bevor er die Möglichkeit fand, ihr zu sagen, was er angekündigt hatte.

»Ich habe dich nun lange genug aufgehalten. Es war schön, dich wiederzusehen. Ich wünsche dir, dass du noch mehr schöne Erinnerungen sammeln kannst, damit du einen Ausgleich zu den Schlachten findest, die du schlagen musst.« Lopal erhob sich und legte ein paar Münzen auf den Tisch. »Nein, lass! Ich möchte bezahlen.« Er zögerte kurz, dann steckte er sein Geld wieder ein. »Mutig, schön und auch noch großzügig – du solltest den besten Mann in ganz Chyrrta bekommen, denn jeder andere wäre zu wenig für dich.«

Kyla wusste nicht recht, wie sie mit seinem Wunsch umgehen sollte; sie murmelte einen unsicheren Dank. Als er sich zum Gehen wandte, legte sie eine bei weitem ausreichende Menge Münzen auf den Tisch und brach ebenfalls auf. Das Tageslicht blendete sie, als sie auf die Straße trat, denn im Schankraum war es wirklich recht düster gewesen. Kyla fühlte sich so wohl wie lange nicht mehr. Das Gespräch mit Lopal hatte ihr gut getan, und der ganze Tag lag noch vor ihr. Da sie den Mut aufgebracht hatte, unhöflich zu sein, drohte auch nicht ein erzwungenes Abendessen in großer Gesellschaft ihr die Laune zu verderben. Kyla ging zur 'Kriegerin der grünen Wasser' zurück, jedoch nur, um sich zu vergewissern, dass es Golan gut ging und er bestens versorgt wurde. Sie streichelte dem Tier den Hals und sagte: »Ruh dich noch ein wenig aus. Wir haben einen beschwerlichen Weg vor uns. Ich werde die Stadt zu Fuß erkunden. Vor Anbruch der Nacht reiten wir los, dann erreichen wir das gefährliche Ödland, wenn das Tageslicht anbricht und uns einen besseren Überblick bietet. Wir werden uns dann am Abend nach einem sicheren Lager umsehen. Ja, ich denke, so wird es besser sein, als wenn wir bei einsetzender Dunkelheit in die tückischen Gebiete kommen.«

Golan schien dazu keine besondere Meinung zu haben. Kyla streichelte ihm noch einmal den Hals und verließ dann den Stall. Nur wenige Augenblicke später stand sie im Getümmel des Marktplatzes. Sie tastete mit einer Hand nach ihrem Münzbeutel und mit der anderen nach ihrem Messer. In dieser Menschenmenge musste sie sich einfach versichern, dass sie auf alles vorbereitet war. Sie ging langsam an den Ständen vorbei und betrachtete die angebotenen Waren.

Ab und zu blieb sie stehen und erwarb etwas, das sie für ihre Reise benötigen würde: Nahrungsmittel, neue Stiefel, Flickzeug, zusätzliche Behälter für Wasser, ein Tongefäß und ein Armband für Lanari. Das Schmuckstück war aus kunstvoll geschliffenen grünen Steinen gefertigt. Es leuchtete im Sonnenschein so hübsch, dass Kyla davon völlig hingerissen war. Für sich selbst wollte sie aber keines kaufen, denn sie hatte ohnehin keine Gelegenheit, es zu tragen. Für Lanari schien es ihr jedoch wie gemacht. Ebenso wie der hübsche Schal, den sie für die Freundin gekauft hatte. Kyla musste die Traurigkeit verdrängen, als ihr einfiel, dass sie nicht einmal absehen konnte, wann sie Lanari ihre Geschenke überreichen würde. Nur zu gerne hätte sie die Tochter ihrer Dienerin, die ihr so viel bedeutete, an diesem Abenteuer in Tritam teilhaben lassen. Aber natürlich war das nicht möglich gewesen, denn unmittelbar im Anschluss an den Besuch in der Stadt musste Kyla sich auf den gefährlichen Weg zum Berg Ultay machen. Dazu galt es, die große Einöde zu passieren, in der Überfälle durch die dort zahlreichen Banden nur allzu häufig waren.

Man sprach davon, dass niemand, der sich auf diesen Weg begab, je zurückkehrte. Wenn das stimmte, konnte es gut sein, dass auch Kyla dort ihr Ende finden würde. Warum hatte Quyntyr den Berg Ultay also ausgerechnet zu ihrem Treffpunkt erklärt? Wollte er vielleicht, dass sie starb? Aus Rache, weil sie ihn in seinen Augen benutzt hatte? Aber wenn er sie tot hätte sehen wollen, warum dann dieser Umstand? Er hätte ihr auch einfach während des Trainings einen tödlichen Hieb zukommen lassen können. Und vermutlich hätte es durch seine Kampfkunst überzeugend wie einen Unfall ausgesehen. Doch das hatte er nicht getan, und ihr Bauchgefühl sagte der jungen Frau, dass er sie keineswegs tot sehen wollte. Vielleicht wollte er Rache für das, was geschehen war, aber Quyntyr würde sie auf seinem eigenen Wege erlangen wollen, und Kyla würde es hinnehmen, denn die Schuld lastete schwer auf ihrer Seele. Mit ihrer Entscheidung, ihn zu erwählen, hatte sie das komplette Leben ihres Kampflehrers zerstört. Damals, als sie noch ein Kind gewesen war, hatte er bereits geahnt, dass sie eines Tages die Macht haben würde, über seinen Verbleib im Palast zu entscheiden. Und doch war es anders gekommen, denn er hatte selbst entschieden, den Ort zu verlassen, an dem er damals so gerne hatte bleiben wollen.

Kyla dachte über all das nach, während sie über den Markt ging und die Chyrrta dieser Stadt beobachtete. Die meisten von ihnen waren mit ihren eigenen Angelegenheiten beschäftigt und achteten gar nicht auf sie. Das konnte Kyla nur recht sein. Ab und an wehten Düfte von den Ständen zu ihr herüber, die sie neugierig machten. Geräuchertes Fleisch, süße Teigfladen, würziges Danath, das unter Speisen gemischt werden konnte, um ihnen einen kräftigen Geschmack zu verleihen, Duftwässer und Seifen. Immer wieder atmete Kyla tief ein, um die Eindrücke in ihrem Gedächtnis zu bewahren.

Dann entdeckte sie ein kleines Geschäft, das sich im Schatten des großen Marktplatzes unter einem ausladenden Dach befand, das mit dunklen Schindeln gedeckt war. Erst dachte sie, es wäre geschlossen, doch dann erkannte sie, dass sie durch die Türöffnung auf eine Wand voller Bücher blickte. Die meisten der Einbände waren in Brauntönen gehalten, sodass Kyla geglaubt hatte, es wäre eine hölzerne Tür. Nun steuerte sie auf den Eingang zu, denn ihr kamen

Parailas Worte wieder in den Sinn. Die Herrscherin hatte die Vermutung geäußert, Quyntyr habe womöglich einen Teil seiner kostbaren Bücher in Tritam zum Kauf angeboten, um Geld für seine Flucht und für die Unterstützung der Feinde des Reiches zu erhalten. Eigentlich glaubte Kyla nicht daran, doch sie wollte sichergehen und ihrer Herrscherin ehrliches Zeugnis darüber ablegen, was sie diesbezüglich in Erfahrung bringen konnte.

Die Luft im Geschäft war staubig und abgestanden. Nach dem grellen Sonnenlicht mussten sich Kylas Augen an die Düsternis darin erst einmal gewöhnen. Sie blickte sich um und staunte über wahre Bücherberge, die an zahlreichen Stellen aufgestapelt waren. Es schien ihr unmöglich, hier auf die Schnelle einen Überblick über die vorhandenen Titel zu erlangen. Als sie ein Räuspern vernahm, erkannte sie einen alten Mann, der in einer winzigen Ecke hockte und mit einem Vergrößerungsglas eine Landkarte betrachtete.

Er hatte aufgeblickt. Ohne förmlichen Willkommensgruß fragte er: »Was begehrt dein Geist? Wünschst du eine unterhaltsame Geschichte mit einem schmucken Kerl, der das Herz einer jungen Dame erfreut? Nun, die Liebesgeschichten findest du in der Ecke dort hinten. Sieh sie dir an, aber bring mir nichts durcheinander!« Kyla sah in die Richtung, in die der alte Mann mit seinem knorrigen Finger deutete. Er hustete und spuckte etwas Auswurf in ein Tuch, das er wohl eigens zu diesem Zweck in der Tasche seiner Weste getragen hatte.

»Ich suche keine Liebesgeschichten«, erwiderte Kyla und überlegte, wie sie den Mann am besten über ihr

Anliegen in Kenntnis setzte, als er ihr erneut zuvorkam.

»Nun denn, willst du wissen, welche Krankheit dich ereilt hat? Ein Brennen im Schritt? Pelzige Zunge? Oder gar ein übler Geruch aus deinen Eingeweiden? Rat findest du in diesen beiden Bänden dort.« Er zeigte auf ein Regal, das ihm schräg gegenüber stand. Kyla spürte, dass sie wegen seiner vorlauten Art ärgerlich wurde.

»Du scheinst selbst ein oder zwei Bücher zu viel über die Kunst der Wahrsagerei gelesen zu haben. Doch glaube mir, sie taugen nichts, denn deine Vermutungen, was ich begehre, sind allesamt falsch.«

Der Mann zog die Augenbrauen zusammen, als überlege er, ob er zu erkennen geben sollte, dass er wusste, dass sie einen Scherz mit ihm getrieben hatte. Er entschied sich jedoch dagegen. Stattdessen bekam er einen neuerlichen Hustenanfall, von dem Kyla das Gefühl hatte, er wäre nur vorgetäuscht, um Zeit zu schinden. Endlich entschloss er sich, seine mögliche Kundin wegen ihres Anliegens selbst zu Wort kommen zu lassen, und machte eine auffordernde Geste.

»Ich wollte mich erkundigen, ob ein Mann hier war, um Bücher zum Verkauf anzubieten.«

Der Verkäufer lachte auf. »So etwa ein Dutzend, wenn ich allein den letzten Mondzyklus rechne.«

»Ich meine jemanden, der dich erst während der letzten paar Sonnenlichter aufgesucht hat. Er wäre dir aufgefallen. Seine Haut ist sehr blass. Sein Haar und seine Augen sind ungewöhnlich hell.«

»Ein Albino also?«, fragte der Mann und nickte wissend.

»Ja, ein Albino! War er hier?« Kyla war aufgeregt, weil Quyntyr offenbar tatsächlich Kontakt mit dem Verkäufer aufgenommen hatte. Zugleich spürte sie, dass sie darüber entsetzt war, denn es bedeutete vermutlich, dass Paraila mit ihrer Einschätzung von ihm nicht gänzlich verkehrt lag.

»Selbst wenn so jemand hier gewesen wäre, hätte ich ihn nicht erkannt. Meine Augen sind so schlecht, dass ich praktisch blind bin. Ich erkenne Chyrrta vor allem an ihrer Stimme.«

»Aber du hast in mir offenbar eine junge Frau erkannt, ohne dass ich auch nur ein Wort gesagt hatte«, gab Kyla zu bedenken.

»Das liegt an deiner Körperhaltung und an den Formen, die ich an deinem Körper ausmachen kann.«

Kyla ignorierte das lüsterne Lächeln, das kurz die Mundwinkel des alten Mannes umspielte. Sie versuchte, ihre Stimme so gelassen wie möglich klingen zu lassen.

»Immerhin betrachtest du eine Landkarte. Mit einem Vergrößerungsglas zwar, aber so blind kannst du dann doch gar nicht sein. Bitte erinnere dich, ob du mit dem Mann gesprochen hast, den ich beschrieb.«

Nun seufzte der Verkäufer tief und legte das Vergrößerungsglas auf den Tisch.

»Auch wenn ich die Karte betrachte, so sehe ich selbst mit dem Glas nicht mehr, als ein paar Linien. Ich weiß nur aus der Erinnerung, wie sie aussieht.«

Kyla konnte es einfach nicht glauben. Sie trat näher an den Tisch heran und betrachtete den Mann, der ihr Starren jedoch gar nicht zu bemerken schien. Seine Augen waren trüb. Kyla verspürte Mitleid. Es musste schwer sein, ein Leben zwischen Büchern zu führen, wenn man nicht mehr in der Lage war, sie selbst lesen zu können. Offenbar kannte er seinen Laden so gut, dass er sich in der Lage fühlte, weiterhin Kunden zu beraten. Jedoch nicht, ohne sie zu ermahnen, nichts durcheinander zu bringen, denn nur so fand er sich offenbar selbst noch zurecht.

Ihr Blick fiel auf die Karte. Sie zeigte zu ihrem Erstaunen das komplette Reich und auch noch Gebiete darüber hinaus, die jenseits der Undurchdringlichen Mauern lagen. Doch das Merkwürdige war, dass eben jene Mauern auf der Karte überhaupt nicht verzeichnet waren.

»Von wann ist diese Karte?«, fragte sie und wollte danach greifen. Der Mann zog sie ihr jedoch unter den Händen weg, bevor Kylas Finger sie berühren konnten.

»Sie ist alt.«

»Wie alt?«

»Sehr alt.«

»Und woher hast du sie?«, fragte Kyla nur mühsam beherrscht.

Der Mann presste die Lippen aufeinander, als wolle er ihr keine Antwort mehr geben, und tatsächlich schwieg er nun. Einen Moment lang überlegte Kyla, ihn durch die Offenbarung ihrer Identität dazu zu zwingen. Der fast blinde Mann hatte natürlich keine Ahnung, wen er da vor sich hatte. Aber Kyla entschied, ihn nicht durch ihren Status unter Druck zu setzen, sondern sich lieber in Diplomatie zu üben.

»Wenn du mir sagen kannst, von wann sie ist und woher sie stammt, würde ich sie dir für einen guten Preis abkaufen.«

»Sie ist unverkäuflich«, stellte der Mann klar. Kyla war ratlos. In Diplomatie hatte sie offensichtlich noch Defizite. Sie entschied, auf ihr eigentliches Anliegen zurückzukommen.

»Wurden dir in letzter Zeit besonders kostbare Bücher angeboten? Daran würdest du dich doch bestimmt erinnern.«

»Alle Bücher, die ich annehme, sind kostbar.«

Kyla spürte, dass ihre Geduld sie verließ. »Dann zählst du die Liebesgeschichten dazu, die du dort hinten in dem wackeligen und staubigen Regal untergebracht hast?«

Der Mann verzog das Gesicht. Kyla verspürte ein wenig Triumph, weil sie ihn in Verlegenheit gebracht hatte.

»Für Chyrrta mit einfachem Gemüt sind sie kostbar. Bei manchen meiner Kundinnen habe ich sogar das Gefühl, ihr gesamtes Wohlergehen hängt vom Erwerb dieser romantischen Bücher ab.«

»Mag sein, dass diese Damen es so empfinden. Dennoch – hast du kürzlich Bücher mit anderen Themen erworben? Wissenschaftliche Ausgaben? Werke über Kampfkunst? Waffenverzeichnisse oder Ähnliches?«

Der Mann überlegte. »Ich erwarb vor drei oder vier Sonnenlichtern eine Kiste Bücher, die sich mit dem Thema Holzbearbeitung und Hüttenbau beschäftigen. Meinst du so etwas?«

Kyla seufzte. »Nein, eher nicht. Hast du sonst noch etwas in dieser Art in letzter Zeit erworben?«

Der Verkäufer kratzte sich an der Stirn und grübelte. »Viehzucht. Ein kleines Bändchen, das vom Verkäufer selbst verfasst wurde.«

»Auch das stammt mit Sicherheit nicht von dem Mann, den ich suche. Gibt es noch andere Läden oder vielleicht Markthändler hier, die bereit wären, für Bücher, wie ich sie genannt habe, viel Geld auszugeben?«

»Meines Wissens nach nicht. Ich bin der einzige, der mit literarischen Werken handelt. Zu meinem Leidwesen muss ich sagen, dass in dieser Stadt das meiste Geld für Tand wie Schmuck oder auch Gemälde ausgegeben wird. Naschwerk und berauschende Getränke sind ebenfalls hoch begehrt. Bücher werden nicht ganz so oft verlangt – aber diejenigen, die daran Gefallen finden, zählen wohl ausnahmslos zu meinen Kunden.«

»Danke, dass du Zeit für mich hattest. Nun denn ...« Kyla wollte schon wieder aufbrechen, als ihr noch etwas anderes einfiel.

»Hast du schon mal von einem Buch gehört, das die Zukunft von Chyrrta in seinem Text birgt. Ein Buch, das gut bewacht wird, und das – «, sie zögerte kurz und hoffte, ihre nächsten Worte würden sie nicht verraten, »von einer Kriegerin berichtet?«

»Von der Existenz eines solchen Buches habe ich in der Tat gehört. Doch ich habe es nie zu Gesicht bekommen.«

»Weißt du, wo man es versteckt hält?«

Der Mann zuckte mit den Schultern und gab sich einem ausgiebigen Hustenanfall hin. Als er das Taschentuch wieder sinken ließ, sagte er: »Man möchte annehmen, es wird in Parailas Palast aufbewahrt. Aber ich hörte auch Gerüchte, dass es an einem Ort aufbewahrt wird, der innerhalb dieser Stadtmauern liegt. Ich mag den

Gedanken, dass etwas so Wichtiges in meiner Nähe weilt. Aber ob dem wirklich so ist, kann ich beim besten Willen nicht sagen.«

Kyla begriff, dass der alte Mann tatsächlich viel dafür gegeben hätte, in diesem Punkt selbst Klarheit zu haben. Dass er ihr jedoch nicht weiterhelfen konnte, enttäuschte sie. Andererseits war sie erleichtert, dass Paraila mit ihrer Vermutung, Quyntyr habe seine wertvollen Bücher verkauft, offenbar falsch lag.

»Und du möchtest nicht doch einen Roman mit romantischer Handlung erwerben?«, fragte der Verkäufer.

»Nein. Vielleicht ein Buch über Kriegsführung.«

»Kriegsführung?«, fragte der Mann pikiert. »So ein Buch gibt es nicht. Wenn es so etwas einst gab, so ist es jetzt verboten. Die Herrscherinnen wünschen seit langer Zeit schon keine Literatur dieser Art mehr. Es erstaunt mich, dass du nach so etwas verlangst. Bereits deine Frage nach einem Buch über Kampfkunst und Waffen hat mich erstaunt. Wenn mir so etwas angeboten worden wäre, hätte ich es natürlich unverzüglich dem Palast gemeldet.«

Kyla begriff, dass der Mann wohl die Wahrheit sagte, denn er schien tatsächlich entsetzt darüber zu sein, dass es Literatur geben sollte, die diese Dinge zum Thema hatte. Paraila und ihre Vorgängerinnen hatten ganze Arbeit geleistet, die Chyrrta ihres Reiches von Kämpfen und gewalttätigen Auseinandersetzungen untereinander abzuhalten. Kyla war froh, dass sie sich dem Mann gegenüber nicht als Kriegerin zu erkennen gegeben hatte, denn sie war sich sicher, dass er sie geringschätzen würde, selbst wenn sie das Töten der Feinde im Namen der Herrscherin durchführte.

»Dann kommen wir wohl nicht ins Geschäft. Es sei denn, du möchtest die Landkarte doch noch verkaufen, für die du im Grunde keine Verwendung mehr hast.«

Kaum hatte sie die Worte gesagt, legte der Mann seine Hand flach auf die Karte vor ihm, als wolle er sie schützen. Kyla bemerkte, dass eine Veränderung in ihm vorging. Er senkte die Stimme, als er nun zu ihr sprach.

»Ich mag blind sein, aber ich bin nicht dumm. Die Frage nach dem geheimen Buch, in dem über die Kriegerin der Herrscherin berichtet wird, hat mich aufhorchen lassen. Kein Chyrrta war so dreist, sich jemals danach zu erkundigen, denn jeder weiß, dass es nur diejenige etwas angeht, von der es vornehmlich handelt. Zudem hat noch keine junge Frau jemals nach Büchern über Waffen, Kriegsführung oder Kampftechniken gefragt. Sag mir, bist du Kyla – Kriegerin der grünen Wasser?«

Leugnen schien ihr nun zwecklos. Und der Mann hatte es ohnehin nicht verdient, von ihr belogen zu werden. Also erwiderte Kyla: »Ja, die bin ich.«

Der Mann wurde bleich. Er wollte etwas sagen, aber stattdessen meldete sich der Husten schlimmer als zuvor zurück. Kyla wartete geduldig, bis er sich wieder beruhigt hatte.

»Nun ist es wohl zu spät, Euch mit dem gebührenden Respekt zu behandeln.« Er schien wirklich unglücklich über diesen Umstand zu sein.

»Ich kam nicht her, um Respekt einzufordern. Ich kam

nur her, um dir Fragen zu stellen, wie ich es tat. Gibt es vielleicht eine, auf die du nun anders antworten möchtest, nachdem du weißt, wer ich bin?«

Der Verkäufer schüttelte den Kopf. »Ich sagte Euch die Wahrheit, was den von Euch gesuchten Mann angeht. Niemand hat mir solche Bücher angeboten. Und ich sagte nichts als die Wahrheit, als Ihr nach dem Buch fragtet, das man gut verborgen hält.«

»Ich glaube dir«, beschwichtigte Kyla, doch dann ließ sie ihre Stimme schneidend klingen, als sie fragte: »Und was hat es mit der Karte auf sich? Bist du nun bereit, mir über ihr Alter und ihre Herkunft mehr zu erzählen?«

»Um ehrlich zu sein, ich weiß weder das eine, noch das andere.«

Kyla zog verärgert die Augenbrauen zusammen. »Du willst mir weismachen, du wüsstest nicht, woher du sie hast?«

»Doch, doch! Aber ich kann keine Auskunft über den Vorbesitzer oder ihre Geschichte geben. Ich fand sie hier in diesen Räumen, als ich vor etlichen Jahreszeiten hier meinen Laden einrichtete. Ich war damals noch ein junger Mann und voller Tatendrang. Als ich eine Wand einriss, um den Verkaufsraum so groß wie möglich zu gestalten, entdeckte ich hinter einer Holzvertäfelung diese Karte. Zunächst glaubte ich, der Vorbesitzer habe sie versteckt, doch er schwor, nichts von ihrer Existenz gewusst zu haben.

Möglicherweise ist sie also noch viel älter, als man es, ihrem Zustand nach, glauben könnte. Vielleicht stammt sie sogar noch aus der Zeit, bevor die Undurchdringlichen Mauern entstanden. Einiges lässt darauf schließen, denn abgesehen vom offensichtlichen Fehlen der Mauern sind darauf Ortschaften verzeichnet, an die sich längst niemand mehr erinnern kann. Tritam selbst ist darauf etwa nur ein Viertel so groß, wie wir es heute kennen.

Du siehst also, sie ist wertlos, weil man sich heute nicht mehr nach ihr orientieren kann. Aber mein Herz hängt an ihr, denn damals malte ich mir aus, wie es wäre, in einem solchen Chyrrta zu leben. Einem ohne Mauern und mit viel Weideland für Vieh. Mit Seen und Flüssen, die womöglich nicht verunreinigt waren. Den Namen der Ortschaften nach konnte man in diesen Gewässern sogar Tiere fangen, die sich Fische nannten. Sogenannte Fischerdörfer gab es zuhauf. Man stelle sich ein solches Chyrrta einmal vor!

Es gab sogar ein Gewässer, das so riesig war, dass es vier Tritams der heutigen Zeit hätte verschlucken können. Aber all das gibt es schon seit sehr langer Zeit nicht mehr – möglicherweise hat es das alles auch nie gegeben. Vielleicht ist die Karte reine Erfindung. Dann wäre sie jedoch nicht ungefährlicher. Sicher ist es verboten, eine solche Karte zu verkaufen. Aber ich verkaufe sie ja auch nicht. Ich träume nur ... Bitte verwehrt mir das nicht.«

»Das tue ich nicht. Ich werde nicht über dich richten, denn ich sehe kein Vergehen darin, von einer Welt zu träumen, wie sie sein könnte. Jedoch rate ich dir, sie gut zu verstecken. Du magst fast blind sein, doch jeder, der hier herein kommt und dich damit sieht, könnte dich im Palast melden.«

Der Mann schien bislang noch nicht über diese Möglichkeit nachgedacht zu haben und blickte nun verängstigt. Dann hellte sein Gesicht sich jedoch auf.

»Vielleicht war es Schicksal, dass Ihr mich ausgerechnet heute aufgesucht habt. Ich habe die Karte nämlich schon lange nicht mehr hervorgeholt. Bei Tagesanbruch hatte ich jedoch das Gefühl, ich solle es unbedingt tun. Nur deshalb war ich so töricht, sie für Eure Augen offenzulegen. Und möglicherweise sollte es genau so sein. Wenn ich es recht bedenke, möchte ich sie Euch doch überlassen. Mir selbst ist sie ja im Gedächtnis, und ich brauche sie eigentlich nicht mehr.«

»Bist du dir sicher?«, fragte Kyla, die von der Entwicklung des Gesprächs überrascht war. Sie hatte dem Mann nicht drohen wollen, um ihn zur Herausgabe der Karte zu drängen. Aber er schien ihr tatsächlich von der Idee selbst ganz angetan zu sein, sie ihr zu überlassen. Vielleicht hatte er recht damit, dass das Schicksal es so gewollt hatte. Er faltete sie zusammen und griff nach einem Buch, das neben ihm lag. An irgendeiner Stelle schlug er es auf und legte die Karte hinein.

»Sie ist von nun an Euer Eigentum. Und auch dieser Schmöker, in dem ein feuriger Jüngling das Herz seiner Auserwählten mit Liedern und Gedichten erobert. Vielleicht findet Ihr ja doch irgendwann Gefallen daran.«

Kyla bezweifelte es, doch sie dankte ihm und holte ihre Münzen hervor.

»Nein, gebt mir kein Geld für die Karte. Das Schicksal möchte keine Entlohnung.«

»Das Schicksal vielleicht nicht, aber du ganz sicher. Doch wenn dir das wichtig ist, dann zahle ich nicht für die Karte, sondern für das Buch.« Sie legte ihm eine stattliche Summe in die Handfläche und hoffte, seine Krankheit war nicht ansteckend.

»Das ist zu viel«, wandte der Mann beschämt ein.

»Ich denke nicht. Sollten die Chyrrta dieser Stadt sich gänzlich aufs Naschen und das bequeme Leben verlegen, so kannst du mit etwas Wohlstand weiterhin träumen – vor allem, wenn deine Bücher und Karten nur noch in deiner Erinnerung leben.«

»Habt Dank, dass Ihr einem alten Kauz wie mir seine anfängliche Knurrigkeit nachseht. Kann ich sonst noch etwas für Euch tun?«

Die junge Kriegerin überlegte, dann sagte sie: »Ja, wenn du etwas zu schreiben für mich hättest, damit ich eine Botschaft schicken kann, wäre das vortrefflich.«

Er öffnete eine Schublade und zog daraus einen Bogen Papier und eine Schreibfeder samt Tintenfass hervor. Kyla dankte ihm und verfasste eine Nachricht an Paraila, in der sie ihr von ihrem Besuch in dem Bücherladen berichtete. Sie informierte sie darüber, dass Quyntyr offenbar nicht versucht hatte, seine Bücher hier zu Geld zu machen. Und sie teilte ihr mit, sie würde sich in den umliegenden Dörfern nach ihm erkundigen, weil sie vermutete, dass er in einem preiswerten Gasthof oder auch bei einfachen Leuten, die sich ein paar Münzen verdienen wollten, Unterschlupf gesucht hatte. Kyla verabschiedete sich von dem alten Mann, nahm ihr Buch samt Karte und verließ das Geschäft. Schon an der nächsten Ecke fand sie einen Boten, der in ihrem Namen die Nachricht zum Palast bringen würde. Der Mann ritt auf einem alten Pferd, das die Strecke schon mehrfach bewältigt hatte, laut dem Boten jedoch etwas länger als üblich benötigte. Kyla lobte ihn für seine Ehrlichkeit und beruhigte ihn, indem sie ihm versicherte, die Botschaft sei nicht ganz so eilig. Natürlich würde Paraila das anders sehen, aber Kyla beruhigte der Gedanke, dass sie auf diese Art Zeit gewann.

Zufrieden schlenderte sie durch die Straßen der Stadt und beobachtete erneut ein paar Glinthas, die geradezu räuberisch über einen Brotstand herfielen. Der Verkäufer versuchte sie abzuwehren, indem er mit den Armen fuchtelte und die Vögel anschrie. Das Ergebnis war, dass die Tiere hektisch einige Brotlaibe mit ihren Schnäbeln zerhackten und auf anderen vor Schreck ihre Exkremente fallen ließen.

Kyla verging der Appetit auf Brot vorerst. So schön das Gefieder der Glinthas auch anmuten mochte, Kyla verstand, warum die Bewohner von Tritam sie als Plage ansahen und gleich in Massen verbrannten. Dennoch war sie froh, dieses Schauspiel nicht mit ansehen zu müssen. Sie wollte sich gerade auf den Rückweg zum Gasthaus machen, als sie den Blick eines jungen Mannes bemerkte. Ein schlaksiger Kerl mit einem Bart, der an manchen Stellen bereits prächtig spross, an anderen jedoch nur Flaum zustande brachte. Der Mann sah Kyla an und wagte es sogar zu lächeln, als sie zurückblickte. Kylas Hand ging zum Griff ihres Messers. Zwar wirkte ihr Beobachter harmlos, doch der Schein trog oft, wie sie inzwischen wusste. In Kämpfen wurden die zarten Männer oft eingesetzt, um die größten Schäden anzurichten. Der Feind nutzte es, dass man denen, die schwächlich aussahen, nicht zutraute, vernichtend zuzuschlagen – und viele Kämpfer hatten ihre Fehleinschätzung schon mit dem Leben bezahlt. Kyla hingegen war immer auf der Hut und bereit, auch diejenigen zu töten, die ihr lächelnd die Kehle durchschneiden wollten. Der Jüngling kam näher. Er senkte den Blick und deutete eine Verbeugung an.

»Was möchtest du? Sprich!«, wies sie ihn an. Nun, da er die Erlaubnis hatte, blickte er ihr wieder in die Augen und seine Wangen erröteten.

»Ihr seid Kyla, Kriegerin der grünen Wasser, habe ich recht?«

Kyla nickte. Sie hoffte, dass die Chyrrta in ihrer Nähe ihn nicht gehört hatten.

»Es ist so eine Ehre, auf Euch zu treffen! Und Euch Dank zu sagen.«

»Dank ist nicht notwendig. Ich schütze Parailas Volk, weil es meine Bestimmung ist.« Der junge Mann sah kurz verwirrt aus, dann lächelte er etwas unbeholfen.

»Verzeiht, dass ich mich so schwer ausdrücke. Es ist ... ich bin es nicht gewohnt, mit Chyrrta von so hohem Rang umzugehen. Ganz im Gegensatz zu meiner zukünftigen Braut, die Euch schon so lange am Palast dienen darf. Dafür, dass Ihr sie immer gut behandelt habt, wollte ich Euch ganz besonders danken.«

Kyla hatte keine Ahnung, von wem er sprechen könnte.

Einen schrecklichen Moment lang glaubte sie, er könne Lanari meinen – doch wie sollte das möglich sein, da diese ja Tondha erwählt hatte? Der junge Mann bemerkte Kylas Ratlosigkeit, mit einem abermals scheuen Lächeln erklärte er: »Eure Dienerin Tari ist meine Verlobte. Sie hat ihre Ausbildung zur Dienerin erfolgreich beendet und wird hierher nach Tritam kommen. Ich bin sehr glücklich, dass sie hier Arbeit gefunden hat.«

Kyla war von diesen Neuigkeiten völlig überrannt. Warum hatte man ihr gar nichts davon gesagt? Andererseits war ihr Aufbruch sehr überstürzt gewesen. Dennoch, dass Tari sie verlassen würde, war sicher schon länger geplant. Und vermutlich stand bereits eine andere junge Frau bereit, um ihre Stelle zu übernehmen. Hatte Paraila nie darüber nachgedacht, dass sie in dieser Hinsicht gerne ein Wörtchen mitreden würde? Immerhin erhielt eine Dienerin einen sehr intimen Einblick in ihr Leben, und Kyla wünschte sich daher, bei solchen Entscheidungen zumindest einbezogen zu werden. Der junge Mann betrachtete sie eingehend. »Ihr habt gar nicht gewusst, dass Tari Euch verlässt«, schlussfolgerte er schließlich.

»Das stimmt. Ich wusste es nicht.« Kyla ärgerte sich maßlos, dass sie so eine wichtige Nachricht nie erhalten hatte, doch der Jüngling nickte nur wissend.

»Es ist Galynda. Sie organisiert alles, aber sie behält Dinge auch gerne für sich.«

»Galynda? Aber warum sollte sie mir so etwas verschweigen? Es gibt doch keinen Grund dafür, denn ich erfahre es ja ohnehin.«

»Das weiß ich nicht. Von Tari weiß ich nur, dass Galynda oftmals sehr geheimnisvoll tut, und sie froh ist, die Zeit im Palast nun hinter sich zu haben.«

Er wurde tiefrot, als ihm klar wurde, dass er damit auch Kyla indirekt beleidigt hatte.

»Verzeiht mir bitte! Ich spreche oft, ohne vorher zu denken. Tari wirft mir das immer wieder vor. Und sie ist so viel gewandter als ich, was Sprache angeht.«

So sehr Kyla auch nachdachte, ihr fiel keine Gelegenheit ein, bei der Tari von dieser Fähigkeit in ihrer Gegenwart Gebrauch gemacht hatte. Aber das war auch nur zu verständlich, denn ihrer Herrin gegenüber hätte sie ganz gewiss niemals großartig das Wort ergriffen. Außerdem hatte Galynda stets über alles entschieden, und Tari – als lernende Dienerin – hatte auch deren Befehle stets befolgt, ohne nur einmal zu murren.

Es war sicher nicht immer leicht für sie gewesen. Kyla erinnerte sich, wie oft die junge Tari hatte ausharren müssen, nur weil Galynda alles perfekt haben wollte. Selbst Kyla war ab und an deswegen in Ungeduld geraten. Doch Tari hatte sowohl ihr als auch ihrer Ausbilderin gehorchen müssen. Kein Wunder, dass sie sich freute, dass die Zeit im Palast bald hinter ihr lag. Kyla tat es nur leid, dass sie sich nicht persönlich von ihr würde verabschieden können. Sie blickte sich um und sah einen Stand mit den farbenprächtigsten Tüchern, die sie je zu Gesicht bekommen hatte.

»Warte einen Moment«, wies sie den jungen Mann an, ging zu dem Stand und kaufte ein Tuch, das zu Taris blauen Augen passen würde. Sie ging zum Verlobten ihrer Dienerin zurück und reichte ihm das Tuch. »Bitte gib dies Tari als Geschenk von mir. Und richte ihr meinen Dank für ihre treuen Dienste aus. Sie hat ihre Sache hervorragend gemacht, und ich wünsche euch eine glückliche Ehe mit zahlreichen Kindern.«

Der junge Mann strahlte. »Habt Dank! Tari wird außer sich vor Freude sein, wenn ich ihr von unserem Treffen berichte.« Kyla lächelte und verabschiedete sich dann.

Während sie zum Gasthaus zurückging, dachte sie darüber nach, ob sie selbst sich über einen solchen Wunsch freuen würde: eine glückliche Ehe mit zahlreichen Kindern. Nein, das war es ganz gewiss nicht, was sie sich ersehnte, und sie flehte stumm, dass ihre körperliche Zusammenkunft mit Quyntyr nicht dafür gesorgt hatte, dass in ihrem Körper ein Kind heranwuchs. Sie horchte in sich, aber ihr war klar, dass sie so keine Gewissheit erlangen würde. Diese käme erst mit ihrer nächsten Blutung. Kyla hatte sich noch nie im Leben so sehr gewünscht, das verhasste Blut zwischen ihren Schenkeln zu sehen, wie in diesem Augenblick. Doch auch bis dahin würde es noch dauern – und solange galt es, Ruhe zu bewahren, denn es gab nichts Schlimmeres, als eine kopflose Kriegerin, die sorgenvoll in die Zukunft blickte, während um sie herum vielleicht schon Dinge geschahen, die sie verhindern musste.

2. Kapitel

Die Sonne stand bereits tief und ließ Tritam abermals in kräftigem Gold und Kupfer erstrahlen. Das Treiben auf dem Markt hatte sich beruhigt, die Straßen der Stadt waren jedoch noch voller Chyrrta. Kyla führte Golan am Zügel und wollte sich nicht länger aufhalten lassen, auch wenn ihre Neugier immer noch sehr groß war, mehr über das Leben hier zu erfahren. Ihr war klar, dass sie nur wenig von Tritam gesehen hatte – viel zu wenig, wie sie begriff, als sie mitbekam, wie ein Neuankömmling von einer Einheimischen in Kenntnis gesetzt wurde, was zu sehen sich lohnte. Sie würde einen zweiten, wesentlich längeren Besuch ins Auge fassen. Doch nun galt es, sich so schnell wie möglich auf den Weg zum Berg Ultay zu machen.

Als Kyla das Stadttor passierte, grüßte der Wachmann, der sie auch willkommen geheißen hatte, und wünschte ihr eine sichere Reise. Vermutlich hätte er dieser Floskel mehr Gewicht verliehen, wenn er geahnt hätte, was sie vorhatte. Doch niemand wusste darüber Bescheid, außer Paraila und Quyntyr, der sogar ihr Ziel vorgegeben hatte.

Es war seltsam, die beiden Namen auf diese Art in Verbindung zu bringen. Denn so sehr wie Quyntyr Paraila liebte, so sehr hasste die Herrscherin ihn. Und nur Kyla kannte die Wahrheit darüber, denn sogar die beiden Chyrrta selbst ahnten nichts von den starken – und gegensätzlichen – Gefühlen des jeweils anderen.

Kyla kam zu dem Schluss, dass die Dinge sich oftmals sehr eigenartig entwickelten. Am Brunnen vor dem Tor füllte sie ihre Flaschen und ließ Golan an der Tränke solange trinken, bis er genug hatte. Dann schwang sie sich in den Sattel und trieb ihn an, damit er die Berge hinaufstieg, die sie aus dem Talkessel hinausführten, in dem die Stadt Tritam erbaut worden war.

Ein langer Weg lag vor ihnen, und langsam brach die Nacht herein. Kyla ritt gemächlich, denn Golan würde seine Kraft benötigen, falls ihnen eine Bande gefährlich werden sollte. Sie wusste, dass sie ganz auf sich gestellt war. Es war längst dunkel, als sie in den Wald hineinritt, der der letzte vor der großen Einöde war. Obwohl es in jedem Busch zu rascheln schien, und hinter jedem Baumstamm ein Feind lauern konnte, fühlte Kyla sich hier wohl. Es erinnerte sie an ihre Kindheit – die Zeit, bevor sich alles so sehr verändert hatte.

Niemals hätte sie damals geglaubt, vom Volk als eine Anführerin betrachtet zu werden. Es war die Zeit gewesen, als sie andere Chyrrta nur vom Sehen und Belauschen gekannt hatte. Nun erkannten sie so viele, dass sie sich selbst oft genug unter Beobachtung fühlte. Doch hier, inmitten des düsteren Waldes, spürte Kyla ihre Verbundenheit mit der Natur. Sicher, diese war nicht immer gut zu ihr gewesen – und doch hatte sie ihr Schutz geboten, den Kyla damals so dringend benötigt hatte. Auch jetzt hüllte sie sie ein und schien sie mit ihren dunklen Geheimnissen liebevoll zu umarmen. Golans Hufe waren auf dem erdigen Boden nur gedämpft zu hören. In der

Nähe gab ein Firi seinen typisch trällernden Ton von sich. Kyla erinnerte sich daran, wie sie so einen Vogel getötet und verspeist hatte. Lang war es her, dass sie ihre Zähne in den noch warmen weichen Körper eines solchen Tieres gegraben hatte. Nun konnte sie sich nicht mehr erinnern, warum er ihr so gut geschmeckt hatte, denn alleine schon bei dem Gedanken daran wurde ihr übel. Und doch war sie sich sicher, dass sie es wieder würde erlernen können, wenn sie dazu gezwungen sein sollte.

Was ihr mehr Sorgen bereitete, war die Tatsache, dass sie diesen Wald schon bald verlassen musste, um ihren Weg über ungeschütztes, offenes Gelände fortzusetzen. Das einzige, was dort den Aufzeichnungen nach existierte, waren kurze Gebirgsketten, in denen die Banden ihren Unterschlupf hatten und Opfer schon von weitem erspähten. Ihnen blieb so genügend Zeit, sich aufzustellen, damit ihnen niemand entkam, den sie ins Visier genommen hatten.

Noch bevor die Sonne wieder aufging, wurden die Bäume lichter, und schließlich ließ Kyla den Wald hinter sich. So früh hatte sie gar nicht damit gerechnet, doch sie wollte keine Rast machen, nur um das Tageslicht abzuwarten, denn der Weg war auch so noch weit genug. Golans warmer Körper und sein gelegentliches Schnauben spendeten ihr Trost. Was auch immer nun geschehen würde, solange er bei ihr war, wäre sie nicht einsam. Am liebsten hätte Kyla ihr Pferd angetrieben, um die gefährliche Strecke so rasch wie möglich hinter sich zu bringen. Aber ihr war klar, dass das ebene Gelände sich dafür über einen zu großen Raum erstreckte. Golan würde auf keinen Fall so lange durchhalten können. Also hielt sie sich selbst dazu an, Ruhe zu bewahren, und den Weg in gemäßigtem Tempo zu bewältigen. Wenn Gefahr drohte, würde Golan noch früh genug an seine Grenzen gebracht werden.

Während sie dahin ritt, blickte Kyla ab und zu in den Sternenhimmel. Die kleinen, glänzenden Punkte gaben ihr ebenso Kraft wie Golan. Es tat gut, diese Begleiter zu haben. Manchmal ließ sie Golan anhalten, um in die Dunkelheit zu lauschen. Dann ritt sie weiter und versuchte, nicht darüber nachzudenken, dass sie schon bald das erste Gebirge passieren musste. Es waren große Felsmassive, die sich gegen den etwas helleren Himmel abhoben. Eine recht enge Passage gab den Weg zum dahinterliegenden Land frei. Die Felsen erstreckten sich, soweit man blicken konnte. Kyla griff zur Wasserflasche und nahm ein paar Schlucke.

Dann hielt sie ihr Pferd an, stieg ab und ließ Golan Wasser aus ihrer gewölbten Hand trinken. Sie wusste, dass er bald mehr brauchen würde, aber in der Dunkelheit wollte sie nicht riskieren, längere Zeit auf einem Fleck zu verweilen. Nachdem sie die Flasche wieder verstaut hatte, stieg sie auf Golans Rücken und trieb ihn an, schneller zu laufen. Das Gebirge war schon bald unmittelbar vor ihr. Kylas Herz schlug hart gegen ihre Rippen. Mit der Hand griff sie nach dem Heft ihres Schwertes. Sie passierte den engen Durchlass. Im Dunkeln konnte sie nicht sehen, wie nah die Felsen zu beiden Seiten waren, doch Golans Hufgeräusche hallten von den Wänden wider. Es war irritierend und übertönte jeden anderen Laut. Die junge Kriegerin spitzte die Ohren und ihr war, als würde sie etwas hören – jemanden. Sie zog ihr Schwert, doch bereits im gleichen Augenblick wurde sie vom Pferd gerissen. Der Aufprall war hart, Kyla rang nach Atem. Golan wieherte laut – er stieg. Dann ein Schrei, der abrupt verstummte. Kyla versuchte in der Schwärze der Nacht zu erkennen, was geschehen war. Neben ihr bäumte sich etwas auf, erneut stieg Golan in die Höhe.

»Tötet das Pferd! Es wird uns noch alle umbringen!«, schrie nun einer der Angreifer. Kyla sprang auf die Füße und hieb mit ihrem Schwert nach den Männern, die auf Golan zustürmten. Sie konnte sie nicht sehen, aber die Trainingseinheiten mit Quyntyr, in denen er ihr die Augen verbunden hatte, zahlten sich nun in der Tat aus. Sie spürte in die Dunkelheit hinein und schwang ihr Schwert mit überraschender Präzision, wie die Schreie und erstickten Laute ihrer Gegner bewiesen. Golan setzte sich ebenfalls zur Wehr, wenn ihm jemand zu Nahe kam. Niemals hatte Kyla damit gerechnet, in ihm einen wirklichen Mitkämpfer zu haben, doch das Pferd schlug offenbar so manchen Angreifer mit seinen schweren Hufen zu Boden.

Vermutlich brach er ihnen die Schädel, doch Kyla hatte kein Mitleid. Diese Bande hätte sowohl ihr Pferd als auch sie selbst getötet, wenn sie ihnen die Gelegenheit dazu gegeben hätten. Erst als Stille einkehrte, ließ Kyla das Schwert sinken. Sie stand da und atmete schwer. Dann hielt sie den Atem an – das schwere Atmen blieb. Plötzlich wollte sich ein scharfer Gegenstand durch Kylas Stiefel bohren, doch das Leder war dick genug und der Angreifer so schwach, dass er sie nicht ernsthaft verletzte. Sie hob ihr Schwert und stieß die Klinge in den Körper des am Boden liegenden Feindes. Das fremde Atmen erstarb. Nun rang nur noch Kyla nach Atem, und Golan schnaubte von Zeit zu Zeit.

»Warum haben wir uns nur auf diesen Weg gemacht?«, fragte sie und tätschelte in der Düsternis Golans Schulter. »Bist du verwundet?« Sie tastete über den mächtigen Pferdekörper und lauschte auf Golans Atmung. Auch er schien immer noch aufgeregt zu sein, aber unversehrt.

»Und das ist erst der Anfang unserer Reise. Bis die nächste Dunkelheit hereinbricht, werden wir aber voraussichtlich am Berg Ultay sein. Und damit hoffentlich in Sicherheit.« Golan wieherte leise, als wolle er zustimmen. Kyla steckte das Schwert zurück. Es war besser, diesen Ort zu verlassen, bevor gefährliche Tiere vom Blutgeruch angezogen wurden.

Sie brachten die Enge ohne weitere Zwischenfälle hinter sich. Endlich war es Kyla wieder möglich, die Sterne am Himmel zu sehen. Wie Hirlay es ihr beigebracht hatte, orientierte sie sich daran, um so auf den entfernten Berg Ultay zuzusteuern. Die Weite des Landes machte die Umgebung auf wundersame Art ein wenig heller. Langsam aber stetig bewegten Golan und Kyla sich voran. Die nächsten Berge durchritt sie mit einem mulmigen Gefühl, doch sie ließen die Gesteinsmassive hinter sich, ohne angegriffen zu werden, dabei war der Weg hindurch gut doppelt so lang wie der zuvor. Kyla schöpfte neuen

Mut, als der Horizont heller wurde. Schon bald würde die Sonne aufgehen und ihr damit ein Gefühl der Sicherheit geben. Sie wusste, dass es trügerisch war, denn auch das Tageslicht würde ihr nichts nutzen, wenn sich Feinde in einem Hinterhalt versteckten. Und einen Nachteil brachte das Sonnenlicht sogar mit sich: Golan und sie selbst würden mehr Durst haben, als in der ungleich kühleren Nacht. Doch darum würde sie sich Gedanken machen, wenn es soweit war. Es war besser, ein Problem nach dem anderen zu lösen. Auch diese Weisheit hatte sie von Hirlay erworben.

Der alte Lehrer fehlte ihr. Sein Wissen, seine Ruhe und seine tiefe Zuversicht, dass die Dinge sich stets so entwickelten, wie es vorherbestimmt war, fehlten ihr nun schmerzlich. Sie selbst konnte diese Art von Schicksalsergebenheit nämlich nicht empfinden, so sehr sie sich auch bemühte.

Hirlay war der Meinung, dass jedes Lebewesen einem Plan unterstellt war, der auch unter widrigsten Umständen eingehalten wurde. Sich selbst nahm er gerne als Beispiel, da er als junger Mann so viele Krankheiten hinter sich gebracht hatte, und am Ende doch der alte Lehrer geworden war, der er – seiner Meinung nach – schon von Beginn seines Lebens an hatte werden sollen. Und auch Quyntyr sah er gerne als Beweis dafür, dass jeder sich in die Richtung entwickelte, die ihm vorherbestimmt war. Denn in ihm sah er einen Benachteiligten, der aus seiner körperlichen Schwäche eine Stärke gemacht hatte. Kyla sah das anders. Sie hatte eher das Gefühl, dass Quyntyrs

Fähigkeiten im Kampf ihm nur eine vorgespielte Kraft gaben. In Wahrheit war er so verletzlich wie kaum jemand, den Kyla bislang kennengelernt hatte. Er war gebrochen worden – mehr als einmal. Und zuletzt hatte sie ihm diesen Frevel angetan. Vielleicht war das der wahre Grund, warum sie sich auf diesen gefährlichen Weg gemacht hatte. Es war ihre Art der Buße.

Als die Sonne begann, ihre Wärme über dem Land zu verteilen, hielt Kyla Golan an. Sie ließ sich von seinem Rücken gleiten und suchte aus den Satteltaschen das Tongefäß, das sie auf dem Markt in Tritam erstanden hatte. Dann nahm sie eine der mit Wasser gefüllten Flaschen und goss einen guten Teil in das Gefäß, um es schließlich vor Golan zu stellen.

»Trink langsam, mein Freund, unser Vorrat ist bescheiden.« Sie kam ihrer Mahnung selbst nach, als sie sich die Flaschenöffnung an die Lippen setzte und nur wenige Schlucke trank. Gerade als sie sie wieder sinken ließ, fiel ihr eine Staubwolke zu ihrer Rechten auf.

Kyla blickte in die andere Richtung, und auch von dort näherten sich Gestalten. Sie kamen zu Fuß, wohl in Ermangelung von Pferden. Natürlich, in diesem Gebiet war es beinahe unmöglich, den Wasser- und Futterbedarf eines Pferdes zu decken. Golan war auch ihr Rettung und Mühsal zugleich. Doch an Letzteres wollte sie nicht denken, denn er war ihr Gefährte, der sie nicht nur vor Feinden retten konnte, sondern auch vor dem Gefühl der Einsamkeit. Abermals sah Kyla in beide Richtungen. Dieser geplante Überfall würde wohl kaum zur Gefahr für sie werden. Die Angreifer waren noch weit genug entfernt und bewegten sich im Vergleich zu einem galoppierenden Pferd geradezu kriechend fort. Aber sie kamen näher.

»Zeit für uns, die kleine Pause zu beenden«, sagte Kyla gerade an Golan gerichtet, als ihr klar wurde, dass die Angreifer sie nicht nur von beiden Seiten in die Zange nehmen wollten, sondern auch von vorne eine Gruppe Männer auf sie zukam. Um keinem von ihnen in die Arme zu laufen, blieb also nur der Weg nach hinten. Einen Rückzug schloss Kyla jedoch vollkommen aus. Sie musste dieses Gebiet passieren – und das um jeden Preis.

Die Feinde schienen dies zu wissen, denn sie steuerten beharrlich auf sie zu. Zahlenmäßig waren sie ihr um ein Vielfaches überlegen, und wie ihre Waffen beschaffen waren, konnte Kyla noch nicht erkennen. Sie ging jedoch davon aus, dass sie recht primitiv waren. Dennoch, wenn genügend Männer bereit waren, sich ihr mit minderwertigen Waffen in den Weg zu stellen, dann würden ihr auch rostige Klingen und stumpfe Dolche nur zu schnell zum Verhängnis werden können.

Wenn sie nicht töricht sein wollte, blieb ihr wohl doch nur der Rückzug. Sie könnte den Männern problemlos entkommen, wenn sie nun die Richtung einschlug, aus der sie gekommen war. Aber dann wäre zweifellos auch ihre Reise zum Berg Ultay beendet – und das war nicht akzeptabel! Vielleicht war es dumm gewesen, alleine hierher zu kommen. Doch wer wäre bereit gewesen, an ihrer Seite zu sein und sich den Entbehrungen und Gefahren in der Einöde auszusetzen? Lopal vielleicht?

Er hatte Frau und Kind – zudem hatte er so lange im Dorf Lam Olhana ausgeharrt und sein Leben aufs Spiel gesetzt, dass er es sich redlich verdient hatte, nun die Annehmlichkeiten und den Schutz der Stadt zu genießen. Oder hätten die Reiter der Herrscherin sie begleiten sollen? Das hatte Paraila nicht gewollt, ansonsten hätte sie Kyla nicht alleine auf die Suche nach Quyntyr geschickt.

Die Feinde kamen unaufhaltsam näher. Golan wurde unruhig. Kyla spürte, dass er sich umwenden wollte, doch sie hinderte ihn nachdrücklich daran. Stattdessen entschied sie, einer der Gruppen entgegen zu reiten, um zumindest für kurze Zeit einer begrenzten Zahl von Gegnern gegenüberzustehen. Mit ruhiger Stimme sagte sie an Golan gerichtet: »Wenn wir schon unser Leben lassen müssen, werden wir es im Kampf tun. Denn wenn wir jetzt fliehen, bin ich keine Kriegerin mehr, und du nicht das Ross einer solchen. Und was wären wir dann noch? Wir können unser Leben verlieren, aber nicht unseren Stolz. Geh voran, Golan! Jetzt ist unsere Zeit.«

Langsam aber stetig bewegten sie sich auf die Männer zu, die ihnen entgegenkamen. Ab und an blickte Kyla zu den Seiten und konnte verfolgen, wie auch die Feinde zu ihrer Rechten und Linken sich immer weiter auf sie zubewegten. Kyla zog ihr Schwert. Die Angreifer hoben ihre Waffen. Einer von ihnen kam frontal auf sie zu. Im Schein der Sonne funkelte die Schneide seines Schwertes auf – ein Schwert, ganz ähnlich wie das, welches sie selbst in Position brachte, um seinen Angriff parieren zu können. Doch plötzlich löste sich die Gruppe der Männer auf, die ihr entgegenkam. Sie verteilten sich zu den Seiten, stießen Schreie aus und stürzten sich auf die anderen Angreifer, die Kyla und Golan bedrängten.

Nicht im Entferntesten hatte Kyla diese Wendung kommen sehen. Drei Gruppierungen hatten sich ihr genähert, doch offensichtlich waren es untereinander verfeindete Banden. Es war ihr schon vor ihrem Aufbruch bekannt gewesen, dass die verschiedenen Lager sich gegenseitig bekämpften. Doch das waren Vorgänge, von denen sie geglaubt hatte, sie höchstens aus der Ferne zu beobachten. Nun befand sie sich jedoch inmitten einer solchen Schlacht und konnte nicht entkommen, es sei denn, sie ritt in die falsche Richtung. Das Schicksal trieb wahrlich ein seltsames Spiel ...

Kyla blickte sich um. Überall wurden Arme gehoben, Waffen gestoßen und geschwungen. Auch verbogene Klingen ohne Griffe, rostige Äxte und großgliedrige Ketten wurden als Waffen benutzt. Das Metallgerassel war ohrenbetäubend. Wann immer es einem der Angreifer gelang, einen anderen zu Boden zu bringen, brach Gejohle aus, das Kyla wie das Heulen wilder Tiere vorkam.

Hier wurde nicht mit Geschick gekämpft – niemand hatte diese Männer unterrichtet. Blanke Gewalt und blinder Körpereinsatz ließen die Schlacht zum puren Gemetzel werden. Der Mann, der frontal auf sie zugekommen war, verharrte jedoch reglos vor Golan, während neben ihm Körper zu Boden sanken. Blut spritzte umher, ein paar Tropfen trafen Kyla im Gesicht, doch auch sie war reglos. Ihr Blick war auf die Augen des Mannes gerichtet, der sie ebenfalls ins Visier genommen hatte. Wie seine Waffe, so sah auch er anders aus, als die Männer, mit denen er gekommen war.

Er hatte offenbar schon viele Sommer gesehen. Sein Gesicht war zerfurcht, die Haut fast schon ledrig. Ein grauer Bart bedeckte teilweise das Antlitz des Mannes. Von Gestalt war er außergewöhnlich groß und breitschultrig, sodass seine Stärke und sein Alter nicht zusammen zu passen schienen. Es war seltsam, diesen bereits betagten und verharrenden Mann inmitten der jungen, haltlos kämpfenden Männer zu sehen. Kyla schätzte, dass er mindestens dreimal so lange gelebt hatte wie sie selbst.

Doch er war nicht gebückt, wie sie es von vielen älteren Chyrrta kannte. Im Gegenteil: Er schien immer noch ein wahrer Hüne zu sein. Seine Kleidung war schlicht und zweckmäßig für einen Kämpfer, und obwohl sie teilweise zerrissen war, strahlte der Mann eine Würde aus, die Kyla tief beeindruckte.

Der Mann wich nicht einmal zur Seite, als einer seiner Begleiter unmittelbar neben ihm stöhnend zu Boden fiel. Kyla sah, dass der Verletzte sich wand und seine Hand ausstreckte, um nach dem Bein des alten Mannes zu greifen. Immer wieder bewegten sich seine Lippen, als würde er ihn um Hilfe anflehen.

Kyla wusste, dass niemand diesem Todgeweihten mehr helfen konnte, doch wenigstens einen Blick könnte der Alte ihm doch schenken, wenn der Sterbende so darum bettelte. Doch der Mann ließ seine Augen nur auf Kyla ruhen und wandte keinen einzigen Moment lang die

Aufmerksamkeit von ihr ab. Eine Staubwolke, die durch die Kämpfe aufgewirbelt worden war, traf Kyla und hüllte sie ein. Golan wurde unruhig, doch er blieb auf der Stelle stehen.

Die junge Kriegerin musste kurz die Augen schließen, um sie vor den Sandkörnern zu schützen. Als sie die Lider wieder öffnete, erkannte sie gerade noch, dass der Mann, der ihr bislang reglos gegenüber gestanden hatte, nun auf sie zu preschte. Er hatte die Hand mit dem Schwert erhoben, doch er würde nicht sie treffen, sondern ihr Pferd. Vermutlich wollte er seine Gegnerin auf diese Art wehrlos machen und ihr dann im Kampf einen tödlichen Schlag versetzen. Möglicherweise wollte er sie jedoch auch gefangen nehmen, damit sie ihm und seinen Männern zu Willen sein musste.

Der Gedanke war so erschreckend, dass Kyla einen Augenblick lang Panik befiel. Sie beschwor sich selbst, einen kühlen Kopf zu bewahren. Zunächst galt es, den Angriff des Mannes abzuwehren, bevor er Golan verletzen konnte. Also ließ sie sich so schnell wie möglich vom Rücken des Pferdes gleiten. Nun war das Schwert des Mannes auf ihrer Kopfhöhe, und ihr blieb kaum noch genügend Zeit, das ihre zu heben. Sie riss es hoch, doch ihr war klar, dass der Winkel nicht mehr ausreichen würde, den Angriff zu verhindern.

Um sich selbst retten zu können, hätte sie Golan opfern müssen – doch dazu war sie nicht imstande gewesen. Eine Schwäche, die sich nun furchtbar rächte. Sie fragte sich, ob es sehr schmerzen würde, wenn der Gegner ihre

Kehle mit dem Ort seines Schwertes durchstach. Oder war der Schmerz nur von kurzer Dauer und wurde rasch vom vergleichsweise gnädigen Tod abgelöst? Einen Wimpernschlag später würde sie es wissen. Doch dann sah sie eine weitere Bewegung – ein zweites Schwert tauchte in ihrem Blickfeld auf, es war breit und geradezu grotesk verbogen. Dennoch, es würde jeden Augenblick ihren Hals treffen. Dieser seitliche Angreifer wollte ihr offenbar den Kopf vom Rumpf trennen.

Kyla wurde sich bewusst, dass sie also so oder so sterben würde. Ihr letzter Gedanke galt Lanari, von der sie sich nicht einmal richtig verabschiedet hatte. Hätte sie es doch nur getan ... Nun kam das Bedauern zu spät. Ein metallenes Geräusch klirrte in Kylas Ohren; das verbogene Schwert flog durch die Luft und landete auf dem sandigen Boden.

Das zweite Schwert wurde weggezogen, und nun schrie der bärtige Mann sie an: »Verteidige dich! Hilf uns, die Feinde zu bekämpfen! Wir sind in der Unterzahl und nur hergekommen, um dich zu schützen. Wenn du wahrhaft Kyla – die Kriegerin der grünen Wasser bist, dann wäre jetzt ein guter Zeitpunkt, deine Künste zu beweisen!« Kaum hatte er das gesagt, wandte er sich um und lief in eine Gruppe hinein, die einem der seinigen Männer ihre stumpfen Waffen in den Leib bohrten.

Der Bärtige hob das Schwert, mit dem er Kyla nur kurz zuvor das Leben gerettet hatte, und beendete das der Angreifer damit. Einen nach dem anderen fällte er wie morsche Bäume. Sie fielen unter röchelnden Lauten zu Boden und tränkten ihn mit ihrem Blut. Endlich erwachte

Kyla aus ihrer Starre. Diese Männer waren gekommen, um sie zu retten – und viele von ihnen hatten bereits ihr Leben gelassen. So wie jener, der nach dem Bein des Bärtigen gegriffen hatte. Kyla sah, dass ein Feind dessen Leiche eine Mistgabel in den Bauch rammte.

»Tod dir, Jandha, du Verräter!«, schrie er. Dass der Mann, auf den er einstach, bereits tot war, schien den Kerl nicht zu stören. Er zog die Spitzen der Gabel heraus und trieb sie dann erneut in den inzwischen von Blut und Exkrementen besudelten Leib. Der Fäkalgestank ließ Kyla die Widerwärtigkeit der Szene vollends begreifen.

Sie hob ihr Schwert und schlug es dem geradezu besessenen Schlächter in den Hals. Die scharfe Schneide durchtrennte seine Sehnen und Muskeln nur zu leicht. Und auch die Halswirbel boten dem tödlich geschwungenen Schwert nur wenig Widerstand. Der Kopf des Mannes fiel vom Körper, prallte auf den Boden und zog eine blutige Spur im Sand, als er ein Stück weit rollte. Dann blieb er liegen, und Kyla konnte immer noch die von Mordlust verzerrten Gesichtszüge erkennen.

Als sie sich umwandte, fing sie den Blick des Bärtigen auf. Er nickte ihr kurz zu. Ein Dank? Wofür? Es war keine Kunst gewesen, diesen Mann zu töten, der nichts Besseres zu tun gehabt hatte, als eine Leiche zu schänden. Und doch empfand Kyla Freude über die Wertschätzung, die dieser Fremde ihr mit seiner Geste zuteilwerden ließ. Doch es blieb nicht viel Zeit, sich damit zu beschäftigen, denn nun stürmten gleich drei Männer auf Kyla los. Einer schwang eine lange Kette und traf sie damit an den Beinen, was sie wohl zu Fall bringen sollte. Kyla schaffte es gerade noch, sich an Golan festzuhalten und wollte sich auf seinen Rücken schwingen, doch nun traf eine zweite Kette den Hinterlauf ihres Pferdes. Golan wieherte schmerzerfüllt auf. »Lauf! Spring über die Feinde hinweg. Es sind zu viele, und du bist ein zu leichtes Ziel. Los, lauf! Wenn der Kampf vorbei ist, werde ich dich suchen.«

Kyla versetzte Golan einen Schlag aufs Hinterteil, um ihren Worten Nachdruck zu verleihen. Als ihr Pferd dem Befehl folgte, warfen die Angreifer sich zu Boden, um den schweren Hufen auszuweichen. Kyla nutzte die Gelegenheit, um zweien von ihnen den Garaus zu machen, ehe sie wieder auf die Beine kamen. Der dritte schaffte es, sein Messer in ihren Oberschenkel zu rammen, bevor sie ihm die Kehle durchschnitt.

Die Wunde war nicht tief, da die abgewetzte Spitze Kylas Hose aus derbem Leder nur schwer hatte durchdringen können. Zudem hatte Kyla keine Zeit, sich wegen des Schmerzes zu grämen, denn neue Feinde machten sich bereits daran, ihr weitere Verletzungen zuzufügen. Und diesmal hatte sich gleich eine ganze Reihe Bewaffneter um sie versammelt.

Die Kriegerin hielt ihr Schwert angriffsbereit vor sich und drehte sich langsam hin und her, um zu erkennen, wer ihr als erster gefährlich werden könnte. Als gleich drei der Männer auf sie zustürmten, schlug auch sie schnell zu. Doch ihr war klar, dass sie keine Chance hatte, denn offenbar hatte man entschieden, sie unbedingt ins Jenseits zu befördern. Und es wäre ihnen ganz sicher gelungen, wenn nicht abermals der Bärtige eingegriffen hätte. Er war jedoch sofort zur Stelle, als Kyla in Not war – und er schlug mit einer Brutalität zu, die das Blut in Kaskaden aus den zerstückelten Körpern hervorspritzen ließ. Er schaffte es, zwei Männern die Hände mit den darin befindlichen Waffen abzutrennen, und einem hieb er ins Knie, sodass der Mann wie ein vom Blitz getroffener Baum umfiel.

Kyla indes besiegte drei ihrer Angreifer durch Schwertstiche in die Brust. Einer von ihnen – ein blonder Jüngling – legte seine Hände um ihre Schneide und sah sie so flehentlich an, dass sie einen kurzen Moment des Mitleids verspürte. Doch dann sammelte er Spucke, die er ihr wohl ins Gesicht speien wollte; er war inzwischen jedoch zu kraftlos, und so benetzte er damit nur sein eigenes Kinn. Kyla zog das Schwert aus seinem Körper und eine wahre Blutfontäne spritzte ihm aus dem Leib. Nun tat es Kyla nicht mehr leid, als er nach vorne kippte und mit seinem hübschen Gesicht im Dreck zum Liegen kam. Er hatte sie töten wollen, doch sie war schneller gewesen. Und nun war es sein junges Leben, das endete, statt ihrem.

»Sieh, sie fliehen! Wir haben es geschafft, sie in die Flucht zu schlagen.« Der Bärtige deutete umher. Kyla ließ ihren Blick schweifen und erkannte, dass die Angreifer sich tatsächlich entfernten. Einige humpelten und wurden von anderen gestützt. Ein paar warfen sogar ihre jämmerlichen Waffen fort, damit sie schneller laufen konnten. Die Männer, die mit dem Bärtigen gekommen waren, verfolgten die Flüchtenden zum Teil und rammten ihnen Äxte oder Schwerter in die Rücken. Kyla schüttelte stumm den Kopf. Der Blick des bärtigen Mannes traf sie. Er hatte eine Blutspur im Gesicht, die jedoch nicht von ihm selbst zu stammen schien.

»Du musst ihnen vergeben. Meine Leute sind es nicht gewohnt, ehrenhaft zu kämpfen. Sie mussten sich und ihre Familien lange Zeit gegen die Eindringlinge mit den einfachsten Mitteln verteidigen. Ihre Wut ist groß, und sie gieren nach Rache, denn viele ihrer geliebten Angehörigen oder Gefährten wurden auf bestialische Art getötet. Und sie wurden allein gelassen in ihrem Elend und Leid – immer in dem Wissen, dass sie schon bald die nächsten sein könnten, die den Tod finden. Wenn sie jetzt kämpfen, so halten sie sich an keinerlei Regeln.«

Kyla nickte verstehend. Sie strich sich eine Strähne ihres Haares hinter das Ohr, während sie sagte: »Dann sind die Männer, die mit dir kamen, also ehemalige Bewohner der Dörfer, die von den Eindringlingen überrannt wurden?«

»Ja, das ist richtig. Zumindest sehr viele von ihnen.«

»Dörfer wie Lam Olhana ...«, sagte Kyla und dachte an Lopal. Wäre auch er hier, wenn er keine Familie mehr hätte, um die er sich sorgte? Hatten die Männer, die sich um den Bärtigen scharten, niemanden mehr, um den sie sich kümmern mussten?

»Warum haben die ehemaligen Dorfbewohner das Leben hier vorgezogen, statt in andere Siedlungen zu gehen – zum Beispiel in die Stadt Tritam. Ich bin sicher, dass viele von ihnen dort aufgenommen würden, wenn sie einen Antrag bei Herrscherin Paraila stellen.«

Nun grinste der Bärtige, aber es sah nicht wirklich

amüsiert aus. »Niemand hier würde sich an diese Betrügerin wenden. Niemand!«

Kyla glaubte erst, ihren Ohren nicht trauen zu können. Niemals zuvor hatte jemand es gewagt, in ihrer Gegenwart schlecht über die Herrscherin von Chyrrta zu sprechen – und schon gar nicht, sie eine Betrügerin zu nennen! Kyla benötigte einen Moment, um die Sprache wiederzufinden.

»Betrügerin? Warum bezeichnest du sie so?«

»Weil es die Wahrheit ist. Und wenn ich mich nicht täusche, weißt du das besser, als jeder andere.«

Kyla fühlte sich unter seinem Blick, als würde er direkt in ihre Gedanken sehen können. Natürlich wusste sie, dass Paraila ihr Volk betrog – doch das konnte dieser Mann unmöglich wissen! Warum auch immer er sie in den Schmutz zog, er sollte sich dafür rechtfertigen!

»Ich habe keine Ahnung, wovon du sprichst. Paraila ist eine gütige Herrscherin, die ihrem Volk alles gibt, was es zum Leben benötigt. Wer hingegen bist du schon? Sprich!«

»Ich bin der, der dir den Arsch gerettet hat, Kleine! Derjenige, der vor niemandem je gekrochen ist. Und schon gar nicht vor jemandem, der sein Volk betrügt, wie Paraila. Es steht dir frei, zu gehen, wo immer du hingehen willst, wenn du dich entscheidest, die Lügen deiner Herrscherin hier – vor mir – fortzuführen. Wenn du sie verteidigen willst, weil du zu ihr stehst, dann tue es und geh! Wenn du es jedoch nur tust, weil du glaubst, ihr etwas schuldig zu sein, dann höre sofort auf damit. Denn augenblicklich bist du eher mir dein Leben schuldig, als ihr. Oder willst du das leugnen?«

Seine Worte hatten Kyla zurechtgestutzt. Es stimmte: Sie lebte nur noch, weil er sie vor dem sicheren Tode bewahrt hatte. Zögerlich schüttelte Kyla den Kopf.

»Gut. Das reicht mir für den Anfang. Aber du wolltest wissen, wer ich bin. Und ich bin immer noch höflich genug, dir diese Frage zu beantworten, auch wenn wir hier – in dieser Einöde – an Höflichkeit vieles aufgegeben haben. Mein Name ist Ganruy.«

Ganruy? Wäre Kyla nicht auf dem Weg gewesen, um Quyntyr zu treffen, so hätte ihr der Name ganz sicher nichts mehr gesagt. So aber erinnerte sie sich an Parailas Worte, dass Ganruy – der sich selbst „der Rächer" nannte – der Kontakt ihres ehemaligen Kampflehrers gewesen sein sollte, an den er geheime Botschaften geschickt hatte. Und sie erinnerte sich, dass die Herrscherin ihn nur für eine Erfindung des verhörten Boten hielt. Zudem hatte er auch gesagt, Ganruy sei inzwischen verstorben.

»Du kannst nicht Ganruy sein, denn der ist tot.« Kyla wollte den Mann damit als Lügner entlarven, doch es misslang völlig. Denn nun begann nicht nur der Bärtige zu lachen, sondern auch die Männer, die sich um ihn herum versammelt hatten.

»Wenn ich tot wäre, hätte ich wohl sehr viel weniger Fleisch auf den Rippen – und das Stehen würde mir auch schwerfallen. Sicher rieche ich derzeit nicht viel besser als ein Toter. Aber nein, ich muss dich enttäuschen: Ich lebe noch.«

»Ich bin nicht enttäuscht«, brachte Kyla hervor.

Sie kam sich unendlich dumm vor, dass sie so offen

zugegeben hatte, falsch informiert zu sein.

»Dann lass uns nun von hier verschwinden, bevor die Geflohenen mit Verstärkung zurückkehren.« Kyla stimmte zu und rief nach Golan, der kurz darauf hinter einem der Felsen auftauchte und auf sie zu trabte.

»Ein schönes Ross – einer Kriegerin würdig.«

»Er gehörte einem sadistischen Bastard, aber nun gehört Golan mir«, sagte Kyla, während sie dem Pferd den Hals streichelte.

»Und was geschah mit diesem sadistischen Bastard?«

»Ich habe ihn getötet.«

Ganruy nickte. »Ich zweifle nicht daran, dass er es verdient hat. Und ebenso wenig daran, dass Golan es bei dir besser hat.«

»Ich bin mir da nicht so sicher. Bis eben glaubte ich noch, ihn und mich in den sicheren Tod geführt zu haben.«

»Nun, ein Kampf kann immer mit einer Niederlage enden. Und ich bin mir sicher, dass auch Bahanda sein Pferd in Schlachten geführt hat, die aussichtslos schienen.«

»Bahanda ... Woher weißt du, dass Golan *sein* Pferd war? Ich habe seinen Namen nicht erwähnt.«

Ganruy lächelte milde und hob die Hand, um Kyla zu bedeuten, dass sie sich nicht sorgen sollte.

»Ich weiß ziemlich viel über dich, wie du schon bald feststellen wirst. Auch Dinge aus jüngster Vergangenheit. Seit Quyntyr in unserem Lager eingetroffen ist, hat er praktisch nichts anderes getan, als von dir – und natürlich von seiner so unsterblich geliebten Paraila – zu erzählen.«

»Er hat von mir erzählt?« Kyla spürte, dass sie rot wurde.

»Ja, durchaus. Und er ist ... nicht gut auf dich zu sprechen, wie ich fürchte. Quyntyr ist zwar ein Meister seines Fachs, aber leider in Dingen der Liebe ein fürchterlicher Idiot. Sein Herz an eine Schlange wie Paraila zu verschwenden, und sich zugleich über deine erotischen Zuwendungen zu beschweren, daran erkenne ich sein immer noch jugendliches Unwissen in diesen Bereichen des Lebens. Er ist noch nicht gefestigt genug – lebt zu sehr in seinen törichten Träumen.«

So, wie Ganruy ihn beschrieb, erkannte Kyla ihren Kampflehrer gar nicht wieder. Der Quyntyr, den sie kannte, war ihr äußerst gefestigt vorgekommen. Er hatte auf sie immer gewirkt, als wisse er genau, was er wollte und was dafür zu tun war. Und nicht zuletzt hatte er ihr das Leben gerettet – genau wie Ganruy vorhin. Ob es wirklich der richtige Quyntyr war, den sie hier in dieser Einöde suchte? Aber ja, ganz sicher war er der Richtige, denn dass er unentwegt von Paraila sprach, war schließlich Beweis genug. Auch wenn Kyla diesen Umstand nicht so recht verstand.

»Ich bin verwundert, dass du von Quyntyrs Schwäche für Paraila weißt. Mir hat er einst mit dem Tode gedroht, wenn ich seine Liebe zu ihr nicht für mich behalte.« Zu Kylas Erstaunen verdrehte Ganruy kurz die Augen. Eine Geste, die nicht so recht zu diesem hünenhaften Mann passen wollte. Seine Stimme klang gereizt und zugleich spöttisch.

»Sicher glaubt er in seinen romantischen und sehnsüchtigen Träumen immer noch, nur er allein wüsste von seiner Schwäche für sie. Und das, obwohl er doch nichts anderes tut, als ständig von ihr zu erzählen. Aber so sind Verliebte nun mal. Du kannst über jedes erdenkliche Thema mit ihnen sprechen, sie führen das Gespräch, wie unter einem inneren Zwang leidend, in die Richtung, die ihnen ihr liebestrunkener Geist befiehlt. Es ist ohnehin schon nur schwer zu ertragen, mit einem solchen Chyrrta zu tun zu haben, doch da Quyntyr ausgerechnet an dieses widerliche Weib sein Herz verloren hat – und das schon so lange und auf immer, wie es scheint – ist man versucht, sich die Ohren mit einem Dolch abzuschneiden, wenn er zu schwelgen beginnt.«

»Was du an Begeisterung für unsere Herrscherin zu wenig hast, hat er zu viel. Vielleicht ist das nur der gerechte Ausgleich«, sagte Kyla herausfordernd. Als sie Ganruys Blick hart werden sah, bedauerte sie es jedoch, so forsch gewesen zu sein.

»Sie ist nicht meine Herrscherin. Und sie ist auch nicht die Herrscherin von irgendjemand hier.«

»Doch, sie ist *meine* Herrscherin«, beharrte Kyla.

»Ja. Ich weiß, du bist dem Eid verpflichtet. Aber vielleicht wird der Tag kommen, an dem du erkennst, dass der Bruch eines Eides nicht schwerer wiegt, als die Lüge, die ihn dir abverlangt hat.«

Kyla wollte etwas erwidern, doch Ganruy hob die Hand, um sie zum Schweigen zu bringen.

»Wir sollten nun wirklich aufbrechen. Besteige dein Pferd.«
»Aber ihr seid zu Fuß unterwegs. Ich werde ebenfalls gehen und Golan am Zügel führen.«

»Ganz wie du möchtest. Aber wenn erneut Feinde angreifen, dann will ich, dass du auf dein Pferd steigst und in diese Richtung reitest.« Er deutete mit dem Finger in die Ferne. »Siehst du den Berggipfel, der wie ein Lantokopf aussieht? Genau zwischen den beiden Ohren findest du eine Höhle. Dort wartet Quyntyr auf uns. Sollte ich nicht zurückkehren, so kümmere dich um die verbliebenen Männer. Es sind keine besonders guten Kämpfer, wie ich gestehen muss, doch es sind gute Kerle, die wissen, was Recht und was Unrecht ist. Sorge dafür, dass sie eine Zukunft haben, und verrate Paraila niemals, wo sie sich aufhalten. Gib mir dein Wort darauf, Kyla – Kriegerin der grünen Wasser.«

Kyla wunderte sich, dass er ihr die Verantwortung für seine Leute übertrug, aber ebenso wie sie, so rechnete auch der Bärtige jederzeit damit, bei einer Auseinandersetzung irgendwann den Kürzeren zu ziehen.

»Ich gebe dir mein Wort«, versicherte sie. Er nickte. Kyla überkam die Erkenntnis, dass sie im Falle von Ganruys Tod die Verantwortlichkeit für Männer übernahm, die ihre Gebieterin verabscheuten. Der Gedanke war so erschreckend, dass sie sich nicht länger damit aufhalten wollte und stattdessen inständig davon ausging, dass der charismatische Anführer mit ihr gemeinsam den Berg Ultay erreichen würde.

Je länger sie neben Ganruy ging, umso mehr Fragen wirbelten Kyla durch den Kopf. Ab und zu stellte sie ihm eine davon, doch er antwortete oftmals nur knapp, als würde es ihn zu sehr anstrengen, während des Marsches eine Konversation zu führen. Es kam Kyla so vor, als würde das Ziel – sie nannte es still Lantogebirge – kein Stück näher kommen.

Ein junger Mann aus der Gruppe hatte offenbar die Aufgabe, die anderen mit Wasser zu versorgen. Bislang hatte Kyla immer ablehnen können, wenn er ihr den Becher anbot, doch inzwischen war ihr Wasservorrat aufgebraucht. Der größte Teil davon war in Golans Bauch gelandet, wie sie sich eingestehen musste, und sicher hielt Ganruy sie insgeheim für eine Närrin, weil sie ihr Pferd in diese Einöde mitgenommen hatte. Erschwerend kam hinzu, dass sie nun beide gingen – Pferd und Reiterin, aber Kyla widerstand der Versuchung, sich auf Golans Rücken zu setzen, nur weil ihre Beine müde waren. Ganz sicher wäre es ihr als Zeichen der Schwäche ausgelegt worden – denn das war es ja auch.

Als der junge Mann zum wiederholten Male Kyla einen Becher reichte, griff sie danach und murmelte einen Dank. Sie wagte nicht, nach Wasser für Golan zu fragen und hoffte, er würde nicht so dringend welches benötigen, wie sie es tat. Als der Wasserträger fortgehen wollte, machte Ganruy eine Geste. Der Mann füllte einen weiteren Becher mit Wasser und hielt ihn erneut Kyla hin. »Für dein Pferd«, erklärte er. Kyla war unendlich erleichtert, dass man ihr diese zusätzliche Portion gewährte. Sie nahm den Becher und füllte davon immer ein wenig in ihre hohle Hand, damit Golan trinken konnte.

»Mein Name ist Paharja. Wenn du noch etwas benötigst – Wasser oder etwas zu essen – dann rufe nach mir. Du bist jetzt eine von uns«, erklärte er, wandte sich dann rasch um und ging zu einem der Männer, um ihn zu verpflegen.

»Paharja hat recht: Du gehörst nun zu uns. Die Männer und ich sprechen dich daher auch nicht mit der Ehrerbietung an, die du vielleicht gewohnt bist. Für uns bist du keine Abgesandte Parailas, sondern eine Freundin von Quyntyr.«

»Ich glaube nicht, dass er das im Moment so sieht«, sagte Kyla, um Ganruy wieder an die schwierige Situation zu erinnern, in der sie und ihr ehemaliger Kampflehrer sich befanden.

»Das wird schon wieder. Er ist zwar ein verliebter Tölpel, aber er ist kein Idiot.«

»Genau so hast du ihn aber vor noch gar nicht langer Zeit genannt.« Kyla lachte, als sie das Gesicht des Bärtigen sah. »Du hörst gut zu, das muss ich dir lassen. Aber was Quyntyr angeht, so kann ich ihm nie lange böse sein. Und ich hoffe, dass du es ebenfalls nicht kannst. Obwohl du um einiges jünger bist als er, glaube ich, dass du mit den Chyrrta besser umgehen kannst als Quyntyr. Er hat sich verkrochen und das Palastleben als Versteck genutzt. Ich habe ihn oft gebeten, zu uns zu stoßen, aber er hat sich lieber hinter den dicken Fassaden aufgehalten.«

»Es ist nicht leicht für ihn. Seine Vergangenheit ... seine Krankheit ...«

»All das sind Ausreden. Sicher, er hat die Zeit gut genutzt und sich im Kampf hervorragend ausgebildet. Aber seine Gedanken sind viel zu düster für einen immer noch jungen Kerl. Seine Ziele sind mit seiner Besessenheit nicht vereinbar – *unsere* Ziele.«

Kyla begann zu begreifen. Quyntyr hatte im Herzen dieses alten Hünen einen Platz errungen, den sicher nicht viele einnahmen. Aber Ganruy war unzufrieden mit seinem Schützling, weil dieser Paraila einfach nicht aus seinem Kopf verbannen konnte. Und wenn sie die Feindin dieser Männer war, dann konnte Kyla sich gut ausmalen, wie schwer Quyntyr es unter ihnen hatte – beinahe so schwer, wie sie selbst. Ja, sie waren in einer ähnlich schwierigen Lage, und doch spürte Kyla, dass sie begann, Ganruy zu vertrauen.

Obwohl der Weg lang und beschwerlich war, wagte Kyla nicht, auch nur einen Moment innezuhalten. Die Versuchung, sich auf Golans Rücken zu setzen, wurde immer größer. Doch Kyla widerstand dem Wunsch, denn zum einen hätte es sie schwach aussehen lassen – und dies galt es unter den Männern unbedingt zu vermeiden – und zum anderen wirkte Golan so erschöpft, wie Kyla ihn noch nie zuvor gesehen hatte.

Ihr Pferd war die trockene Landschaft und die unbarmherzig auf sie herab scheinende Sonne nicht gewohnt. In den Wäldern strotzte sein Pferdekörper nur so vor Kraft, doch momentan schien es ihr, als hoffe er nur, dass seine Lage sich bald wieder ändern würde. Auch Kyla hegte diese Hoffnung, biss sich jedoch auf die Zunge, statt Ganruy zu fragen, wann sie ihr Ziel endlich erreichen würden.

Die Sonne stand schon tief, als sie schließlich eine vorgelagerte Bergkette erreichten, die Kyla aus der Entfernung gar nicht als solche erkannt hatte.

»Siehst du die Erhebung dort, gleich hinter dem Felsen mit der scharfkantigen Seite?« Ganruy zeigte genau in die Richtung, in der die Sonne stand und in einem grellen Orange zu zerfließen schien. Kyla musste die Augen zusammenkneifen, dann erkannte sie den Berg mit abgeflachter Kuppe und zwei spitzen Erhebungen zu beiden Seiten – den Lantokopf.

»Das ist der Berg Ultay. Dort haben wir unser Lager errichtet. Der Weg hinauf ist beschwerlich. Doch wenn wir ihn bewältigt haben, wirst du unsere Gastfreundschaft genießen können. Und du wirst Quyntyr wiedersehen, der dort auf dich wartet.«

Kyla sah Ganruy von der Seite an. »Dann hat er es also vorgezogen, dort zu bleiben, während du und deine Mannen euer Leben für mich aufs Spiel gesetzt habt?« Sie wusste, dass die Provokation unnötig war, doch sie konnte sich die Worte nicht verkneifen, die bitter auf ihrer Zunge gelegen hatten.

»Es ist besser so. Quyntyr ist nicht gerade redselig, wenn es nicht um Paraila geht. Natürlich hat er auch von dir berichtet, aber ich denke, vieles, was in seinen Gedanken vorgeht, verschweigt er uns auch. Im Grunde ist er sehr verschlossen, seit er bei uns eingetroffen ist. Natürlich liegt es daran, dass er das Leben im Palast aufgeben musste. Doch das offenbart er nicht. Ich konnte es ihm nur ansatzweise entlocken. Dass er im Lager blieb, kannst du als Zeichen der Schwäche auslegen. Es bleibt dir überlassen, wie du es sehen möchtest.«

»Er ist der beste Kämpfer, den ich je kennengelernt

habe. Und auch wenn er mich inzwischen hassen mag, so sehe ich doch zu ihm auf und zolle ihm Respekt.«

Ganruy sah Kyla überrascht an.

»Das sind demütige Worte für eine Kriegerin.«

»Es sind wahre Worte, nichts weiter. Ich denke nicht, dass es meinem Status schadet, die Wahrheit zu sagen. Eher im Gegenteil.«

Nun lächelte Ganruy. »Ich ahnte, dass es einen Grund geben muss, warum Quyntyr deine Nähe immer geschätzt hat. Auch wenn sich das vielleicht geändert hat, bin ich überzeugt davon, dass er dir den gleichen Respekt zollt, wie du ihm.«

Sie begannen bald darauf, die Steigungen zu erklimmen, die ihnen die letzten Kräfte abverlangten und ihre Gespräche zum Erliegen brachten. Auch Ganruys Männer waren schweigsam geworden. Sie alle schienen nur noch den Gedanken zu haben, endlich alle Glieder von sich strecken zu können und ihren geschundenen Füßen Ruhe zu gönnen. Bis sie jedoch die Bergkuppe erreichen würden, gab es noch einige Steigungen zu bewältigen. Schon jetzt waren sie weit vom Fuß des Berges entfernt.

Ab und zu schaute Kyla über das Land, das sie schon bald gut überblicken konnte. Sie sah jedoch nichts als staubigen Boden und in der Ferne das letzte Felsmassiv, das sie passiert hatten. Der Himmel war wolkenlos, und die Sonne schien nochmal alles geben zu wollen, bevor sie endlich untergehen würde. Wortlos reichte Paharja Kyla einen Becher Wasser. Golan bot er nichts mehr an, und Kyla begriff, dass seine Vorräte erschöpft waren.

Sie hoffte inständig, dass sie im Lager gut für ihr Pferd sorgen konnte, denn Ganruy und seine Mannen schienen auf Tiere nicht eingestellt zu sein.

Doch schon bald darauf erkannte Kyla, dass ihre Vermutung diesbezüglich falsch war. Das Lager konnte sie nun bereits sehen – es befand sich nur noch eine Steigung entfernt. Auf einer kleinen Fläche darunter waren ein paar Ziegen und Hühner, die sich friedlich den wenigen Platz teilten. Die Gruppe stieg weiter hinauf. Kyla konnte einige der Männer erleichtert seufzen hören. »Lass dein Pferd bei den anderen Tieren. Hier findet Golan Wasser und frisches Heu.«

»Gut, dann werde ich mich um ihn kümmern und komme nach.«

»Paharja wird sich um Golan kümmern. Keine Sorge, er war einst Stallbursche und weiß, was zu tun ist.«

»Dennoch möchte ich Golan gerne selbst versorgen«, beharrte Kyla.

Ganruy blieb nun stehen und sah ihr in die Augen.

»Dann würdest du Paharja um seine Aufgabe bei uns bringen. Er ist kein Kämpfer, denn sein Herz ist zu weich. Aber auf Tiere und das Umsorgen anderer Chyrrta versteht er sich. Paharja kümmert sich um deren Wohlbefinden – so verdient er sich seinen Platz und seine Verpflegung hier. Und du möchtest ihm diese Privilegien verwehren und ihn somit aus unserem Kreise verdrängen?«

Kyla war erstaunt über die Ausmaße ihrer Bitte. »Nein, natürlich nicht. Ich möchte nur, dass es Golan gut geht, denn ich musste bittere Erfahrungen diesbezüglich machen, als ich in einem Dorf nächtigte. Mein Pferd wurde nicht einmal abgesattelt, und es grenzt an ein Wunder, dass er nicht wund wurde.«

»Sei unbesorgt, Golan wird es in Paharjas Händen so gut gehen, wie nie zuvor. Er bekommt sogar eine wohltuende Massage. Wenn du mir nicht glaubst, kannst du dich später gerne selbst davon überzeugen, dass es deinem Pferd an nichts mangelt. Aber nun überlasse ihn Paharja. Vertraue ihm – und mir.«

Kyla wusste, dass ihr im Grunde nichts anderes übrig blieb. Also nickte sie und gab Paharja die Zügel in die Hand. Golan ging mit dem Mann – zumindest er schien ihm vorbehaltloses Vertrauen zu schenken, und das beruhigte Kyla ein wenig. Nun schritt sie mit den anderen gemeinsam weiter bergan.

Ganruy ging neben ihr und ließ sich nicht anmerken, ob er wegen ihres mangelnden Vertrauens enttäuscht war. Sie hatten erst ein paar Schritte getan, als von den Männern, die bereits die Kuppe erreicht hatten, Schreie zu ihnen drangen. Kyla konnte in dem Gebrüll kaum ein Wort verstehen, doch ein Name kam eindeutig darin vor: Quyntyr!

Ganruy und sie begannen zu laufen. Obwohl Kyla bis eben noch gedacht hatte, ihre Kräfte wären gänzlich erschöpft, trugen ihre Beine sie schnell voran. Auch der alte Mann schien beinahe unnatürliche Kräfte zu entwickeln, denn er blieb an Kylas Seite. Als sie auf der Bergkuppe ankamen, wichen die anderen Männer zurück, um ihrem Anführer freien Blick zu verschaffen. Kyla schlug sich die

Hand vor den Mund und versuchte damit den Schrei zu ersticken, der sich ihrer Kehle entringen wollte. Das Bild, das sich ihr bot, war fürchterlich und rief schmerzliche Erinnerungen wach.

Quyntyr lag am Boden. Alle vier Gliedmaße waren weit vom Rumpf gestreckt. An seinen Hand- und Fußgelenken befanden sich Stricke, die an Pfosten befestigt waren, die man tief ins Erdreich geschlagen hatte.

Quyntyr war nackt, seine Vorderseite von der Sonne völlig verbrannt, mit Blasen und Pusteln übersät. Sein Gesicht sah entstellt aus, die Haut um die Augen war blau unterlaufen, seine Wangen eingefallen. Quyntyrs Lippen waren aufgeplatzt und zeigten rohes Fleisch. Die verbrannten Lider waren geschlossen.

»Ist er tot?«, fragte Ganruy mit matter Stimme. Einer der Männer begab sich zu dem Gefesselten und legte seine Hand an dessen Hals. Er wandte sich dem Anführer zu und sagte: »Nein, aber das Blut strömt nur noch sehr schwach durch seinen Körper. Ich denke, er wird bald sterben.«

Diese Worte trafen Kyla bis ins Mark. Einige der Männer schien Quyntyrs Schicksal jedoch nicht im Geringsten zu interessieren, sie liefen umher und erst jetzt begriff Kyla, was sie riefen. Es waren Frauennamen. Offenbar war Quyntyr also nicht alleine hier zurückgeblieben.

»Seht in der Höhle nach!«, rief Ganruy. Einige der Männer liefen in einen Höhleneingang und verschwanden aus Kylas Blickfeld. Die Umstehenden erhielten von Ganruy ebenfalls Befehle.

»Bindet ihn los und bringt ihn in die Höhle. Lagert ihn in

seiner Behausung. Dort ist es dunkel und kühl. Deckt ihn zu. Sein Körper leidet unter starkem Fieber. Berührt ihn so wenig wie möglich. Und sorgt dafür, dass eine Schüssel mit frischem Wasser und zwei Tücher gebracht werden. Ich kümmere mich selbst um Quyntyr.«

Die Umstehenden machten sich daran, Ganruys Worten Folge zu leisten. Kurz darauf kehrten auch die Männer aus der Höhle zurück. Sie wurden von etwa einem Dutzend Frauen begleitet, die nun in die Sonne blinzelten. Eine der Frauen – sie wirkte noch recht jung – hatte zwei Kinder dabei, die sich dicht an sie drängten. Kyla schätzte, dass das eine Kind – ein Junge – höchstens drei Sommer gesehen hatte. Ein Mädchen mit langen dunklen Haaren schien bereits sechs oder sieben Sommer alt zu sein.

Der Junge trug ein Gebilde aus Holz bei sich, das er sich verlegen in den Mund schob, als Kyla ihn betrachtete. Er senkte den Blick und sah auf seine nackten Füße. Das Mädchen hielt etwas aus Stoff in der Hand, das für Kyla wie ein unförmiges Pferd aussah. Es hatte ungleichmäßig lange Beine und sein Hinterteil war viel zu schmal, aber einige Fäden aus Wolle sollten wohl einen Schweif und eine Mähne darstellen.

Ganruy sprach die Frau an. »S'hilia, hat man euch etwas angetan?« Die Frau schüttelte den Kopf. »Nein. Es war der Clan von Wola. Sie kamen am späten Morgen. Wola befahl seinen Leuten, uns in der Speisekammer der Höhle einzusperren, damit es uns weder an Essen noch an Trinken mangeln würde. Die Kinder durften sogar ihre Spielzeuge holen, damit ihnen die Zeit der Gefangenschaft so angenehm wie möglich gemacht wurde. Wolas Leute verriegelten die Tür mit dicken Holzbalken. Doch bevor sie uns einsperrten, befahl Wola mir, dir eine Botschaft von ihm zu übermitteln. Sie ist recht lang, aber ich musste sie auswendig lernen, damit ich sie dir wortgetreu wiedergeben kann. Sie lautet: Ich schätze dich viel zu sehr, Ganruy, als dass ich einen der deinen von eigener Hand töten würde. Das Schicksal soll entscheiden, was mit Quyntyr geschieht. Aber fordere keinen weiteren Zwist zwischen uns heraus, indem du noch jemanden von seinesgleichen aufnimmst. Bedenke wer du einst warst. Manches Mal habe ich das Gefühl, nur noch einen Schatten dieses Mannes in dir erkennen zu können. Und dieser Schatten ist schwach – der viel zu weich gewordene Mann, der ihn wirft, scheint mir unfähig zu kämpfen. Beweise mir, dass ich mich irre und triff die richtigen Entscheidungen! Entscheidungen, die dir und uns aller würdig sind.«

Die Frau blickte Ganruy nun schweigend an, während sie dem Jungen über den Kopf streichelte. Offenbar hatten die Worte dieses Wola Ganruy erzürnt. Kyla fragte sich, was der wahre Grund dafür sein mochte. Waren es die Beleidigungen, die den alten Mann wütend machten, oder hatte sein Kontrahent womöglich ins Schwarze getroffen, und es fehlte Ganruy dem Rächer inzwischen an Stärke?

»Wir werden uns von Wola und seinem Clan nicht diktieren lassen, mit wem wir uns verbünden, oder wem wir Schutz gewähren. Er hat Quyntyr dem möglichen Tode ausgeliefert. Auch wenn er ihm nicht mit seinem Dolch die Kehle aufgeschlitzt hat, so hat er ihn doch gefoltert!«

Die Frau mit Namen S'hilia erhob Einwand. »Nalih und T'hylana haben bei eurer heutigen Schlacht ihre Männer verloren, wie ich hörte. Es wird schwer, ihnen zu erklären, dass sie für jemanden starben, den selbst unsere einstigen Verbündeten hier nicht sehen wollen. Wola hingegen hat Quyntyr nicht gefoltert, sondern nur gefesselt.«

Ihre Worte erzürnten Ganruy noch mehr, er hob die Stimme, während er erklärte: »Er hat ihn gedemütigt, indem er ihm seine Kleidung nahm! Er hat ihn absichtlich schutzlos der Sonne ausgesetzt, die für jeden von uns unter diesen Umständen bereits zur Gefahr für Leib und Leben geworden wäre. Doch Wola weiß um Quyntyrs Empfindlichkeit dem Tageslicht gegenüber. Mit voller Absicht hat er ihn den gleißenden Sonnenstrahlen ausgesetzt. Er sagt, er habe zu viel Respekt vor mir, um einen der Meinen zu töten. Doch mit seiner Handlung hat er das Gegenteil bewiesen. Und auch sonst mangelt es ihm augenscheinlich an Ehrfurcht mir gegenüber. Ich werde ihn lehren, sich noch einmal in unser Lager zu schleichen und Frauen und Kinder wegzusperren wie Vieh!« Ganruy tobte nun regelrecht. Er hatte sein Schwert gezogen und rammte es in ein großes Holzstück.

S'hilia ließ sich von seinem Zorn zu Kylas Erstaunen nicht beeindrucken. Im Gegenteil wurden ihre Gesichtszüge hart, offenbar weil Ganruy ihren Kindern Angst gemacht hatte. Die Beiden vergruben die Gesichter in ihrem Rocksaum. S'hilias Stimme klang nicht so erbost wie Ganruys, doch sie schwankte auch kein bisschen, sondern war standhaft und für ihr junges Alter sehr eindrucksvoll.

»Wenn er dich so reden hören könnte, wäre er vielleicht nicht so nachsichtig mit uns Frauen und den Kindern gewesen. Oder auch mit den Tieren. Er hätte sie leicht mit sich nehmen können, aber das tat er nicht. Weil er wusste, dass wir sie brauchen, um zu überleben. Wenn du ihm die Stirn bieten willst, dann überlege zuvor gut, ob es das wert ist, ihn zum Feind zu machen. Haben wir denn nicht genug Feinde?«

»Ob es das wert ist? Du meinst, ob Quyntyr es wert ist!«, herrschte Ganruy sie an. Die Frau ließ sich auch davon nicht beeindrucken. Sie nickte lediglich und sagte: »Ja, überlege, ob er es wert ist. Und diese dort!« Nun zeigte sie auf Kyla. Sie rümpfte die Nase, als läge ein schlechter Geruch in der Luft, dann packte sie ihre Kinder an den Händen und stapfte mit ihnen in die Höhle. Kyla konnte kaum fassen, welchen Hass diese Frau ihr gegenüber hegte. Es machte sie seltsam verlegen. Ganruy seufzte und rieb sich über den Mund.

»Darf ich nach Quyntyr sehen?«, fragte Kyla. Sie machte sich Sorgen um ihren ehemaligen Lehrer, aber sie wollte auch der Situation entfliehen, in der sie sich gerade befand. Nach Ganruys Worten auf der Reise hatte sie geglaubt, hier als Gast willkommen zu sein, doch dies war offensichtlich nicht der Fall. Nun den Berg Ultay wieder zu verlassen, und den kräftezehrenden Weg durch die karge Landschaft erneut auf sich zu nehmen, konnte sie jedoch weder Golan noch sich selbst zumuten. Sie würde hier ausharren müssen, bis sie und ihr Pferd wieder zu Kräften gekommen waren. Und sie würde sich um

Quyntyr kümmern, denn er würde viel Pflege benötigen, wenn er eine Chance haben sollte, zu überleben. Sie wollte es tun, weil sie immer noch Freundschaft für ihn empfand, auch wenn er sie aufgekündigt hatte. Aber sie wollte auch, dass er wieder gesund wurde, damit er ihr erzählen konnte, was er über ihre Vergangenheit wusste. Dass man sie hier nicht haben wollte, war natürlich eine schwere Last – und noch dazu eine, die sie schon seit langer Zeit nicht mehr getragen hatte. Seit sie im Palast wohnte, gab ihr jedermann das Gefühl, höhergestellt zu sein. Und auch in Tritam hatte man sie mit einer Ehrerbietung behandelt, die ihr sogar unangenehm war. Wie dumm war sie doch gewesen, so etwas als selbstverständlich und gleichzeitig als Belastung zu empfinden. Hier, auf dem Berg Ultay, ließ man keinen Zweifel daran, dass sie ein unerwünschtes Anhängsel von Quyntyr war, an dessen Genesung außer Ganruy und ihr selbst niemand interessiert zu sein schien.

»Geh zu Quyntyr. Wenn du den Eingang der Höhle betreten hast, so halte dich rechts. An der Weggabelung nimm den linken Weg und gehe, bis er endet. Dorthin hat man ihn gebracht.«

Kyla versuchte, die bösen Blicke nicht zu beachten, die ihr folgten, als sie durch die Gruppe ging, die noch vor dem Höhleneingang stand. Es waren hauptsächlich Männer, die ihre Frauen umarmten und sich nach deren Wohlergehen erkundigten.

Nun sah Kyla, dass noch zwei Frauen dabei waren, die Kinder hatten. Sie begriff, dass diese Chyrrta in ihr eine Gefahr sahen, denn offensichtlich waren sie nur deshalb angegriffen worden, weil Ganruy ihr und Quyntyr Unterschlupf bot. Einer der Männer spuckte aus, und Kyla hatte das Gefühl, er habe sie absichtlich nur um eine Armlänge verfehlt. Sie betrat rasch den Höhleneingang. Es war angenehm, als die Kühle sie umfing.

Zu Kylas Erstaunen war die Luft kaum feucht. Die Höhle auf dem Landstück von Zygal und Olha war da ganz anders gewesen. Die Luft hatte sich manchmal nur schwer atmen lassen. Natürlich hatte es daran gelegen, dass es in den Felsspalten ein Wasserrinnsal gegeben hatte, das aus einer Kyla immer noch unbekannten Quelle gespeist worden war. Hier schien eine solche Wasserstelle nicht vorhanden zu sein, und Kyla fragte sich, wie Ganruys Leute an das lebenswichtige Gut kamen. Doch im Augenblick würde sie es nicht ergründen können. Sie wollte nun so rasch wie möglich nach Quyntyr sehen, denn inzwischen war sie sicher, dass sich niemand sonst um ihn kümmern würde, solange Ganruy nach ihrer Ankunft noch andere Dinge zu tun hatte.

Fackeln an den Wänden erhellten die Umgebung. Die Wege waren sauber und eben. Diese Höhle war wirklich kein Vergleich zu der auf dem Land ihrer Zieheltern. Wie Ganruy es ihr gesagt hatte, hielt sie sich rechts. Der Weg links schien der Hauptweg zu sein. Sie erkannte dort am Ende eine große Halle, die hell erleuchtet war und voller Chyrrta zu sein schien. Man konnte ihre Stimmen hören – sie waren noch immer aufgeregt nach der Bedrohung, die sie alle erlitten hatten. Die Männer bangten im Nachhinein um das Leben ihrer Frauen und Kinder. Kyla entfernte sich von den Stimmen. An der Gabelung wählte sie den linken Gang und verfolgte ihn eine ganze Weile. Die Höhle musste sich tief bis in den Berg erstrecken. Und es schien ein wahres Labyrinth aus Gängen zu geben, denn immer wieder zweigten Höhlen zu beiden Seiten ab. Kyla verfolgte jedoch ihren Weg, da Ganruy ihr gesagt hatte, sie solle ihn bis zu seinem Ende gehen. Auch hier waren überall Fackeln angebracht, sodass sie trotz der wachsenden Entfernung zu den anderen Chyrrta nicht das Gefühl hatte, gänzlich verloren zu sein.

Es war typisch für Quyntyr, dass er sich diese abgelegene Stelle ausgesucht hatte, um sich niederzulassen. Als sie in ein Gewölbe gelangte, in dem lediglich eine einzelne Fackel neben einem Lager brannte, war ihr klar, dass sie ihr Ziel erreicht hatte. Eine weitere Fackel und ein Feuergerät lagen neben dem Höhleneingang, doch sie dienten wohl nur als Nachschub, nicht um mehr Licht in die düstere Behausung zu bringen.

Es erstaunte Kyla, dass Quyntyr wirklich so leben konnte – ja, dass er es vorzog, an der entferntesten Stelle des Eingangs in beinahe vollkommener Finsternis zu hausen. Die Luft war kühl. Kyla nahm einen seltsamen Geruch wahr. Schnell wurde ihr bewusst, dass die üblen Dünste von Quyntyr ausgingen, denn sie verstärkten sich, je näher sie ihm kam. Im Licht der Fackel konnte sie mehr erkennen. Erschreckt hielt sie den Atem an. Die Blasen auf Quyntyrs Gesicht hatten sich teilweise geöffnet und sonderten eine helle, schleimige Masse ab. Ihr ehemaliger Lehrer lag reglos da. Seine Lider waren immer noch geschlossen und angeschwollen – fast sah es aus, als lägen fette Maden auf seinen Augen. Man hatte den Körper des Leidenden mit einem Laken bedeckt, das ihm von den Schultern bis über die Zehenspitzen reichte.

Das Laken war befleckt, und Kyla begriff, dass das, was in seinem Gesicht geschehen war, an seinem ganzen Körper stattfand. Es würden sich Wunden bilden, die sich zu entzünden drohten, wenn man sie nicht säuberte. Kyla spürte, wie sich ihr alleine schon bei dem Gedanken, dies tun zu müssen, der Magen umdrehte. Ein Würgen entrang sich ihr, doch sie spie nur Wasser und war froh, lange nichts Essbares mehr zu sich genommen zu haben.

Als sie sich einigermaßen dazu in der Lage fühlte, griff sie nach einem der Tücher, die man auf Ganruys Befehl hin in Quyntyrs Höhle gelegt hatte, tunkte es ins Wasser und begann, die Wunden in Quyntyrs Gesicht damit vorsichtig abzutupfen. Während sie das tat, lenkte sie ihre Gedanken auf schönere Tätigkeiten in ihrem Leben. Sie dachte an Ausritte mit Golan, die einzig ihrem Vergnügen gedient hatten. Sie erinnerte sich an das Gefühl seiner weichen Lippen, wenn er damit eine Leckerei aus ihren Handflächen fischte. Sie dachte an die sprudelnden Brunnen im Palast und an das große Becken, in dem sie jederzeit baden durfte, wenn ihr danach der Sinn stand. Im Geiste sah sie die Fische im Becken des Palastgartens schwimmen, die in warmen Orangetönen schillerten und nichts anderem dienen mussten als der Freude des Betrachters. Und sie dachte an Lanari, die das schönste Lächeln hatte, das eine Chyrrta überhaupt nur haben konnte. Sie dachte daran, wie Lanari ihren Körper eingeölt hatte. Kyla brach den Gedanken ab, denn er verwandelte sich von Schönheit in Schmerz – und schlimmer noch: in unbezähmbare Sehnsucht.

»Wie ich sehe, machst du dich bereits nützlich. Ich wäre froh, wenn die anderen das ebenfalls sähen, doch ich werde sie nicht herrufen. Sie werden mit der Zeit selbst herausfinden müssen, dass du nicht das Ungeheuer bist, das sie in dir sehen wollen.« Ganruy hatte die Höhle betreten. Er trug zwei Schalen bei sich. Eine mit sauberem Wasser und eine mit einer seltsamen Paste. Beide stellte er auf den kleinen Tisch neben Quyntyrs Lager.

»Die Salbe hat S'hilia angerührt. Sie sagt, sie stellt noch mehr her, mit besseren Kräutern, doch diese muss sie erst suchen gehen. Einstweilen muss die Mischung hier genügen.«

»Es ist nett von ihr, dass sie das tut. Vor allem, weil sie ja alles andere als gut auf ihn zu sprechen ist.«

Ganruy lächelte bitter. »Du hast offensichtlich am Palast gelernt, wie man schlimme Dinge in nicht ganz so hässliche Worte verpackt. Erhieltest du Unterricht darin?«

Kyla presste die Lippen zusammen und schüttelte vage den Kopf.

»Nicht direkt. Aber Hirlay – mein zweiter Lehrer neben Quyntyr – legte in der Tat Wert darauf, dass ich mich mit Bedacht ausdrücke. Er verlangte stets, dass ich mich bezähme, ganz egal was passiert. Er lehrte mich, es in keiner Situation an Würde mangeln zu lassen. Doch soweit die Theorie, denn ich fürchte, ich kann seinen Lehren nicht immer entsprechen. Aber ich bemühe mich redlich«, versicherte sie mit einem Ernst, der Ganruy milde lächeln ließ.

Sie tauchte einen Finger in die Salbe, um ihre Konsistenz zu prüfen. Ganruy seufzte so betrübt, dass Kylas Blick erneut zu ihm ging.

»S'hilia ist in der Tat sehr wütend auf Quyntyr. Auf dich. Und auch auf mich.«

Seine ehrlichen Worte überraschten Kyla zwar nicht, es tat trotzdem weh, sie zu hören.

»Ich verstehe, dass sie wütend auf Quyntyr und mich ist. Aber warum auf dich? Ist es, weil du sie und ihre Kinder in Gefahr gebracht hast?«

Ganruy lächelte erneut, aber es sah schmerzerfüllt aus.

»Ja, weil ich sie und *unsere* Kinder in Gefahr gebracht habe«, korrigierte er.

»*Eure* Kinder? Aber ...« Kyla verstummte. Nun lachte Ganruy.

»Was? Hast du gedacht, ich sei zu alt, um Kinder zu zeugen? Nun, vielleicht war es dumm von mir, aber diese Art von Dummheit wird kein Mann so schnell los. Und wenn ich nicht mehr bin, wird S'hilia gut für die Kinder sorgen, dessen bin ich mir gewiss. Sie ist eine starke Chyrrta, der man nichts vormachen kann. Darum versuche ich es meist gar nicht erst. In jedem Fall ist sie eine gute Gefährtin für einen alten Griesgram wie mich, denn ihr Feuer – und damit meine ich nicht nur das auf dem Nachtlager – hält mich jung, ob ich will oder nicht.«

Kyla wusste nicht, was sie erwidern sollte. Irgendwie

hatten seine Worte sie verlegen gemacht. Manchmal kam es ihr so vor, als wüsste sie noch immer viel zu wenig vom wahren Leben. Zwar hatte sie in den Dörfern oft Paare unterschiedlichen Alters gesehen, doch sie hatte nie darüber nachgedacht, wie sie ihr Zusammenleben – und das Leben ihrer Kinder – gestalteten. Endlich fand sie ihre Sprache wieder.

»Es tut mir leid, dass deine Gefährtin einen Groll gegen dich hegt, weil du Quyntyr und mir deine Gastfreundschaft schenkst. Aber, um ehrlich zu sein, kann ich ihre Ablehnung uns gegenüber nicht wirklich begreifen. Ich habe deinen Leuten nichts getan.«

»Doch, das hast du. Und das wirst du«, widersprach Ganruy. Verwundert blickte Kyla ihn an.

»Du solltest dich jetzt um Quyntyr kümmern. Reibe seinen ganzen Körper mit der Salbe ein. Wenn er die Nacht übersteht, ist es möglich, dass er am Leben bleibt.«

Seine Worte trafen Kyla und machten überdeutlich, wie schlecht es um ihren Freund stand. Sie schlug das Laken zurück, mit dem er bedeckt war, und begann damit, sein Gesicht, den Hals und den Brustkorb einzureiben. Ganz vorsichtig trug sie die Salbe auf, darauf bedacht, nicht zu viel zu verwenden, damit die Menge ausreichte. Ganruy sah ihr schweigend zu, wie sie seinen Bauch behandelte, dann die Beine und Füße. Es dauerte geraume Zeit, doch Kyla hatte es nicht eilig. Als sie fertig war, wollte sie die Schale mit der Salbe wegstellen, doch Ganruy sagte: »Du solltest auch sein Geschlecht und die Haut darum einreiben, sonst wird sie sich entzünden. Bedenke: Er war vollkommen nackt, als man ihn der Sonne aussetzte.«

»Das kann ich nicht!«, erwiderte Kyla sofort und wurde rot. Ganruy sah sie belustigt an.

»Du konntest sein Geschlecht benutzen, als es dir dienlich war, dann kannst du es bestimmt auch mit Medizin versorgen.«

» ... als es mir dienlich war«, echote Kyla empört. Ganruys Stimme wurde lauter. »Ist es denn nicht so? Von allen Männern hast du ihn erwählt. Er kann dir so widerlich nicht gewesen sein. Aber du hast ihn benutzt, das lässt sich nicht leugnen.«

Kyla verspürte nicht den geringsten Wunsch, mit dem alten Mann, der immer noch Kinder zeugte, über diese Angelegenheit zu sprechen. Mit Quyntyr selbst würde sie es tun, wenn er darauf bestand, doch er war der einzige, der dazu ein Recht hatte! Dennoch sah sie die medizinische Notwendigkeit ein, den Versehrten auch in dieser Region seines Körpers zu versorgen.

Als sie Quyntyrs Schambereich aufdeckte und Salbe auf sein Glied, den Hodensack und seine Leisten strich, tat sie es zum einen, um ihre Scheu zu überwinden. Zum anderen wollte sie Ganruy beweisen, dass es nichts gab, wovor sie sich fürchtete. Auch bei dieser Tätigkeit sah er ihr wortlos zu. Als sie fertig war, deckte sie Quyntyr wieder zu und fragte: »Glaubst du wirklich, dass er sterben könnte?«

»Die Wahrscheinlichkeit ist sogar sehr hoch. Wenn er nicht das Bewusstsein wiedererlangt, um etwas Flüssigkeit zu sich zu nehmen, sieht es leider sehr schlecht für ihn aus.«

Kyla blickte auf die zweite Schale und das saubere Tuch,

das daneben lag. Sie ergriff es, tunkte es hinein und führte dessen Spitze an Quyntyrs Lippen. Sie sah, wie ein Tropfen sie benetzte. Er schimmerte im Fackelschein, aber nichts weiter geschah. Kyla spürte, wie ihr Mut schwand. Und sie merkte, dass sie trotz Quyntyrs schlechtem Zustand nicht ernsthaft damit gerechnet hatte, dass er sterben könnte – bis jetzt!

»Wenn er keine Flüssigkeit zu sich nimmt, wird er die Nacht vermutlich nicht überstehen«, sagte Ganruy erneut, als müsse auch er sich an diesen Gedanken langsam gewöhnen. Kyla hatte fast den Eindruck, er würde sie vorwurfsvoll anblicken.

»Ich habe keine Ahnung, wie ich ihn dazu bewegen kann, wieder zu Bewusstsein zu gelangen. Und ich weiß nicht, wie ich sonst dafür sorgen könnte, dass er Wasser trinkt.« Kyla spürte echte Verzweiflung und wachsende Panik.

»Du wirst einen Weg finden müssen«, urteilte Ganruy.

»Aber wie sollte ich das? Ich bin keine Heilerin! Bitte frage S'hilia, ob sie Rat weiß. Wenn sie eine wirksame Salbe zubereiten kann, dann weiß sie sicher noch mehr über heilsame Mittel.«

Ganruy schüttelte entschieden den Kopf. »Sie wird Quyntyr nicht weiter helfen. Und sie wird *dir* nicht helfen. Ich weiß, dass du es gewohnt bist, dass alle sich nach deinen Wünschen und Befehlen richten, doch hier ist das anders.«

»Aber es geht hier um ein *Leben*! Kann sie ihren Ärger nicht wenigstens hinunterschlucken, bis Quyntyrs

Überleben gesichert ist? Dann kann sie ihn immer noch mit Nichtachtung strafen – und mich auch.«

Kyla hatte es in einer Mischung aus Wut und Verzweiflung gesagt, doch sie entlockte Ganruy damit nicht mehr als ein abfälliges Lächeln. Auch seine Stimme klang geringschätzig, als er sagte: »So wäre es, wenn es nach deinen Regeln ginge. Solange du nicht begreifst, dass diese hier keinen Deut zählen, wirst du eine Fremde für uns bleiben.«

»Ich *will* eine Fremde bleiben. Chyrrta, die ein Leben riskieren, nur weil sie auf ihrer Meinung – ihren Vorurteilen – beharren, könnten niemals mehr für mich sein als Fremde.«

Ganruy schien nicht zu gefallen, was Kyla sagte. Er verzog verärgert das Gesicht und sagte grollend: »Ich habe viel riskiert, als ich Quyntyr hier aufnahm und dir mit meinen Männern entgegeneilte, um dich vor feindlichen Angriffen zu schützen. Es war alles andere als leicht, meine Leute überhaupt dazu zu bewegen, ihr Leben für dich aufs Spiel zu setzen. Und nun, da sie zudem erkennen mussten, dass damit ihre Frauen und Kinder in Gefahr gebracht wurden, solltest du ihnen mehr als dankbar sein. Du willst eine Fremde bleiben – nun, das ist deine Entscheidung, aber siehe zu, dass du keine Feindin wirst, sonst kann ich für deinen Schutz nicht mehr garantieren.«

Kyla dachte über seine Worte nach. Und sie dachte darüber nach, in welche Situation sie geraten war. Sie hatte geahnt, dass ihre Reise beschwerlich werden würde, doch dass sie auf die Hilfe von Chyrrta angewiesen sein würde, die sie aus tiefstem Herzen zu verachten schienen, belastete ihr Gemüt schwer.

Ganruy sah sie lange an. Kyla hätte ihn so gerne als eine Art väterlichen Berater gesehen, wie Hirlay es inzwischen für sie war. Oder als einen wenig zimperlichen Lehrmeister wie Zygal, doch das war er nicht. Sie spürte, dass er viel mehr wusste, als er ihr nach so kurzer Zeit anvertrauen würde. Aber sie hatte auch das Gefühl, eine solche Art von Vertrauen könnte niemals zwischen ihnen entstehen, weil er grundlegend andere Überzeugungen hatte als sie selbst. Vielleicht starrte er sie deshalb an, als wäre sie ein Wesen, dessen er sich zwar angenommen hatte, von dem ihm aber klar war, dass es keine Gemeinsamkeiten zwischen ihnen geben würde.

Kyla ertrug den Gedanken nur schwer, denn sie fühlte sich einsam, und ihr sank der Mut mit jedem neuen Atemzug immer mehr. Sie wich Ganruys Blick aus, indem sie erneut das Tuch in Wasser tauchte und damit Quyntyrs Lippen benetzte. Das Ergebnis blieb jedoch dasselbe. Verzweifelt versuchte sie es erneut, diesmal lief das gesammelte Wasser ungenutzt das Kinn ihres ehemaligen Lehrers hinab und tropfte auf das Tuch, mit dem Kyla ihn wieder zugedeckt hatte. Ihr war klar, dass das bei einem stark fröstelnden Mann nicht hilfreich war.

»Ich verstehe nicht, warum Quyntyr hergekommen ist. Er muss doch gewusst haben, dass man ihn hier nicht mit offenen Armen empfängt. Und noch weniger verstehe ich, warum er mich aufforderte, ihn hier zu treffen. Wollte er mich absichtlich in Gefahr bringen? War es sein Ziel, dass die Banden mich töten? Oder wollte er bewirken, dass ich hier Demut lerne, weil ihr mich wie eine Verbrecherin behandelt?«

Ganruy schüttelte den Kopf. »Du siehst die Dinge mit deinen eigenen Augen, das verstehe ich. Aber vieles ist anders, als es sich in deinem Kopf formt. Quyntyr kam her, weil es der einzige Ort ist, an dem er Schutz erwarten konnte. Ich weiß, dass sich das in deinen Ohren nun wie blanker Hohn anhören muss, aber glaube mir, dass wir ihn gut behandelt haben. Dass Wolas Clan ihn dem möglichen Tod ausgesetzt hat, ist höchst bedauerlich, aber ich und meine Leute haben darunter ebenfalls zu leiden, bedenke dies!«

»Ihr habt ihn gut behandelt? Weggesperrt habt ihr ihn, in diese dunkle Höhle!« Sie deutete im Raum umher, der ihre eigene Stimmung noch unerträglicher zu machen schien. Ganruy zog eine Augenbraue in die Höhe.

»Du redest Unsinn. Und ich denke, das weißt du auch. Quyntyr selbst hat um diese Bleibe gebeten. Und wir haben sie ihm großherzig überlassen. Der Platz in diesem Höhlensystem ist begrenzt. Nicht jedes Gewölbe ist bewohnbar, und dieses gehörte früher einem älteren Paar, das nun in die Behausung seiner Tochter gezogen ist, damit Quyntyr seine Ruhe hat. Dass es hier drin so dunkel ist, hat er doch selbst gewählt. Und das sollte dir klar sein, denn seine empfindlichen Augen und die helle Haut kommen zu seinem verletzlichen Gemüt hinzu. All das hatte er auch schon, als er im Palast lebte. Er hat mir erzählt, wie er dort untergebracht war. Natürlich ist es hier nicht so sauber und die Einrichtung nicht so edel. Das kommt daher, dass wir abgeschnitten von anderen in einer unwirtlichen Gegend leben. Aber wenn dir das nicht gefällt, dann richte doch eine Beschwerde an den Führer dieser aufrechten Chyrrta, die dir dein Leben retteten – an mich! Ich kann dir jetzt allerdings schon sagen, dass deine Einwände abgelehnt werden. Also höre auf, dich zu beklagen, und nimm das Schicksal so an, wie es dir zuteil wurde!«

Nach seinen harschen Worten verkniff Kyla sich die Bemerkung, dass ihr Schicksal *das* war, eine Kriegerin der Herrscherin zu sein. Ihr war klar, dass sie ihn damit vermutlich so erzürnen würde, dass er sie aus den Höhlen verbannte. Also schwieg sie und ertrug diesmal geduldig seinen vorwurfsvollen Blick. Als Ganruy endlich wieder mit ihr sprach, war sein Ton ruhiger.

»Warum Quyntyr wollte, dass du herkommst, kann ich dir nicht sagen. Ich weiß nur, dass es ihm wichtig war.«

»Er kündigte mir an, er wolle mir ein Geheimnis über meine Vergangenheit verraten. Darüber hat er doch bestimmt mit dir gesprochen. Was kannst du mir darüber erzählen?«

»Gar nichts«, sagte Ganruy entschieden. »Wenn Quyntyr dir ein Geheimnis verraten kann, dann solltest du zusehen, dass er überlebt. Denn wenn er stirbt, nimmt er es mit ins Grab.«

3. Kapitel

Nach ihrem Gespräch hatte Ganruy recht schnell die Höhle verlassen. Die Stille war bereits nach kurzer Zeit bedrückend. Kyla war verwundert darüber, denn im Palast hatte sie nach anfänglichen Schwierigkeiten die Ruhe in ihren Räumen immer als sehr entspannend empfunden. Hier jedoch, wo lediglich Quyntyrs flacher Atem zu hören war, belastete sie die sonstige Geräuschlosigkeit so sehr, dass sie leise zu summen begann, um sich nicht so unendlich verlassen zu fühlen.

Erst nach geraumer Zeit bemerkte sie, dass sie eine Melodie bildete, die einem Lied glich, das Olha manchmal gesungen hatte, wenn sie rundum zufrieden gewesen war. Eigenartig, dass sie gerade diese Melodie gewählt hatte, aber Kyla merkte, wie sie sich dabei ein wenig entspannte. Was würde sie jetzt dafür geben, sich noch einmal so geborgen zu fühlen, wie an den langen Winterabenden, die sie mit ihren Zieheltern nach getaner Arbeit in dem kleinen Wohnhaus verbracht hatte.

Damals hatte sie noch nichts von ihrem Schicksal gewusst, das sie schon bald darauf ereilen sollte. Sie war noch keine Kriegerin gewesen – zumindest hatte diese Tatsache noch nicht ihr Bewusstsein erlangt – sondern sie war ein Kind gewesen, das auf den Schutz der Erwachsenen vertraute, die bei ihm waren. Insgeheim fragte sich Kyla jedoch, ob sie sich nicht nur selbst etwas vormachte, denn nur zu gut erinnerte sie sich auch daran, dass sie Zygal sehr oft misstraut hatte. Insbesondere nach ihrer grausigen Entdeckung der Kinderleichen in der Höhle. Aber daran wollte Kyla nun nicht zurückdenken, sondern sich mit dem Gedanken an Zygals seltenes Lächeln und Olhas warme Hände, wenn sie ihr die Haare flocht, trösten.

Inzwischen war draußen bestimmt die Sonne vom Himmel verschwunden, doch Kyla war das einerlei. Hier drin gab es weder Tag noch Nacht. Sie seufzte und griff immer wieder einmal zu dem Tuch, um zu prüfen, ob sie beim Benetzen von Quyntyrs Lippen irgendwann Erfolg haben würde. Doch er wollte einfach nicht trinken. Auch ihre Bemühungen, ihn durch leichtes Rütteln und Ansprechen zu wecken, blieben erfolglos.

Beinahe fielen ihr schon die Augen zu, doch sie wollte einfach nicht aufgeben, denn Ganruy hatte mehr als deutlich gemacht, dass es nichts mehr zu retten geben würde, wenn sie es nicht schaffte, Quyntyr noch in dieser Nacht dazu zu bringen, Flüssigkeit aufzunehmen. Wie lange würde sein Körper wohl noch durchhalten? War er vielleicht sogar schon tot? Kyla schob das Laken ein wenig hinab, um seine Brust betrachten zu können. Sie hob und senkte sich noch, wenn auch nur schwach.

Kyla deckte ihn wieder zu und sah ihm ins Gesicht. Vermutlich würde er neue Narben davontragen, so verbrannt wie seine Haut war. Zum ersten Mal fiel ihr auf, wie jung er eigentlich noch aussah. Damals, als sie sich kennengelernt hatten, war ihr der Altersunterschied zwischen ihnen immens erschienen, doch das hatte sich immer mehr relativiert, je älter sie selbst geworden war. Eines jedoch hatte sich in dieser Zeit niemals geändert, und das war Quyntyrs Liebe zu Paraila. Vermutlich wäre sie auch die einzige, die es wirklich vermögen würde, ihn zu retten. Auch wenn Kyla wusste, dass die Herrscherin sogar genau das Gegenteil bewirken wollte, ließ sie der Gedanke nicht mehr los. Zwar scheute sie sich vor dem, was ihr Geist ihr nun einflüsterte, doch da sie alleine war, entschied sie, alles zu versuchen, auch wenn es ihr noch so absurd erschien. Erneut griff sie nach dem Tuch und führte die mit Wasser getränkte Spitze an Quyntyrs inzwischen erschreckend blasse Lippen. Dabei flüsterte sie leise Worte, die ihr in der puren Verzweiflung in den Sinn kamen.

»Quyntyr, ich bin es, Paraila. Ich möchte, dass du mich küsst. Bitte öffne deine Lippen, damit ich deine Zunge spüren kann.« Sie wartete und kam sich unendlich dumm vor, als nichts geschah.

»Nur ein einziger Kuss, Quyntyr, ich möchte, dass du mich schmeckst.«

Es waren Worte, die sie selbst noch nie zu jemandem gesagt hatte, doch sie hatte sie gehört, als sie noch ein Kind gewesen war. Damals, als sie sich in die Dörfer geschlichen hatte, um zu sehen, wie Chyrrta miteinander umgingen. Ein Mann hatte diese Sätze zärtlich seiner Geliebten zugeraunt. Kyla war davon fasziniert gewesen, denn zuvor hatte sie stets nur Paare beobachtet, bei denen die Frau zur Vereinigung gezwungen worden war. Dieser Mann jedoch wollte seine Erwählte offenbar ehrlich erobern – und Kyla hatte zum ersten Mal begriffen, dass der Vorgang der Vereinigung auch anders von Statten gehen konnte als gewaltsam. Leider waren diese Erfahrungen jedoch recht selten gewesen, und als Kind hatte sie auch nicht sonderlichen Wert darauf gelegt, noch weitere dieser Begebenheiten zu beobachten. Doch nun fiel ihr dieser Moment wieder ein, der sie tatsächlich ein wenig verzaubert hatte, und sie gab sich alle Mühe, so zu klingen, wie der begehrende Mann damals geklungen hatte.

Um noch einmal zu unterstreichen, wer sie vorgab zu sein, wiederholte sie mehrfach: »Ich bin es, Paraila. Paraila, die du liebst. Deine Herrscherin befiehlt dir, sie zu küssen. Ist es nicht das, was du auch willst, Quyntyr?«

Als er seine Lippen öffnete, traute Kyla ihren Augen beinahe nicht. Doch sie hatte sich nicht getäuscht, denn Quyntyrs Zunge berührte das Tuch und spielte mit ihm, als würde er den sinnlichen Kuss einer Geliebten empfangen. Kyla ging davon aus, dass er den Betrug selbst in seiner Bewusstlosigkeit erkennen würde, daher raunte sie: »Ja, das ist gut! Küss mich weiter. Wieder und wieder, als hinge unser beider Leben davon ab.« Sie traute sich kaum, das Tuch zwischendurch neu zu tränken, doch Quyntyr schien diesem Traum, in den sie ihn versetzt hatte, derart verfallen zu sein, dass sie ihm gleich mehrfach frisches Wasser zukommen lassen konnte, ohne dass er abließ, es freudig entgegenzunehmen.

Als er die Lippen schließlich wieder schloss, stöhnte und dann reglos lag, war sie sich sicher, dass er zumindest so viel Wasser getrunken hatte, um nicht noch in der selben

Nacht zu verdursten. Ob es reichen würde, um sein Fieber zu senken, wusste sie nicht. Doch sie empfand ein wenig Stolz, weil sie es geschafft hatte, ihn zum Trinken zu bewegen. Dass es im Grunde pure Arglist gewesen war, die zu ihrem Erfolg geführt hatte, verdrängte sie. Sie fühlte sich sogar so beschwingt, dass sie Lust verspürte, Ganruy von ihrem Gelingen zu berichten. Dennoch verharrte sie in der Höhle bei Quyntyr, denn sie wusste, dass sie bei ihren Gastgebern nicht wirklich willkommen war. Im Grunde war sie also mit dem Kranken eingesperrt. Doch sie hatte ihr Gefängnis immerhin selbst gewählt, und wenn Quyntyr überlebte, würde es nicht umsonst gewesen sein. Was auch immer er ihr zu erzählen hatte, sie musste es unbedingt in Erfahrung bringen!

Die Freude über ihren Erfolg wich recht schnell einer Müdigkeit, wie Kyla sie lange nicht erlebt hatte. Die anstrengende Reise und die neuen, unerfreulichen Erfahrungen forderten ihren Tribut. Sie legte den Arm auf Quyntyrs Lager und bettete gerade ihren Kopf darauf, da war sie auch bereits eingeschlafen.

Im Traum fand sie sich erneut mitten in der Einöde wieder, von Angreifern bedroht, die mit erhobenen Schwertern auf sie einstürmten. Jede dieser Waffen war frisch geschmiedet und von tödlicher Schärfe. Die Schneiden blitzten im Sonnenlicht. Die Horden schrien wild durcheinander, und jeder der Männer sah aus wie Ganruy. Es waren auch Frauen unter den Angreifern, die ebenfalls wie Ganruy aussahen – es war verwirrend. Kyla wollte fliehen, aber es gab keinen Ausweg. Also begann sie zu graben. Mit den bloßen Händen hob sie die trockene Erde aus, die zwischen ihren Fingern hindurch rieselte und das gerade ausgehobene Erdreich sofort wieder füllte. Kyla blickte hektisch auf und erkannte, dass die Angreifer nun so nah waren, dass sie die Nasenhaare jedes einzelnen Ganruys erkennen konnte. Und obwohl die Horde plötzlich stehenblieb, wuchsen diese Haare in die Länge, verbanden sich miteinander über ihr und kamen wie ein widerlicher Baldachin von oben drohend auf sie zu.

Die Schwerter schienen plötzlich keine Gefahr mehr zu sein, aber der groteske Haarzopf würde sie einhüllen, bis nichts mehr von ihr übrig bliebe. Kyla grub hektischer, und diesmal hob sie das Loch in Windeseile aus. Doch als sie sich darin verstecken wollte, war es bereits besetzt. Ein grinsender Bahanda blickte ihr daraus mit leeren Augenhöhlen entgegen und strich sich mit knöchernen Händen über das Becken seines Skelettes. Dabei raunte er immer wieder: »Es war vorherbestimmt, dass du dich unter mir wiederfinden wirst.« Und tatsächlich lagen seine körperlichen Überreste mit einem Mal auf ihr.

Kyla schrie um Hilfe und erwartete sie von den zig Ganruys, doch die umschlangen sie nur mit ihren Haaren. Kyla bekam keine Luft mehr und die Sinne schwanden ihr, während sie ein immer wiederkehrendes Raunen hörte: »Paraila. Paraila, Paraila, Paraila ...«

Kyla schreckte hoch und atmete schwer. Schweiß bedeckte ihren Körper, und sie fühlte sich erhitzt, obwohl es eiskalt in der Höhle war. Die Fackel war erloschen; alles lag in völliger Finsternis. Panik stieg in ihr auf. Da hörte sie wieder das Flüstern aus ihrem Traum: »*Paraila*«.

Sie rieb sich die Schläfen, um schneller zu Sinnen zu kommen, aber der Name drang wieder und wieder in ihren Geist: »*Paraila, Paraila ... Paraila!*«

»Aufwachen!«, beschwor sich Kyla. »Du musst aufwachen!« Aber sie wusste, dass sie bereits wach war. Sie erhob sich und tastete in der Dunkelheit umher, stieß mit dem Schienbein an ein Hindernis und unterdrückte ein Fluchen. Mit ausgestreckten Armen suchte sie nach einer neuen Fackel und dem Feuergerät, die sie am Eingang auf dem Boden hatte liegen sehen. Aber wo waren die Sachen nur?

»*Paraila? Paraila!*«

Kyla bekam eine Gänsehaut. Wollte ihr jemand Angst machen? Zuzutrauen wäre es Ganruys Leuten, sie mit dem Namen ihrer Herrscherin zu quälen. Vermutlich hatte sogar einer von ihnen die Fackel absichtlich gelöscht, damit Kyla sich nicht mehr orientieren konnte.

»*Paraila! Bitte ... Paraila! Antworte mir doch ... bitte!*«

Was für ein fürchterliches Spiel trieben diese Chyrrta nur mit ihr? Wahrscheinlich hatten sie auch die andere Fackel fortgeräumt, und sie bemühte sich vergebens, danach zu suchen. Doch dann fanden ihre Hände das Gebilde aus Holz, das mit in Wachs getränkter Jute umwickelt war. Kyla griff danach und tastete dann nach dem Feuergerät. Auch das fand sie und brachte damit eine Flamme zustande, die das Wachs in Brand setzte. Feuerschein erhellte den Umkreis, wo sie stand. Kyla atmete erleichtert durch. Der Spuk würde nun ein Ende haben. Denn entweder hatte sie sich in ihrer Angst alles nur eingebildet, oder jemand war im Raum, der sie in Panik versetzen wollte. Sie sah sich um, in der Hand hielt sie bereits das Messer, das sie immer mit sich führte.

»Paraila.«

Sofort wirbelte Kyla herum. Nein, das war keine bloße Einbildung! Aber wo war der Feind? Hielt er sich in einer der dunklen Ecken versteckt? Sie lauschte.

»Paraila. Bitte sag etwas.«

Das Flüstern ... nun erkannte sie, woher es kam. Dennoch brauchte sie die vollkommene Bestätigung, dass sie sich nicht getäuscht hatte, also wartete sie, bis der Name der Herrscherin erneut erklang.

»Paraila. Ich bin deiner nicht würdig, das weiß ich.«

Jetzt erkannte sie, dass die Lippen, die sie zuvor noch mit Wasser benetzt hatte, die Worte bildeten. Quyntyr sprach im Fieberwahn. Doch seine Stimme klang durch die Tortur so völlig anders, dass Kyla sie nicht erkannt hatte. Beinahe kam sie ihr vor, wie ein ausgedörrtes Blatt, das jeden Moment zerfallen könnte. Er wisperte den Namen der Frau, an die er sein Herz verloren hatte.

Das klang so unwirklich, dass Kyla ein Schauer überlief. Aber natürlich, sie selbst hatte diesen Namen ja erneut in ihm heraufbeschworen, als sie ihn überlistet hatte. Nun musste sie mit diesem Geist, den sie gerufen hatte, zurecht kommen. Doch es war ihr wichtig, ihm begreiflich zu machen, dass Paraila nicht anwesend war. Also setzte sie sich neben Quyntyr und versuchte, ihn durch leichtes Rütteln zu Bewusstsein zu bringen. Er rührte sich jedoch nicht. Die einzige Kraft, die er aufbringen konnte, war offenbar die, mit einer Person zu sprechen, die gar nicht anwesend war. Als er Paraila erneut bat, ihm zu antworten, sagte Kyla: »Sie ist nicht hier, sondern im Palast. Erinnerst du dich nicht an deine Reise, Quyntyr? Du bist am Berg Ultay und hast mich hierher gebeten. Weißt du, wer ich bin?«

»Ja, du bist Paraila.«

»Die bin ich *nicht*«, korrigierte Kyla.

»Du klingst wie sie. Du bist Paraila«, beharrte Quyntyr mit brüchiger Stimme. Ein Seufzen entfuhr Kyla. Es war wohl sinnlos, zu erwarten, dass er in diesem Zustand etwas begriff. Er hatte ja nicht mal die Augen geöffnet. Dass er ihre Stimme für die der Herrscherin hielt, erstaunte sie allerdings. Aber da Quyntyr stark fieberte, war es nur logisch, dass er Unsinn redete. Sie entschied, aus der Situation das Beste zu machen und sagte: »Gut, dann bin ich eben Paraila. Ich bin deine Herrscherin, und ich befehle dir, Wasser zu trinken!«

Diesmal tränkte sie das Tuch so sehr, dass das Wasser bereits sein Kinn benetzte, noch bevor sie es ihm an die Lippen geführt hatte. Quyntyr öffnete seinen Mund ein wenig, und er trank tatsächlich, so gut es ihm in seinem Zustand möglich war. Kyla war einerseits froh, dass er erneut Flüssigkeit zu sich nahm, andererseits ärgerte es sie, dass er es offenbar der Herrscherin zuliebe tat, die ihn in Stücke reißen lassen wollte.

Nachdem sie den Vorgang mehrmals wiederholt hatte, lag er wieder kraftlos und still da. Kyla sprach ihn noch einmal an, gab vor, Paraila zu sein und befahl ihm, kurz die Augen zu öffnen. Doch die geschwollenen Lider blieben geschlossen, und Quyntyr gab keinerlei Zeichen von sich, dass er sie gehört hatte. Vermutlich war er wieder in die Welt abgetaucht, die ihn in seinem Fieberwahn so fest im Griff hatte. Immerhin schien seine Atmung nun etwas kräftiger zu sein. Kyla gönnte sich selbst ein wenig Ruhe und richtete sich neben Quyntyrs Lager auf dem Boden eine Schlafstätte her.

Sie nahm dazu einige Decken, die sie in einem behelfsmäßig gezimmerten Schrank fand, und breitete sie auf dem harten Lehmboden aus, der teilweise von Fels durchzogen war. Das würde mit Sicherheit nicht bequem werden, aber im Sitzen zu schlafen, kam ihr ebenfalls nicht sonderlich verlockend vor. Einst war sie es gewohnt gewesen, auf hartem und unebenem Boden zu ruhen – doch das war lange her, und Kyla hatte es schon als Kind vorgezogen, sich auf weichem Waldboden statt in Höhlen zu betten, auch wenn dort die Insekten regelmäßig über sie hergefallen waren.

Obwohl sie todmüde war, dauerte es eine ganze Weile, bis sie einschlafen konnte. Zu vieles ging ihr durch den Kopf, doch immerhin waren ihre Träume diesmal nicht so verwirrend wie zuvor. Sie erwachte, als sie spürte, dass sich jemand durch den Raum bewegte. Anfangs glaubte sie, es wäre vielleicht Quyntyr, der sich von seinem Lager erhoben hatte. Doch schon bald wurde ihr bewusst, dass das bei seinem Zustand kaum möglich sein konnte. Sie blinzelte den Schlaf aus den Augen und erkannte, dass es

Paharja war, der eine neue Schüssel mit Wasser brachte. Außerdem trug er einen Korb auf dem Rücken, aus dem er nun einen kleinen Laib Brot, getrocknetes Fleisch und etwas Obst hervorholte. Er legte die Sachen auf ein sauberes Tuch, das er ebenfalls aus dem Korb zog, und bedeutete Kyla, dass die Dinge für sie seien.

»Danke.« Sie schickte ihm ein Lächeln. Er erwiderte die Geste nicht, sondern nickte nur knapp.

»Es ist freundlich von dir, dass du mich versorgst«, sagte sie, um den Mann aus der Reserve zu locken. Sie hatte Erfolg damit.

»Ich tue es nur, weil es meine Pflicht ist. Wenn es nach mir ginge, würde eine Anhängerin der Herrscherin elendig verhungern und verdursten.«

Die Worte des sonst so freundlich wirkenden Paharja trafen Kyla hart. Sie hatte mit derart hasserfüllten Gedanken nicht gerechnet.

»In Ordnung«, erwiderte sie so gefasst wie möglich. »Darf ich dennoch davon ausgehen, dass du dich um mein Pferd gekümmert hast?« Die Furcht, dass es anders sein könnte, schien ihr das Herz zerquetschen zu wollen.

»Es ist ein Tier. Es hat sich nichts zu schulden kommen lassen. Ich habe das Pferd so versorgt, als wäre es mein eigenes.«

Die junge Kriegerin war erleichtert, das zu hören, doch sie vermied es, ihm erneut Dank zu sagen, da sie nun wusste, dass er es nicht ihr zuliebe, sondern tatsächlich nur für Golan getan hatte. Wortlos verließ Paharja sie wieder, und Kyla bekam erneut ihre Einsamkeit zu spüren. Natürlich war da noch Quyntyr, doch aus dem früher so geistreichen Gesprächspartner war ein gequälter Dahinsiechender geworden, der lediglich ab und zu stöhnte. Was gäbe sie darum, wenn alles so wäre wie früher. Wenn sie mit ihm über Kampftechniken diskutieren, über die Ränke im Palast lachen, oder gemeinsam in Gedanken an ihre Zieheltern versinken könnte.

Es war nicht immer alles nur angenehm gewesen, und Kyla war realistisch genug, sich das nicht einzureden – doch sie waren angesehene Chyrrta gewesen, die mit Respekt behandelt wurden. Nun jedoch schienen sie nicht mehr wert zu sein als Tiere. Vielleicht sogar noch weniger.

Selbst die anmaßenden Verbündeten, die ihre Macht dadurch demonstriert hatten, dass sie einen Mann gefesselt und der Folter durch die Natur ausgesetzt hatten, schienen Ganruys Leuten immer noch mehr zu bedeuten, als jene, denen sie angeblich Schutz boten.

Kyla nahm sich vor, Quyntyr zu überreden, mit ihr zu gehen, sobald er soweit genesen war, dass sie ihn auf Golans Rücken setzen konnte. Aber wohin sollte sie mit ihm gehen? In den Palast zurückzukehren war unmöglich, solange Paraila der Ansicht war, Quyntyr wäre der Verräter, der ihre Macht schwächen und schließlich zunichte machen wollte. Um sie vom Gegenteil zu überzeugen, müsste Kyla enorm viel Geschick aufbringen. Und wenn sie ehrlich war, wusste sie nicht, ob sie selbst noch daran glaubte, dass Quyntyr gänzlich unschuldig war. Immerhin hatte er Unterschlupf bei Leuten gesucht, die die Herrscherin abgrundtief hassten. Es würde ihr nichts übrigbleiben, als darauf zu vertrauen, dass die Zeit ihr eine Lösungsmöglichkeit aufzeigte. Und bis dahin musste sie versuchen, selbst bei Kräften zu bleiben – körperlich, aber auch im Geiste. Kyla nahm das Brot und biss hinein. Es schmeckte köstlich. Zumindest versorgte man sie wirklich gut und gab ihr nicht Dinge, die bereits alt und nah dem Verderben waren. Sie trank einen Schluck Wasser und füllte dann einen Teil in die Schüssel, aus der sie Quyntyr Flüssigkeit gab.

Das Obst schmeckte ebenfalls köstlich und weckte den Wunsch in ihr, das Tageslicht zu sehen. Aber es wäre nicht gut, nun die Höhle zu verlassen und damit Quyntyr nicht die Fürsorge zu garantieren, die er so dringend benötigte. Also unterdrückte Kyla den Wunsch, frische Luft in die Lungen zu saugen. Sie konnte den Gestank in Quyntyrs Räumen ohnehin nicht mehr wahrnehmen, denn vermutlich roch sie inzwischen selbst nach Eiter und wundem Fleisch.

Vielleicht war Paharja auch deshalb so wortkarg gewesen, weil er sich bemühen musste, seinen Mageninhalt nicht auf den Höhlenboden zu speien. Und doch war es falsch, sich etwas anderes weiszumachen, als die Tatsache, dass niemand mit ihr sprechen wollte, weil man sie für eine Feindin hielt. Kyla unterdrückte ein Seufzen, holte die Waschschüssel näher an Quyntyrs Lager und befeuchtete großzügig das Tuch, das sie dazu benutze, um seinen Körper zu reinigen. Sie schlug das Laken über seinem Körper zurück und begann damit, seine nässenden Wunden auszuwaschen. Sein Zustand hatte sich kaum geändert, was nach dem kurzen Zeitraum nicht weiter verwunderlich war. Aber in Kyla selbst hatte sich etwas verändert, denn es fiel ihr nun bereits wesentlich leichter, ihre Aufgabe zu verrichten. Sie sprach leise mit Quyntyr und versicherte ihm, dass bald alles wieder gut wäre. Als er plötzlich die Augen aufschlug und sie anblickte, hätte sie vor Schreck beinahe aufgeschrien. Das sonst Weiße war so gelb wie eine Jula-Frucht. Das Schwarze in der Mitte war so groß, dass Quyntyrs normalerweise fast farblose Augen völlig fremd auf sie wirkten. Es war beinahe so, als hätte er sich in etwas verwandelt, vor dem man sich fürchten musste.

Kyla versuchte ruhig zu bleiben, als er sie mit seiner ebenfalls immer noch fremden Stimme ansprach.

»Ich hatte so gehofft, dass du herkommst. War deine Reise sehr beschwerlich?«

Er klang schwach, aber Kylas Herz machte einen Hüpfer, weil er offenbar nicht mehr fantasierte, sondern genau wusste, wer sie war und welche Strapazen sie überwunden haben musste.

»Sie war nicht einfach«, bestätigte sie. »Aber ich habe sie gerne auf mich genommen, um dein Geheimnis zu erfahren. Und um dafür zu sorgen, dass du schon bald wieder der starke Kämpfer bist, als den ich dich kenne.«

»Bin ich denn ein Kämpfer?«

»Ja, natürlich! Das bist du!«

»Und kannst du mir vergeben?«, fragte er hoffnungsvoll.

»Ja, ich vergebe dir«, versicherte Kyla. Es erstaunte sie, dass er darum bat, doch er hatte wohl geahnt, in welche Unannehmlichkeiten er sie brachte, indem er sie zum Berg Ultay gebeten hatte. Quyntyr streckte die Hand aus, und

Kyla ergriff sie, obwohl sie nass von seinem Schweiß war.

»Dass du hier bist, bedeutet mir so viel«, versicherte er abermals. Sie drückte ihm zum Dank leicht die Hand und fragte mit eindringlicher Stimme: »Was wolltest du mir offenbaren, wenn ich hierher komme, Quyntyr?« Es mochte eigennützig sein, aber solange er klar bei Verstand war, musste sie einfach die Gelegenheit nutzen, um herauszufinden, was es mit ihrer Vergangenheit auf sich hatte.

Er zögerte lange, doch schließlich erwiderte er: »Ich wollte dir gestehen, dass ich dich liebe.«

Kyla glaubte ihren Ohren nicht trauen zu können. Fühlte sich Quyntyr etwa durch ihre körperliche Vereinigung dazu genötigt, diese Worte zu sagen? Ihm schien es jedoch unglaublich wichtig zu sein, dass sie ihn verstand, denn er hob sogar trotz seiner Schwäche den Oberkörper ein Stück empor, wohl um ihr symbolisch so nah wie möglich zu sein. Mit eindringlicher Stimme wisperte er: »Ich liebe dich mehr als mein Leben, Paraila.«

Das letzte Wort war ein Schock, obwohl Kyla es doch hätte ahnen müssen.

»Ich bin nicht Paraila«, sagte sie mit fester Stimme.

»Doch, du bist es! Nur *eine* Frau ist so wunderschön. Nur *eine* Frau hat so eine verlockende Stimme. Du bist Paraila.«

Offenbar wollte er ihr einfach nicht glauben.

»Ich bin *Kyla*!«, stellte sie klar. Quyntyr ließ sich zurückfallen und stieß ein Husten aus, bei dem ihm Schleim auf die Lippen tropfte. Verächtlich sagte er:

»Kyla gibt es nicht mehr.« Damit war für ihn das Thema offensichtlich beendet, denn er schloss die Augen und fiel wieder in tiefen Schlaf.

Es kostete Kyla immens viel Überwindung, seine Pflege fortzusetzen. Vielmehr war sie versucht, mit dem nassen Tuch auf seinen geschundenen Körper einzuschlagen. Doch sie widerstand dem Impuls, denn es widerstrebte ihr, ihn zu bestrafen, ohne dass er begriff, dass es ihre Hand war, durch die er litt. Eines Tages, wenn er genesen war, würde sie ihn für diese Demütigung zum Kampf herausfordern. Und sie würde ihn damit beschämen, dass sie sich nun, trotz seiner Unverschämtheit, um sein Überleben bemühte.

Als ihre Wut später ein wenig verraucht war, überfiel sie die Einsamkeit umso mehr. Quyntyr war hier so unerwünscht wie sie selbst – doch er weigerte sich, noch irgendeine Art von Verbindung zu ihr sehen zu wollen. Sie selbst musste sich also von dem Wunsch lösen, irgendwann wieder Frieden – oder gar Freundschaft – von ihm zu erwarten. Andererseits war ihr bewusst, dass er nicht Herr seiner Sinne war. Wann immer sie das vergaß, erbrach er sich, oder eine seiner Eiterbeulen platzte auf, als solle Kyla so daran erinnert werden, dass er mehr tot als lebendig war.

Als Paharja erneut zu ihr kam, um ihr Nahrung und frisches Wasser zu bringen, fragte Kyla ihn, wie viel Zeit seit ihrer Ankunft vergangen war.

»Nachdem wir im Lager eingetroffen waren, kam die Nacht. Du bist ein Sonnenlicht und eine weitere Dunkelheit hier. Nun, da die Sonne erneut an den Himmel gestiegen ist, wird es Zeit, dass du Nahrung zu dir nimmst.« Kyla konnte nicht fassen, dass sie erst seit so kurzer Zeit bei Quyntyr in der Höhle war. Sie hatte jegliches Zeitgefühl verloren, und sie ahnte, dass der Kampf um das Überleben ihres ehemaligen Kampflehrers vielleicht für sie selbst der Schwerste ihres bisherigen Lebens werden würde. Wie sollte ihr Verstand diese Tortur nur aushalten? Den Blick an die steinernen Wände. Das Schweigen. Die Abscheu der einzigen Chyrrta, die sie hier umgaben.

»Du musst durchhalten. Es ist eine Prüfung. Wenn du sie bestehst, wird dich etwas Neues erwarten. Etwas Gutes – vielleicht endlich mal etwas Gutes ...«, versuchte sie sich selbst Mut zuzusprechen. Sie schloss die Augen, um sich an den Glanz von Tritam zu erinnern. Sie dachte an die Düfte, die Farben und an die interessanten Gespräche zurück. Wann immer ihre Schwermut zu heftig wurde, rief sie sich sogar in Erinnerung, wie man sie hatte hofieren wollen und ihren Namen dort pries. Es war ein eitler Trost, doch sie gestand sich selbst ein, dass sie ihn benötigte, um sich nicht so nutzlos und widerwärtig zu finden, wie den Dreck am Boden.

Ein weiterer Tag und eine Nacht vergingen, die Kyla damit zubrachte, Quyntyrs Wunden zu pflegen und sich ansonsten in etwas zu üben, das ihr bis dahin völlig fremd gewesen war: Geduld. Sie aß das Essen, das der wortkarge Paharja ihr brachte, ließ sich von ihm bestätigen, dass gut für Golan gesorgt wurde, und döste vor sich hin, wann immer Quyntyrs Stöhnen nicht allzu schlimm war.

Zweimal nannte er sie noch Paraila, doch Kyla reagierte nicht darauf, in der Hoffnung, sie würde ihn somit nicht ermutigen, erneut seine Angebetete in ihr zu sehen. Nachdem sie ein weiteres Mal seine Wunden gereinigt und ihn mit der Salbe versorgt hatte, löschte sie die langsam zur Neige gehenden Kerzen, die sie sich zusätzlich zu den Fackeln hatte bringen lassen, legte sich auf ihre Lagerstätte, schloss die Augen und fiel in einen tiefen Schlaf.

Als das Druckgefühl einer kalten Klinge am Hals sie weckte, riss Kyla verwirrt die Augen auf. Vom Eingang hier fiel Licht herein, dennoch war in der Düsternis der Höhle nur schwer zu erkennen, wer ihr ein Messer an die Kehle hielt. Kyla wartete nicht darauf, was derjenige von ihr wollte, sondern griff blitzschnell nach der Hand und drehte sie so, dass die Knochen knackten. Zugleich richtete sie sich auf und warf den überraschend leichten Angreifer über ihre Schulter. Ein Geräusch entrang sich dessen Kehle, das Kyla nicht einordnen konnte. Möglicherweise waren ihre Sinne noch vom Schlaf benebelt, aus dem sie so überraschend gerissen worden war. Die junge Kriegerin setzte einen Fuß auf den Körper, der nun gekrümmt am Boden lag.

»Aua! Das hat weh getan!«, beschwerte sich der Angreifer mit viel zu hoher Stimme. Kyla, die gerade hatte zutreten wollen, um ihren Gegner außer Gefecht zu setzen, hielt inne. Sie ließ von dem Bündel ab, das sich dort wand, und zündete eine Kerze an.

»Was, bei allen grünen Wassern, hast du dir nur dabei gedacht, mich zu bedrohen?«, entfuhr es ihr, als sie sah, welchen Feind sie da zu Boden geschmettert hatte.

Es war das Mädchen, das sie vor ein paar Tagen an S'hilias Seite gesehen hatte – Ganruys Tochter! Das Gesicht des Kindes war schmerzerfüllt verzogen, doch die Augen zeigten eine Kälte, die Kyla als puren Hass erkannte.

»Ich wollte dich töten!«

Kyla sah das Kind an, ohne auch nur ein Wort zu sagen. Bereits nach kurzer Zeit begann das Mädchen unruhig zu werden und wich ihrem Blick aus. Als es sich erheben wollte, setzte Kyla ihm den Fuß auf die Brust. Sie tat es nicht sonderlich hart, doch entschieden genug, um das Kind wieder zu Boden zu zwingen.

»Ich habe schon früh gelernt, dass ich für meine Taten geradestehen muss. Diese Lehre scheint dir noch niemand erteilt zu haben, dabei hätte ich schwören können, dass dein Vater viel Wert darauf legt. Nun, da ich sehe, dass es dir in der Hinsicht jedoch an Erfahrung mangelt, werde *ich* diese Lehrstunde übernehmen.«

»Du hast kein recht, mir irgendetwas beibringen zu wollen! Du bist wie ... wie ... wie eine ... eine ...«

Kyla wartete geduldig. Das Mädchen schien zunehmend an der eigenen Unfähigkeit zu verzweifeln, seinen Unmut in passende Worte zu kleiden.

»Wie das Gewürm im Popo einer Disotin«, sagte es schließlich im Brustton der Überzeugung.

Kyla überlegte. »Meinst du vielleicht: wie das Gewürm im Hintern einer Despotin?«

Das Mädchen nickte, aber es schien nicht so genau zu wissen, ob es das wirklich gemeint hatte. Kyla begriff, dass es in kindlicher Sprache nur das wiedergab, was es von den Erwachsenen gehört hatte. So sah man sie also: als Arschkriecherin von Paraila. Das war dann doch derber, als Kyla es vermutet hatte. Immerhin erklärte es jedoch, warum man sie so abfällig behandelte. Und warum ein Kind glaubte, sie töten zu müssen.

Kyla streckte die Hand aus, um dem Mädchen auf die Beine zu helfen. Das Kind ergriff sie, doch sofort verspürte Kyla einen Schmerz in der Handfläche. Dann holte das Mädchen mit dem Arm aus und wollte einen messerähnlichen Gegenstand in Kylas Leib rammen. Doch diese war um Längen schneller. Sie wich dem Angriff aus und nutzte das kurze Taumeln des Kindes, um ihm die Hand an die Kehle zu legen und mit der anderen nach der Waffe zu greifen. Das Mädchen röchelte, und bereits nach kurzer Zeit traten seine Augäpfel deutlich hervor.

Kyla lockerte den Griff ein wenig, doch sie hielt das Kind weiterhin an der Kehle gepackt. Die andere Hand hob sie, um im Schein der Kerze zu betrachten, was ihr da ein Loch in den Bauch hatte stechen sollen. Es war eine rostige Schneide, die vermutlich von einem einfachen Schälmesser stammte, das seine besten Zeiten längst hinter sich gelassen hatte. Kyla schloss somit aus, dass man das Kind beauftragt hatte, sie zu töten. Vielmehr war es wohl so, dass das Mädchen sich selbst dazu entschlossen hatte. Das machte für Kyla die Sache aber bei Weitem nicht besser.

»Bitte ...«, flehte das Mädchen. Sein Gesicht war beinahe schon lila. Kyla warf die rostige Schneide in eine dunkle

Ecke und zog dann die Hand von der Kehle des Kindes. Sofort sackte das Mädchen zu Boden und rieb sich den Hals. Dann begann es bitterlich zu weinen.

»Heulst du, weil es dir leidtut, dass du mich töten wolltest, oder weil du deinen Plan nicht umsetzen konntest?«, fragte Kyla mit kalter Stimme.

Das Mädchen hob den Kopf, Kyla konnte deutlich ihre Fingerabdrücke auf dem zarten Fleisch erkennen.

»Es tut mir leid, dass ich meine Leute nicht vor dir beschützen kann. Und dass ich nichts daran ändern kann, dass du Chyrrta zu einem Ort des Schreckens machen wirst.«

Kyla dachte über die Worte nach. Das Mädchen schien von dem überzeugt zu sein, was es sagte.

»Was denkst du denn, was passieren wird, nur weil ich weiterlebe?«, erkundigte sie sich.

»Chyrrta wird ein Ort des Grauens werden, sagen die Erwachsenen. Alle, die sich ein Leben in Freiheit wünschen, werden unterjocht werden. Die Kinder werden ihren Eltern entrissen, und alles wird voller Blut sein.«

»Alles wird voller Blut sein?«, erkundigte sich Kyla, der durch den letzten Satz wieder klar wurde, dass sie immer noch mit einem Kind redete, auch wenn dieses offenbar seine Aufgabe darin sah, die Worte der Erwachsenen zu wiederholen und eine wichtige Rolle für die Gemeinschaft zu übernehmen – die, sie zu töten. Auch die nächsten Worte des Kindes unterstrichen dies.

»Ja! Alles voller Blut! Weil alle von den Reitern der Herrscherin – und von DIR – ermordet werden!«

Kyla runzelte die Stirn. Schließlich sagte sie: »Das sind ja wirklich abscheuliche Dinge, die passieren werden. Und du bist dir sicher, dass sie nicht eintreffen würden, wenn du mich ermordet hättest?«

Nun kam das Kind ins Grübeln. »Ich glaube ... ja ... vielleicht«, sagte es nun unsicher.

Kyla musste ein Lachen unterdrücken. Zwar belastete sie, was man sich offenbar über die Zukunft und ihre Rolle darin ausmalte, doch ihr war auch klar, dass das Mädchen vermutlich einiges falsch verstanden hatte.

»Ich glaube, du überschätzt meinen Einfluss. Ich mache die Zukunft nicht«, erklärte Kyla ruhig. Das Mädchen sah sie abschätzend an. Es richtete sich auf und streckte seinen Rücken, um seine geringe Körpergröße durch eine stolze Haltung so gut wie möglich auszugleichen. Dann sagte es mit fester Stimme: »Du musst sterben, weil du diejenige bist, die in der Prophezeiung steht. Wenn du nicht mehr bist, wird Paraila ihre Macht verlieren. Und *nur* dann!«

So gerne Kyla die Worte des Mädchens als Kindergeschwätz abtun wollte, so sehr war ihr bewusst, dass genau das zutraf. Es war die Prophezeiung, die auch Paraila ihr bereits offenbart hatte. Quyntyr musste Ganruy davon erzählt haben – und dieser hatte es wiederum seinen Leuten kundgetan. Es gab nun nichts mehr, was sie dem Kind entgegnen konnte, um dessen Gedanken und Ängste zu zerstreuen. Jegliches Versprechen, nichts zu tun, was ihm und Ganruys Clan schaden könnte, konnte Kyla beim besten Willen nicht geben. Denn ihr war klar, dass sie Ganruy und seine Leute durchaus bekämpfen würde, wenn sie ernsthaft versuchten, Paraila zu gefährden. Sie schürten ihre eigenen Ängste, obwohl die Herrscherin ihnen nie Leid zugefügt hatte. Kyla verdrängte den hartnäckigen Gedanken, dass sie es sehr wohl getan hatte, indem sie das Wasser unbrauchbar machte. Doch es gab einen guten Grund dafür, den das einfache Volk nun mal nicht verstehen würde. Ganruy und seine Leute traten das Geschenk des Friedens, das Paraila ihnen gemacht hatte, mit Füßen. Ebenso wie jede andere Bande, die hier in den Bergen ihr Unwesen trieb. Vielleicht wäre es besser, sie alle ihrem gerechten Schicksal zuzuführen.

Wer das friedvolle Zusammenleben auf Chyrrta störte, hatte nun mal eine harte Strafe zu erwarten. Doch augenblicklich war weder der richtige Zeitpunkt, diesen Gedanken zu Ende zu führen, noch hatte Kyla den Wunsch, sich als Richterin über diese Leute zu erheben. Sie verfolgte eigene Ziele – und das wichtigste war, Quyntyr wieder gesund zu machen, damit er ihr erzählen konnte, was er über ihre Vergangenheit wusste.

Als Schritte zu hören waren, sah das Mädchen erschreckt zum Eingang der Höhle.

»Das ist nur einer von deinen Leuten. Dir droht hier keine Gefahr«, sagte Kyla nicht ohne Spott in der Stimme. Sie wunderte sich, dass das Kind – das sie eben noch vollmundig beschimpft hatte – nun so furchtsam war.

»Meine Eltern dürfen nicht wissen, dass ich hier bei dir bin«, erklärte das Mädchen eilig.

»So? Und warum nicht?«

»Das kann ich dir jetzt nicht erklären. Ich muss mich

verstecken! Verrate mich nicht! Bitte ...«, fügte das Kind dann kleinlaut an.

Kyla wies mit der Hand auf eine dunkle Ecke. »Kaure dich dort zusammen. Das Licht reicht nicht bis dahin. Und sei still, sonst verrätst du dich am Ende noch selbst.« Das Mädchen huschte in die Düsternis – gerade noch rechtzeitig, denn Ganruy betrat beinahe im gleichen Augenblick die Höhle.

»Hast du alles, was du benötigst?«, erkundigte er sich. Kyla zuckte mit den Schultern. »Alles, außer Tageslicht, frische Luft, freundliche Gesichter um mich herum, und einiges mehr, auf das ich nur ungern verzichte.«

»Verzicht wird dir nicht schaden. Im Palast wirst du von all dem reichlich gehabt haben. Doch wie ehrlich sind die freundlichen Gesichter dort? Hast du dich das schon einmal gefragt? Die Dienstboten, die dir zulächeln und dir scheinbar Respekt zollen, werden dafür bezahlt. Bist du es nicht leid, diese falschen Freunde um dich zu haben?«

»Was ist die Alternative? Echte Feinde um mich zu haben, wie dich und dein Gefolge?«, konterte Kyla. Nun lachte Ganruy. »Auf den Mund gefallen bist du jedenfalls nicht. Im Übrigen bin es nicht *ich*, der dir Tageslicht und frische Luft vorenthält. Du selbst hast die Entscheidung getroffen, Quyntyr zu versorgen und ihm nicht von der Seite zu weichen. Sobald es ihm besser geht, kannst du dich in die Gemeinschaftshöhle gesellen. Möglicherweise findest du doch das ein oder andere freundliche Gesicht, wenn du bereit bist, deine Privilegien hier abzulegen.«

»Das habe ich doch längst. Oder denkst du ernsthaft,

im Palast hätte man mich einen Kranken pflegen und ihm den Eiter und seine Exkremente vom Körper waschen lassen? Ich habe meinen Status doch bereits aufgegeben, in dem Moment, als ich mich auf einen Aufenthalt hier eingelassen habe.«

»Nur, dass es wirklich so bitter für dich werden würde, das hast du wohl nicht geahnt.«

»Nein, das habe ich nicht«, gab Kyla zu.

»Wie gesagt, manches Gesicht wird vielleicht keine so starke Abscheu zeigen, wie du es wohl erwartest. Doch ich muss dich warnen, denn für viele bist du nicht besser als ein Reiter der Herrscherin – und diese wiederum möchten die Leute hier elendig zugrunde gehen sehen.«

»So wie Quyntyr? Er ist in den Augen deiner Leute doch auch nicht besser. Wenn er genesen ist, werde ich von hier fortgehen. Und ich werde ihn dazu bewegen, mit mir zu kommen.«

»Und wo geht ihr dann hin? Zurück zum Palast? Wieder das Dasein als Parailas Handlanger einnehmen?«

Kyla gefiel die Richtung des Gesprächs ganz und gar nicht. Doch nun war nicht die rechte Zeit, um mit Ganruy über ihre Rolle im Palast oder gegenüber Paraila und den Chyrrta zu sprechen. Sie musste zusehen, dass er sie wieder alleine ließ, wenn sie dem Mädchen gegenüber Wort halten wollte. Es grenzte jetzt bereits an ein Wunder, dass das Kind im Verborgenen geblieben war.

»Nun, wie dem auch sei. Ich werde vielleicht auf das Angebot zurückkommen und eine kurze Zeit in der Gemeinschaftshöhle verbringen. Aber erst, wenn ich sicher bin, dass Quyntyr nicht von einem heftigen und vielleicht tödlichen Fieberanfall geschüttelt wird, während ich nach freundlichen Gesichtern Ausschau halte. Bitte lass mich nun wieder mit ihm allein, damit ich meine Aufmerksamkeit ganz auf seine Genesung richten kann.«

»Gut, wie du meinst. Doch bevor ich gehe, möchte ich dich noch fragen, ob du Xinith gesehen hast.«

»Xinith?«, fragte Kyla verständnislos.

»Meine Tochter. Sie sollte eigentlich ihrer Mutter helfen, Früchte zu zerkleinern. Doch sie ist verschwunden – ebenso wie das Werkzeug, das sie benutzen sollte. Xinith ist manchmal etwas ungestüm, und schon sehr zielstrebig für ihr Alter. War sie hier bei dir?«

Zielstrebig ... dachte Kyla und korrigierte in Gedanken, dass das Kind wohl eher sehr mordlüstern für ihr Alter war. Sicher, bei ihr war es nicht anders gewesen, aber sie glaubte mehr Gründe dafür gehabt zu haben, als Ganruys Tochter.

»Nein, sie war nicht hier bei mir«, sagte Kyla. In Gedanken beruhigte sie sich damit, dass sie nicht mal sonderlich gelogen hatte, wenn man davon ausging, dass das Kind ja immer noch bei ihr war.

»Gut. Ihre Mutter hat sich nämlich schon große Sorgen gemacht. Xinith spielt gerne in den Höhlen und vergisst darüber die Zeit. Früher spielte sie auch häufig hier, deshalb nahmen wir an, sie wäre hergekommen, um Spielzeug zu suchen, das sie noch in der Höhle vermutet. Falls sie auftaucht, sage ihr, dass ich sie suche. Das wird sie dazu veranlassen, sofort zurückzukehren und weder dich noch Quyntyr zu stören.«

Er schien sehr überzeugt von seinen eigenen Worten zu sein. Kyla musste fast lachen über seine Naivität. Es erheiterte sie, dass der alte Mann so gar keine Ahnung zu haben schien, was im Kopf seiner jungen Tochter vor sich ging.

»Ich werde ihr sagen, dass sie sich bei dir melden soll, falls ich sie sehe«, versicherte Kyla. Ganruy brummte und verließ dann ohne ein weiteres Wort die Höhle. Als er verschwunden war, kam Xinith aus der dunklen Ecke. Sie blickte zu Boden und knabberte an einem Fingernagel.

»Danke, dass du mich nicht verraten hast«, brachte das Kind leise hervor. Kyla nickte nur. Als das Mädchen die Höhle verlassen wollte, griff Kyla nach den Schultern des Kindes und zwang es, sie anzusehen.

»Warum dürfen deine Eltern nicht wissen, dass du hier bei mir warst? Diese Antwort bist du mir noch schuldig.«

Xinith wand sich. Dann bekannte sie mit Trotz in der Stimme: »Weil sie nicht wollen, dass ich dich töte.«

»Wie nett von ihnen«, sagte Kyla bitter. »Und warum wollen sie das nicht?«

»Sie sagen, dass du eine wichtige Aufgabe hast, die du erfüllen musst. Auch wenn es ihnen nicht gefällt.«

Langsam wurde Kyla wegen der geheimnisvollen Prophezeiung wütend, über die jeder andere mehr zu wissen schien, als sie selbst.

»Und warum willst du mich trotzdem töten?«, fragte sie das Kind nun mit harscher Stimme. Xiniths Blick wurde kalt. »Weil du uns alle in Gefahr bringst. Seit du hier bist, sind alle anders. Sie lachen nicht mehr. Sie spielen nicht mehr mit mir. Alle sind aufgeregt und haben Angst, dass wir wieder angegriffen werden. Ich mag das nicht.«

Etwas versöhnlicher erwiderte Kyla: »Ich mag es auch nicht. Aber dass deine Leute sich so anders verhalten, liegt nicht allein an mir. Ihr lebt in einer gefährlichen Welt. In einer, die Paraila so nicht für euch wollte – und will. Die Herrscherin lehnt es ab, dass Chyrrta sich gegenseitig bekriegen, verletzen oder sogar töten. Vielleicht beginnst du irgendwann, auch darüber nachzudenken, statt nur das wiederzugeben, was die Erwachsenen dir einreden.«

Das Kind zuckte mit den Schultern. »Ich weiß nicht«, bekannte es dann. Kyla seufzte. »Meinst du wirklich, wenn du mich tötest, wird deine Welt wieder so wie früher? Jeden Tag geschehen neue Dinge.«

»Ich habe Angst vor diesen Dingen«, gestand das Mädchen nun. Seine Stimmungen wechselten so schnell, wie es wohl nur bei einem Kind möglich war. Kyla spürte unter all dem Zorn deutlich die tiefe Furcht Xiniths, das bisherige Leben und die Chyrrta um sie herum zu verlieren. Kyla konnte diese Emotion nur zu gut nachvollziehen.

Ihr selbst war genau das Gleiche mehrfach in jungen Jahren passiert. Es war sehr schwer gewesen, sich jedes Mal anzupassen. Kyla war Xinith ganz sicher als alleinige Verursacherin dieser neuen Umstände genannt worden. Kein Wunder, dass das Kind daher sogar bereit war, sie zu töten. Nun jedoch sah das Mädchen sie plötzlich mit offenem Blick an und sagte: »Dafür, dass du mich nicht verraten hast, bin ich dankbar. Du kannst unbesorgt sein, ich trachte dir nicht mehr nach dem Leben.«

Kyla unterdrückte den Impuls, auf das Versprechen des Kindes mit verächtlichen Worten zu reagieren. Es war falsch, das Mädchen nun darauf hinzuweisen, dass es ohnehin keine Chance gehabt hatte. Vielmehr wollte Kyla die Worte des Kindes als Zeichen sehen, dass das feindselige Verhalten zwischen ihnen tatsächlich ein Ende gefunden hatte, also nickte sie ernst. Dann überraschte das Mädchen sie allerdings erneut, indem es scheu fragte: »Darf ich dich irgendwann wieder besuchen?«

»Ja, natürlich.«

»Schön. Dann bis bald.« Damit verließ Xinith die Höhle. Kyla blickte ihr nach. Das war ein wahrhaft seltsamer Besuch gewesen. Fest stand jedoch, dass die Anwesenheit des Mädchens für einige Zerstreuung gesorgt hatte, und die tat Kyla zweifellos gut.

4. Kapitel

Quyntyr schien nun ständig zu stöhnen. Und obwohl Kyla wusste, dass es im Grunde ein gutes Zeichen war, weil er sein Bewusstsein langsam dauerhaft zurückgewann, machten seine Laute sie beinahe wahnsinnig. Wann immer es nicht mehr auszuhalten war, holte sie die Phiole mit dem Duftwasser hervor, das sie in Tritam gekauft hatte, öffnete den Deckel und sog mit geschlossenen Augen den Geruch ein. Sie schwelgte dann gedanklich in dem regen Leben der pulsierenden Stadt und dem bunten Treiben auf dem Markt. Immer wieder musste sie sich in Erinnerung rufen, dass es noch etwas anderes gab, als das Keuchen und Wimmern eines halbtoten Mannes mit übelriechenden Wunden. Und – wenn sie ihre guten Vorsätze vergaß – dachte sie auch an Lanari.

Sie sah im Geiste die hübschen Augen der Freundin vor sich, und wünschte, sie könne ihre Finger durch das seidenweiche Haar gleiten lassen, das in der Morgensonne des Palastes golden geglänzt hatte. Manchmal rief sie sich Lanaris Stimme ins Gedächtnis, und dann fühlte sie ein Prickeln auf der Haut, das sich bis in ihren Schoß fortsetzte. Doch sobald das geschah, verbot sie sich jede weitere Erinnerung an die junge Frau, und widmete sich mit fast schon verbissener Fürsorge Quyntyrs nur langsam heilendem Körper.

Es kam ihr vor, als wäre es eine Ewigkeit her, seit er auf

ihr gelegen und sie zur Frau gemacht hatte. Dass er im Delirium immer wieder Parailas Namen wisperte, machte all das noch unwirklicher. Kyla spürte, wie die ständige Dunkelheit der Höhle sie immer mehr belastete.

Einmal holte sie das Buch hervor, das der Händler in Tritam ihr überlassen hatte. Sie legte die Karte sorgsam zur Seite und versuchte ein paar Seiten des Liebesromans zu lesen. Doch schon bald war ihr die schwülstige Art zuwider, und die Einfältigkeit der jungen Frau im Roman unterhielt sie nicht, sondern brachte sie lediglich in Rage.

Vielleicht würde ihr das Papier irgendwann zum Feuermachen nützlich sein, als Lektüre war es jedoch unbrauchbar. Stattdessen faltete Kyla die Landkarte auseinander und betrachtete staunend die Namen von Ortschaften, die zweifellos so nicht mehr existierten. Der Verkäufer hatte recht gehabt, auch Wasseransammlungen waren eingezeichnet – Seen, so groß wie Kyla es sich nicht einmal vorstellen konnte. Von nun an betrachtete sie die Landkarte häufiger.

Sie verstand inzwischen die Faszination, die der Buchverkäufer für sie entwickelt hatte. Es war in der Tat unterhaltsam, sich mit ihr zu beschäftigen, denn es gab immer wieder etwas zu entdecken, das ihr bislang entgangen war. Manchmal kam es ihr so vor, als würden dort neue Namen, neue Berge, neue Flüsse auftauchen, die zuvor nicht vorhanden gewesen waren – obwohl das natürlich Unsinn war. Wenn die Einsamkeit zu bedrückend wurde, zeichnete sie in Gedanken sogar die Undurchdringlichen Mauern nach, deren Verlauf auf der Karte nicht zu sehen war. Manche alte Ortschaften mussten durch sie geteilt worden sein. Ob es wohl genau so geschehen war? Und wie hatten die Leute damals reagiert, als ihre Nachbarn plötzlich nicht mehr zu ihrer Welt gehörten? Hatte es sie belastet oder waren sie froh darüber gewesen?

Kyla stellte sich vor, wie es gewesen sein musste, als alle Chyrrta noch vereint waren. Wie hatte Hyntha Gallan nur entscheiden können, welche von ihnen es wert waren, geschützt zu werden und zu ihrem zukünftigen Reich zu gehören, und welche der Verdammnis ihrer eigenen Gier und Gewalt anheim fallen sollten. Sicher war die Auswahl schwer gewesen, doch es gehörte wohl zu den Aufgaben einer Herrscherin, solche Entscheidungen zu treffen, und zu unterbinden, dass sie jemals hinterfragt oder gar angezweifelt wurden.

Kyla packte die Karte nach jedem Betrachten wieder sorgfältig in das Buch. Solange sie hier weilte, war dies das beste Versteck. Auch wenn sie bislang nie das Gefühl gehabt hatte, jemand von Ganruys Leuten würde sich für ihre Besitztümer interessieren, steckte ihr die Geheimnistuerei des Buchverkäufers immer noch in den Knochen, und sie hielt es für besser, ihre Errungenschaft keinen anderen Blicken auszusetzen.

Manchmal rief sie sich die Karte ins Gedächtnis, ohne sie hervorzuholen. Einfach nur, um ihren Geist zu trainieren und der Eintönigkeit Einhalt zu gebieten. Doch auch diese kleinen Ablenkungen konnten nicht darüber hinwegtäuschen, dass die Höhle und die intensive Pflege sich immer mehr auf Kylas Gemüt auswirkten. Die

Schatten schienen sie zu bedrängen, und als sie einmal aus einem traumreichen Schlaf hochschreckte, hatte sie das Gefühl, die Düsternis habe einen Weg gefunden, in sie zu kriechen und alsbald jeden noch verbliebenen freundlichen Gedanken zu ersticken.

Kyla rang nach Luft, dann schwanden ihr die Sinne. Sie taumelte, der Boden näherte sich unaufhaltsam. Der Schmerz, als sie auf ihr Handgelenk fiel, riss sie aus der nahenden Ohnmacht. Sie brauchte Luft und Sonnenlicht! Also lief sie los, ebenso wie sie es damals als Kind getan hatte, wenn sie um ihre Freiheit kämpfte. Sie verließ die Höhle, in der sie mit Quyntyr seit einer gefühlten Ewigkeit hauste, rannte durch die Gänge und stieß ab und zu schmerzhaft an die Felswände.

Einmal verlor sie die Kontrolle über ihre Beine, die ihr einfach nicht mehr gehorchen wollten, und stürzte. Der Boden war hart und kantig. Kyla hatte keine Zeit, über den Schmerz nachzudenken, denn er würde sie sonst an ihrer Flucht hindern. Flucht ... wovor? Vor dem, was sie gewählt hatte? Sie selbst hatte entschieden, sich um den siechenden Quyntyr zu kümmern. Sie war es, die die Einsamkeit in der Höhle mit ihm gewählt hatte. Warum? Um zu büßen? Wofür?

All diese Fragen würde sie sich früher oder später selbst beantworten müssen, doch jetzt zählte nur der Weg nach draußen. Also lief die junge Frau weiter, bis die Höhlengänge endlich den Ausgang offenbarten. Das Licht blendete grauenvoll, und doch war es das Schönste, was sie seit langer Zeit gesehen hatte. Tränen traten ihr in die

Augen, als sie die Höhle verließ. Ihre Wangen wurden feucht, und ihrer Kehle entrang sich ein Schrei, als sie endlich die nötige Luft fand, die ihr so lange gefehlt hatte, und nun mit plötzlicher Wucht ihre Lungen füllte. Dann musste sie husten und hatte das Gefühl, gar nicht mehr damit aufhören zu können.

Die Luft, die sie einatmete, war frisch, aber schwer. Ihr Blick war nach der langen Dunkelheit getrübt, die Helle schmerzhaft. Kyla blinzelte, während sie immer noch versuchte, den Husten unter Kontrolle zu bekommen. Erst nach einiger Zeit begriff sie, dass dichter Nebel die Berge umgab. Der Weg schien von der Feuchtigkeit verschluckt zu werden, alles verlor sich auf seltsame Weise im Nichts des weißen Dunstes.

Als plötzlich wankende Umrisse im Nebel auftauchten, glaubte Kyla anfangs, sie würde träumen. Doch dann kamen die Gestalten immer näher, und sie erkannte, dass es ein paar von Ganruys Leuten waren. Die meisten von ihnen waren Frauen. Sie trugen Krüge und Körbe bei sich.

Zwei Männer waren auch unter den Ankommenden. In einem von ihnen erkannte Kyla Paharja; er führte eine Ziege am Strick. Der andere Mann hatte einen toten Tierkörper auf seine Schultern geladen, vermutlich handelte es sich um einen mageren Lanto. Ein gesplitterter Pfeil steckte noch in der Brust des Tieres, das zottelige Fell war blutverschmiert. Als die Gruppe Kyla erkannte, hielten die meisten kurz inne, dann kamen sie weiter den Weg hinauf, doch einige senkten die Köpfe, als wollten sie vermeiden, sie anzusehen. Sie gingen schweigend an Kyla vorbei, lediglich Paharja und S'hilia, die den Abschluss gebildet hatten, blieben bei ihr stehen. Die Ziege meckerte und reckte ihren Kopf, um an Kylas verschmutztem Lederoberteil zu schnuppern. Als die junge Kriegerin die Hand ausstreckte, um dem Tier über die Stirn zu streicheln, hielt Paharja den Strick so kurz, dass die Ziege empört meckerte.

»Es macht mir nichts aus, wenn sie mich berührt. Ich hatte früher selbst Ziegen. Das heißt, ich habe mich um Ziegen gekümmert«, korrigierte Kyla sich selbst.

»Das mag ja sein, aber es muss wohl in einem anderen deiner Leben gewesen sein«, erwiderte Paharja mit kaltem Blick. Kyla spürte seine Abscheu so deutlich wie stets, wenn er mit ihr sprach, doch diesmal traf sie sie besonders hart, denn er hatte mit seinen Worten sogar nach ihrem eigenen Empfinden nicht unrecht. Es kam ihr tatsächlich wie in einem anderen Leben vor, dass sie mit Olhas und Zygals Tieren über das kleine Landstück getollt war.

»Was hast du mit der Ziege vor? Willst du sie töten?«, fragte Kyla.

»Warum? Willst du das für mich übernehmen?«, erwiderte er lauernd.

»Nein. Ich möchte es einfach nur wissen.« Egal was sie sagte, es schien ihr stets übel ausgelegt zu werden.

»Er wird sie nicht töten, sondern melken.« Es war S'hilia, die diese Erklärung lieferte. Kyla nickte. Sie biss sich auf die Lippe, dann sagte sie: »Vielleicht kann ich das übernehmen.«

»Und warum solltest du das wohl tun?«, fragte S'hilia.

»Weil ich mich nützlich machen möchte.«

»Du kümmerst dich um Quyntyr. Das reicht!«, befand Paharja. Er wollte mit der Ziege fortgehen, S'hilia hielt ihn auf. Sie blickte Kyla immer noch feindselig an, doch in ihren Blick hatte sich nun auch eine Neugier gemischt, die Kyla dazu brachte, ihre Frage erneut zu beantworten.

»Ich möchte es gerne tun, weil ich Abwechslung brauche. Ich fühle mich einsam, und der Umgang mit Tieren hat etwas Tröstliches für mich. Darum würde ich die Aufgabe des Melkens gerne übernehmen.«

Nun nickte S'hilia und forderte Paharja mit einem Blick auf, den Strick an Kyla zu übergeben. Der kam dem Befehl offensichtlich nur sehr widerwillig nach.

»Keine Sorge, ich werde sie gut behandeln und dir ganz sicher keine weiteren Aufgaben streitig machen«, versicherte Kyla.

»Du kannst dir dort hinten einen Eimer nehmen. Wenn du fertig bist, führe die Ziege zurück in den Verschlag unterhalb des Weges. Und dann bring die Milch in die Gemeinschaftshöhle. Beeile dich, die Kinder sind hungrig.« S'hilia wartete nicht auf Kylas Bestätigung, sondern ging nun einfach an ihr vorbei, in die Höhle hinein. Paharja folgte ihr – jedoch nicht, ohne sich noch zweimal nach der Ziege umzudrehen.

Als er endlich verschwunden war, blickte Kyla das Tier an und flüsterte: »Da hast du aber einen ganz schön eifersüchtigen Verehrer. Ich hoffe, er ermordet mich nicht im Schlaf, nur weil ich es gewagt habe, dich anzufassen.« Die Ziege sagte nichts dazu, sie folgte Kyla anstandslos, als diese zu dem Eimer ging. Auch das Melken klappte gut, ganz so, wie Kyla es in Erinnerung hatte. In der Tat fühlte sie sich gleich besser, als sie den warmen Körper des Tieres spürte und ihm die kostbare Milch auf Anhieb entlocken konnte. Während sie in kurzen Abständen die Zitzen drückte, um jeweils einen kräftigen Strahl der weißen Flüssigkeit in den Eimer spritzen zu lassen, verzog sich der Nebel stellenweise und gab den Blick auf ein orangefarbenes Licht frei.

Erst als noch mehr zu sehen war, begriff Kyla, dass es sich um die Sonne handelte, die über die Berge stieg, und die damit einen neuen, heißen Tag ankündigte. Vermutlich würde sie davon jedoch nicht viel mitbekommen, denn es stand außer Frage, dass sie schon bald zu Quyntyr in die düstere Höhle zurückkehren musste. Sein Zustand war zwar inzwischen nicht mehr besorgniserregend, doch er war immer noch nicht im Stande, sich selbst zu versorgen.

Vermutlich würde es noch geraume Zeit dauern, bis er auch nur in der Lage war, aufrecht zu sitzen. Aber er würde wieder auf die Beine kommen, dessen war Kyla inzwischen gewiss.

Nachdem sie die Ziege zu deren Artgenossen zurückgebracht hatte, ging sie zu Golan, der auf einer recht kleinen, doch ebenen Fläche stand und ein Bündel Heu fraß, das Paharja ihm vermutlich erst vor kurzem hingelegt hatte. Das Pferd schnaubte leise und drückte die Nase zur Begrüßung gegen ihre Handfläche. Kyla streichelte ihm den Hals. »Geht es dir gut? Genieße die Ruhe. Sobald Quyntyr wieder einigermaßen gesund ist, werden wir von hier fortgehen. Dann musst du stark und ausdauernd genug sein, um die Einöde mit mir erneut zu durchqueren. Ich freue mich nicht darauf, aber wir wollen schließlich nicht für ewig hier festsitzen, nicht wahr?« Golan schwenkte den Kopf, als wolle er über das Land blicken.

»Ich hätte nicht gedacht, dass es einen Ort gibt, an dem ich mich so alleine und verloren fühle. Eigenartig, denn in den Wäldern war ich eigentlich viel einsamer als hier.«

Golan schwenkte wieder den Kopf und senkte ihn dann, um weiterzufressen. Kyla seufzte. »Viel scheinst du dir aus meiner Schwermut ja nicht zu machen. Aber vermutlich hast du recht. Ich sollte nicht jammern, sondern das Schicksal so annehmen, wie es nun mal ist. Aber es fällt mir wirklich schwer, mit Chyrrta zusammen zu sein, die mir ihre Abscheu so deutlich zeigen. Einen Feind kann man niederstrecken; von ihm bin ich Hass in seinem Blick gewohnt. Aber von Männern und Frauen – ja, sogar Kindern – die mich täglich umgeben, kann ich ihn kaum ertragen.«

Sie strich an dem großen Pferdekörper entlang und bemerkte dann, dass Paharja Golan eine Salbe am Bein aufgetragen hatte. Bei näherem Hinsehen erkannte sie eine Wunde, die bei ihrem Kampf mit dem feindlichen Clan entstanden sein musste. Sie verspürte ein schlechtes Gewissen, weil sie selbst es versäumt hatte, nachzusehen, ob Golan Verletzungen davongetragen hatte. Sicher, größere hätte sie ganz sicher sofort entdeckt, doch auch eine geringere konnte ein Tier, wenn sie nicht behandelt wurde, ernsthaft erkranken lassen. In Kyla entstand ein

Wettstreit der Gefühle. Zum einen war sie Paharja zutiefst für seine Fürsorge dankbar, zugleich ärgerte sie sich jedoch auch über die Tatsache, dass sie selbst sich hier beinahe wie eine Gefangene fühlte, und sie es deshalb versäumt hatte, ihren Pflichten Golan gegenüber nachzukommen.

Kyla blickte erneut über das Land, das nun in der aufsteigenden Sonne immer deutlicher wurde. Die Felswände waren so zerklüftet, dass es wirkte, als trügen sie zahlreiche Narben aus längst vergangenen Schlachten. Wie alt mochte das Gestein sein? War es schon hier, bevor es den ersten Chyrrta gab? Was mochten die Berge davon halten, dass nun Lebewesen hier hausten, die in ihrem Inneren laut lachten, miteinander stritten, sich liebten, und ihr bislang ruhiges Dasein alleine schon durch ihre bloße Existenz störten.

Obwohl Kyla weit in die Ferne blicken konnte, waren keine Wege zu erkennen. Alles schien unberührt, und nur wenige Büsche unterbrachen das Einerlei, das sich in staubiger Erde und Flecken aus kleinen steinigen Erhebungen präsentierte. Die junge Kriegerin stellte sich vor, wie sie auf Golans Rücken diesen Ort verließ. Es machte ihr Herz ein wenig leichter. Irgendwann würde es soweit sein, daran gab es keinen Zweifel.

Golan ging ein Stück, und nun erkannte Kyla ein Gefäß, das mit Wasser gefüllt war. Ihr Pferd trank daraus und schien mit sich und der Welt zufrieden, als es schließlich den Kopf hängen ließ, um in der langsam wärmenden Sonne zu dösen. Kyla hätte sich am liebsten zu ihm auf den Boden gelegt, doch dann fiel ihr ein, dass sie schon viel zu lange gezögert hatte, die Milch in die Höhle zu bringen. Und dabei hatte S'hilia sie doch extra ermahnt, dass die Kinder hungrig seien. Vermutlich würden diese Leute nicht verstehen, dass sie beim Anblick ihres geliebten Pferdes einfach die Zeit vergessen hatte. Nun beeilte sie sich, ihren Fehler wiedergutzumachen. Sie fasste den Eimer mit der Milch und betrat schnellen Schrittes die Höhle. Die Fackeln an den Wänden waren nur ein schlechter Ausgleich für das draußen Hoffnung spendende Sonnenlicht, doch Kyla bemühte sich, nicht in die Traurigkeit zurückzusinken. Sie folgte dem Weg und bog, statt zu ihrer und Quyntyrs Höhle, auf den Weg ein, der sie zur Gemeinschaftshöhle bringen würde.

Die Gänge wurden durch zahlreiche Fackeln erhellt, und an den Wänden befanden sich mit Tonerde gemalte Kinderzeichnungen von Bergen, Ziegen, der strahlenden Sonne und Strichmännchen, die wohl ihren Clan darstellen sollten. Kyla wollte ihren Blick schon davon abwenden, als sie eine Zeichnung erkannte, die ein größeres Tier mit einer Mähne und einem Schweif zeigte. Es stand zwischen den kleineren Ziegen und wurde von ihnen umringt.

Offenbar hatte einer der kleinen Künstler Gefallen an Golan gefunden und ihn auf die Höhlenwand gemalt. Erst jetzt wurde Kyla bewusst, dass ihr Pferd längst von Ganruys Leuten in ihrer Mitte aufgenommen worden war – im Gegensatz zu ihr selbst. Sie ging weiter und machte große Augen, als sie den Eingang zur Gemeinschaftshöhle erblickte. Er war gesäumt von Kunstwerken, die aus Leder und Heu hergestellt waren. Da waren geflochtene

Stränge, in denen getrocknete Blumen steckten. Tiere mit Körpern aus Stroh und getrocknetem Gras – manche von ihnen klar erkennbar, andere wohl Gebilde der Fantasie. Es gab Zeichnungen auf Leder mit Namen darauf, die mit hübschen Ornamenten verziert waren.

Zu Kylas größtem Erstaunen gab es auch eine Girlande mit Gegenständen, die sie bislang nur aus einem von Olhas alten Büchern kannte. Sie überlegte, ob ihr der Name dieser seltsamen Schalen einfiel. Muscheln ... ja, in dem Buch nannte man sie Muscheln. Doch wie konnte das sein? Woher hatten Ganruys Leute solche alten Dinge, die doch längst nicht mehr existierten? Kyla war sogar geneigt gewesen, zu glauben, es hätte sie in Wahrheit niemals wirklich gegeben. Denn Muscheln waren Wasserlebewesen, und wer konnte heute schon mit Sicherheit sagen, ob es jemals etwas gegeben hatte, das nur allein im nassen Element hatte überleben können? Doch hier hingen die Beweise. Einfach so zur Zierde, als wäre es das Normalste, so etwas als Schmuck zu benutzen.

Nun war Kylas Neugier auf die Gemeinschaftshöhle um ein Vielfaches gewachsen. Ihr Herz klopfte aus verschiedenen Gründen heftig, als sie die Höhle betrat. Sie nutzte den ersten Moment, in dem sie noch unbemerkt geblieben war, um sich rasch umzublicken. Beinahe wäre ihr vor Verwunderung der Eimer aus der Hand gefallen.

Die Höhle war wirklich riesig! Sie glich von der Größe her problemlos einer der großen Hallen in Parailas Palast. An den Wänden waren Konstrukte aus Holz angebracht – eine Art riesige Balkone, die über Treppenstufen miteinander verbunden waren. An den Wänden hingen nicht nur Fackeln, sondern auch Behälter, die mit einer Flüssigkeit gefüllt waren, aus denen dicke Schnüre ragten, die jeweils eine Flamme trugen.

Insgesamt war die Höhle so hell, dass das Sonnenlicht sie nicht mehr zu beleuchten vermocht hätte. Auf dem Boden waren verschiedene Dinge zu erkennen. Es gab Tische, auf denen Brotlaibe aufgeschichtet waren. Anhäufungen von Decken aus Tierfell und verarbeiteter Ziegenwolle. Da waren Zelte aus gegerbter Haut, in denen Erwachsene saßen und miteinander sprachen. Doch am meisten erstaunte Kyla ein überraschend großes Konstrukt aus Glas, in dem eine Flüssigkeit langsam dahinfloss, um am Ende von einer gläsernen Röhre aus in eine große, bauchige Flasche zu tropfen. Die Flüssigkeit war blutrot; Kyla ahnte, dass sie durch die Kräuter, die kurz zuvor zugesetzt wurden, auf diese Art eingefärbt worden war.

»Starr das Takor nicht so an! Der süße und sehr scharfe Alkohol ist nur für unsere Männer und für den Handel mit Wolas Clan. Er bekommt Frauen nicht gut. Also lass bloß deine Finger davon!«

Es war S'hilia, die wie aus dem Nichts aufgetaucht war, und die nach ihrer Ermahnung in die Richtung der Tische deutete, die an einer Wand der Höhle standen. »Stell den Eimer mit der Milch dorthin!« Kyla kam ihrer Anweisung nach.

Die meisten Kinder, die dort saßen – es waren insgesamt sechs –, blickten sie in einer Mischung aus Neugier und Argwohn an. Einzig Xinith schenkte Kyla ein kurzes

Lächeln. S'hilia, die es wohl bemerkt hatte, wandte sich in rüdem Ton an ihre Tochter. »Träum nicht vor dich hin, sondern gieß den anderen Kindern und dir selbst ein. Pass auf, dass dein kleiner Bruder seinen Becher leertrinkt.«

»Aber er mag keine Milch, Mutter. Und er verträgt sie nicht sonderlich gut.«

»Er wird es noch weit weniger vertragen, wenn er bis zum Hauptessen hungern muss. Aber meinetwegen, lass ihn stattdessen einen der Teigfladen essen und Wasser trinken.«

Das Mädchen befolgte die Worte der Mutter und öffnete den Deckel eines steinernen Topfes, um einen Fladen daraus hervorzuholen. Ihr Bruder griff sofort danach, während Xinith begann, Milch in Becher zu gießen.

»Komm mit an den Tisch für die Erwachsenen, damit du mit uns essen und trinken kannst«, forderte S'hilia Kyla auf. Sie wandte sich um und ging vor. Kyla folgte ihr. Der besagte Tisch stand nicht weit von dem für die Kinder entfernt. Doch das Starren der Erwachsenen war weitaus schlimmer, als das ihrer Nachkömmlinge.

Kyla fühlte sich unwohl. Nun jedoch das Weite zu suchen, hätte eine Schwäche offenbart, und das wollte Kyla um jeden Preis verhindern. Also setzte sie sich auf den ihr angebotenen Platz, neben eine schlanke junge Frau mit langem roten Haar und eine alte Frau, deren Kopfhaut kreisrunde kahle Stellen aufwies.

Ohne auch nur ein Wort an sie zu richten, schob die Rothaarige Kyla einen Teller hin, nahm aus einer Schüssel ein Stück Brot und ließ es darauf fallen. Dann griff sie mit der Hand in einen Topf, holte mit den Fingern einen Klumpen Butter hervor und schmierte sie auf das Brotstück. Ihr Blick ging kurz zu Kyla, und mit einem abfälligen Grinsen steckte sie sich die verschmierten Finger in den Mund, um sie sauber zu lecken.

»H'Ohrla, wir behandeln unsere Gäste nicht schlechter als ihre Tiere! Merke dir das – und dies gilt auch für alle anderen!« Ganruy sah ernst in die Runde. Nach und nach nickten einige seiner Anhänger, andere senkten nur den Kopf, um ihre Zustimmung, aber auch ihren Widerwillen gegen diese Anweisung zu demonstrieren. Kyla war es einerlei – sie schwor sich, nie wieder die Gemeinschaftshöhle zu betreten, solange sie an diesen Ort gebunden war. Um jedoch nicht zu zeigen, wie sehr sie H'Ohrlas Hohn traf, nahm sie das Brotstück und biss hinein. Während sie kaute, spürte sie erneut die Blicke der anderen. Sie glaubte in den meisten Abscheu zu lesen, doch manche waren auch einfach nur forschend. »Wie geht es Quyntyr?«, fragte Ganruy. Seine Hand umklammerte einen Becher, in dem Flüssigkeit dampfte. Kyla erkannte an seinen hellen Fingerknöcheln welchen Druck er ausübte und schloss daraus, dass er aufgrund ihrer Anwesenheit inmitten seiner Leute angespannt war.

»Es geht ihm besser. Aber es wird noch lange dauern, bis er sich von seiner Ruhestätte erheben kann«. Ganruy nickte, als habe er nichts anderes erwartet.

»Gedenkst du, jetzt immer mit uns zu speisen?«, erkundigte sich S'hilia. Sie klang bei diesem Gedanken nicht gerade erfreut.

»Nein. Dies wird eine Ausnahme bleiben«, erwiderte Kyla und fügte an: »Ich kam nicht her, um mir Feinde zu machen. Doch wenn man mich als eine Feindin betrachtet, werde ich euch so gut wie möglich aus dem Weg gehen. Es ist für alle sicher das Beste.«

»Das musst du nicht tun«, erklärte Ganruy und blickte in die Runde. Er bekam jedoch keine Zustimmung. »Wir sind stark genug, jemanden in unserer Mitte zu dulden, der nicht unseren Vorstellungen von einem aufrechten Chyrrta entspricht.« Er hatte dies mit Nachdruck gesagt. »Wir werden uns damit arrangieren«, gab S'hilia stellvertretend für alle zur Antwort. Ganruy brummte nur. Eine vollbusige Frau schob Kyla einen Becher hin und füllte ihn mit der dampfenden Flüssigkeit.

»Das ist Honigwein. Trink, er gibt Kraft und wärmt dich.« Kyla sah ihr kurz in die Augen, dann griff sie nach dem Becher und führte ihn an die Lippen. Als sie den gebannten Blick der Anwesenden bemerkte, kam ihr der Gedanke, dass Ganruys Leute sie vielleicht vergiften wollten. Andererseits hatte Ganruy selbst ja ebenfalls von dem Gebräu genommen.

Kyla trank. Die Flüssigkeit war heiß, und sie war so süß, dass Kyla sich fragte, wie sie den ganzen Becher leeren sollte, ohne dass ihr übel davon wurde. Dieser eine Schluck jedoch weckte wirklich ihre Lebensgeister, und in ihrem Bauch entstand wohlige Wärme. Allerdings fühlte Kyla sich auch gleich ein wenig benebelt, was natürlich am Alkoholgehalt des Frühstückstrunks lag.

»Du gewöhnst dich schnell daran«, prophezeite Ganruy.

Kyla schob den Becher ein wenig zurück, als sie sich daran erinnerte, wie schwer es ihr gefallen war, auf den Rula-Sud zu verzichten, an den sie sich in ihrer Kindheit zweifelsohne ein wenig zu sehr gewöhnt hatte.

»Ich ziehe Wasser oder ein anderes alkoholfreies Getränk vor, wenn dies möglich ist«, erklärte Kyla so freundlich wie möglich. Nun schnaubte S'hilia hörbar. »Dann geh an den Kindertisch, damit du Ziegenmilch trinken kannst!« Sie wies mit dem Finger dorthin. Kyla griff nach dem restlichen Brotstück, stand ohne ein Wort zu verlieren auf, und verließ den Tisch. Sie hörte das Raunen, das sie damit auslöste, doch das war ihr gleich. Egal was sie tun oder sagen würde, Ganruys Anhänger würden in allem einen Angriff oder eine Unverschämtheit sehen.

Kyla fühlte sich außer Stande, dagegen anzukämpfen. Es war leichter, das Schwert gegen Feinde zu schwingen, als sie mit friedlichen Taten und freundlichen Worten zu überzeugen.

Die Kinder kicherten ein wenig, als Kyla sich zwischen sie setzte. Sie waren es wohl nicht gewohnt, dass ein Erwachsener in ihrer Mitte Platz nahm, doch ihr Verhalten war Kyla allemal lieber, als die Feindseligkeit der Erwachsenen. Die jungen Chyrrta hatten eindeutig weniger Vorurteile ihr gegenüber. Ein kleiner Junge mit schiefen Zähnen lächelte sie sogar an, als er ein wenig zur Seite rückte, damit der viel größere Gast an ihrem Tisch genügend Platz fand.

»Bist du wirklich so weit gereist wie die Erwachsenen sagen?«, wollte ein Mädchen mit auffallend vielen Flecken im Gesicht wissen. Kyla, die einen Moment benötigte, um zu begreifen, dass ihr erstmals seit langer Zeit eine freundliche Frage gestellt worden war, lächelte das Mädchen schließlich kurz an.

»Ja, eine sehr weite Reise.«

»Woher kommst du? Und was hast du auf deinen Reisen gesehen?« Das Mädchen schien Gefallen daran zu finden, die Aufmerksamkeit einer erwachsenen Person erlangt zu haben. Die anderen blickten ebenfalls abwartend. Würde die Frau, die von ihren Eltern als eingebildete und schändliche Person bezeichnet wurde, sich wirklich herablassen, mit ihnen zu reden? Kyla wusste, dass sie im Grunde nichts gewann, wenn sie sich darum bemühte, dass die Kinder sie nicht mehr für ein Monster hielten. Doch es machte ihr Freude, sich endlich wieder mit Chyrrta auszutauschen, ohne sich ständig rechtfertigen zu müssen. Daher gab sie gerne Auskunft.

»Ich komme aus dem Palast, in dem die Herrscherin Paraila wohnt. Doch ich hatte schon eine lange Reise hinter mir, bevor ich dort meine Bleibe fand. Dies soll jedoch jetzt nicht unser Thema sein. Um zu euch zu gelangen, suchte ich zunächst die Stadt Tritam auf. Kennt jemand von euch Tritam?«

Ein Junge von etwa zehn Sommern, mit dunklen Augen und hellbraunen Locken, schüttelte den Kopf. Neben ihm saß ein Mädchen, das ebenfalls dunkle Augen und Locken aufwies – sein Haar war länger und sein Gesicht feiner, doch sie entstammten unverkennbar dem gleichen Mutterschoß. Möglicherweise hatte die Frau sie sogar zur gleichen Zeit geboren, denn die Kinder schienen gleichaltrig zu sein. Auch das Mädchen schüttelte den Kopf.

»Ich habe von Tritam gehört«, gab Xinith Auskunft.

»So? Und was hast du gehört?« Kyla sah, wie der kleine Bruder des Mädchens nach ihrer Hand griff, als fürchte er, seine Schwester könne sich mit der Antwort in Gefahr bringen.

»Es soll sehr schön dort sein. Und die Chyrrta müssen nur die Hand ausstrecken, um alles zu bekommen, was sie ersehnen.«

»Ganz so einfach ist es auch für die Chyrrta in Tritam nicht. Aber ja, sie leben recht sorgenfrei. Und die Stadt ist in der Tat prachtvoll.«

»Gibt es dort auch einen Ort, der so schön ist, wie unsere Gemeinschaftshöhle?«, erkundigte sich das Mädchen, das sie nach ihren Reisen gefragt hatte. Kyla tat so, als überlege sie angestrengt, während sie ihren Blick abermals durch die Höhle wandern ließ.

»Es gibt dort Orte, die ähnlich schön sind«, sagte sie dem Kind zum Gefallen. Sie begriff, dass die Kinder bislang nichts anderes kannten, als das karge Leben in dieser felsigen Einöde. Natürlich musste ihnen ein Platz wie diese Höhle mit ihren bescheidenen Annehmlichkeiten wie ein wirklich schöner Ort vorkommen. Wem wäre geholfen, wenn Kyla ihnen erzählte, dass sie das wahre Leben doch gar nicht kannten: Häuser, Läden, Brunnen, Märkte ... und Ställe voller Pferde. Kyla hatte nämlich bemerkt, dass Xinith ihr Stoffpferd gebannt an die kindliche Brust presste, während sie ihr zuhörte. Dann sagte das Mädchen:

»Mein Vater war in Tritam. Jeder dort kannte ihn. Und jeder hatte Angst vor ihm.« Kyla sah das Kind erstaunt an. »Ist das wahr?« Xinith nickte mit Nachdruck.

»Und was hat er dort gemacht?«

»Das weiß ich nicht. Er spricht nicht gerne darüber.«

»Verstehe«, erwiderte Kyla, obwohl sie sich eingestehen musste, dass sie rein gar nichts verstand.

»Magst du Pferde?«, wollte Xinith nun wissen. Auch die anderen Kinder sahen Kyla neugierig an, und sie war froh über den Themenwechsel, denn sie wollte nicht den Eindruck erwecken, die Freundlichkeit der Kinder zu nutzen, um sie auszufragen.

»Ja, ich mag Pferde. Es sind schöne, starke Tiere, die auch für den Kampf unentbehrlich sind.«

»Für den Kampf? Aber können sie dabei nicht verletzt werden?« Es war das Mädchen, das sie zuerst angesprochen hatte, und nun ziemlich entsetzt ansah.

»Aber Nila, Kyla ist doch eine Kriegerin. Sie könnte ebenfalls verletzt werden. Ihr Pferd hilft ihr, damit keinem von beiden etwas passiert. Habe ich recht?«

Xinith blickte nun Bestätigung heischend zu Kyla. Das Kind namens Nila war um mindestens drei Sommer älter als Xinith, doch diese schien in der Kindergruppe den Ton anzugeben.

»Natürlich. Wir achten aufeinander, Golan und ich.« Xinith sah zufrieden aus. Nila hingegen sprach ihre Gedanken aus, ehe sie wohl recht darüber nachgedacht hatte, ob es angemessen war.

»Aber was geschieht, wenn einer von euch beiden doch

verletzt wird? Und das so schlimm, dass der andere ihn nicht mehr retten kann?«

Kyla spürte, wie ein kalter Schauer sie ergriff. Das Kind hatte ausgesprochen, was ihr selbst seit einiger Zeit oft in den Sinn kam. Sie beantwortete die Frage so gefasst wie möglich.

»Wenn einer von uns unrettbar ist, so stirbt er, während der andere ohne ihn weiterleben und weiterkämpfen wird. Ich mit einem anderen Pferd – Golan mit einem anderen Krieger. So will es die Natur. Und so will es die Herrscherin Paraila.«

»Dann kann sie keine gute Herrscherin sein. Meine Mutter hat recht, sie ist egoistisch und selbstherrlich. Niemand darf über das Leben eines anderen bestimmen – und schon gar nicht darüber verfügen, als würde es ihr selbst gehören.«

Xinith hatte ihre Meinung mit so viel Härte in der Stimme bekanntgegeben, dass sogar Kyla beeindruckt war. Die Worte und Ansichten, die dem Mund des Mädchens entstammten, schienen wirklich von jemandem zu kommen, der weitaus älter war. Aber vermutlich musste Xinith – ganz ähnlich wie Kyla selbst – sehr viel schneller erwachsen werden, als die Kinder aus den Dörfern oder gar einer Stadt wie Tritam. Ganz sicher konnte in so einer Gegend das Überleben davon abhängen, nicht allzu lange in kindlichen Fantasien zu schwelgen. Einzig ihr Hang, ein Stoffpferd an sich zu drücken, offenbarte ihre noch kindlichen Empfindungen.

»Sie tut es zum Wohle aller Chyrrta. Es ist ihre Pflicht.

Ist dir schon mal in den Sinn gekommen, dass die Herrscherin in Wahrheit ebenfalls eine Dienerin ist? Sie ist die Dienerin von uns allen. Für ihr Volk verzichtet sie auf viele Dinge, die dir und mir wichtig erscheinen.«

»So? Was denn zum Beispiel?«, fragte Xinith neugierig.

»Na ja, sie kann zum Beispiel nicht einfach in den Stall gehen, sich ein Pferd nehmen und einen Ausritt machen. Denn was würde ihr Volk dazu sagen, wenn sie ihre wichtigen Aufgaben vernachlässigt, um Spaß zu haben? Man würde es ihr als selbstsüchtig auslegen – und in diesem Falle hätte man damit vermutlich auch recht. Nein, die Pferde kann sie nur betrachten, und ich habe sie niemals auf einem reiten sehen.«

Kyla wusste, dass sie dem Kind eine Einschränkung nennen musste, die es verstand. Wie hätte ein Mädchen dieses Alters auch verstehen sollen, dass es ganz andere Zwänge gab, die in Kylas Augen weitaus schwerer wogen, als der Verzicht auf einen amüsanten Ausritt? So zum Beispiel die Tatsache, dass Paraila aufgrund ihrer Abstammung gezwungen war, die Männer, mit denen sie sich körperlich vereinigte, weit im Vorhinein zu bestimmen, und den Liebesakt vor Publikum vollziehen zu müssen. So etwas konnte sie dem Kind unmöglich vor Augen führen, also musste ihr nicht ganz so schreckliches Exempel genügen.

»Hat sie viele Pferde?«, wollte Xinith wissen.

»Ja, einige. Aber im Grunde gehören sie den Reitern der Herrscherin. Ich weiß nicht einmal, ob sie selbst je ein Pferd berührt hat.«

»Das kann ich mir gar nicht vorstellen. Wenn ich immer Pferde in meiner Nähe hätte, so würde ich sie jeden Tag streicheln, mit ihnen ausreiten, und sie mit Leckereien füttern, damit sie mich lieb haben. Ich kann wirklich nicht glauben, dass sie noch nie ein Pferd berührt haben soll.«

»Wer hat noch nie ein Pferd berührt? Vom wem sprecht ihr, Xinith?«, erklang es mit harscher Stimme hinter ihnen. Xinith senkte sofort den Kopf und blickte auf die Tischplatte, als gäbe es dort etwas, das ihre uneingeschränkte Aufmerksamkeit verlangte.

»Kyla hat uns von Paraila erzählt«, erklärte Nila stattdessen.

»So ... hat sie das?« S'hilias Ton ließ erkennen, dass sich ein Donnerwetter ankündigte.

»Eigentlich sprachen wir über Pferde«, gab Kyla beschwichtigend Auskunft.

»Ich denke, es ist egal über welches Thema Chyrrta mit dir sprechen, du wirst immer wieder deiner schlangenzüngigen Paraila huldigen. Und darum werde ich auch nicht eher ruhen, bis du unsere Höhlen wieder verlassen hast.«

»Das dachte ich mir schon. Und glaube mir, ich fiebere diesem Tag ebenso entgegen, wie du es tust.«

Die beiden jungen Frauen starrten sich eine Zeitlang abschätzend an. Dann wurde S'hilia von Ganruy gerufen, und sie kehrte Kyla den Rücken, während sie Xinith anwies: »Du bringst Sibio in unsere Höhle, danach wäschst du die Becher der Kinder und der Erwachsenen aus. Wenn du mit dieser Arbeit fertig bist, gehst du ebenfalls in unsere

Familienhöhle und rührst dich nicht mehr von der Stelle bis ich es dir erlaube!«

»Aber du hast versprochen, dass Sibio und ich heute zum See in der Grotte gehen dürfen!«

»SCHWEIG!« Mit der flachen Hand schlug S'hilia ihrer Tochter ins Gesicht. Das Mädchen gab keinen Schmerzenslaut von sich, obwohl sich in seinen Augen Tränen sammelten. Kyla spürte, wie ihr Magen sich bei dem Anblick verkrampfte. Erinnerungen an die Schläge von Zygal kamen ihr in den Sinn. Die Ohnmacht, die sie dabei empfunden hatte, hatte sie wohl letztendlich zu einer umso stärkeren Kriegerin gemacht. Doch darauf hatte er auch abgezielt.

Kyla glaubte jedoch nicht, dass S'hilia ihre Tochter durch ihre Züchtigung zu einer stärkeren Person machen wollte. Vielmehr sprach ihre eigene Ohnmacht aus dieser Handlung. Kyla begriff, dass sie die Hauptschuld daran trug, denn zweifelsohne sah S'hilia eine Gefahr in ihr, die möglicherweise weit über die Furcht hinausging, eine in ihrem Clan geächtete Anhängerin Parailas aufzunehmen. Vermutlich sah S'hilia es mit großem Argwohn, dass ihre Tochter sich für Dinge interessierte, die sie selbst ablehnte. Möglicherweise hatte das Kind zwar gelernt, sie ebenfalls abzulehnen, doch wie es nun mal die Natur der Kinder verlangte, war Xinith neugierig genug, dennoch ihr Wissen in der Sache zu erweitern.

Es war gut, dass Kinder hinterfragten – aber für diejenigen, die es verhindern wollten, war es eben auch gefährlich, denn eines Tages würden sie keine Kontrolle mehr über den einstmals kindlichen Geist haben, sondern sich selbst Fragen ausgesetzt sehen, die sie nicht beantworten konnten oder wollten. Wie etwa die, warum sie ihren Kindern ein Leben in dieser Abgeschiedenheit zugemutet hatten.

Es wäre ganz sicher besser für die Jungen und Mädchen, in einer Stadt wie Tritam aufzuwachsen. Vor allem, wenn Ganruy selbst dort gelebt hatte, sah Kyla keinen Grund, warum er dieses angenehme Leben seinen Kinder vorenthielt. Wenn er ein Dasein in Staub und dunklen Höhlen vorzog, so war dies sein gutes Recht, doch er hatte es weder für Xinith noch für deren Bruder Sibio zu entscheiden. Andererseits schien es hier Dinge zu geben, mit denen Kyla niemals gerechnet hatte. Auch sie konnte ihre Neugierde nun nicht mehr bezähmen und fragte: »Es gibt einen See in diesen Höhlen?«

»Für dich gibt es hier nur, was wir dir gestatten zu sehen!«, stellte S'hilia klar. Kyla nickte bedächtig. »Es wäre schön gewesen, mich ein wenig waschen zu dürfen. Aber ich werde weder jemandem von euch zur Last fallen, noch eure wertvollen Orte mit meiner Anwesenheit entweihen. Das ist es doch, was du denkst, oder? Du glaubst, mein bloßes Dasein könnte einen Ort besudeln.«

»Den Ort und die Chyrrta, denen du nahekommst ... Ja, ich bin überzeugt davon, dass dein Gift sich in alles schleicht, was sich nicht zu wehren vermag. Genauso wie das Gift von Paraila es offensichtlich schafft. Warum sonst sollte das Volk ihr huldigen? Warum sonst sollten die Ärmsten von jenseits der Undurchdringlichen Mauern ihr immer noch Gaben überlassen, obwohl sie doch wissen müssen, dass die Herrscherin hier nur so in Reichtum schwelgt? Es muss ein Gift sein, das sie dazu bringt, etwas so Sinnloses und Untertäniges zu tun.«

»Hast du mal daran gedacht, dass sie aus einem Grund, den du und ich nicht kennen müssen, der Herrscherin wirklich dankbar sein könnten? Es ist ein hohes Gut, Demut beweisen zu können. Zumindest ein höheres, als immer auf Rache und Zerstörung zu sinnen.«

»Dann denkst du, ich würde das tun? Auf Rache sinnen? Ja, vielleicht. Doch mit gutem Recht!« S'hilias Gesichtsfarbe hatte sich in ein Zornesrot verwandelt. Auch ihre Stimme war sehr laut geworden und hatte die Aufmerksamkeit der anderen auf sich gezogen. Ganruy sagte nur ihren Namen, doch er bewirkte sofort, dass sie aufstand und die Gemeinschaftshöhle verließ. Nachdem sie fort war, widmeten sich die anderen wieder ihren Angelegenheiten. Die restlichen Speisen wurden in eine angrenzende Höhle gebracht, die wohl auch für das Wegsperren der Frauen und Kinder während Wolas Angriff benutzt worden war.

Einige Frauen säuberten die Tischplatte, während zwei sich auf Felle, die am Boden lagen, setzten und dürre Äste zu Körben flochten. Die Männer verließen bis auf Ganruy die Höhle. Kyla fragte sich, was es für sie nun zu tun gab. Ob sie das Kämpfen trainierten? Oder ob sie ihre Waffen pflegten? Möglicherweise widmeten sie sich auch dem Trinken – Kyla hatte oft beobachtet, dass die Reiter der Herrscherin das taten, wenn ihre anderen, wenigen

Aufgaben erfüllt waren und die Langeweile sie ergriff.

Ganruy trat auf Kyla zu. »Komm mit! Ich möchte dir etwas zeigen.« Sie folgte ihm. Gemeinsam verließen sie die Gemeinschaftshöhle. Ganruy führte sie durch ein Tunnelsystem, das nur durch spärlich gesetzte Fackeln beleuchtet wurde. Es ging tief ins Erdreich hinab, und Kyla rutschte ein paar Mal auf rollenden Steinen aus. Ganruy hingegen hatte mehr Probleme damit, den Kopf gesenkt zu halten, denn für seine Statur schienen die Gänge nicht gemacht zu sein.

Dass sie von Chyrrta-Hand angelegt worden waren, erkannte Kyla an den scharfkantigen Wänden und Decken. Hier waren erst vor relativ kurzer Zeit Hacken und andere Werkzeuge eingesetzt worden, die den massiven Fels allein durch Metall und Muskelkraft zum Weichen gebracht hatte. Ganruy führte sie noch tiefer hinab. Es wurde kälter, Kyla fröstelte.

Ganruy schien es nicht anders zu gehen; er schlug die Arme um seinen Körper, doch er nahm einen weiteren abschüssigen Weg, dann blieb er stehen und sagte: »Wir sind da.« Kyla trat neben ihn und blickte sich um. Sie befanden sich abermals in einer Höhle, die etwa ein Drittel so groß war wie die Gemeinschaftshöhle.

Kyla sah die Männer mit Werkzeugen die Wände bearbeiten. Sie verspürte ein schlechtes Gewissen, weil sie ihnen unterstellt hatte, sie würden sich betrinken, während die Frauen dafür sorgten, dass das Frühstück abgetragen und das Hauptmahl zubereitet und später aufgetragen wurde, während sie sich zugleich um die Kinder kümmerten.

Ganruys Leute schienen jedoch durchweg fleißig zu sein, daher kam ihr ihre eigene Aufgabe beinahe schon wie Müßiggang vor. Natürlich war es eklig, Quyntyrs Wunden zu waschen und dem immer wieder wegtretenden Mann Wasser einzuflößen, sowie seine geschundene Haut mit der heilenden Paste einzureiben. Doch dazwischen schlummerte auch Kyla eigentlich die meiste Zeit vor sich hin, oder sie dachte über die Ungerechtigkeiten nach, die ihr und ihrer Herrscherin Paraila hier unterstellt wurden.

Ganruy machte eine ausladende Geste mit beiden Armen.

»Das wird unser neues Reich sein. Und das der nachfolgenden Generationen.«

Ein paar der Männer waren auf sie aufmerksam geworden und blickten die junge Kriegerin mit Abscheu an. Dann wandten sie sich wieder ihrer Arbeit zu, doch Kyla kam es so vor, als würden sie jetzt verbissener zuschlagen.

»Aber warum braucht ihr eine neue Höhle?«

»Das wird mehr als nur eine Höhle, und auch mehr als ein lockerer Verbund aus einigen Hohlräumen und Gängen. Es entsteht ein ganzes Höhlennetz, das wesentlich größer als das erste wird. Die Arbeit ist anstrengend, aber lohnend, denn dieser neue Lebensraum soll noch weiter, und vor allem tiefer in den Berg hineinreichen.«

»Aber dann wird es dort viel kälter sein, als im ersten Höhlensystem.« Damit schien Kyla einen wunden Punkt getroffen zu haben, denn Ganruy nickte bekümmert.

»Das ist wahr. Aber ich denke, dass die jüngeren Generationen sich darauf besser einstellen können, als ich alter Mann.«

Kyla verkniff sich die Bemerkung, dass sie ebenfalls noch jung war, hier jedoch nicht würde leben wollen. Stattdessen verlieh sie ihren anderen Bedenken Ausdruck.

»So viele seid ihr doch gar nicht, dass es sich lohnt, die Höhlen um so vieles größer anzulegen. Oben habt ihr doch bereits mehr als genügend Platz. Und was die nachfolgenden Generationen angeht, so denke ich, dass es bei gerade mal sechs oder sieben Kindern nicht von großer Wichtigkeit ist, jetzt bereits so tatkräftig für deren Zukunft zu sorgen. Ich meine, vielleicht gehen sie fort, um später woanders zu leben.«

»Das glaube ich nicht«, hielt Ganruy dagegen. »Zudem werden wir in naher Zukunft eher noch mehr Zuwachs bekommen.«

»Ob zwei oder drei Kinder mehr, wird kaum etwas ausmachen.«

»Ich spreche nicht von den Kindern, die von denen gezeugt werden, die bereits hier leben. Durch die Undurchdringlichen Mauern kämpfen sich immer mehr Chyrrta in Parailas Reich – nur, um dann festzustellen, dass sie unter dieser Tyrannin nicht leben wollen. Ihr nächster Weg wird sie zweifellos in die Gegenden führen, die frei vom Einfluss der Herrscherin sind. Gegenden wie dieser hier – zu Chyrrta wie uns, die ihnen den Weg in ein selbstbestimmtes Leben zeigen können.«

Das Hämmern der Werkzeuge auf den Felsen war das einzige Geräusch, das nun folgte, während Kyla über Ganruys Worte nachdachte. Schließlich erwiderte sie: »Immer wieder stellt ihr Paraila als Tyrannin hin, doch ich habe noch keinen einzigen Beweis gehört, der diese Behauptung untermauert. Oder ist es so, dass ihr gar keine Beweise benötigt, weil hier – in diesen Höhlen, auf die du so stolz bist – allein nur *deine* Meinung zählt und die scheinbar unumstößliche Wahrheit ist?« Kyla funkelte ihn herausfordernd an. Ganruy hielt ihrem Blick stand.

»So, dann hältst du es also für möglich, dass die Chyrrta hier einem Mann folgen, der ihnen seinen Willen und seine Ansichten aufzwingt. Das ist insofern amüsant, weil genau diese Dinge nicht *ich* tue, sondern deine Herrscherin, die du so ehrerbietig liebst. Doch was könnte ich tun, um dir die Augen zu öffnen? Mir scheint, du bist ebenso verblendet wie Quyntyr, obwohl ich nicht denke, dass du dich körperlich zu ihr hingezogen fühlst, so wie es bei ihm der Fall ist.«

Bei seinen Worten wurde Kyla rot. Sie musste unwillkürlich an Lanari denken, zu der sie sich sehr wohl körperlich hingezogen fühlte, obwohl sie doch weiblich war. Und auch Paraila war in Kylas Augen wunderschön und begehrenswert. Sie sah in ihr jedoch eher eine ältere Freundin, obwohl der Ausdruck nicht wirklich passte.

Es war schwer zu definieren, was genau sie für Paraila empfand. Chyrrta bestand aus vielen Individuen, die sie in ihrem bisherigen Leben beeinflusst hatten. Manche auf gute Weise, viele auf schlechte. Keiner war wie der andere, und Kyla wusste oft nicht, wie sie ihre Gefühle für andere einordnen sollte. Vermutlich lag es daran, dass sie dies erst vergleichsweise spät in ihrem Leben hatte lernen müssen und es nach wie vor nur unzureichend beherrschte.

Möglicherweise gab es aber auch einfach nur zu wenig Wörter für die verschiedenen Arten von Verbundenheit, die man untereinander fühlen konnte.

»Ich finde nicht, dass du bislang ernsthaft versucht hast, mir deine Argumente vorzutragen. Wenn du denn welche hast ...« Kyla ließ ihre Stimme zweifelnd klingen. Sie wusste, dass sie Ganruy damit wütend machte, doch seine selbstherrliche Art war ihrer Meinung nach um keinen Deut besser, als Parailas manchmal willkürlich erscheinende Entscheidungen. Nur, dass sie – im Gegensatz zu ihm – die durch Geburt gegebene Macht dazu hatte.

Ganruy hingegen hatte kein Recht, den Chyrrta an seiner Seite seine Ansichten aufzudrängen, nur weil sie in seinen Höhlen Unterschlupf gefunden hatten. Und vor allem hatte er bei Kyla nicht das Recht, die als Gast in seinen Höhlen weilte. Was den Umgang mit Gästen anging, könnte er sich bei Paraila noch eine ganze Menge abgucken, denn im Palast behandelte man alle Chyrrta mit dem gleichen Respekt. Hier jedoch wurde ihr als Besucherin vor die Füße gespuckt, man versuchte sie mit Blicken zu töten, und sogar ihr Essen wurde von Ganruys Leuten auf abstoßende Weise berührt.

»Denkst du nicht, dein Gefolge – vor allem die Kinder – wären in Tritam besser aufgehoben? Ihnen stünden dort alle Wege offen. Sie könnten sich bilden, ein leichtes Leben führen, verschiedene Meinungen hören, statt nur deine. Nimm es mir nicht übel, aber du scheinst mir sehr verbissen deine Ansichten zu vertreten. Wie sollen die Kinder erkennen, was richtig und was falsch ist, wenn sie nur diese eine Meinung hören?«

»Nun, du sorgst ja bereits dafür, dass sie auch eine andere Meinung zur Herrscherin zu hören bekommen. Es wäre mir ein Leichtes, dir den Mund zu verbieten, dich zu bestrafen oder gar wegzusperren. Da ich all dies weder getan habe, noch in Erwägung ziehe, denkst du da nicht, dass du mir vielleicht Unrecht tust?«

»Ja, vielleicht«, gab Kyla zu. »Dennoch, ein Leben in Tritam wäre für deine Leute viel besser. Du selbst musst das doch am besten wissen.«

Nun starrte er sie überrascht an. »Warum sagst du das?«, wollte er wissen. Kyla war verwundert. »Na, weil du doch in Tritam gelebt hast.«

»Wer hat dir das gesagt?«, blaffte er sie an. Kyla war so verdattert, dass sie vorerst gar nicht antworten konnte. Ganruy zog seine eigenen Schlüsse.

»In Tritam wirst du mit Sicherheit nichts darüber gehört haben. Von Quyntyr vermutlich auch nicht. Meine Leute würden kein Wort darüber verlieren – außer ... Xinith! Meine Tochter hat dir dies offenbart, nicht wahr?« Er schien ziemlich erbost darüber zu sein, doch Kyla sah keinen Grund, zu lügen.

»Ja, Xinith hat mir davon erzählt. Sie wusste jedoch nicht viel. Ich frage mich, warum dich die Tatsache so erzürnt, dass sie mir davon berichtet hat.«

Der alte Mann rang sichtlich um Fassung. Es schien ihn schwer zu enttäuschen, dass ausgerechnet sein eigen Fleisch und Blut dieses offensichtliche Geheimnis ausgeplaudert hatte.

»Nun, da du um diese Sache weißt, werde ich nicht

länger um den heißen Brei herumreden. Ich werde dir von meinem Leben dort berichten. Und möglicherweise wirst du danach einiges besser verstehen. Vielleicht aber auch nicht – denn wer verblendet ist, den vermögen auch Worte nicht zu überzeugen. Insbesondere nicht, wenn sie Geschichten aus der Vergangenheit erzählen. Darum bitte ich dich nun bereits zu bedenken, dass die Dinge sich nur äußerst selten zum Besseren wenden. Eher ist anzunehmen, dass die heutigen Zeiten in Wahrheit sogar noch schlimmer sind – und es gibt Anzeichen dafür, dass ich mit dieser Vermutung richtig liege.«

»Ich verstehe kein Wort von dem, was du sagst«, gab Kyla offen zu. Damit brachte sie Ganruy zum Lachen. »Ja, ich weiß. Es mag dir vorkommen wie das konfuse Geschwätz eines Greises. Und vielleicht ist es das zum Teil, denn meine Zunge war schon immer schneller als mein Bestreben, meine Worte für den anderen verständlich zu gestalten. Es mag aber auch ein wenig an dem Lärm hier liegen, denn so froh ich auch bin, dass die Arbeiten stetig vorangehen, so wenig ertrage ich das Gehämmere.« Er deutete auf die Männer, die ohne Unterlass den Felswänden zu Leibe rückten.

»Dann lass uns in die Höhle zu Quyntyr zurückkehren. Es wird ohnehin dringend Zeit, dass ich nach ihm sehe.« Ganruy nickte und erklärte: »Ich werde zuvor noch etwas holen.« Diesmal folgte er Kyla, die den steilen Rückweg zuerst antrat.

5. Kapitel

Quyntyr schluckte das Wasser inzwischen, als sei ihm dunkel bewusst, wie wichtig es für sein Überleben und seine Genesung war.

»Du hast gute Arbeit geleistet. Ich hoffe nur, dein ehemaliger Lehrer weiß sie eines Tages auch zu schätzen.« Ganruy saß auf einem Hocker, den Kyla mit einem Fell gepolstert hatte. Er hatte stumm zugesehen, wie sie Quyntyr ein ums andere Mal einen hölzernen Löffel mit Wasser an die Lippen geführt hatte, und der Genesende langsam aber doch verlässlich trank. Kyla war froh, dass sie nun nicht mehr auf befeuchtete Tücher zurückgreifen musste, denn so ging alles doch sehr viel schneller von Statten. Ganruy streckte seinen Rücken durch, der Hocker knackte vernehmlich unter seiner schweren Last.

Der alte Mann stand auf und legte zwei Scheite Holz auf die Feuerstelle, die die Kälte und Feuchtigkeit aus der Höhle vertreiben sollte. Er warf noch eine Handvoll Kiefernnadeln hinterher, um den würzigen Duft tief einzuatmen. Vermutlich nahm er den Geruch des Kranken stärker wahr als Kyla, die inzwischen daran gewöhnt war, sich den Raum mit einem Mann zu teilen, dessen Wunden immer noch nässten. Ganruy blickte nachdenklich auf Quyntyr.

»Ich habe etwas mitgebracht.« Er stellte eine Schüssel mit gelblichem Brei auf den Tisch, der neben Quyntyrs

Bettlager stand. »Das sind gekochte Rüben und Jula-Früchte. Du solltest heute noch damit anfangen, Quyntyr Nahrungsbrei einzuflößen – ansonsten wird er wohl verhungern. Da er zu schlucken imstande ist, ist die Zeit nun reif, ihm mehr als nur Wasser zukommen zu lassen. Zwar ist ein Chyrrta in der Lage, einige neue Sonnenlichter ohne Nahrung zu überleben, doch irgendwann benötigt er sie, wenn er nicht dem Tode geweiht sein soll.«

»Danke, aber mir ist bewusst, dass Nahrung wichtig zum Überleben ist. Als junges Kind schon musste ich diese Lektion bitter lernen. Oder glaubtest du, ich wäre schon immer im Palast gewesen, mit reichlich gedeckten Tischen und Krügen voller Wasser und Blandur? Ich habe mich von Nastal-Beeren ernähren müssen, mit Tokals um tote Tierkörper gekämpft, und manchmal drehte ich einem Firi seinen kleinen, zarten Hals um, um ihn ungegart zu verzehren. Deine Lektion, was das drohende Verhungern angeht, kannst du dir also sparen!«

Kyla wusste nicht genau, was sie so wütend gemacht hatte. Vielleicht war es Ganruys Besserwisserei, die ihr auf die Nerven ging. Vielleicht war es aber auch die Tatsache, dass ihr immer klar gewesen war, dass sie in absehbarer Zeit nicht nur Quyntyrs spärliches Urin-Rinnsal entsorgen musste, sondern ebenfalls die feste Nahrung, die seinen Körper durchlaufen hatte und als stinkende Masse an der intimen Stelle austrat, die Kyla schon bei sich selbst nur mit äußerstem Widerwillen pflegte. Doch wenn es bei Quyntyr soweit war, würde sie es tun – sie wünschte jedoch auf keinen Fall darüber zu sprechen, und schon gar nicht mit Ganruy.

»Gut. Du wirst dich also um Quyntyr auch diesbezüglich zu kümmern wissen.« Er ließ es nicht eindeutig wie eine Frage klingen, doch Kyla nickte, um das Thema zu beenden. Ganruy setzte sich wieder auf den Hocker und rieb sich über den Bart.

»Ich weiß um deine harte Kindheit, Kyla. Jeder hier tut das. Aber es ändert in unseren Augen nichts daran, dass du dich nun an Parailas Tisch setzt und gebratene Tilanifrüchte und andere Köstlichkeiten isst, die den einfachen Chyrrta nicht zur Verfügung stehen. Oder dass du in einem Becken badest, dessen Ausmaße sich die meisten nicht einmal im Traum vorstellen können. Alleine schon, dass du ein Pferd besitzt, dessen Futter und Wasser du ohne das Wohlwollen der Herrscherin vermutlich niemals aufbringen könntest, sind uns Zeichen genug, dass von dem wilden Kind, das ums Überleben kämpfen musste, nichts mehr übrig ist. Obwohl ...«

Er machte eine Pause, und Kyla stritt mit sich selbst darum, ob sie ihn anschreien sollte, weil er doch keine Ahnung hatte, wie sehr sie sich mit diesem Kind, das sie einst gewesen war, verwurzelt fühlte, oder ob sie ihn bitten sollte, seinen Gedanken zu beenden. Er tat es schließlich, ohne dass sie ihn dazu aufgefordert hatte.

»Obwohl ich zugeben muss, dass deine Fürsorge für Quyntyr mir deutlich zeigt, dass du aus einem anderen Holz geschnitzt bist, als dem einer verwöhnten kleinen Herrscherinnen-Göre.«

Diese Bezeichnung ließ Kyla empört nach Luft schnappen, auch wenn Ganruy ja vorgab, sie nicht dafür zu halten.

»Ehrlich gesagt, ist es mir egal, für was du mich hältst«, gab sie kalt zurück.

»Siehst du, und da sind wir grundsätzlich verschieden. Mir ist es nämlich ganz und gar nicht egal, was du von mir hältst.«

»Ich weiß zu wenig über dich, um mir eine Meinung zu bilden. Aber das, was du mir bisher von dir gezeigt hast, scheint mir sehr widersprüchlich zu sein.«

Ganruy lächelte und strich sich abermals über den Bart.

»Das klingt interessant. Was ist denn so gegensätzlich an mir?«

»Nun, einerseits gewährst du Quyntyr und mir deinen Schutz – und zwar deinen persönlichen, denn du agierst sogar gegen deine eigenen Leute – vor allem auch gegen deine Gefährtin. Andererseits nutzt du jedoch jede Gelegenheit, um mir zu zeigen, wie wenig du die Überzeugungen und Handlungen schätzt, die wir durch unseren Aufenthalt im Palast auch anderen vermitteln möchten. Du sorgst dich um die Zukunft dir noch unbekannter Chyrrta, scheinst selbst aber mit vielem abgeschlossen zu haben. Körperlich bist du von stattlicher Gestalt ...« Er zog überrascht eine Augenbraue hoch, ließ sie jedoch sofort wieder sinken, als Kyla fortfuhr. » ... zugleich bist du jedoch alt und wirkst kraftlos. Zumindest, wenn du keine Waffe führst, was du wohl nur noch selten tust.«

»Ja, ich bin kraftlos. Und manchmal auch ein wenig mutlos. Doch das will ich nicht sein, und darum ist es mir umso wichtiger, dass meine Kinder und diejenigen, die noch kommen werden, ein Leben in Sicherheit führen können. Die neuen Höhlen sind tief, und sie mögen kälter sein. Aber sie sind auch geheimer, als diese hier es je sein konnten. Ich werde dafür Sorge tragen, dass weder Wolas Clan noch ein anderer je von ihnen erfährt – zumindest nicht, solange ich es verhindern kann. Ich möchte meine Leute schützen. Wenn dir das weichlich und greisenhaft vorkommt, sei es eben so.«

Darauf erwiderte Kyla nichts.

»War das alles, was dir gegensätzlich an mir erscheint?«, fragte er mit einer Höflichkeit nach, die Kyla nur als Ironie auslegen konnte.

»Nun, da du es gerne wissen möchtest – widersprüchlich ist auch, dass du mir eben noch versprachst, mir mehr zu erzählen, nun jedoch nicht von selbst mit der Sprache rausrückst.« Er lachte auf, als er ihren Vorwurf vernommen hatte.

»Ja, du hast recht. Also gut ... Du wolltest wissen, ob es stimmt, dass ich in Tritam war. Die Wahrheit ist, ich bin dort geboren worden und aufgewachsen.«

Kyla machte große Augen bei dieser Offenbarung, und ihre Stimme klang ungläubig.

»Du hast all die Annehmlichkeiten dort als Kind und Jugendlicher selbst erlebt – aber deinen Leuten, und vor allem auch deinen Kindern willst du sie vorenthalten? Das begreife ich einfach nicht.«

»Vielleicht wirst du es, wenn ich dir meine Geschichte erzähle. Vorausgesetzt, du willst sie wirklich hören, denn sie ist lang. Und ich bin ein alter Mann, der sich manchmal in seinen Erinnerungen verliert. Es könnte also etwas dauern, bis ich sie zu Ende erzählt habe.« Kyla deutete auf Quyntyr. »Im Grunde habe ich Zeit, und mir ist ohnehin oft langweilig. Eine lange Geschichte kann also nicht schaden. Doch damit du dich nicht völlig in ihr verlierst, schlage ich vor, du weitest sie nur soweit aus, wie ich sie anhören kann, ohne dass Quyntyr inzwischen an Hunger stirbt. Denn Nahrung werde ich ihm erst geben, wenn du diese Höhle verlassen hast.«

»Eine interessante Methode, einen Erzähler in seine Schranken zu weisen. Aber gut, ich nehme diese Herausforderung in dem Wissen an, dass es auf ein halbes Sonnenlicht nun auch nicht mehr ankommt, was den Siechenden betrifft.«

»Dann erzähle mir deine Geschichte – vielleicht bist du danach ja nicht mehr ganz so widersprüchlich für mich.«

»Oder noch mehr«, warnte er vor. Er erhob sich von seinem Hocker und trug ihn näher ans Feuer. Kyla folgte ihm, warf ein Fell auf den Boden und setzte sich darauf. Dann tauchte sie ein in das, was Ganruy ihr berichtete.

»Geboren wurde ich im damals schon sehr prachtvollen Tritam, in einem Eckhaus am 'Kleinen Park der sonnenfarbenen Blüten'. Meine Eltern bewohnten die gesamte untere Etage und gingen, wann immer ihre Zeit und das Wetter es zuließen, mit mir im Park spazieren. Es gab dort große und kleine Blüten, die in jedem erdenklichen Ton, die die Sonne annehmen kann, erstrahlten. Mein Vater fertigte Schuhe an, die auf Festen getragen wurden. Er verzierte sie mit reichlich Kunstvollem und Gold. Damals waren erst wenige Häuser in Tritam mit Goldstaub im Lehm erbaut worden, doch das sollte sich schließlich ändern. Aber ich greife vorweg. Bleiben wir also zunächst bei meinen Eltern.

Meine Mutter kümmerte sich nicht nur um mich, sondern auch um eine Vielzahl von Kindern in Tritam. Sie unterrichtete sie in allerlei Dingen, die nicht nur allein der Bildung dienten, sondern auch dem Wohlgefühl. Sie brachte ihnen bei zu schreiben und zu lesen – aber auch so zu atmen, dass einem ganz leicht im Körper wird. Sie lehrte sie das Träumen und das Staunen. Heute kommt sie mir oft wie ein Wesen vor, das es auf Chyrrta eigentlich gar nicht geben dürfte. Denn diese Welt ist nicht für Träumer gemacht – doch das begriff ich erst viel später.

Meine Mutter wollte selbst viele Kinder bekommen, ich sollte jedoch ihr einziges bleiben. Das war das einzige Thema, bei dem ich sie jemals traurig sah. Sie war mit allem im Einklang wie es mir schien – solange, bis mein Vater starb. Eine unheilbare Krankheit ereilte ihn, als ich fünfzehn Sommer alt war. Meine Mutter hatte mir einen Lehrer besorgt, der meine Begabung zum Malen festigen sollte. Der Mann hieß Erral, er wurde mir damals Lehrmeister und älterer Freund.

Nachdem mein Vater tot war, wurde Erral für mich umso wichtiger. Er war auf dem Gebiet der Malerei ein Meister, doch ich sollte ihn schon bald sogar noch übertreffen. Meine Mutter, die nach dem Tod meines Vaters oft kränkelte, versorgte ich von dem mit, was ich verdiente. Ich hatte schon im Alter von achtzehn Sommern mein erstes eigenes Atelier. Zu dieser Zeit kannte man mich als Ganruy, den Maler.

Ich war ziemlich angesehen damals und konnte schon bald den Raum meines Schaffens ausdehnen. Im Laufe der nachfolgenden Jahreszeiten verfeinerte ich meine Maltechniken immer mehr. Egal ob die heiße Sonne des Sommers vom Himmel brannte, oder der Schnee Tritams Dächer mit seinem reinen Weiß bedeckte – ich malte und war glücklich.

So vergingen viele Jahreszeiten. Manchmal holte ich mir eine Frau ins Bett, die mit der Schönheit ihres Körpers meinem künstlerischen Auge schmeichelte. Doch ich wollte mich nicht fest binden – obwohl ich inzwischen schon an die vierzig Sommer zählte – denn alleine die Malerei war etwas, das mich immer wieder aufs Neue verführen konnte. Und dieser verschrieb ich mich ganz und gar. Es war ein Leben, von dem ich glaubte, es bis zu meinem Tode führen zu können.

Ich war zufrieden mit dem, was ich tat und wer ich war – zumindest glaubte ich das damals noch. Wohlhabende Chyrrta kamen zu mir, um sich in ihren besten Kleidern und mit dem teuersten Schmuck behangen, malen zu lassen. Manchmal reiste ich auch mit meinen Farben und meiner Staffelei zu Chyrrta, die mich in ihre Dienste nahmen. Ich logierte dann in den feinsten Unterkünften, wie es einem angesehen Mann aus Tritam gebührte. Weder als Knabe noch als Mann in den besten Jahren fehlte es mir je an etwas, insofern unterscheiden wir uns tatsächlich beträchtlich voneinander.«

Kyla sah ihn bei diesem Eingeständnis erstaunt an. »Mir scheint, was den Wunsch nach einer festen Bindung angeht, hast du dich im Laufe der Zeit umentschieden.« Sie wollte nicht auf ihre eigene Kindheit eingehen – nicht jetzt, da Ganruy bereit war, ihr von seiner eigenen Geschichte zu berichten. Er lächelte bei Kylas Worten. »Möglicherweise hätte ich meine Einstellung dazu schon früher überdacht, wenn ich eine Frau wie S'hilia in meinen jüngeren Jahren kennengelernt hätte. Doch ich bin nicht traurig über meine Vergangenheit. Sie war ... abwechslungsreich.«

»Daran zweifle ich nicht«, gab Kyla zurück und erwiderte sein Grinsen kurz. Es wurde Zeit, das Thema zu wechseln. »Die Bilder an den Höhlenwänden, von wem stammen die?«, fragte sie. Ganruy lächelte. »Von Xinith hauptsächlich.«

»Dann hat sie wohl dein Talent geerbt.« Nun lächelte er von Stolz erfüllt. Dann verschwand das Lächeln jedoch und er sagte: »Sie malt immer wieder und bereitet sich Farben zu aus allem, was dazu taugt, egal wie oft ich ihr auch sage, dass es hier an diesem Ort unnütz ist.«

»Aber warum sagst du ihr das? Glaubst du, es ist nur zu etwas nütze, wenn man damit seinen Unterhalt verdient?«

»Vielleicht fällt es mir nur schwer, ihr nicht besseres Material zur Verfügung stellen zu können. Leinwände, wenigstens Papier in ausreichender Menge ... Diese Höhlenwände sind kein guter Untergrund und schlucken zu viel Farbe für zu wenig Kunst.«

»Xinith ist ein Kind. Du solltest sie einfach gewähren lassen und dich über deinen Einfluss freuen, statt auf Perfektion zu sinnen.«

»Du hast recht, und im Grunde meines Herzens tue ich das auch. Aber lass mich nun von meiner Vergangenheit weitererzählen, bevor ich den Faden verliere und zu lange brauche, um ihn wieder aufzunehmen.«

Kyla nickte zustimmend, und Ganruy fuhr fort.

»Einmal – es war im tiefsten Winter – beauftragte mich ein reicher Herr vom anderen Ende der Stadt. Er hatte einen neuen Wintermantel aus Tirami-Fell erstanden und wollte, dass ich ihn darin für seine Nachkommen malerisch verewigte. Ich weiß noch, dass ich das Atelier an diesem Tag nicht wie sonst heizte, damit es dem edlen Herrn nicht zu heiß während der recht langen Zeit werden würde, in der er mir Model sitzen wollte.

Alles geschah so, wie üblich: Er kam pünktlich, zeigte mir die Pose, die er für die Attraktivste hielt und fragte mich diesbezüglich nach meiner Meinung. Ich schlug ihm kleine Korrekturen vor, die er dankbar annahm. Dann begann ich zu malen. Das ging eine ganze Weile so. Doch schließlich wurde dem Mann die Stille wohl zu drückend – zumindest dachte ich das damals noch. Er begann, sich nach diesem und jenem zu erkundigen. Ich gab auf seine Fragen zu meiner Person Auskunft, hielt mich jedoch selbst mit Fragen zu seiner Herkunft und seiner Familie zurück, da ich Neugierde für ein unerträgliches Laster hielt.

Ich nahm mich jedoch nicht nur bei meinen Kunden mit Fragen zurück, sondern auch in meinem gesamten Umfeld. Vielleicht hatte ich deshalb auch keine Ahnung, worauf der Mann abzielte, als er mich nach einer Künstlergruppierung befragte, die sich angeblich traf, um über den Sinn und Unsinn einer Führung durch ein einziges Herrschergeschlecht zu philosophieren. Ich sagte ihm, dass ich nichts davon wüsste, doch er schien mir nicht zu glauben. Seine Fragen wurden schärfer, sein Gesichtsausdruck verbissener. Ohne mir viel dabei zu denken, wies ich ihn darauf hin. Immerhin hatte er zuvor um Rat gefragt. Und ich war so naiv, zu glauben, er wäre wirklich an dem Ergebnis meiner künstlerischen Tätigkeit interessiert – sein angespannter Gesichtsausdruck schien mir dafür jedoch nicht förderlich zu sein.

Aber das Bild war ihm plötzlich völlig egal. Vielmehr wollte er mich einer Tat überführen – oder einer Konspiration, von der ich nicht den geringsten Schimmer hatte. Immer wieder forderte er mich auf, ihm Namen zu nennen. Als ich die Nase voll von diesem Unsinn hatte, fragte ich ihn provozierend, ob er die Namen würde wissen wollen, um mit jemanden von den Teilnehmern Kontakt aufzunehmen, und selbst dort tätig zu werden.

Als habe ihn eine Linte an einer besonders empfindlichen Stelle gestochen, sprang er daraufhin auf und schlug mir seine Faust ins Gesicht. Das tat er noch zweimal, und während mein Pinsel zu Boden fiel, wo sich die rote Farbe mit dem Blut aus meiner Nase mischte, schrie der Mann immer wieder: »Verräter! Verräter!«

Da ich nichts verraten hatte, benötigte ich beinahe so lange zu begreifen, was er gemeint hatte, wie meine Wunden, um zu verheilen. In dieser Zeit konnte ich nicht malen, denn als ich am Boden gelegen hatte, war der Mann mir auf die Hand getreten, sodass die Fingerknochen brachen. Ob er es absichtlich getan hatte, oder dies nur ein Versehen war, habe ich nie erfahren. Doch auch heute noch kann ich oftmals spüren, wo meine Knochen wieder zusammenwuchsen, denn ein wiederkehrender, dumpfer Schmerz ist mir als Erinnerung an jenen Tag geblieben.

Und mehr noch sollte mir bleiben, denn erst dieser mehr als unangenehme Besuch in meinem Atelier hatte mich auf die Spur der Wahrheitssucher gebracht, wie die Gruppierung sich nannte. Es dauerte nicht lange, bis sie von dem Vorfall in meinem Atelier erfuhren. Und das war ihnen Grund genug, mir eines Nachts einen Besuch abzustatten.

Ich erwachte, weil ich unter meinem Schlafraum Geräusche hörte. Es waren Stimmen, das Rücken von Stühlen und das dumpf klingende Anstoßen von Trinkkrügen. Ich konnte mir anfangs keinen Reim darauf machen, denn unter mir war das Atelier, in dem es für Diebe nichts zu holen gab. Doch selbst wenn sich Einbrecher eine Summe Münzen bei mir erhofften, so hätten sie sich wohl kaum zu einem Gelage mit Gesprächen und Blandur niedergelassen.

Ich grübelte noch darüber nach, was zu tun sei, als jemand an meine Schlafzimmertür klopfte. Ich bekam einen großen Schreck, als mir klar wurde, dass es für mich keinen Ausweg gab. Vielleicht hätte ich aus dem Fenster springen können, doch die Stimme, die kurz nach dem Klopfen meinen Namen rief, klang nicht bedrohlich, und so kam mir diese Maßnahme doch ziemlich übertrieben vor. Stattdessen öffnete ich die Tür und sah mich einem noch ziemlich jungen Mann gegenüber, der mir einen Krug hinhielt. »Komm, Maler, wir wollen mit dir reden«, sagte er bestimmend, aber nicht unfreundlich. Ich fragte ihn, wer er sei, und er antwortete mir: »Ich bin Jandha, ein Steinkünstler – das heißt, eigentlich bin ich Geschäftsmann, aber ich erlerne auch die Kunst der Bildhauerei seit kurzem. Doch heute Nacht bin ich nicht als Künstler bei dir, sondern als Suchender. Komm mit mir, damit ich vielleicht schon bald ein Finder bin.«

»Jandha? Den Namen habe ich schon gehört ...«, sagte Kyla nachdenklich. Ganruy nickte nur und wartete geduldig, ob Kyla selbst darauf kam, wo er bereits in ihrem Beisein erwähnt worden war.

»Dieser Mann, der auf den Toten eingestochen hat, als deine Männer und du mir zu Hilfe geeilt seid ... er nannte sein Opfer Jandha, den Verräter.«

»Das ist richtig. Jener Jandha klopfte vor scheinbar unendlich langer Zeit an meine Tür. Ich folgte ihm in mein Atelier und traf dort auf die anderen Wahrheitssucher. Damals waren es acht Männer, ausnahmslos alle gerade erst den Kinderschuhen entwachsen. Sie baten mich, ihnen zuzuhören, gossen mir den Krug randvoll und schilderten mir dann, was sie taten.«

Kyla war mit den Gedanken immer noch bei dem Gefallenen, der Ganruy auch kurz vor seinem Tod noch so inständig um dessen Aufmerksamkeit gebeten hatte – erfolglos. Warum hatte Ganruy ihn nicht beachtet, wenn sie sich schon so lange kannten?

Sie wollte jedoch Ganruys Redefluss nicht unterbrechen,

daher verschob sie ihre Frage auf einen späteren Zeitpunkt.

»Jeder Einzelne in dieser Gruppierung hatte seine Kritik an einem Herrschergeschlecht auf die eine oder andere Art künstlerisch zum Ausdruck gebracht. Im Laufe der Zeit sollte ich diese Kunstwerke kennenlernen, und ich war tief beeindruckt von dem, was sie an Gedanken in so unterschiedlicher Form umgesetzt hatten.

Ein Maler hatte eine Leinwand mit einer jungen Frau auf einem Thron, der auf Leichenbergen aus hageren Männer- , Frauen- und Kinderkörpern stand, gefüllt. Dies war sehr deutlich umgesetzt. Doch es gab auch weniger klar verständliche Gemälde. Wie etwa eines, auf dem eine Mauer in die unendliche Weite lief, und bei dem ein prachtvoller Sonnenuntergang den Blick des Betrachters unwillkürlich auf sich zog. Erst bei genauerem Hinsehen erkannte man, dass die Verzierungen an dem Bauwerk aus männlichen Geschlechtsteilen bestanden, als hätten die Frauen der Gallan-Familie auf Kosten der Männer ihre Macht aufgebaut.

Eine Steinskulptur zeigte die Reiter der Herrscherin, die statt auf Pferden auf Männern und Frauen des Volkes ritten. Alle diese Werke waren von geschickter Hand gefertigt, aber viel mehr noch regten sie den Geist an. Ich erkannte, dass die Wahrheitssucher ihrem Namen mehr als gerecht wurden. Und ich war so beeindruckt, dass ich zustimmte, dieser Gruppe anzugehören.

Doch schon bald war ich nicht mehr nur einer von ihnen, sondern führte sie an. Vielleicht war es mein Alter, vielleicht auch die Tatsache, dass ich viele Ideen einbrachte, wie wir die Aufmerksamkeit besser auf uns ziehen konnten. Auf jeden Fall war ich schon bald derjenige, den alle um Rat fragten und der die Treffen einberief. Das ging eine ganze Weile so – und es war wohl die beste Zeit, die ich je in meinem Leben hatte. Ich spürte eine Kraft in mir, von der ich heute nicht einmal mehr zu träumen wage. Wir waren stark, Kyla ... wir waren in der Lage, Chyrrta von Grund auf zu ändern, wenn wir nur mehr Zeit gehabt hätten.

Doch wir hatten uns den falschen Ort ausgesucht, um unseren Gedanken und unseren Wünschen Ausdruck zu verleihen. Dieses Tritam, das so offen für Schönheiten, Überfluss und Wohlgefühl ist, erträgt keine Hässlichkeiten. Es erträgt keine Zweifler. Und erst recht erträgt es keine Kritik. Aber warum erträgt die Stadt all das nicht? Weil sie die Stadt der Herrscherinnen ist. Und die sind es, die Zweifel und Kritik um jeden Preis verhindern müssen.

Doch das Leben ist nicht nur schön und angenehm. Wenn man mit dem Finger auf die Dinge zeigt, die hässlich sind, die vermodern und stinken, dann erst erweckt man Aufmerksamkeit. Und genau das wollten wir. Wir wollten, dass die Chyrrta von Tritam anfangen, nachzudenken. Wir wollten sie aus ihrem ewigen Traum herauszerren. Wir wollten sie zu entscheidungsfähigen Wesen machen, doch wir hatten nicht damit gerechnet, dass die wenigsten das überhaupt wollten. Und Paraila – die damals gerade erst den Thron bestiegen hatte – wollte das noch viel weniger.

Wir wurden ihre erste große Aufgabe. Sie ließ uns verfolgen und festnehmen. Ich weiß, dass Paraila sich rühmt, die Friedensstifterin schlechthin zu sein. Sie sorgt dafür, dass die Bevölkerung sich nicht auflehnt, nicht kämpft, dass es zu keinen Streitigkeiten kommt. Und du magst das gut finden, weil es auf den ersten Blick richtig erscheint. Doch du musst eines bedenken: Die Wahrheitssucher waren nicht gewalttätig.

Wir haben nicht zu Waffen gegriffen, sondern nur zu Pinseln und Meißeln. Wir haben kein Blut vergossen, sondern nur Farbe auf weiße Flächen gestrichen, mit Federkielen auf Papier geschrieben, und Stein oder Holz bearbeitet. Wir haben keine Familien auseinandergerissen, sondern wir wollten Gemeinschaften bilden, in denen man sich austauschen kann – mit Worten, mit Kunst ... mit Intelligenz.

Aber genau davor hatte Paraila am meisten Angst. Doch wie sollte sie das erklären? Hätte sie zugeben sollen, dass sie nicht wollte, dass die Chyrrta in Tritam anfingen, über ihre goldenen Tellerränder hinauszusehen? Hätte sie offenbaren sollen, dass sich unter all dem Pomp Geister regten, die ihre Entscheidungen – und die ihrer Ahninnen – in Zweifel zogen? In ihren Augen hätte sie das zu sehr geschwächt. Und wenn in der wohlhabenden Stadt Tritam so etwas möglich war, was wäre dann erst in den ärmlicheren Dörfern und noch viel einsamer gelegenen Häusern möglich?

Welche Gedanken würden wohl entstehen, wenn die Chyrrta keinen Tropfen Wasser mehr für die Pflanzen auf den Feldern, für die Tiere in ihren Ställen, oder gar für die Breie ihrer Kleinkinder mehr hätten? Würden diese Chyrrta sich dann noch duckmäuserisch auf den Weg zu ihrer Herrin begeben, oder würden sie die Kritik aus Tritam aufgreifen und an der Rechtmäßigkeit ihrer Unterjochung zweifeln? Würden sie sich fragen, warum Paraila in einem Palast mit klaren Brunnen wohnte, während sie selbst die lebensbedrohliche Reise zum Wasserholen für ein paar Krüge voll auf sich nehmen mussten?

Paraila musste der Idee des Zweifelns zuvorkommen. Sie musste dafür sorgen, dass jede Kritik sofort im Keim erstickt wurde. Doch unsere Gruppierung war bereits auf gut fünfzig Chyrrta angewachsen. Und sie umfasste praktisch jeden künstlerisch Tätigen, Belesenen und Lehrenden in der Stadt. Wir fühlten uns nicht wie Aufständische, auch wenn wir wussten, dass die Reichen uns nicht wohlgesonnen waren.

Natürlich war uns klar, dass sie fürchteten, ihren Einfluss auf die weniger Privilegierten zu verlieren – von denen es natürlich auch in Tritam viele gab. Denn wenn eine Herrscherin Kritik ausgesetzt ist, konnte es natürlich auch jeden dieser wohlhabenden Männer und Frauen treffen. Aber wir – die Wahrheitssucher – hatten keine Angst vor ihrer Angst.

Wir waren viele ... wir waren stark, jung und frei. Das dachten wir zumindest. Bis eines Tages die Reiter der Herrscherin kamen, unsere Türen aufbrachen, uns aus unseren Wohnungen, unseren Ateliers und sogar aus den Betten unserer geliebten Männer oder Frauen zerrten. Sie sperrten uns in Käfige. Jeweils fünf oder sechs in eigens dafür angefertigte Körbe aus Metall, an deren oberen Enden Ketten befestigt waren. Diese Ketten wurden über

Holzstämme gehangen, die man waagerecht auf dem Marktplatz angebracht hatte. Die Reiter spannten je vier ihrer Pferde zusammen, und dann zogen sie die Käfige in die Höhe.

Die Städter kamen auf dem Marktplatz zusammen, um sich das Schauspiel anzusehen. Ein Rechtssprecher trat unter die Käfige. Niemals zuvor hatte es einen solchen Mann in Tritam gegeben, doch Paraila selbst ernannte ihn noch am selben Tag. Sie hatte sich auf die Reise nach Tritam begeben, um unsere Festnahme persönlich zu begutachten. Sie sprach zu ihrem Volk, nannte uns Verräter, Diebe und erklärte uns für wertlos.

Mich bezeichnete sie als Ganruy, den Glintha – genauso wie die diebischen Vögel der Stadt, so sollten auch wir verbrannt werden. Nie – niemals hatte ich bis zu diesem Tag je etwas gestohlen, Kyla. Nicht ein einziges Mal in meinem ganzen Leben. Doch deine Herrscherin befahl, dass man mich einen Dieb nennen soll, also taten die Chyrrta es.

Zwei Sonnenlichter mussten wir in den Käfigen ausharren. Ich brauche dir wohl kaum zu sagen, wie entwürdigend es war, dort zusammengekauert in der Luft hängen zu müssen. Ohne Nahrung. Ohne einen Ort, an dem wir unsere Notdurft verrichten konnten.

Als zum dritten Mal die Sonne hoch am Himmel stand, wurde unser Urteil verkündet. Wir wurden des schweren Diebstahls und der Körperverletzung schuldig gesprochen. Es gab Zeugen, die uns bei diesen Taten gesehen haben wollten, doch das war Unsinn. Es waren jene wohlhabenden

Männer und Frauen, die Angst davor hatten, dass eine Gruppe von Künstlern und Buchliebhabern ihnen ein Stückchen ihrer Macht rauben könnten. Sie wollten – ebenso wie Paraila – keinerlei Gruppierung dulden, da eine größere Menge von Chyrrta in der Lage wäre, Einfluss auf Dinge zu nehmen, die nur die allein bestimmen wollen, die sich für wertvoller als den Rest halten.

An jenem Tag demonstrierten sie ebenso eindrucksvoll wie grausam, zu welchen Taten ihre Furcht vor einem Zusammenschluss denkender Chyrrta sie treiben kann. Jandha und mich holte man aus den Käfigen. Da wir als Anführer galten, sollte uns ein noch schlimmeres Schicksal zuteilwerden, als jenen, die uns in den Augen der Herrscherin nur blind gefolgt waren. Ich fragte mich, wie man uns noch grauenvoller hinrichten könnte, als jene, die in den Käfigen ausharren mussten.

Während Jandha und ich an Baumstämme gebunden wurden, die in die Erde gerammt waren, schichtete man Berge von Holz unter den Käfigen auf. Dann wurde das Holz entflammt. Ich werde all das niemals vergessen, ganz egal wie alt ich werde – die Schreie ... den Gestank von verbranntem Fleisch. Die Flammen züngelten an ihren Füßen, krochen ihnen die Beine empor und fraßen sich an ihren Körpern entlang, die zwar niedersanken, aber durch die Enge doch größtenteils aufrecht blieben. Ihre Haut warf Blasen, ihre Gesichter wurden zu Fratzen, die den finstersten Träumen zu entspringen schienen. Aber es waren *unsere Freunde*, die dort brannten. Unsere Freunde, die so lange schrien, bis ihre Stimmen brachen. Sie rissen sich gegenseitig die blutigen, verkohlten Fetzen von den Knochen, in dem Versuch, den Käfigen zu entfliehen. Aber es gab keine Flucht – für niemanden von ihnen.«

Kyla sah das grausige Bild vor sich, das Ganruy ihr beschrieben hatte. Die Erinnerung an Zygals und Olhas Qualen vor ihrem Tod kamen ihr unweigerlich wieder ins Gedächtnis. Sie verstand Ganruys Ohnmacht, die ihn auch heute noch bei der Schilderung zu befallen schien, nur zu gut. Das alles mochte inzwischen viele Jahreszeiten her sein, doch solche Brutalitäten vergaß man niemals. Schließlich fand Kyla ihre Stimme wieder. »Keiner von ihnen entkam – aber du und Jandha schon, nicht wahr?«

Er nickte, doch er tat es bedächtig, als wöge sein Kopf so viel wie ein Sack voller Mehl.

»Ja, wir entkamen. Als einer der Baumstämme, an dem die Käfige hingen, nachgab und brach, riss er die Stämme mit sich, an denen Jandha und ich gefesselt waren. Wir konnten uns befreien, ehe Parailas Männer durch die Feuerwand zu uns gelangen konnten. Ich weiß heute kaum noch etwas von unserer Flucht. Die Erinnerung daran scheint einfach aus meinen Gedanken gewischt worden zu sein. Doch dass wir von der Stadtmauer sprangen, daran erinnere ich mich noch, denn ich landete hart und konnte danach kaum noch laufen.

Jandha trieb mich an. Wir versteckten uns in einer Höhle, die wir in dem höchsten Felsen fanden, der sich gleich gegenüber der Stadt Tritam auftürmt. Ich weiß noch wie verwundert wir waren, dass diese Höhle sich verzweigte und eine Welt offenbarte, die wir zuvor noch nicht gekannt hatten. Ein Höhlensystem tat sich vor uns auf, das unser Entkommen sicherte. Wir liefen ohne Plan und Ziel, doch bald schon waren wir so tief verborgen, dass niemand uns finden würde. Wie ich später erfuhr, folgten uns Parailas Männer tatsächlich in die Höhlen und suchten uns geraume Zeit. Als sie später zu ihr zurückkehrten, hatten sie wohl beschlossen, ihr zu versichern, dass Jandha und ich tot sein müssten. Ich gebe zu, dass wir das tatsächlich beinahe waren, denn natürlich hatte das Feuer auch uns nicht gänzlich verschont. Wir hatten mit Wunden, Hunger, aber vor allem Durst zu kämpfen.

Vermutlich glaubte Paraila ihren Männern, weil sie ihnen glauben wollte. Für sie war Ganruy, der Glintha damit Geschichte. Sie verbreitete die Nachricht von unserem Tode. Ich denke, im Laufe der Zeit wurde ihr klar, dass wir nicht in den Höhlen gestorben waren, doch sie verschloss wohl die Augen vor der Wahrheit.«

»Und was ist die Wahrheit?«, fragte Kyla.

»Die Wahrheit ist, dass wir neue Anhänger um uns scharen konnten. Chyrrta, die wie wir nichts von der Herrschaft der Gallan-Frauen halten.«

»Was du um dich geschart hast, sind Abtrünnige. Es sind Diebe und Chyrrta von jenseits der Undurchdringlichen Mauern, nicht wahr?«

»Abtrünnige – ja! Chyrrta, die sich nicht von Paraila in ihre Suppe spucken lassen wollen. Diebe – ja! So diebisch, wie ich es nach der Flucht werden musste. Aber Chyrrta von der anderen Seite der Undurchdringlichen Mauern? Nein, noch haben wir niemanden von dort bei uns. Zumindest nicht, soweit ich es weiß. Aber hier zählt ohnehin nicht, von wo man kommt ... Hier zählt nur, wo man hin möchte.«

Kyla verzog spöttisch das Gesicht. »Wo soll man hier schon hin wollen? In meinen Augen bist du damals in Höhlen geflüchtet, und nie wieder dort herausgekommen.«

Ganruy machte eine Geste, die die Wände umfasste. »Es gibt Schlimmeres, als in Höhlen zu leben. Außerdem gingst du davon aus, dass ich mit meinen Worten einen Ort meinte, den meine Leute zu erreichen wünschen. Doch das war es nicht, was ich damit sagen wollte. Vielmehr ist es so, dass ihr Geist neue Ziele erklimmen möchte. Deshalb sind wir damals zusammengekommen. Und für diesen Wunsch mussten so viele sterben ... Es ist eine Schande – immer noch. Für Jandha und mich war es allerdings eine absolut grauenvolle Erfahrung. Wir sprachen oft miteinander darüber, um den Schrecken zu mildern, indem wir ihn teilten. Und wir versprachen uns gegenseitig, dem anderen niemals beim Sterben zuzusehen, egal wie auch immer es von Statten gehen würde.«

»Aber wäre es dir nicht tröstlich, im Stunde des Todes einen Freund an deiner Seite zu wissen?«, fragte Kyla. Ihre Frage nach dem Mann, der so verzweifelt Ganruys Aufmerksamkeit in der Stunde seines Todes hatte erringen wollen, war damit beantwortet – doch den Sinn dieser Antwort verstand Kyla beim besten Willen nicht.

»Möglich, dass es so scheint. Möglich, dass wir im Sterben aus Verzweiflung und Schmerz den Beistand eines anderen – eines Freundes – ersehnen. Aber ich schwor

Jandha – und er mir – den Tod gar nicht zu beachten, wenn er kommt. Nicht um den Freund zu weinen ... und ihn so in Erinnerung zu behalten, wie er zu Lebzeiten gewesen ist, nicht im Moment seines Dahinscheidens. Ich trauere um Jandha auf meine Art. Ich vermisse ihn. Und manchmal denke ich über das große Opfer nach, das er brachte, um unserer Gruppe anzugehören.«

»Welches Opfer?«, fragte Kyla überrascht.

»Jandha war reich. Ihm gehörte eine ganze Reihe Öfen, in denen Ziegelsteine für den Hausbau gebrannt wurden. Praktisch kein Haus entstand in Tritam, das nicht mit den Steinen, die er schuf, gebaut wurde. Er hatte dieses Geschäft von seinem Vater geerbt und gehörte zu jenen, die selbst die Hände in den Schoß legen konnten, während seine Angestellten die Arbeit erledigten. Lediglich neue Verträge auszuhandeln gehörte zu seinen Tagesbeschäftigungen.

Doch er war nicht nur ein Geschäftsmann, sondern ebenso ein Künstler, als er mit der Bildhauerei begann. Und so kam er mit einigen Leuten in Kontakt, die ihn inspirierten und zu freiheitlichem Denken anregten. Er begann, diese Gedanken bei Treffen in Worte zu fassen. Nach anfänglichem Argwohn hörten sie ihm aufmerksam zu und ließen ihn an ihren eigenen Gedanken ebenfalls teilhaben. Das war wohl der Grundstein zu den Wahrheitssuchern. Wie du inzwischen weißt, stieß ich erst später hinzu.«

»Und dennoch wurdest du ihr Anführer. Das müssen aufregende Zeiten gewesen sein«, gestand Kyla ihm zu. Ganruy nickte.

»Oh ja, das waren sie. Sie waren faszinierend. Aber sie endeten schlimm. So etwas hätte niemals passieren dürfen. Doch was hat sich seit damals geändert? Zum Guten wohl eher gar nichts. Eher noch zum Schlechteren, wenn Paraila nach wie vor nicht zwischen Freund und Feind unterscheiden kann.«

»Aber ihr seid doch ihre Feinde«, warf Kyla ein. Ganruy lächelte schief.

»Ja, wir ... Aber was ist mit ihm?« Er deutete auf Quyntyr. »Der arme Tokal ist bis über beide Ohren in sie verliebt, seit er das erste Mal den Palast betrat und sie vorbei schweben sah. Er würde für sie sterben, trotzdem hält sie ihn für einen Verräter. Erkennst du die Ironie? Er ist so wenig ein Verräter wie die Wahrheitssucher es damals waren. Und ich frage mich, ob sie auch ihn bei lebendigem Leib in einem Käfig verbrennen will.«

Kyla wurde mulmig zumute. Ganruys Ausführungen gewannen mit dieser Frage rasant an Glaubhaftigkeit, denn dass Paraila nur zu schnell grausame Rache ersann, war Kyla nur allzu bewusst.

»Sie möchte ihn von Pferden auseinanderreißen lassen«, flüsterte sie.

»Warum sagst du es mit so leiser Stimme? Hast du Angst, Quyntyr könnte es hören? Nun, meinst du nicht, genau das sollte er? Die Frau, die er wie ein Besessener liebt, will seinen grausigen Tod. Vielleicht wird es Zeit, dass er das irgendwann mal begreift, bevor er seine Gliedmaßen für diese Erkenntnis der Zugkraft von Pferden opfern muss. Aber wem sage ich das? Du liebst sie ja auch, deine

Herrscherin. Die gerechte, schöne, fürsorgliche Paraila. Ich habe keine Ahnung, wie diese Schlange es immer wieder schafft, in einem solchen Licht zu erscheinen, doch mich blendet ihr schöner Schein nie wieder. Und ebenso wenig der goldene Glanz von Tritam. Wenn du mich also fragst, ob es nicht besser wäre, mit meiner Familie und meinen Leuten dorthin zu gehen, dann kann ich dir ganz entschieden sagen, dass es unser aller Tod wäre. Und das nicht nur, weil ich dort ganz sicher meiner Bestrafung erneut entgegen sehen müsste, sondern weil unsere Geister dort ausdörren würden wie die Haut des armen Quyntyr in der glühenden Sonne. Und nun wird es Zeit, dass du ihm den Nahrungsbrei einflößt. Ich werde dich in nicht allzu langer Zeit wieder besuchen, denn ich möchte dir zeigen, dass dieser Ort doch nicht so furchtbar karg ist, wie du vermutlich denkst.«

»Was meinst du damit? Was möchtest du mir zeigen?« Kyla konnte ihre Neugier nicht verbergen, doch Ganruy lachte nur und winkte ab.

»Eins nach dem anderen. Erfülle erst deine Pflicht und kümmere dich um deinen Siechenden. Danach sehen wir weiter.« Mit diesen Worten erhob er sich und verließ die Höhle.

»Nun gut, Quyntyr, dann wollen wir mal sehen, ob du etwas essen kannst.« Kyla erwartete keine Antwort, doch zu ihrer Überraschung reagierte er auf ihre Stimme, öffnete die Augen und nickte sogar kaum merklich. Dann schloss er die Augen jedoch wieder, und Kyla war nicht sicher, ob er sie wirklich verstanden hatte, oder ihn nur ein Reflex zu seiner Reaktion getrieben hatte. Sie nahm mit dem Löffel ein wenig Brei auf und führte ihn an Quyntyrs Lippen. Zu ihrer Erleichterung öffnete er den Mund ein wenig, sodass sie ihm den Löffel zwischen die Lippen schieben konnte. Die breiige Masse türmte sich unter seiner Nase auf, und erst jetzt bemerkte Kyla, dass dort ein rötlicher Bart spross, als hätte Quyntyrs Körper noch gar nicht begriffen, dass er dabei war, zu verfallen. Dieses männliche Attribut bereitete Kyla ein seltsames Gefühl.

Manchmal, wenn sie sich um seine elementaren Bedürfnisse kümmerte, vergaß sie fast, dass es sich um einen Chyrrta handelte. Um einen Mann, der ihr so vieles beigebracht hatte – der sie niedergestreckt und sie gedemütigt hatte, bis sie lernte, nicht mehr kopflos aus Wut zu kämpfen, sondern mit Verstand und Raffinesse. Sie hatte fast schon vergessen, dass er ein empfindungsfähiger Chyrrta war, der ihr ein paar seiner Geheimnisse in Freundschaft anvertraut hatte.

Nun beschlich sie das Gefühl, auch das letzte Geheimnis von ihm zu kennen. Es gab nichts Intimes mehr an ihm, das ihr verborgen geblieben war. Doch diese Geheimnisse hatte sie ihm niemals entlocken wollen. Als sie ihm mit einem Tuch den Brei aus dem Gesicht wischte, bemerkte sie erleichtert, dass zumindest ein kleiner Teil davon auf seiner Zunge liegengeblieben war. Sie führte den Becher mit Wasser an seinen Mund, und tatsächlich trank Quyntyr, wobei er auch den Brei zu sich nahm. Kyla wiederholte die Prozedur, bis die Schüssel mit dem Brei leer war. Natürlich war das meiste davon auf dem Tuch gelandet, doch zweifellos war es ihr auch gelungen, Quyntyr zu füttern. Sie lehnte sich seufzend zurück und schloss die Lider. Ein würgendes Geräusch weckte sie aus dem Schlaf, in den sie gefallen war. Als sie die Augen öffnete, schoss gerade ein Schwall halbverdauter Brei aus Quyntyrs Mund und tropfte ihm an Kinn hinab. Kyla spürte den Impuls, selbst zu würgen. Sie griff nach dem Tuch, doch es war völlig mit Brei besudelt. Ein neuerliches Würgen war von Quyntyr zu hören. Kyla spürte die Wut, die sie dabei ergriff. Ihr Erfolg war zunichte, und sie gab Quyntyr die Schuld daran, obwohl sie doch wusste, dass er keine Kontrolle über die Funktionen seines Körpers hatte.

»Keine Wahrheit, die du glaubst, mir über meine Vergangenheit erzählen zu können, ist das hier wert!«, fauchte sie ihn an. Dann sah sie sich eilig um, ob sie etwas fände, das sie zum Säubern von Quyntyrs Körper benutzen könnte. Ihre Satteltasche fiel ihr in den Blick, sie eilte hin, öffnete sie und wühlte darin herum. Das einzige, das für ihre Zwecke geeignet war, war der Schal, den sie für Lanari gekauft hatte. Tränen traten ihr in die Augen, als sie ihn aus der Tasche riss.

Sie eilte zu Quyntyr, dem sein eigenes Erbrochenes in die Wunden auf der Brust zu fließen drohte. Ganz sicher war es nicht ratsam, wenn dies geschah, da sie sich neu entzünden und eitern würden. Kyla presste die Lippen zusammen, während sie mit dem Geschenk, das für ihre geliebte Freundin bestimmt gewesen war, den stinkenden Brei aus Nahrung und Magenflüssigkeit fortwischte. In ihrem Kopf bildete sich ein Satz, den sie immer und immer wiederholte: »Ich hasse dich, Quyntyr.« Sie versuchte sich abzulenken, indem sie über die Dinge nachdachte, die Ganruy ihr erzählt hatte. Sie glaubte ihm. Und sie war nicht wirklich überrascht, dass Paraila vorgegeben hatte, mit dem Namen Ganruy nicht das Geringste anfangen zu können. Dass allerdings herausgekommen war, dass Quyntyr einen Briefwechsel mit ihrem Feind aus früheren Tagen geführt hatte, war alles andere als förderlich für ihren ehemaligen Kampflehrer gewesen.

Die Geschichte über die Wahrheitssucher hatte Kyla schwer beeindruckt, auch wenn sie das Ganruy gegenüber nicht so offen zugeben wollte. Und es sah Paraila ähnlich, in solch einer Vereinigung eine Verschwörung zu sehen. Ganz sicher hatte sie Furcht vor einer Gruppierung gehabt, die ihre Pläne – und das Werk ihrer Ahninnen – zunichtemachen konnten. Doch dass sie derartig brutal gegen diese Chyrrta vorgegangen war, war unentschuldbar.

Der Anblick seiner Freunde und Verbündeten, die wie Schlachtvieh über dem Feuer geröstet worden waren, musste in Ganruy eine Wunde hinterlassen haben, die niemals heilen konnte. Es erschien Kyla nur logisch, dass aus Ganruy, dem Maler und Ganruy, dem Glintha schließlich Ganruy, der Rächer geworden war. Dass er Wiedergutmachung forderte, für all das Leid, das er und seine Leute erdulden mussten, war nachvollziehbar und gerecht. Doch er würde sie wohl niemals erlangen, denn auch heute noch nannte man ihn einen Verräter. Und selbst den sterbenden Jandha hatte man noch so genannt, obwohl Kyla nicht glauben konnte, dass sein Mörder Paraila treu ergeben war. Vielleicht hatte er also einen anderen Grund für seine beleidigenden Worte gehabt.

Kyla nahm sich vor, Ganruy irgendwann danach zu fragen, doch vorerst hatte sie genügend von seinen Geschichten gehört. Sie wollte nicht vorschnell urteilen, auch wenn sie seinen Zorn gut verstand. Doch auch Paraila hatte ihre Gründe, so zu handeln, wie sie es nun einmal tat. Wenn ihr Reich zerfiel, weil einige wenige sich für die Denker hielten, und auf ihr Recht auf Widerstand pochten, herrschte schon sehr bald offener Krieg auf den Straßen. Und dieser würde zweifellos viel Elend mit sich bringen.

Wie schnell das geregelte Leben zusammenbrach, und Not und Schmerz über die Bevölkerung kam, konnte man an den Orten sehen, die von den Chyrrta von jenseits der Undurchdringlichen Mauern eingenommen worden waren. Dörfer wie Lam Olhana, die einst durch gute Chyrrta wie dem Wächter Lopal beschützt worden waren, waren zu düsteren Orten und Brutstätten der Gewalt geworden, oder sie waren inzwischen unpassierbar.

Der Gedanke bescherte Kyla Kopfschmerzen. Sie betrachtete den besudelten Schal, den sie Lanari hatte schenken wollen; die Schmerzen unter ihrer Schädeldecke nahmen zu. Warum wurde alles so hässlich, was einst wundervoll und verlockend gewesen war? Ihre Reise hätte unter einem besseren Stern stehen können. Und sie war naiv genug gewesen, zu glauben, sie könne eine gute Erfahrung in ihrem Leben werden, als sie in Tritam all das Schöne erblickt und begonnen hatte, darin zu schwelgen. Doch nun war der schöne Schal unrettbar verloren, ihr tatendurstiges Pferd zum Warten verdammt, ihre Gedanken an Lanari durch die Gewissheit um ihre sicher längst erfolgte Vereinigung mit Thonda getrübt, und ihr Glaube an Paraila erschüttert. Sie musste sich diese Tatsache vor sich selbst eingestehen, auch wenn sie sich dafür hasste, ihren Schwur der Treue durch solche Gedanken zu beflecken.

Kyla warf das Tuch und den Schal, die von Quyntyrs Erbrochenem durchtränkt waren, ins Feuer. Sie verbrannten – der Gestank, den sie dabei verursachten, raubte ihr den Atem. Sie griff erneut in ihre Satteltasche und holte die Phiole mit dem Duftwasser hervor.

Mit geschlossenen Augen atmete Kyla den Geruch ein und ließ zu, dass ihre Sinne in andere Welten entführt wurden. Für einen Moment war da nur noch Wohlbehagen und das Versprechen, alles könne gut werden. Sie gab sich dem voll und ganz hin, bis sie fürchten musste, der Duft könnte sich vollends verflüchtigen, wenn sie den kleinen Stöpsel nicht wieder an Ort und Stelle brachte.

Nachdem sie die Phiole gut verstaut hatte, setzte sie sich in die Nähe des Feuers und blickte in die lodernden Flammen. Sie tröstete sich mit dem Gedanken, dass sie als Geschenk für Lanari immer noch das Armband hatte. Außerdem hinderte sie nichts und niemand daran, erneut in Tritam Halt zu machen, und einen neuen Schal zu erwerben.

Sie war darüber erschrocken, dass eine Kleinigkeit wie ein besudelter Schal sie derart zur Verzweiflung getrieben hatte. Aber sie wusste, es war eigentlich die Untätigkeit, zu der sie hier verdammt war. Sie war eine Kämpferin, keine Pflegerin – dennoch nahm sie sich vor, diese Arbeit so lange auszuführen, wie es nun einmal notwendig war.

Als Ganruy später die Höhle betrat, erkundigte er sich nach Kylas Bemühungen, Quyntyr zur Nahrungsaufnahme zu bewegen. Sie berichtete ihm, was geschehen war, und er bemerkte, dass es sie sehr bekümmerte. Seine Stimme war überraschend freundlich, als er sagte:

»Gräme dich nicht. Auch wenn du glaubst, deine Mühe sei vergebens gewesen, so bin ich sicher, dass er einen Teil bei sich behalten hat. Und das ist der Teil, der den Unterschied zwischen Leben und Tod für ihn bedeuten kann. Sein Körper braucht vermutlich einige Anläufe, um die Nahrung wieder bei sich behalten zu können. Aber es wird besser werden, dessen bin ich gewiss. Und eines Tages wird Quyntyr die Augen aufschlagen und begreifen, wer ihn gerettet hat. Du kannst auch hier eine Kriegerin sein – in diesem Kampf um Quyntyrs Leben.«

»Ich weiß manchmal gar nicht mehr, ob ich das überhaupt will«, gab Kyla erschöpft zu. Ganruy schwieg einen Moment. Kyla fühlte sich unbehaglich. Sie wünschte sich, sie könnte ihre Worte zurücknehmen, doch nun waren sie ausgesprochen – und schließlich waren sie ja auch die reine Wahrheit.

»Vielleicht lernst du hier eine wichtige Lektion, die das Leben dich lehren wollte.«

»Ach, und welche sollte das sein?«

»Die, dass du nicht auf alles direkten Einfluss nehmen kannst. Bislang bist du auf dein Pferd gestiegen und hast dein Schwert in Leiber gerammt, wenn Gefahr drohte. Du konntest eine Waffe führen und über den Ausgang des Schicksals mitentscheiden. Nun, bei Quyntyr kannst du das im Grunde auch – wenn du jetzt beschließt, dich nicht mehr um ihn zu kümmern, dann wird er sterben. Das ist umso drastischer, weil dir klar sein dürfte, dass er bereits Fortschritte gemacht hat. Er ist nicht mehr unmittelbar dem Tode geweiht, wenn du nur bereit bist, seinen Anblick und seine Krankheit noch länger zu ertragen. Aber leichter wird es für dich nicht, sondern schwerer. Das ist ein Kampf, den du nur mit Geduld und Gleichmut gewinnen kannst. Und ich vermute, dass dies eine ganze neue Erfahrung für dich ist.«

»Das ist sie in der Tat«, stimmte Kyla zu.

»Und weißt du schon, wie du dich entscheidest? Für oder gegen Quyntyr? Wenn du dich gegen ihn entscheidest, so werde ich dir nicht reinreden – aber ich werde ihn auch nicht retten. Ebenso wenig wie meine Leute es tun werden.«

»Du machst mich damit zum Richter über ihn. Zu demjenigen, der über Leben und Tod entscheidet.«

»Das tust du im Kampf doch auch ständig. Schlägst du jemandem den Kopf vom Rumpf, so hast du dich für seinen Tod entschieden – ist das hier so anders?«

»Vielleicht nicht«, sagte Kyla seufzend. »Ich habe mich vor einigen Sonnenlichtern für Quyntyr entschieden, und daran wird sich nichts ändern. Es ist nur manchmal so ... so ...« Ihr traten die Tränen in die Augen, sie wischte sie zornig fort.

»Es ist anstrengend. Und es macht dich hilflos – ich verstehe das sehr gut. Ich habe viele Chyrrta gepflegt, die nach Kämpfen verwundet waren. Es ist schlimm, nur zusehen, aber kaum etwas tun zu können. Ich bin mir jedoch sicher, dass du Quyntyr zur vollständigen Genesung verhelfen kannst. Und dann ist er in der Lage, dir endlich die Antworten zu geben, für die du hergekommen bist.«

»Wir werden sehen, ob er sie mir noch geben möchte, wenn er wieder bei Kräften ist. Einst wollte ich auch Antworten von ihm – über unsere Zieheltern, Zygal und Olha – aber Quyntyr wollte sie mir nicht geben, ohne dass ich sie mir im Kampf verdiente. Ich glaube nicht, dass ich diesmal kampflos von ihm Antworten bekomme.« Zu ihrer Überraschung lachte Ganruy nun.

»Wenn du recht hast, und es soweit kommt, dass er von dir einen Kampf erwartet, dann solltest du ihn daran erinnern, welche Kämpfe du austragen musstest, während er nichts weiter tat, als stinkend auf diesem Bett zu liegen. Das sollte ihm die Augen öffnen, dass nicht du ihm etwas schuldig bist, sondern er dir.«

Ganruys Worte taten Kyla unendlich gut und machten ihr gleich auf mehrfache Art Mut. Und sie bestärkten sie darin, weiterhin für Quyntyrs Genesung zu kämpfen.

»Für den Augenblick hast du genug getan. Ich werde ein paar der Frauen bitten, herzukommen, Quyntyr zu waschen und dir neue Tücher und weiteres bereitzustellen. Doch nun komm, damit ich dir zeigen kann, was ich dir ankündigte.«

Kyla blickte zu Quyntyr. »Bist du sicher, dass ich jetzt

gehen kann? Vielleicht erbricht er sich ein weiteres Mal.«

»Dann werden die Frauen sich auch darum kümmern. Was du brauchst, ist ein wenig Zeit für dich. Erst wenn du selbst zu Kräften gekommen bist, kannst du deine Aufgabe wieder erfüllen.«

»Aber hast du nicht eben noch gesagt, du würdest deinen Leuten verbieten, Quyntyr am Leben zu halten, wenn ich mich gegen ihn entscheide?«

Ganruy zuckte mit den Schultern und sagte mit trockener Stimme: »Das war gelogen. Quyntyr ist mein Freund – und ich würde einen Freund niemals sterben lassen, wenn ich es irgendwie verhindern kann.«

»Er war auch *mein* Freund ... Manchmal kommt es mir vor, als wäre das ewig her.« Kyla konnte die Trauer in ihrer Stimme nicht verbergen. Zugleich war da ein Gefühl von Scham, weil sie wusste, dass sie alleine schuld am Verlust ihrer Freundschaft war. Ganruy nickte nur, und Kyla war dankbar, dass er sie mit weisen Worten verschonte.

»Erzähl mir, wie es kam, dass Quyntyr und du Freunde wurdet. Wie und wann habt ihr euch getroffen?«

»Es muss dir unwirklich erscheinen, habe ich recht?«

»Ja. Quyntyr schien mir mit dem Palast viel zu verwurzelt zu sein, als dass er in eine Gegend wie diese kommen könnte. Und er scheint mir Paraila viel zu ergeben zu sein, um sie dadurch zu hintergehen, dass er Kontakt zu jemandem pflegt, der sie abgrundtief hasst.«

»Quyntyr ist aber ebenfalls ein belesener Mann und ein Künstler, wenn es um den Umgang mit dem Schwert und anderen Waffen geht.«

»Dann wurdest du auf ihn aufmerksam, seit er ein Meister der Kampfkunst ist?«

»Nein, nicht erst dann ... Seine Wurzeln zu mir reichen noch viel tiefer.«

»Wie ist das möglich? Als kleines Kind bereits wurde er zur Waise, dann war er einige Zeit bei Zygal und Olha. Und unmittelbar danach im Palast. Ich dachte, er hätte diesbezüglich ein ähnliches Leben wie ich selbst gehabt. Oder habe ich etwas falsch verstanden?«

»Nein, du hast absolut recht. Aber es gibt da eine Verbindung, die du noch nicht kennst. Sie mag dich überraschen, möglicherweise gefällt sie dir auch nicht besonders. Und vielleicht habe ich sie deshalb bislang noch nicht erwähnt, weil sie dich eigentlich nichts angeht. Aber es gibt auch keinen Grund, sie dir weiter vorzuenthalten, also werde ich sie dir offenbaren.«

Seine Worte hatten Kyla nicht nur neugierig gemacht, sondern sie verspürte auch eine gewisse Verunsicherung. Natürlich, Ganruy war um so vieles älter als sie selbst, dass er sicher viele Dinge aus der Vergangenheit wusste, von denen sie nicht die geringste Ahnung hatte. Doch die Ankündigung, seine Offenbarung könne ihr vielleicht nicht gefallen, ließ sie fast hoffen, er würde nicht Wort halten und schweigen. Doch das geschah nicht, sondern Ganruy bekam einen seltsam verklärten Blick, der zugleich von Schmerz erfüllt war. Auch seine Stimme klang melancholisch.

»Wie ich dir bereits erzählte, habe ich früher viele wohlhabende und einflussreiche Chyrrta gemalt. Und das waren durchaus nicht immer nur reiche Männer, sondern auch betuchte Damen, die sich ... nun ja ... manchmal gänzlich *ohne Tuch* malerisch verewigen lassen wollten. Manch eine für ihren Gefährten, einige jedoch auch aus reiner Eitelkeit, um ihre Schönheit bewahren zu können – wenn auch nur auf Leinwand. Wie auch immer, es war nicht an mir, darüber zu richten. Und ebenso wenig war es an mir, mehr zu tun, als nur meinen Pinsel für sie führen.

Es gab jedoch einige Damen, die die Abgeschiedenheit meines Ateliers und die Nähe zu mir nutzten, um meine Hände auf ihrer nackten Haut zu spüren. Aber glaube mir, dass ich niemals bei einer Dame etwas tat, das sie nicht selbst gewollt – ja, geradezu gefordert hätte!«

Kyla sah ihn mit großen Augen an, und ein verblüffter Laut entfuhr ihr. Ganruy musste darüber lachen.

»Das scheint dir unglaublich, ich verstehe schon. Aber du musst bedenken, dass ich damals noch ein ansehnlicher Mann war, in einem Alter, das für mächtig viel Feuer in den Lenden sorgte. Nun, egal wie du darüber denkst, was ich tat, gefiel den Damen, und mir selbst ebenfalls.«

Kyla spürte, dass sie bei seinen Ausführungen – obwohl sie nicht ins Detail gingen – rot wurde. »Ich verstehe nicht, was das mit Quyntyr zu tun hat«, sagte sie ärgerlich, weil sie nicht wollte, dass er erkannte, wie sehr er sie mit seinen Erinnerungen aus der Fassung gebracht hatte.

»Darauf komme ich noch, keine Sorge. Nun gönne einem alten Mann doch das bisschen Schwelgerei. Ich war weiblichen Körpern noch nie abgeneigt. Ich liebe üppige Brüste, schlanke Taillen und den Geruch der Scham, wenn eine Frau sich mir hingibt. Ich bin nicht so alt geworden, um dies nun zu leugnen.«

Die Vorstellungen wurden so bildhaft, dass Kyla davon mitgerissen wurde. Beinahe war sie versucht, Ganruy zu sagen, dass es ebenfalls die weiblichen Körper in seinen Beschreibungen waren, die ihr Blut in Wallung brachten. Doch weil ihr Verlangen nicht mit dem der anderen Chyrrta übereinstimmte, behielt sie diese Tatsache lieber für sich. Sollte er doch glauben, sie würde sich aus Scham winden – das konnte ihr nur recht sein, denn es schützte ihr Geheimnis. Ganruy indes schien gedanklich völlig in seine Vergangenheit einzutauchen, und er bekam glänzende Augen, während er weiter berichtete.

»Es war auch eine junge Dame von fünfzehn Sommern unter meinen Kundinnen, die von ihren Eltern für eine Porträtmalerei zu mir geschickt worden war. Sie war wunderschön. Nicht zierlich, sondern für ihr Alter bereits aufregend fraulich. Nicht naiv, sondern gebildet. Nicht zurückhaltend, sondern dem Leben neugierig und aufgeschlossen gegenüber eingestellt. So etwas hat mich von jeher an Frauen gereizt.«

»Du meinst wohl, vor allem dann, wenn diese gebildeten Frauen zudem noch blutjung waren«, erwiderte Kyla mit Spott. Ganruy nickte, ohne Reue zu offenbaren.

»Jung, ja, das reizte mich in der Tat ...«

»Und das tut es noch. S'hilia ist doch kaum älter als ich. Zwei oder drei Sommer vielleicht.«

»Mag sein. Aber S'hilia ist eine besondere Frau für mich, ungeachtet ihrer Jugend. Das Alter hat selbst mich weiser gemacht. Mir ist bewusst, dass eine Beziehung etwas anderes ist, als ich es damals lebte. Deine mahnende Art solltest du sein lassen, denn du hast längst nicht so viel Lebenserfahrung wie ich. Und ... du bist kein Mann.«

»Als würde das einen Unterschied machen. Aber gut, ich gebe zu, dass es mir im Gegensatz zu dir an Erfahrung mangelt. Vergiss also meinen Unterton und erzähle weiter, denn ich bin gespannt, wann du endlich auf Quyntyr zu sprechen kommst.«

»Geduld, Kyla, Geduld. So lass mir doch den Moment der Erinnerung an jene Schönheit, deren schlanke Fesseln, zarter Hals und wohlgeformte Brüste das Feuer der Leidenschaft damals in mir entfachten.«

»Gut, dann schwelge soviel du willst. Ich ertrage es um der Geschichte willen.«

Ganruy grinste kurz und lehnte sich etwas zurück, bevor er fortfuhr.

»Nun, jene junge Dame stand mir artig Modell. Einmal. Zweimal. Und auch ein drittes Mal. Das weiße Kleid, das ihre Eltern für das Porträt gewählt hatten, und das wohl ihre Reinheit unterstreichen sollte, trug sie bei jedem unserer Treffen – und jedes Mal war es durch den hellen Fackelschein in meinem Atelier ebenso durchscheinend, wie beim ersten Blick darauf.

Ich gebe zu, dass es mich reizte, die Knospen der weiblichen Brust unter der Spitze deutlich auszumachen zu können. Und ihre Augen blitzten manchmal so, als wisse sie genau, welche Wirkung sie auf mich hatte. Bei der vierten Sitzung knöpfte sie das Kleid schließlich auf und ließ es von ihren Schultern rutschen. Mit ihren Händen strich sie über die festen kleinen Rundungen und fragte mich frei heraus, ob ich den Pinsel nicht für einen Moment fortlegen wollte, um das Lodern in ihrem Schoß zu stillen. Das war deutlich genug, wie du wohl zugeben musst.«

»Das hast du erfunden. Du schwelgst in Erinnerungen, die du so färbst, wie es dir passt.«

Ganruy blickte sie schweigend an, dann schüttelte er kurz den Kopf.

»Wenn du das glauben willst, dann tue es. Vielleicht bist du zu unerfahren, um zu begreifen, wie kraftvoll die körperliche Begierde sein kann – beim Mann, aber ebenso bei der Frau.

Eine junge Frau, die ihren Körper und die lustvollen Dinge entdeckt, die man damit tun kann, ist nicht weniger begehrlich als ein junger Mann. Du sagtest selbst, dass das Geschlecht hier keinen Unterschied macht, und in diesem Punkt gebe ich dir recht, auch wenn es allgemein anders behauptet wird.«

Kyla nickte nur und forderte: »Jetzt komm doch bitte endlich auf meine eigentliche Frage zu sprechen.«

»Also gut. Diese junge Dame kam im Laufe der nächsten Mondzyklen noch ein paarmal zu mir. Das Bild war längst fertig, doch sie gab vor – vor allem bei ihren Eltern – noch Änderungen daran vornehmen zu lassen. Manchmal erwähnte sie, dass ihre Eltern begannen, sie für sehr eitel zu halten, doch das war ihr gleich. Denn jedes Mal, wenn sie bei mir war, fanden wir zusammen eine körperliche Erfüllung, die alles andere unwichtig machte. Doch mehr war es nicht. Auch wenn ich zugeben muss, dass sie mir sehr ans Herz wuchs.«

»Aber nicht als Partnerin – nur als Gespielin.«

»Ja – und als Freundin.«

»Gut. Das freut mich für dich. War es das, was du hören wolltest?«

Ganruy seufzte. Seine Stimme klang bitter. »Ich brauche weder deine Freude, noch deine Zustimmung für etwas, das so lange her ist. Du warst damals noch nicht geboren, und mir erscheinen die Begegnungen mit ihr heute fast so, als hätten sie in einem anderen Leben stattgefunden. Wenn dir meine Erzählweise nicht gefällt, dann ist es jedoch alleine dein Problem. Entweder, du hörst mir zu, oder wir beenden dies nun.«

Kyla knirschte mit den Zähnen, doch sie wollte, dass Ganruy fortfuhr.

»Die junge Dame hatte die gleichen Überzeugungen wie ich, was unsere rein körperliche Liebelei anging. Sie war Herrin über sich selbst – manchmal auch Herrin über mich, in jenen Stunden. Sie war frei und schließlich bereit für die Liebe. Und damit meine ich nicht mich selbst. Im Frühjahr, nach unserem ersten Treffen, verlor sie ihr Herz an einen Mann, der sie ebenso liebte, wie sie ihn. In dem Moment, als sie ihn zum ersten Mal erblickt hatte, kam sie nicht mehr zu mir. Doch sie ließ mir eine Nachricht zukommen, in der sie mir für unsere gemeinsame Zeit dankte.

Ich ließ ihr das Gemälde über einen Boten bringen und verabschiedete mich schriftlich von ihr – nicht ohne ihr von

Herzen das Beste für ihr zukünftiges Leben zu wünschen. Wie ich schon sagte, fühlte ich mich ihr freundschaftlich verbunden – und das sollte bis zu ihrem Tode so bleiben. Wann immer es ging, erkundigte ich mich nach ihr, vermutlich, ohne dass sie je davon erfuhr. Sie wurde die Gefährtin dieses Mannes, der sie von jetzt auf gleich verzaubert hatte. Er war Schmied und stand im Dienste der Herrscherin Givney Gallan.« Nun schwieg Ganruy und betrachtete Kylas wechselnden Gesichtsausdruck, der von einem gelangweilten Zuhören, über Erstaunen, bis hin zu Entsetzen wechselte.

»Was? Diese Frau – dieses junge Mädchen, mit dem du eine Liaison hattest – das war Olha?«

»Deine Ziehmutter Olha ... ja. Sie war es.«

»Das kann nicht sein«, hauchte Kyla.

Ganruy lächelte, und seine Stimme klang nun überraschend sanft.

»Warum nicht? Nur, weil du sie als Frau mittleren Alters kennengelernt hast? Oder weil sie in deiner Gegenwart den Haushalt, ihren Gefährten, die Ziegen und Hühner versorgte, statt sich um ihr eigenes körperliches Wohl zu sorgen? Denn das ist es letztendlich, wozu die körperliche Vereinigung dienen sollte. Vielleicht auch, um Nachwuchs zu zeugen, doch das kann nicht der einzige Zweck sein.

Olha wusste immer genau, was sie wollte, und war geschickt darin, Ungewolltes zu verhindern. Als sie schwanger wurde, war ich mir daher auch sicher, dass es kein Versehen war, wie es wohl den meisten Frauen passiert. Sie *wollte* Sanuth und war ihm eine gute Mutter.

Nach seinem fürchterlichen Tod hat sie die Rache geübt, die ich einer mutigen und in jeder Hinsicht leidenschaftlichen Frau wie ihr zugetraut habe. Es gibt nichts, das man ihr ernsthaft vorwerfen könnte, denn sie hat nur Gleiches mit Gleichem vergolten.

Dass sie dafür in die Verbannung gehen musste, hat mich wütend und traurig gemacht. Doch sie hatte Zygal weiterhin an ihrer Seite, und ich denke, sie war auf ihre Art dennoch glücklich. Auch wenn ich dir versichern darf, dass Olha als junge Frau ein Leben in Reichtum und voller Studien geführt hat, das sie schließlich gegen das einfache Leben einer Art Bäuerin in der Verbannung eintauschen musste. Sie hätte ein ganz anderes Leben führen können, wenn Parailas Mutter ihr und Zygals Glück nicht zerstört hätte.«

Kyla hatte immer noch Schwierigkeiten, Ganruy mit Olha bildlich vor sich zu sehen. Aber sie ahnte, dass er sie nicht angelogen hatte. Also versuchte sie, so gefasst wie möglich zu sein und brachte ihre Gedanken zum Ausdruck.

»Aber es war nicht Givney Gallan, die Sanuth tot und dessen Eltern vernichtet sehen wollte, sondern ihr Berater Jorlay. Und er war es auch, an dem sich Olha und Zygal rächten.«

Ganruy lächelte freudlos. »Sie taten es, weil er der unmittelbar Schuldige war. Jorlay war es, der Sanuth foltern und töten ließ. Doch in Wahrheit war auch er nur ein Mittel zum Zweck. Givney Gallan war die eigentliche Schuldige. Sie hat alles getan, damit die Prophezeiung wahr werden kann.«

»Nun verstehe ich überhaupt nichts mehr«, gestand Kyla.

»Gut, dann lass mich weitererzählen, damit der Nebel in deinen Gedanken sich lichten kann.«

Er strich sich über den Bart und blickte kurz zu Quyntyr, der immer noch schlief. Dann wandte er seine Aufmerksamkeit wieder Kyla zu.

»Damals war bereits in gebildeten Kreisen bekannt, dass ein Krieger auftauchen würde, der das Gallan-Reich einst verteidigen sollte«

»Ihr wusstet von der Prophezeiung?«

»Ja, wir kannten sie. Der Krieger wurde als Kind beschrieben. Givney wusste nicht, ob die Weissagung noch in ihre eigene Herrschaftszeit fallen würde oder in die ihrer Tochter, doch das war im Grunde nicht von Belang. Denn fest stand, dass es schon bald geschehen würde, nicht erst in ferner Zukunft.

Das Reich begann damals bereits zu bröckeln, weil die Bevölkerung immer unzufriedener wurde und die Undurchdringlichen Mauern viel zu oft von den Feinden des Reiches überwunden wurden. Also beschloss Givney, dass der einst große Verteidiger an einem abgeschiedenen Ort aufgezogen werden sollte, an dem er ungestört das Kämpfen erlernen würde, und so viel notwendige Bildung wie möglich erhielt.

Olha und Zygal stellten für beide Anforderungen das perfekte Paar dar. Nur Sanuth war im Wege, denn er hätte immer die erste Stelle bei seinen Eltern eingenommen, solange er lebte. Niemals hätten sie ihn zurückgelassen und sich einem fremden Kind vollends gewidmet, wenn ihr eigenes – egal wie alt es inzwischen auch sein mochte – noch am Leben gewesen wäre. Also musste Sanuth sterben. Olha und Zygal mussten in Ungnade fallen, um gezwungen zu sein, sich an den von Givney gewählten Ort zurückziehen. Abgeschieden von allen, die ihr Werk verhindern wollten, sollten sie sich der Erziehung dieses Gallan-Retters widmen. Natürlich sollte dies unter Givneys Bedingungen geschehen. Bildung ja, doch zu viel zu hinterfragen, war nicht erwünscht.

Wie ich durch spätere Briefe weiß, hat Olha sich jedoch nicht immer daran gehalten. Sie legte zwar nur die Bücher vor, die sie vorlegen sollte, doch sie ermunterte ebenfalls dazu, nicht alles für bare Münze zu nehmen, was darin stand, und den Horizont auch anderweitig zu erweitern. Aber kommen wir auf die Prophezeiung zurück: das Problem darin war nämlich, dass die Beschreibung des Kindes so unklar war, dass sie nie wissen konnten, ob sie dem richtigen Kind ihre Zeit widmeten.

Das war der Grund, warum sie wenig herzlich zu den Geschöpfen waren, die auf ihr Land gebracht wurden, und warum Olha und Zygal bemüht waren, keine allzu große Gefühlsbindung zu ihnen aufzubauen. Denn wenn sie feststellten, dass es das falsche Kind war, so musste es sterben. Das war die Anweisung der Gallen-Frauen. Zygal wurde für sie zum Mörder. Und Olha zur Dulderin dessen.«

Kyla wusste, dass er mit allem recht hatte; diese Gewissheit bereitete ihr Übelkeit.

»Nun, ich konnte mir damals gut vorstellen, wie schrecklich es für Olha war, diese Kinder dem Tod zu überantworten. Sie schrieb mir davon in ihrem verzweifelten Brief, in dem sie von Quyntyr berichtete. Er war das erste Kind, das zu ihnen gebracht wurde, und somit die Feuerprobe für Olha, bei der sie in ihren Augen versagt hatte – was meine freundschaftlichen Gefühle für sie jedoch noch bestärkte. Zygal hat vermutlich nie erfahren, dass sie bei mir ihr Gewissen erleichterte. Sie schrieb mir damals, weil sie sich an unsere Vertrautheit – und in diesem Falle meine ich die Freundschaft – erinnerte. Sie offenbarte mir, dass sie Anweisung hatten, eigenhändig die Kinder zu töten, die sich als die falschen Krieger herausstellten. Doch gleich beim ersten Jungen vermochte sie es nicht, denn die Erinnerung an Sanuths Tod war zu schrecklich – und zu frisch.

Olha schrieb mir, dass sie Zygal bekniet hatte, ihn zu verschonen, und ihn überredet hatte, dafür zu sorgen, dass der Junge im Palast aufgenommen wurde. Aber sie mussten einen schrecklichen Preis dafür bezahlen, denn Givney nahm den Jungen nur auf, indem sie ihnen gleichzeitig verbot, auch nur ein einziges der weiteren falschen Kinder je wieder von ihrem Land zu lassen.

Ursprünglich war es so abgemacht, dass Givney veranlasste, dass die Leichen abgeholt wurden. Doch nachdem sie Quyntyr eine sichere Bleibe geboten hatte, mit dem Versprechen, dass er auch nach dem Herrschaftswechsel im Palast bleiben dürfte, brach sie jeden persönlichen Kontakt zu Olha und Zygal ab, bis diese ihr den wahren Krieger präsentieren konnten. Wie du weißt, dauerte es dann doch noch geraume Zeit, und bis dahin war Givneys Tochter Paraila an der Macht. Olha und Zygal wurden sowohl von der Mutter als auch von deren Tochter mit Lebensmitteln versorgt, und die Gallan-Frauen nahmen ihnen sogar weiterhin Schmiedearbeiten ab, doch Olha und Zygal blieben Geächtete. Olha schrieb mir noch dreimal – ihre Briefe wurden immer düsterer. Sie berichtete von Leichen, die sich in einer dunklen Höhle auftürmten. Von abgetrennten Köpfen und von Blut, das die Erde ihres kleinen Stückchens Land tränkte. Sie fühlte sich so, als würde es alles vergiften, und tatsächlich wurde sie nun öfters sehr krank.

In ihrem letzten Brief behauptete sie sogar, die Prophezeiung hätte ihren Tod bereits vorherbestimmt. Denn wenn sie den richtigen Krieger gefunden und ausgebildet hatten, war ihnen ein schreckliches Ableben geweissagt. Wie ich inzwischen weiß, sollte sie recht behalten. Es ist so ungerecht, dass ich es kaum in Worte zu fassen vermag. Ich kann immer noch nicht begreifen, warum dieser lebenslustigen und sinnlichen Frau das Leben derart übel mitspielen musste.« Ganruy schwieg nun und ließ den Kopf sinken. Kyla bemerkte, dass seine Augen feucht geworden waren. Als er eine Träne fortwischte, fühlte Kylas Hals sich so trocken an, dass er schmerzte.

»Wie bist du mit Quyntyr in Kontakt getreten?«, fragte sie schließlich, um die belastende Stille zu durchbrechen.

»Das bin ich nicht. Er trat mit mir in Kontakt. Olha hatte auch ihm Briefe zukommen lassen. Und sie hatte von mir berichtet. Was sie ihm genau geschrieben hat, weiß ich bis heute nicht, aber sie wollte, dass er nicht alleine im Palast seine weiteren Lehren erhielt, sondern sich mit mir traf, um Bücher zu studieren, die im Hause Gallan nicht gerne gesehen sind. Also tauchte er eines Tages in meinem Atelier auf. Ich war sofort bereit, ihn als Olhas Sohn anzusehen, auch wenn er das in Wahrheit doch nie gewesen ist. Aber für mich stellte er die einzige Verbindung zu ihr dar, während ich dasselbe für ihn war. So wurden wir schließlich Freunde – auch wenn unsere Beziehung damals eher der von Vater und Sohn glich.«

»Und was für eine Beziehung ist es heute? Du verachtest ihn für seine Liebe zu Paraila.«

»Er hat unsere Freundschaft auf eine harte und nicht enden wollende Probe gestellt. Wie soll ich ihm jemals vergeben, dass er einer Frau sein Leben schenken würde, die dafür sorgte, dass die Leben meiner Freunde ausgelöscht wurden?«

»Ich weiß es nicht«, bekannte Kyla. Sie begriff, dass ihre Leben alle miteinander verflochten waren – auf eine gute sowie auf eine grauenvolle Weise. Sie selbst wusste ebenfalls nicht, wie ihr Verhältnis zu Quyntyr in der Zukunft aussehen würde. Nur war in diesem Fall sie selbst es, die Schuld an dem Zerbrechen trug.

»Erzähl mir, wie es damals weiterging. Nach deiner Flucht aus Tritam hattest du weit weniger Möglichkeiten, dich über Olhas Leben auf dem Laufenden zu halten, oder?«

»Es wurde wesentlich schwerer, das ist richtig. Aber

es gab einen Mann, der nicht direkt unserer Vereinigung angehört hatte – und somit nicht verfolgt wurde – der jedoch mit uns sympathisierte. Er wurde zum Boten zwischen Quyntyr und mir, und auch zu meinem Finger am Puls von Tritam. Nicht zuletzt brachte er mir die Briefe von Quyntyr, in denen dieser mir das eine oder andere über Olha zu berichten wusste. Lange Zeit führte sie ein Leben auf diesem Stückchen Land, das zwar höchst bedauerlicherweise mit den Kindsmorden belastet war, doch ihr selbst schien immerhin keine unmittelbare Gefahr zu drohen. Ich sah es immer mit Wohlwollen, dass Zygal ihr fester Partner wurde. Er mag vielleicht kein Ausbund an Schönheit gewesen sein, aber ich denke, er war ehrlich und liebevoll zu ihr.«

Kyla erinnerte sich an den grobschlächtigen Zygal, dessen Faust sie mehr als nur einmal zu spüren bekommen hatte. Und doch hatte sie niemals erlebt, dass er Olha geschlagen hätte. Vermutlich hatte er sie selbst zu Anfang so brutal behandelt, weil er spürte, dass sie sich in sein Herz zu schleichen drohte. Und das war ihr schlussendlich wohl gelungen.

Noch heute erinnerte sich Kyla daran, wie sie zu dritt auf den Berg gestiegen waren und die atemberaubende Aussicht genossen hatten. Zygal hatte seinen beiden Frauen damals Respekt gezollt – in dem Wissen, dass schon bald sein und Olhas Leben auf grauenvolle Art beendet werden würde. Wie schwer musste es für die beiden gewesen sein, den Zeitpunkt näher rücken zu sehen, da Kyla sie verlassen musste. Ihre Aufgabe war damals erfüllt gewesen, und ihr Leben hatte nichts mehr gezählt. Paraila hatte gewusst, dass es so kommen musste. Und vermutlich hatte sie deshalb nie selbst Groll gegen Bahanda gehegt. Er war nur ein Punkt in der Prophezeiung gewesen, und er hatte erfüllt, was in ihr geweissagt war. Kyla fand es schrecklich, solche Dinge einfach hinnehmen zu müssen. Waren sie nicht alle denkende Chyrrta, damit sie in der Lage waren, Unrecht zu verhindern? Oder machte die Prophezeiung wirklich Recht aus Verbrechen, die nur geschahen, um ihr zur Erfüllung zu verhelfen?

»Natürlich teilte Quyntyr es mir sofort mit, als du im Palast eintrafst. Es war eine wichtige Neuigkeit, dass der wahre Krieger endlich gefunden wurde – und dass es sich um ein Mädchen handelte, machte die Sache bei Weitem nicht uninteressanter. Er schrieb mir, dass er als dein Lehrer fungierte. Und endlich hatte er eine Aufgabe, die seinen Aufenthalt im Palast für Paraila verständlicher machte. Darüber war er mehr als froh, denn er hatte immer den Eindruck gehabt, sie empfände es als Last, dass ihre Mutter sie gezwungen hatte, ihn weiterhin dort leben zu lassen.

Er ging in seiner Aufgabe voll und ganz auf. Mehr als einmal schrieb er mir, wie glücklich er sei, dass du dich nicht nur als das geweissagte Kind herausgestellt hast, sondern für ihn auch als eine gute Freundin. Ich freute mich für ihn. Denn auch wenn er mit mir ebenfalls eine Freundschaft fortführte, so ist es doch wichtig, jemanden in der Nähe zu wissen, wenn man kurzfristig reden möchte oder einen Rat benötigt, der keinen Aufschub duldet.

Als mir Quyntyr kurz nach deiner Ankunft im Palast berichtete, was Bahanda Olha und Zygal angetan hatte, war ich am Boden zerstört. Doch zugleich hatte ich ja bereits Nachricht, dass du Bahanda zur Strecke gebracht hattest – auf leichtsinnige Art zwar, wie Quyntyr nicht müde wurde zu betonen, doch du hattest diesen widerlichen Mann vom Leben zum Tode befördert. Das verschaffte mir immerhin ein wenig Genugtuung, auch wenn ich nach Quyntyrs Brief zwei Tage wie tot in meiner Höhle lag.

Ich konnte meinen Leuten nicht erzählen, warum ich so litt, doch sie fragten auch nur einmal und dann nie wieder. Sie versorgten mich geduldig, aber ich konnte in ihren Augen sehen, wie erleichtert sie waren, als ich mich schließlich von meiner Lagerstätte erhob und mit neuer Kraft den Clan führte. Ich tat es, weil es nun mal meine Aufgabe ist, und ich eine Verantwortung diesen Chyrrta gegenüber empfinde. Dennoch ließen mich die Geschehnisse natürlich nicht los. Ich kannte Bahanda nicht persönlich, doch Quyntyr schrieb mir, dass er sich an Kindern verging. Ich hoffe, meine Vorliebe für junge Frauen hältst du nicht für das gleiche Laster.«

»Ich bin mir nicht sicher«, gab Kyla unumwunden zu.

Ganruy lächelte gequält. »Nun, ich lege Wert darauf, dass meine Frauen nicht mehr wie Kinder aussehen. Jung, ja, aber nicht kindlich! Und, was wohl wichtig sein mag, ich würde niemals eine Frau gegen ihren Willen zu meiner Gespielin machen. Alles, was in gegenseitigem Einverständnis geschieht, ist jedoch über die Kritik anderer erhaben. So sehe ich es – und wenn es jeder so sehen würde, hätten wir vielleicht eine bessere Art, miteinander umzugehen. Nun, wie dem auch sei, ich war froh, dass Olhas Mörder sterben musste. Lange hörte ich nichts mehr von Quyntyr, und ich kann es ihm nicht verdenken. Paraila sah wohl immer mit Argwohn, dass er im Palast wohnte, doch als du dort eintrafst, sah sie Quyntyr als deinen Lehrer, und nicht mehr als Störenfried.«

»Ich denke, das tat sie nach wie vor. Sie kann ihn nicht leiden – um es milde zu sagen. Ich wünschte, er würde dies irgendwann begreifen.«

»Das wird er. Zumindest hoffe ich es ebenfalls. Als Quyntyr hier ohne Vorankündigung eintraf, berichtete er mir sofort, was sich im Palast zugetragen hatte. Er erzählte von der körperlichen Vereinigung mit dir. Er wollte nicht ausgewählt werden, aber er kam seiner Pflicht nach, wie er mir berichtete.« Ganruy sah Kyla fragend an.

»Ja, das stimmt«, bestätigte sie mit belegter Stimme.

»Ich Narr glaubte, die Erinnerung an diesen Vorfall, und an dich, könne vielleicht dafür sorgen, dass er Paraila irgendwann aus seinem Kopf verbannen kann. Oder dass sie zumindest nicht mehr die erste Stelle in seinen Gedanken einnimmt. Dabei hätte doch gerade ich wissen müssen, dass die körperliche Begierde alleine nicht gleichbedeutend mit der Liebe ist. Und da er eben genau diese unerklärliche – und in meinen Augen ungeheuerliche – Liebe zu Paraila empfindet, gerieten wir in einen handfesten Streit.«

»Habt ihr miteinander gekämpft?«, wollte Kyla wissen.

»Ja, das haben wir. Ich mag zwar als Maler lange Zeit mein Brot verdient haben, doch du solltest wissen, dass ich mir als Ganruy der Rächer alles aneignete, um in einem Kampf als Sieger hervorgehen zu können. Allerdings muss ich gestehen, dass Quyntyr mir nicht nur altersmäßig, sondern auch in Kampftechniken weit überlegen ist. Ich unterlag ihm – dennoch hatte ich meinen Standpunkt klar gemacht. Und er nahm meinen Befehl entgegen, mich und meine Männer nicht zu begleiten, als wir dir entgegeneilten.«

»Also blieb er gar nicht freiwillig hier, sondern weil du es ihm befohlen hast. So, als wäre er ein Kind, das nicht an einer Unternehmung der Älteren teilnehmen darf.«

»Ja, mag sein, dass es so etwas in der Art war«, gab Ganruy zu.

»Eine seltsame Art der Rache für einen Anführer. Und zudem eine, die ihn fast das Leben gekostet hat.«

»Dies lag niemals in meiner Absicht. Aber ja, ich bin nicht unfehlbar.« Kyla erwiderte nichts darauf, was Ganruys Worte umso mehr festigte, wie sie an seinem betrübten Blick erkannte. Schließlich beschloss sie, nicht länger dieses Thema zu verfolgen, da er wohl kaum noch mehr Zugeständnisse machen würde.

»Woher wusstest du, dass ich auf dem Weg hierher war?«

»Quyntyr hatte mir von seiner Botschaft an dich berichtet und war sich sicher, dass du seinem Ruf folgen würdest. Allerdings nicht aus romantischen Gefühlen, wie ich mir anfangs noch einredete.«

»Nein, das sicher nicht. Aber es wären freundschaftliche Gefühle – wenn sie Quyntyr noch etwas bedeuten würden.«

»Vielleicht werden sie das irgendwann wieder. Vielleicht

aber auch nie mehr. Ich vermag es nicht zu sagen. Aber ich kann deine Gedanken ein wenig vom Trübsal befreien. Komm mit mir, Kyla, denn ich möchte dir etwas zeigen, das dich sicher überraschen wird.«

6. Kapitel

Abermals folgte Kyla Ganruy durch die Höhlen, und wieder führte ihr Weg sie steil bergab. Möglicherweise hatte Ganruy vergessen, dass er ihr bereits das neue Höhlensystem gezeigt hatte, das er für die kommenden Generationen erbauen ließ. Immerhin war er ein alter Mann, und Kyla hatte schön öfter beobachtet, dass diese Chyrrta Dinge taten und sagten, die sie vor kurzem erst schon einmal gesagt oder getan hatten. Doch selbst wenn er sie erneut dorthin brachte, freute sich Kyla über die Abwechslung, die sich ihr damit bot. Als die Wände jedoch feuchter und die Luft dicker wurde, begriff Kyla, dass sie ein anderes Ziel haben mussten. Die Wände der Höhle schimmerten hier grünlich, vor ihnen schienen sie sogar zu leuchten. Verwirrender war jedoch, dass sich dieses Leuchten bewegte; in sanften Wellen zogen sich Farben in dunklen und helleren Grüntönen, sowie goldgelbe geschwungene Linien über die sonst grauen Felsen.

Nun war Kylas Neugier geweckt, und sie ging schneller, um das Rätsel lösen zu können, vor das dieser seltsame Anblick sie stellte. Dabei stieß sie gegen den langsameren Ganruy, der sich überrascht zu ihr umdrehte. Als er ihr in die Augen sah, lächelte er.

»Ich hoffe, dein Wissensdurst wird auf eine Art gestillt werden, die dir Freude bereitet.« Es überraschte sie, dass der alte Mann, der bislang keine Gelegenheit ausgelassen hatte, an ihr Kritik zu üben, sie offenbar glücklich sehen wollte. Aber auch Kyla spürte, dass sie sich ihm auf eine Art angenähert hatte, die ihn nicht mehr ganz so verbohrt und selbstherrlich erscheinen ließ.

Die Felswände wurden nun enger, als Kyla Ganruy in das immer hellere Licht folgte. Als sie die Engstelle passiert hatten, riss Kyla erstaunt die Augen auf. Vor ihr erstreckte sich eine Höhle, die etwa so groß wie ihr Flügel in Parailas Palast sein musste. Doch es war keine Höhle wie jede andere, sondern sie war mit Wasser gefüllt! Klares Wasser, das den Blick bis auf den felsigen Grund freigab. Kyla konnte erkennen, dass in der Tiefe Spalten und Höhlen eine Welt bildeten, wie sie sie noch nie zuvor gesehen hatte. Auch die Wände dieser Höhle waren voller Felsspalten und Öffnungen, die sonst wohin führen mochten. Auf Plateaus waren üppig gewachsene Pflanzen zu sehen, die ihre fächerartigen Zweige in alle Richtungen streckten.

Die Herkunft der Muschelschalen war nun ebenfalls gelöst, denn an den Felsen unter der Wasseroberfläche erkannte Kyla gleich eine ganze Menge der geheimnisvollen Gebilde. Die Höhlenwände waren großflächig mit Moos bedeckt, das wie lauter flauschige, grüne Teppiche wirkte. Doch das Erstaunlichste von allem war eine große Öffnung direkt über dem magisch anmutenden See, die den Blick in den strahlend blauen Himmel freigab. Nun begriff Kyla, warum es hier so hell war und woher die Lichtreflexe an den Höhlenwänden kamen. Und auch die vielen Pflanzen ließen sich so erklären. Doch was sie nicht verstand, war die Tatsache, dass es so einen Ort überhaupt gab! Hier, in einem Gebiet, das doch nur Staub und Felsen zu bieten hatte. Ihr fielen Xiniths Worte wieder ein, die sich enttäuscht darüber gezeigt hatte, dass sie mit ihrem Bruder Sibio nicht den See in der Grotte aufsuchen durfte. Kyla hatte das schließlich nur für eine kindliche Fantasie gehalten, doch jetzt war ihr klar, dass es diesen Ort tatsächlich gab, und Ganruys Leute hier ein kleines Paradies hatten, um das jeder Chyrrta sie beneiden würde.

»Woher kommt das Wasser?«, fragte Kyla ergriffen.

»Nicht von Paraila. Diesbezüglich kann sie mich nicht des Diebstahls bezichtigen«, erwiderte Ganruy nicht ohne Spott. Dann lächelte er jedoch beschwichtigend und erklärte: »Es ist eine unterirdische Quelle, die offenbar schon seit Anbeginn der Zeiten diesen See speist. Wenn Regen vom Himmel fällt, so füllt er den See ebenfalls, doch hier regnet es nur äußerst selten. Das Wasser ist rein, obwohl es von Tageslicht beschienen wird. Wir alle sind uns dieser Besonderheit bewusst, und ich sehe es gerne als ein Zeichen Chyrrtas selbst, dass wir hier willkommen sind, und wir recht tun, uns hier niederzulassen. Der See bietet uns Wasser zum Leben und um uns zu reinigen. Und mehr noch ... Wie ich hörte, hast du im Palast ein großes Becken, in dem du deinen gesamten Körper durch das Wasser bewegen kannst. Nun, dieser See bietet auch Gelegenheit dazu. Sag mir: Ist er ebenso groß wie das Becken im Palast?«

»Nein ...«, hauchte Kyla. »Dieser See ist viel größer. Und tiefer natürlich. Und ... unglaublich schön!« Nun grinste

Ganruy zufrieden und rieb sich über den Bart, während Kyla mit offenem Mund die Kostbarkeit bewunderte, die er ihr in dieser kargen Umgebung bieten konnte.

»Auch hiervon weiß weder Wola und sein Clan, noch jemand anderes außer meinen Leuten. Und ich möchte, dass das so bleibt!« Die Mahnung war nicht zu überhören. Kyla nickte zustimmend, dieses Geheimnis für sich zu behalten. Und noch ein anderes Geheimnis trug sie in ihrem Inneren. Denn sie wusste, warum dieser See trotz Sonnenlicht keine tödlichen Parasiten in sich trug. Die Reiter der Herrscherin waren niemals in diese Region vorgedrungen, um die Wasser zu vergiften. Und so war dieser ursprüngliche See erhalten geblieben und bot nun alles, was Parailas Feinde zum Überleben und zu ihrem Wohlbefinden benötigten.

Kyla war klar, dass es ihre Aufgabe wäre, diesen Fehler zu korrigieren. Doch selbst wenn sie das gewollt hätte – was nicht der Fall war – so hatte sie niemals auch nur ein einziges Mal die Parasiten gesehen, die die Reiter der Herrscherin regelmäßig in die Wasser von Chyrrta ausbrachten. Allein der Gedanke, diesen Quell des Lebens zu zerstören, erschien Kyla wie ein Frevel. Abermals regte sich der tiefe Zweifel in ihr, ob ihre Herrscherin richtig handelte, indem sie so viel zerstörte, um ihr Ziel vom Frieden zu verfolgen.

»Woher bekommen die anderen Clans ihr Wasser?«, fragte sie.

Ganruy deutete auf das Loch in der Höhlendecke. »Vom Himmel. Sie haben Anlagen gebaut, um den spärlichen

Regen aufzufangen und unterirdisch zu lagern. Sie haben also gewissermaßen ihre eigenen Seen, auch wenn diese von sehr viel geringerer Größe sind, als unserer. Doch zum Trinken, Kochen und für den täglichen Bedarf der Tiere reicht es. Es lässt sich jedoch nicht leugnen, dass sie sehr darauf angewiesen sind, dass von Zeit zu Zeit das Wasser immer wieder vom Himmel fällt. Erst wenn dies geschieht, können sie daran denken, ihre Körper mit dem Wasser zu reinigen, das sonst ohnehin ungenutzt auf den Boden fallen würde. Wenn der Regen kommt, ziehen sie all ihre Kleider aus und tanzen darin herum – nackt unter den freigiebigen Wolken. Es ist ein Zeichen der Freude, und sie feiern dann ausgelassen.

Das ist ein lustiger Anblick, der sich mir zwei-, dreimal bot, als ich dort zu Besuch war. Vielleicht hast du geglaubt, sie seien eine Horde mordlustiger Banditen, doch das Gegenteil ist der Fall. Sie achten das Leben, doch ihnen ist stets bewusst, dass ihres nicht weniger wert ist, als das eines anderen Chyrrta, ganz egal wie er sich kleidet oder wo er wohnt.

Wola ist ein guter Anführer – gerecht und stets um seine Leute besorgt. Wir haben einst Seite an Seite gekämpft, als er sich mir anschloss. Er kam aus Gorgan – einer kleinen Stadt im Westen. Auch dort hatte sich eine Gruppe von Künstlern gebildet, die von Parailas Männern verfolgt wurde. Sie hatten mehr Glück als wir und konnten unversehrt fliehen. Es waren dreizehn Männer und Frauen mit sieben Kindern, die sich mir damals anschlossen. Sie waren der Grundstein für unsere Gemeinschaft. Im Laufe der Zeit schlossen sich uns immer mehr Freigeister an. Aber ich greife vorweg. Wie gesagt, stieß Wola mit seiner Gruppe zu mir und Jandha. Damals waren wir noch nicht bis zum Berg Ultay vorgedrungen. Wir hatten unsere Bleibe in einem Talkessel in der Nähe der Stadt. Davon gibt es einige, und die Suche nach uns hatte zum Glück ja bereits in den Höhlen ein Ende gefunden, also kamen wir die erste Zeit ganz gut zurecht. Damals gingen wir selbst noch auf Raubzüge, um unser Überleben zu sichern und uns so bequem wie möglich einrichten zu können.

Vor allem überfielen wir Händler, die nach Tritam reisten. Das hatte den Vorteil, dass wir neben deren Geld und dem Reiseproviant auch immer die unterschiedlichsten Waren erbeuten konnten. Mal waren es Möbel, mal Tücher und Felle. Manchmal auch Töpfe und Gefäße aus Ton oder sogar Glas. So waren wir wohl der einzige Clan, der jemals sein erbeutetes Blandur aus Kristallkelchen trinken konnte.«

Kyla konnte es nicht fassen. Ganruy war also tatsächlich zum Dieb geworden. Und schlimmer noch – zum Räuber!

»Klebte das Blut des Händlers an diesen Kelchen?«, fragte sie mit Wut in der Stimme. Dass sie aber vor allem Entsetzen empfand, war Ganruy nicht entgangen. Er lächelte milde, zuckte jedoch mit den Schultern. »Wenn wir es vermeiden konnten, so töteten wir die Händler nicht. Aber dies war nicht immer möglich. Manch einer hing zu sehr an diesen Gegenständen und war bereit, sie mit seinem Leben zu verteidigen. Dann nahmen wir eben beides – seine Waren und sein Leben. Du musst das verstehen, Kyla, genau das war es ja, was wir so verachteten: dass es Chyrrta gab, die glaubten, selbst im Angesicht eines erhobenen Schwertes noch über dem zu stehen, der es ihm an die Kehle setzt. Für jene, die uns auch dann noch herausforderten und mit Spott und Verachtung überhäuften, waren wir nichts weiter als Abschaum. Und wenn sie darauf bestanden, so waren wir bereit, uns so zu benehmen.

Es wäre falsch, wenn ich jetzt vorgebe, ich würde diese Zeit bereuen. Ich war ohnehin schon geächtet, was schadete es da also noch, die Lügen über mich zur Wahrheit werden zu lassen? Wenn wir dir jetzt mordlustig vorkommen, so ist das allein deine Sache. Doch ich bitte dich, noch zwei weitere Dinge bedenken: zum einen waren meine wachsende Anhängerschar und ich hungrig. Zum anderen war ich zornig. Ich war wütend auf alle, die Paraila in ihrem Reichtum noch bestärkten und den schönen Schein der freien Stadt festigten.

Tritam wuchs nach dem Mord an meinen Leuten in Windeseile. Es war, als versuche Paraila den Schandfleck durch noch mehr Gold und großzügige Wasserspenden auszumerzen. Doch in meinen Augen war und ist das unmöglich. Sie hat Schuld auf sich geladen, die sie nie wieder gutmachen kann. Zu viele Leben wurden ausgelöscht – zu viele Hoffnungen zerstört. Freilich nicht für jene, die sich zuvor schon in Reichtum und Zufriedenheit suhlten. Ich war lange nicht mehr in Tritam, doch ich glaube, dass es auch heute noch jene gibt, die trotz ihres Lebens in dieser prächtigen Stadt unglücklich sind. Dass es viele gibt, die dienen müssen, während andere herrschen dürfen. Du warst vor kurzem dort. Sag mir, ob ich falsch mit meiner Vermutung liege!«

Kyla brauchte nicht lange nachzudenken, um zu wissen, dass Ganruy recht hatte. Ihr fiel Lylha ein, die im Gasthaus 'Kriegerin der grünen Wasser' arbeitete. Obwohl sie eine Krankheit hatte, die ihre Wunden viel zu lange bluten ließ, musste sie Angst um ihre Stelle haben, wenn sie nach einer Verletzung nicht wie gewohnt ihren Pflichten nachkam. Und, was hinzu kam: die Besitzerin Yola hatte nur böse Worte für die junge Frau übrig gehabt.

Ja, man konnte es durchaus so sehen, dass Lylha dienen musste, während Yola herrschte. Und das, obwohl vermutlich beide Frauen in Tritam aufgewachsen waren und die gleichen Rechte haben sollten. Doch Yola war reich und hatte das Sagen. Außerdem fiel Kyla der junge Mann ein, der in den Augen seines Herrn den Marktstand nicht ordentlich aufgebaut hatte. Statt ihn darin zu unterweisen wie er es besser machen konnte, war der arme Kerl angebrüllt und beleidigt worden. Das waren nur zwei Begebenheiten, die Kyla auf Anhieb einfielen. Ganz sicher gab es noch unzählige mehr davon. Doch ob Ganruy und seine Leute diese Zustände hätten ändern können, wenn man ihnen Gehör geschenkt hätte, wagte Kyla zu bezweifeln.

»Du liegst gewiss nicht gänzlich falsch. Aber ob du mit deinen Ansichten schlussendlich richtig liegst, vermag ich beim besten Willen nicht zu sagen.«

»Du verstehst dich auf die Kunst der Diplomatie – und

die des Taktierens. Zweiteres gefällt mir nicht sonderlich, aber ich akzeptiere es. Vielleicht ist bereits einiges gewonnen, wenn wir uns gegenseitig zuhören und dem anderen ein wenig Raum in unseren Gedanken geben. Ich bin bereit dazu.«

»Das bin ich ebenfalls«, stimmte Kyla zu. Ihr war bewusst, wie wichtig diese letzten Sätze waren, und sie zollte Ganruy Respekt, indem sie ihm offen in die Augen blickte. Er nickte, um ihr dafür einen unspektakulären aber ehrlichen Dank zu vermitteln. Dann wies er auf den See.

»Wenn du möchtest, dann fühle dich frei, deinen Körper zu reinigen und in dem Wasser zu schwimmen. Du kannst doch schwimmen, nicht wahr?« Offensichtlich kam ihm dieser Gedanke jetzt erst, denn er sah sie so forschend an, dass sie seine Sorge darin erkannte.

»Das Becken im Palast ist immerhin so groß, dass ich gelernt habe, mich an der Oberfläche des Wassers zu bewegen. Wenn mich nicht alles täuscht, spielt die Tiefe darunter keine entscheidende Rolle. Falls ich mich aber irre, kannst du deinen Leuten berichten, dass sie sich mit Freundlichkeiten mir gegenüber nicht mehr abmühen müssen, da ich dann auf dem Grund dieses Sees liegen werde.«

Ganruy grinste schief. »Meine Erfahrungen besagen, dass dies nicht geschehen wird. Wenn du dich an der Oberfläche bewegen kannst, so droht dir keine Gefahr. Und wenn du noch einen Beweis benötigst, dass dieses Wasser frei von Parasiten ist, so gebe ich ihn dir gerne.« Schon während er sprach, hatte er den Ärmel seines braunen Umhangs hochgeschoben, ging auf die Knie und tauchte seinen Arm ins Wasser ein. Kyla sah zu, wie er die Finger spreizte und seine Handfläche dem Abgrund entgegen drehte – durch die Finger hindurch funkelte das Sonnenlicht, als wolle es dem Zauber der Tiefe damit einen zusätzlichen goldenen Glanz verleihen.

Ganruy zog den Arm aus dem Wasser und hielt ihn empor, damit Kyla seine Unversehrtheit betrachten konnte. Ihr fielen die Muskeln auf, die sich in Ganruys Arm anspannten. Sie ließen den alten Mann wie den Kämpfer aussehen, der er einst gewesen war. Und immer noch war er im Kampf ein Gegner, der ganz gewiss nicht zu unterschätzen war. Kyla war sich dessen bewusst, doch sie hatte ohnehin kein Interesse daran, sich körperlich mit ihm zu messen.

»Der Beweis wäre nicht notwendig gewesen, denn ich traue deinen Worten.«

»All meinen Worten?« Ein schelmisches Lächeln umspielte seine Mundwinkel.

»Nein, nicht allen. Zumindest nicht vorbehaltlos. Aber dass der See frei von Parasiten ist, wusste ich auch ohne deine Demonstration. Du vergisst wohl manchmal, dass ich in den Wäldern Chyrrtas aufgewachsen bin und ein vergiftetes Wasser von einem parasitenfreien schon früh zu unterscheiden gelernt habe.«

»Fandest du viele, die von dem Übel frei waren?«, fragte er interessiert.

Kyla forschte, ob sie Argwohn aus seiner Stimme heraushören konnte, doch er schien nicht mal im Geringsten zu ahnen, dass sie die Ursache für den Befall durch die Parasiten kannte.

»Nein, ich fand kein einziges Wasser, das dem Sonnenlicht ausgesetzt war, und das nicht vom Übel betroffen gewesen wäre.« Kyla hoffte, dass er ihr nicht anmerkte, dass sie ihn belogen hatte. Der Teich im Palastgarten war dem Sonnenlicht vollkommen ausgesetzt, und dennoch schwammen Fische darin herum. Fische ... Ob Ganruy jemals einen Fisch mit eigenen Augen gesehen hatte? Sie konnte ihn unmöglich danach fragen, also schwieg sie und betrachtete, wie er zu strahlen begann.

»Siehst du, dann kann ich dir hier etwas bieten, das du bislang nicht kanntest«, frohlockte er. Kyla war überrascht, wie erfreut er über diese Tatsache war.

»Du brauchst mich nicht zu beeindrucken. Weder mit deinen Taten in der Vergangenheit, noch mit dem, was du in deinen abgelegenen Höhlen zu bieten hast.« Sie wollte harsch klingen, um ihn daran zu erinnern, dass sie wesentlich mehr voneinander trennte, als sie verband.

»Dann möchtest du hier kein Bad nehmen? Ich dachte, das würde dir Freude bereiten. Aber es scheint dir wichtiger zu sein, mir meine zu nehmen, als deine zu genießen.« Damit hatte er sie eiskalt erwischt, und Kyla fühlte sich zum ersten Mal seit langem wie ein trotziges Kind, das nur ums Prinzip willen sich selbst etwas verwehrte.

»Ich würde wirklich sehr gerne hier baden. Du hast recht, der See ist auf beinahe schon magische Art schön«, bekannte sie dann freimütig und entlockte Ganruy damit erneut ein Lächeln.

»Gut, dann entkleide dich und lass deinen Körper von dem Wasser verwöhnen.« Nun lächelte er auf eine Weise, die Kyla ein seltsames Gefühl bescherte. Ganruy wurde zu ihrer grenzenlosen Überraschung ein wenig rot, wandte sich dann rasch ab und sagte: »Den Weg zurück findest du sicher allein. Ich verlasse dich nun, damit du ungestört bist. Bleib solange du willst. Gib nur bitte in der Gemeinschaftshöhle Bescheid, wenn du diesen Ort den Kindern überlassen kannst. Doch eile dich nicht. Sie kommen schon lange in diesen Genuss, für dich ist es jedoch das erste Mal.«

Damit verließ er die Grotte, und Kyla konnte hören, wie er keuchte, während er den steilen Weg zurück nahm. Als sie seinen schweren Atem nicht mehr vernahm, blickte Kyla sich um. Die Plateaus über ihr schienen verlassen zu sein, und sicher fand niemand so schnell die Wege, die zu ihnen führten. Zumindest hoffte Kyla das, denn sie wären hervorragend geeignet, um jemanden zu beobachten, der in dem See schwamm. Andererseits, was sollte ihr schon geschehen, wenn jemand zusah? Einem heimlichen Beobachter würde es niemals gelingen, die Felswände hinabzuklettern, ohne einen tödlichen Sturz zu riskieren. Aber vielleicht war es möglich, direkt in das Wasser zu springen?

Schließlich verwarf sie all diese Gedanken, weil sie fürchtete, sonst den Mut zu verlieren, das Geschenk eines wohltuenden Bades anzunehmen. Auch die Überlegungen, mit Kleidern ins Wasser zu steigen, verwarf sie, denn dann hätte sie nichts Trockenes mehr, um sich anzuziehen. Also begann sie damit, ihre Kleidung abzulegen und widerstand der Versuchung, ständig zu den dunklen Höhlengängen zu blicken. Sie streifte die ledernen Hosen ab, die bereits vom Schmutz so steif waren, dass sie einen Moment lang überlegte, ob sie sie hinlegen oder doch lieber aufstellen sollte.

Die junge Kriegerin öffnete die Lederbänder ihrer Bluse und schälte sich aus dem engen Stoffring, mit dem sie jeden neuen Tag ihre Brüste fest an den Körper presste. Es nutzte jedoch nicht viel, das zu tun, denn kaum entfernte sie das Stück Stoff, standen die Erhebungen mit den kleinen hellbraunen Höfen und den beiden Verhärtungen von ihrem Körper ab, als wären sie Tierköpfe, die um die Streicheleinheiten einer Chyrrta-Hand baten. Bei diesem Gedanken wurde es warm in Kylas Schoß, und sie verbot sich sofort, einen weiteren in diese Richtung zu tun. Als sie auch den Stoff abgelegt hatte, der sonst ihre Scham verbarg, griff sie nach ihrer Bluse, um einen der Lederriemen zu lösen.

Mit geübten Handgriffen wickelte sie ihn um ihr Haar und band es zusammen. Als ihr Blick über den See schweifte, konnte sie es kaum noch erwarten, ihren Körper darin einzutauchen. Sie musste vorsichtig sein, denn ein so tiefes Wasser hatte sie noch niemals zuvor betreten. Doch wenn selbst die Kinder hier alleine herkommen durften, wie gefährlich konnte es dann schon sein? Sie wählte eine Stelle, an der die Felsen sanft abfielen und sogar eine kleine Stufe zu bilden schienen, bevor es dahinter in die bestimmt an die drei Mann hohe Tiefe ging. Das Wasser war herrlich und erfrischte Kyla schon, als sie ihren Fuß hineinsetzte. Langsam ging sie voran, doch die Stufen endeten schon viel zu bald. Kyla stand gerade einmal bis zu den Knien im Wasser, als ihr nichts anderes übrig blieb, als entweder zurückzugehen, oder sich dem Abgrund unter ihr auszusetzen.

»Es wird mich tragen ... das Wasser trägt mich«, sprach sie sich leise selbst Mut zu. Dann machte sie einen Schritt nach vorne, verlor den Halt unter den Füßen und ging unter. Panisch öffnete die junge Frau die Augen, doch es fiel ihr schwer, etwas zu erkennen. Alles war grün ... Und eine Kälte schien nach ihren Füßen zu greifen, die unheimlich war. Kylas Herz schlug ihr bis zum Hals, doch sie wusste, dass sie keinen Atem schöpfen konnte, um sich zu beruhigen. Die Furcht nahm zu.

Wie dumm sie doch gewesen war, diesem fremden Element ihr Leben anzuvertrauen. Es trug sie nicht ... nicht im Geringsten! Oder etwa doch? Denn sie fiel nicht bis auf den Grund hinab, sondern schwebte auf einer Höhe, die sie selbst nicht einzuschätzen wusste. Über ihr tanzten Lichter und machten das Grün für die Augen durchdringlicher. An der Oberfläche sah Kyla die Felsen aufragen, dunkel und mächtig – sie würden die einzigen Zeugen ihres Ertrinkens werden.

Nun, da ihr Tod ohnehin bevorstand, fühlte Kyla alles von sich abfallen: Die Last des Eides Paraila gegenüber. Den Wunsch, Chyrrta zu einem sicheren Ort zu machen. Die unerfüllbare Sehnsucht, die sie empfand, wenn sie an Lanari dachte ... All das hatte bald ein Ende. Und war es nicht amüsant, dass sie so ihren Lebensgeist verlieren würde, statt im Kampf, wie es zweifellos von ihr erwartet wurde? Beim Baden ertrunken ... welch unrühmlicher Tod für eine Kriegerin. All diese Gedanken gingen Kyla durch den Kopf, während sie ihre Arme ausbreitete, um den Tod zu umfangen. Doch statt ihn willkommen zu heißen, bewegte sich ihr Körper dadurch ein wenig aufwärts – der Oberfläche entgegen.

Dann strampelte Kyla auch mit den Beinen, und nun ging ihr Aufstieg geradezu rasant vonstatten. Ehe sie sich versah, durchbrach ihr Kopf die Oberfläche, und sie konnte Atem schöpfen: feuchte, doch herrlich angenehme Luft füllte ihre Lungen. Es war ein unbeschreibliches Gefühl, derart in das Leben zurück gehoben zu sein. Ihr Blick schweifte über die Oberfläche, und plötzlich spürte sie überdeutlich, dass sie Herrin über diesen See geworden war.

Sie wusste nun, wie sie seiner Tiefe trotzen konnte. Und vielleicht galt dasselbe für seine Weite. So ruhig wie möglich versuchte Kyla ihre Arme und Beine zu bewegen, während sie diesmal an der Oberfläche trieb. Tatsächlich kam sie voran und schluckte prompt Wasser. Sie musste husten, doch selbst diese Erfahrung war herrlich, denn es war klares, unvergiftetes Wasser, das sie wieder ausspie. Von dieser Erfahrung beflügelt, nahm sie einen Schluck und trank ganz bewusst, um sich dem Element vollends auszuliefern.

Kyla hatte das Gefühl, nie etwas Wundervolleres zu sich genommen zu haben. Sie trieb ihren Körper mit schwungvollen Bewegungen voran und versuchte unter sich zu blicken. In der Tiefe riefen die Felsspalten nach ihr, doch Kyla wusste nun, dass sie ihr nichts anhaben konnten. Sie trieb an der Oberfläche dahin und fühlte sich zum ersten Mal in ihrem Leben absolut frei. Das hier war noch um vieles besser, als das zugegebenermaßen sehr große Becken in Parailas Palast. Und das Wasser war nicht wohltemperiert. Hier gab es keine Galynda, die sich um Wärme, Tücher und pflegende Lotionen kümmerte. Hier gab es nur das, was von der Natur selbst erschaffen worden war – und es war perfekt!

Nun, da sie wusste, wie sie sich selbst Auftrieb verschaffen konnte, wollte Kyla die andere Seite des Sees erreichen. Etwas ungelenk, aber dafür mit umso mehr Ehrgeiz, ruderte sie mit ihren Gliedmaßen, um voranzukommen. Vermutlich würden sich die Fische im Brunnen über ihre wenig anmutigen Bemühungen außerordentlich amüsieren, doch Kyla grinste stolz, als es ihr gelungen war, die andere Seite der Grotte zu erreichen. Sie setzte sich auf einen kleinen Felsvorsprung, der aus dem Wasser ragte. Über ihr erhob sich eine massive Wand ohne Öffnungen, bis auf die, die sich ganz am Ende des Felsens befand und den Blick in den Himmel freigab. Kyla legte den Kopf in den Nacken und sah hinauf.

Der Anblick war so überwältigend, dass sie die scharfkantigen Felsen unter ihrem Gesäß und den Beinen einfach ausblendete. Sie ließ den Blick schweifen und sah nun zu den anderen Felswänden mit ihren geheimnisvollen Öffnungen. Ob wirklich jede von ihnen zu einem eigenen Gang führte? Vielleicht verlor sich auch der eine oder andere, indem er nicht vernetzt war. Möglicherweise endeten manche sogar schon nach wenigen Schritten an einer undurchdringlichen Steinwand. Man konnte es von hier unten unmöglich sagen. Zumindest befand sich niemand auf den Plateaus, der zu ihr hinunter sah.

Kyla ließ sich wieder ins Wasser gleiten und genoss das Gefühl der angenehmen Kühle, die sie zu streicheln schien. Sie schwamm nun schon etwas geübter. Ab und zu hielt sie auf der Stelle inne, strampelte mit den Beinen, um nicht unterzugehen, und senkte ihren Blick in die Tiefe. Was für eine geheimnisvolle Welt dort unten zu sehen war! Die verschiedenen Grüntöne flossen ineinander und schienen den Betrachter mit ihrem wechselnden Farbenspiel necken zu wollen. Ob die Höhlen dort unten wohl mit Luft gefüllt waren? Kyla konnte sich das nicht so recht vorstellen, doch wenn sie mit Wasser gefüllt waren, so konnten sie für Wesen, die Luft benötigten, leicht zu tödlichen Fallen werden.

Der Gedanke faszinierte Kyla auf eine Art, die sie selbst nicht begriff. Sie widerstand der Versuchung, es trotz der erkennbaren Gefahr erkunden zu wollen und hob den Kopf, um zum anderen Ufer zu sehen. Einen Moment lang glaubte sie, dort eine Bewegung erkannt zu haben, doch als sie das Wasser aus ihren Wimpern blinzelte, konnte sie dort nichts Ungewöhnliches mehr entdecken. Sie blickte zu der Öffnung über ihrem Kopf und sah eine kleine Wolke. Vielleicht hatte diese einen Schatten auf die Felsen der Grotte geworfen. Kyla schwamm weiter, schließlich erreichte sie die stufenartigen Felsen. Schwere umfing sie, als sie aus dem Wasser stieg. Sie tröstete sich damit, dass sie nun, da sie diesen Ort kannte, irgendwann wieder herkommen und erneut in dem herrlichen See schwimmen konnte.

Mit der Hand strich sie über ihre Gliedmaßen, um das Wasser so gut wie möglich abzustreifen, bevor sie in ihre Kleidung schlüpfen würde. Sie fröstelte nun leicht, und ihre Haut bildete kleine Erhebungen an den Stellen, wo Härchen wuchsen. Auch ihre Brustwarzen schienen ein wenig anzuwachsen, Kyla spürte sie überdeutlich. Sie rieb mit den Händen über ihre Brüste, um sie zu wärmen.

»Was für eine schöne Verführerin du doch bist!« Die Stimme erklang direkt hinter Kyla. Sie wirbelte herum und erkannte S'hilia, die aus dem Schatten eines großen Felsbrockens hervortrat. Also hatte sie tatsächlich eine Bewegung gesehen ... Nun war es jedoch zu spät, sich über ihre Bereitwilligkeit, an eine Täuschung durch die Wolke am Himmel zu glauben, zu grämen.

»Das muss sich ja schrecklich für dich anfühlen, ganz schutzlos zu sein. Wo sind sie nun, deine Waffen? Wo ist dein Mut, Kriegerin?« S'hilias Stimme klang so boshaft, wie ihre Augen funkelten. Kyla widerstand der Versuchung, etwas darauf zu erwidern. Denn egal was sie nun sagte, die andere Frau wäre ohnehin nicht bereit, mit ihren Sticheleien aufzuhören. Also rieb Kyla sich scheinbar ungerührt weiter trocken. S'hilia sah ihr dabei zu.

»Du weißt deinen Körper gut einzusetzen, um zu bekommen, was du willst. Und glaube mir, ich weiß ganz genau, was das ist!«

Nun war Kyla doch zu verwundert, um den Mund zu halten.

»Und was soll das deiner Meinung nach sein?«

S'hilia verzog spöttisch das Gesicht.

»Tu doch nicht so! Hältst du mich für dumm? Ich sage dir eins, du falsches Biest: Ganruy kann sich von mir aus mit dir paaren, wie es die brünstigen Tiere tun – aber er gehört zu mir. Niemals zu dir!«

Kyla glaubte, nicht recht gehört zu haben. Sie starrte die andere Frau an, was diese offenbar für das Eingeständnis von Kylas Begehren hielt.

»Ich ahnte es gleich, als ich dich zum ersten Mal sah. Du gibst vor, dich nur um Quyntyr zu sorgen, doch dieser schmächtige, blasshäutige Mann interessiert dich in Wahrheit kein bisschen! Es ist Ganruy, der Rächer ... der Mächtige ... der Anführer, dem du dich hingeben willst! Und er – nun, er ist ein Mann. Er wird dir schon erliegen ... ist es vielleicht bereits. Dir, die sich so schamlos nackt zeigt und ihren eigenen Körper mit den Händen bearbeitet, um jeden männlichen Betrachter in ihren Schoß zu locken.«

»Wovon bei allen grünen Wasser sprichst du nur?«, fauchte Kyla sie an.

»Hah! Ich weiß genau, wovon ich spreche! Ich kenne Huren wie dich! In Tritam gibt es deinesgleichen, die ihre Körper einsetzen, um das zu bekommen, was sie ersehnen. Und du .. du willst Ganruy, um ihn auf deine Seite zu ziehen. Du willst ihn mit dem Beben deines Körpers unter ihm einfangen, ihm die Schlinge um den Hals legen und ihm womöglich noch ein Kind andrehen. Aber er hat bereits Kinder! Wage es niemals, Xinith und Sibio in die Quere zu kommen, denn sie sind seine Erben!«

Kyla konnte sich dieses haltlose Gerede nicht länger anhören. Ehe S'hilia sich versah, war sie vorgeprescht und hatte ihre Hand um den Hals der keifenden Frau gepresst.

Als diese sich zu entwinden versuchte, drückte Kyla ihr die Faust in der Mitte des Körpers unter die Rippen. S'hilia entfuhr ein Keuchen und sie wurde wackelig auf den Beinen. Kyla verhinderte ihren Fall, indem sie sie noch fester am Hals packte und mit einer Hand das gesamte Gewicht der anderen Frau hielt.

»Jetzt hör mir gut zu, S'hilia, denn ich werde es nur ein einziges Mal sagen. Um zu kämpfen, benötige ich keine Waffen. Um einen Mann zu dem zu bewegen, was ich möchte, muss ich nicht meinen nackten Körper einsetzen. Und das letzte, was ich mir wünschen würde, ist, mit deinem Mann eine Vereinigung einzugehen. Hast du das verstanden?«

Da S'hilia nicht nicken konnte, röchelte sie nur. Kyla lockerte ihren Griff und sofort krächzte S'hilia: »Ja, ich habe verstanden. Dennoch ...« Kyla ließ sie gänzlich los und stützte die taumelnde Frau. »Was dennoch?«, fuhr sie sie an. S'hilia musste erst wieder zu Atem kommen, und ihre Stimme klang nun wesentlich schwächer, als sie sagte: »Aber er begehrt dich, da bin ich sicher.«

»Nun, ich nicht. Denn er hat bereits eine junge Frau, die schön von Angesicht und Gestalt ist. Sollte er dennoch mich begehren, so wird er erfolglos bleiben, denn er reizt mich nicht im Geringsten.«

S'hilia schien darüber nachzudenken, und einen kurzen Augenblick lang hatte Kyla beinahe das Gefühl, sie wäre wegen ihrer deutlich formulierten Abneigung gegen ihren Gefährten beleidigt. Dann entspannten sich S'hilias Gesichtszüge jedoch merklich, und sie sagte leise: »Es ist lange her, dass ich solche Eifersucht empfand – eigentlich ist es das erste Mal, wenn ich ehrlich bin. Aber du bist wirklich sehr hübsch, und du strahlst etwas aus, das ... ich weiß nicht. Es macht jedermann auf dich aufmerksam.«

Kyla fühlte sich durch diese Worte innerlich immens aufgewühlt. Zum einen hatte ihr noch nie eine andere Frau das Kompliment gemacht, sie sähe hübsch aus. Und zum anderen hatte sie nie gewusst, dass sie eine solche Wirkung auf andere Chyrrta hatte. Sicher, man hatte ihr Aufmerksamkeit geschenkt, doch Kyla hatte das stets für Ehrerbietung gehalten, weil sie als Kämpferin der Herrscherin angesehen und akzeptiert wurde. Es war ihr Status gewesen, dem sie ihre Wirkung auf andere geschuldet sah.

Doch S'hilia zollte ihr in ihrer Funktion keinerlei Respekt, daher waren ihre Worte von viel mehr Gewicht, als die eines jeden anderen zuvor. Und ganz offensichtlich begriff sie das nicht einmal ansatzweise, denn sie seufzte nun schwer und bekannte: »Ganruy schätzt dich ohne Zweifel. Ich merke es an allem, was er tut und wie er über dich spricht. Es ärgert mich umso mehr, da er doch das, was du bist, und welche Funktion du für Paraila ausübst, aus tiefstem Herzen hasst. Also kann ich nur zu dem Schluss kommen, dass er dich körperlich begehrt. Aber vielleicht ist es das gar nicht – nicht nur. Denn ich selbst spüre ja auch, welche Kraft von dir ausgeht. Und meine Kinder ... sie mögen dich. Wenn ich könnte, würde ich dich für all das auf der Stelle im See ertränken – diesem See, der doch unser Geheimnis ist. Den dir Ganruy aber gegen meine ausdrückliche Bitte gezeigt und zur Verfügung gestellt hat. Ich wünschte, du hättest den Weg nicht mehr nach oben geschafft – die Oberfläche nie mehr erreicht, sondern wärst hinabgesunken und in einer der Höhlen verschwunden, die dort unten ihre hungrigen Mäuler öffnen.«

Dieser Todeswunsch kam zwar aus tiefstem Herzen, doch Kyla konnte ihn S'hilia nicht wirklich übelnehmen. Sie verstand deren Sorge, ihren Gefährten zu verlieren, oder den Respekt ihrer Kinder, weil diese eine andere Frau in S'hilias Alter bevorzugten.

»Nun, du hast mich länger beobachtet, als es mir bewusst war. Das gelingt nur wenigen«, sagte Kyla, in dem Wissen, dass sie S'hilia damit ebenfalls eine Art von Kompliment zukommen ließ. Mit fester Stimme fuhr sie fort: »Aber ich bin sehr wählerisch, was meine Partner angeht. Wie du sicher weißt, wählte ich Quyntyr, und wie du mir vermutlich ebenfalls zustimmen wirst, ist er gänzlich anders als dein Ganruy.« Kyla wusste, dass sie ein falsches Spiel spielte, doch ihre Rechnung ging auf, als S'hilia erleichtert nickte.

»Und was deine Kinder angeht, so sei dir gewiss, dass ich sie auch mag. Ich würde ihnen keinerlei Leid zufügen, egal was geschieht. Aber es sind *deine* Kinder. Und auch wenn wir wohl ungefähr das gleiche Alter haben, du und ich, so fühle ich mich selbst noch nicht bereit, mich um Kinder zu kümmern.«

S'hilia ließ auch diese Worte auf sich wirken. Sie hatte sich inzwischen auf einen flachen Felsen gesetzt und sah nun zu, wie Kyla zu ihren Kleidern griff und sich anzog. Als wären sie niemals Feinde gewesen, bekannte sie: »Vielleicht habe ich Xinith zu früh bekommen. Ich war ja selbst noch ein halbes Kind. Aber Ganruy hat mich so beeindruckt, dass ich alles daran setzen wollte, ihn für mich zu gewinnen.«

»Es gelang dir offensichtlich«, sagte Kyla, während sie den Lederriemen aus ihren Haaren zog, um ihre Bluse vollends schließen zu können. Die langen nassen Strähnen fielen ihr über die Schultern, sie strich sie nach hinten, um ihre helle Bluse nicht durchscheinend werden zu lassen.

»Ja, es ist mir gelungen. Und ich habe es bislang nie bereut. Auch wenn Ganruy viele schreckliche Dinge gesehen und getan hat. Es gibt keine Nacht, in der er ruhig schläft. Ich wünsche ihm so sehr, dass er Verbündete findet, die seinen Traum erfüllen.«

»Welcher Traum ist das?«, wollte Kyla wissen. S'hilia schüttelte den Kopf und bekannte: »Ich weiß es nicht. Vielleicht der, dass alle Chyrrta die gleichen Rechte haben. Vielleicht der, dass alle hingerichtet werden, die seine Freunde in unserer ehemaligen Heimatstadt Tritam elendig verbrennen ließen. Vielleicht aber auch der, Paraila ihre Herrschaft aufgeben zu sehen. Ich denke nicht, dass er das noch erleben wird, doch eines Tages wird es vielleicht soweit sein, dass die Gallan-Frauen nicht ohne eigenes Zutun so viel Macht erhalten. Ich denke, dass es das ist, was er sich wünscht: Dass jeder nur über die Dinge bestimmen darf, von denen er auch wirklich etwas versteht.«

»Wer sagt dir, dass die Gallan-Frauen nichts von dem verstehen, was sie tun?«

»Wenn es so wäre, dann würde nicht ein großer Teil der Chyrrta in schrecklicher Armut leben. Und es gäbe keine Verfolgung derer, die ihre Gedanken frei äußern. Ist es denn in deinen Augen falsch, Dinge und Abläufe zu hinterfragen? Soll man sie akzeptieren, nur weil es immer so war?«

»Du bist wahrhaft eine würdige Gefährtin für Ganruy ... den Zweifler.«

Kyla schickte ihren Worten ein Lächeln nach, das diese abmildern sollten. S'hilia schien es zu verstehen, denn sie lächelte leicht.

»Ja, er mag ein Zweifler sein, aber in meinen Augen ist das eine löbliche Eigenschaft.«

»Es sei denn, er würde an dir zweifeln«, neckte Kyla.

»Wenn er das tut, dann kann er sich sein Abendmahl selbst zubereiten und muss in einem einsamen Bett schlafen«, erwiderte S'hilia lachend.

»Du kannst wahrhaft grausam sein.« Kyla hätte niemals gedacht, ein Gespräch mit S'hilia genießen zu können, doch das tat sie in diesem Augenblick von Herzen.

»Es gibt viele Dinge, über die auch ich nachdenke. Manche meiner Fragen unterscheiden sich von denen, die Ganruy sich stellt«, bekannte S'hilia.

»Was wäre das zum Beispiel?«

S'hilia biss sich auf die Lippe, als wäre sie nicht sicher, ob sie es wirklich aussprechen sollte.

»Ich weiß so gut wie nichts von den Chyrrta jenseits der Undurchdringlichen Mauern. Ich weiß nur, dass sie zu uns kommen, doch warum, das ist mir ein Rätsel. Was wäre, wenn ich – oder meine Kinder – eines Tages wissen wollen, was dort drüben passiert? Wenn wir ergründen wollten, wie das Leben dort ist. Ich meine, Paraila sorgt dafür, dass wir uns nicht so frei fühlen können, wie wir es ersehnen. Vielleicht schottet sie uns deshalb vor diesen Chyrrta ab, weil sie sich nicht einer Herrscherin unterjochen müssen, sondern wahrhaft frei leben können. Vielleicht gibt es dort sauberes Wasser in Hülle und Fülle, und wir sollen nichts davon erfahren, weil sie sich als große Gönnerin präsentieren möchte. Vielleicht wäre es an der Zeit, sich selbst davon zu überzeugen und eine der Schwachstellen in der Mauer zu nutzen. Ich träume oft davon, durch dieses düstere Bauwerk zu gehen und auf der anderen Seite mit offenen Armen empfangen zu werden.«

Das war es also, was eine Frau aus Tritam sich vorstellte. Eine Frau, die die Annehmlichkeiten dieser prachtvollen Stadt aufgegeben hatte, um ihren Körper einem Mann zu widmen, der von Freiheit träumte. Es war an der Zeit, solche unrealistischen Vorstellungen zu zerstören. Kylas Stimme klang dementsprechend hart.

»Du verachtest die Macht der Gallan-Frauen, doch du hast keine Ahnung, was sie für uns tun. Ich weiß, dass ihr es nicht hören wollt, weil ihr nur das Schreckliche seht, das

Paraila in ihrer Jugend veranlasst hat. Ich verstehe euren Schmerz und eure Wut über den Verlust eurer Freunde. Aber das, was dich jenseits der Undurchdringlichen Mauern erwarten würde, ist in vieler Hinsicht umso schlimmer. Ich komme von dort, S'hilia. Ich muss nicht rätseln, wie es dort zugeht, denn ich weiß es! Ich habe es mit eigenen Augen gesehen. All die Untaten, die dort zum täglichen Leben gehören. Die Sklaverei. Männer, die Frauen körperlich benutzen, als wären sie Gegenstände, die man nach Gebrauch mit dem Fuß wegtreten kann. Selbst Kinder wie Xinith habe ich gesehen, die für ihre Herren die Schöße entblößen mussten. Taten sie es nicht, so wurden sie grün und blau geschlagen. Manches bis zur Bewusstlosigkeit, sodass es keine Gegenwehr mehr leisten konnte. Ist es wirklich das, was du deine Tochter entdecken lassen möchtest?«

Mit entsetztem Blick sah S'hilia sie an. »Das kann ich mir nicht vorstellen. Wer würde einem Kind so etwas nur antun?«, hauchte sie mit von Tränen erstickter Stimme. Fast tat es Kyla leid, dass sie diese Wahrheiten so brutal ausgesprochen hatte, und doch schien es ihr notwendig. Denn Träumereien waren nur solange schön, bis sie zur ernsthaften Gefahr wurden. Und allein der Gedanke, Xinith könne durch die Neugier ihrer Mutter in der Sklaverei enden, machte Kyla fast verrückt vor Sorge.

»Ich habe viele schlimme Taten mit angesehen. Warum glaubst du wohl, habe ich lieber in Wäldern gelebt und sogar Nastal-Beeren gegessen, statt mich in einer der Ansiedlungen um eine Unterkunft zu bemühen. Ich wollte niemals so enden, dass ich den ganzen Tag Böden schrubbe und meinen Rock heben muss, wann immer es einen der Männer danach gelüstet.

Die Gallan-Frauen haben das Sagen hier in diesem Teil von Chyrrta, doch sie haben niemals jemanden versklavt. Vielleicht verstehst du nun besser, warum ich mich in die Dienste Parailas stellte. Ihr seht nur, was sie in euren Augen an Unrecht tat, doch ich sehe weit mehr! Ich sehe die guten Dinge, die die Gallan-Frauen hier für jede weibliche Chyrrta erwirkt haben – und ich sehe, dass sie sich zumindest bemühen, Gerechtigkeit walten zu lassen. Vielleicht war es nicht recht, eure Leute zu töten. Vor allem nicht, wenn ihnen Untaten vorgeworfen wurden, die sie nie begangen hatten. Aber vielleicht hatte Paraila keine andere Wahl, wenn sie verhindern wollte, dass es so wird, wie jenseits der Undurchdringlichen Mauern. Denn wenn ihr ihr Geburtsrecht aberkannt wird – wenn sie nicht mehr aufgrund ihres Ahnenrechts herrschen dürfen – was kommt dann? Die Gallan-Frauen sind von jeher mit weiblichen Erstgeborenen gesegnet. Kann das ein Zufall sein?«

Kaum hatte sie es ausgesprochen, kam Kyla Banuro in den Sinn. Ein Junge – Parailas Erstgeborener, und damit der erste männliche Thronfolger seit etlichen Generationen. Diese Tatsache wäre vielleicht nur halb so schlimm, wenn er nicht ausgerechnet Bahandas Abkömmling wäre. Kyla schauderte es bei diesem Gedanken so sehr, dass es sie schüttelte. S'hilia hatte sie beobachtet und sagte nun mit ruhiger Stimme: »Manche Dinge ändern sich auch ohne unser Zutun. Dennoch ... was du über die Chyrrta jenseits der Undurchdringlichen Mauern erzählt hast, erschüttert mich. Solch schreckliche Dinge hätte ich niemals vermutet. Aber ich glaube dir, denn du stammst von dort, das weiß jede Frau, jeder Mann und jedes Kind hier. Ich gebe zu, dass ich mir ein solches Leben nicht vorstellen kann – weder das der Sklavinnen, noch deines in den Wäldern. Um ehrlich zu sein, habe ich nie so recht daran geglaubt, dass du dort alleine aufgewachsen bist. Ich bin Mutter und weiß um die Hilflosigkeit von Neugeborenen. Bis sie sich selbst versorgen können, vergeht eine Menge Zeit. Du hättest ohne Fürsorge unmöglich überleben können.

Andererseits bist du die prophezeite Kriegerin der Herrscherin. Vielleicht war es dir also mit Magie möglich. Ich kann das nicht beurteilen. Aber eines weiß ich: Es macht mir Angst, dass man weissagt, dass du Parailas Reich retten wirst. Denn – ganz egal, wie es anderswo auch aussehen mag – hier auf unserer Seite der Mauer ist das Leben ebenfalls ungerecht. Und mein Wunsch wäre es, das zu ändern. Zum Guten natürlich, nicht zu noch Schlimmerem.«

»In diesem Punkt sind wir uns ohne Frage einig. Auch ich möchte, dass alle Chyrrta ein gutes und erfülltes Leben führen können. Mein Eid soll genau das bewirken. Und ich stehe dazu.«

»Aber wärst du auch bereit, deine Ansichten zu ändern – deine Handlungsweisen anzupassen – wenn du erkennst, dass du in manchen Dingen falsch liegst?«

Die Frage beeindruckte Kyla. Es war eigenartig, in dieser Höhle jenseits von allem, was auf Parailas Landkarte wichtig war, zu sitzen und derart tiefschürfende Gespräche zu führen. Doch Kyla kam nicht umhin, zu begreifen, dass es manchmal räumlichen Abstand brauchte, um den Geist frei entfalten zu können und die eigenen Überzeugungen neu anzupassen.

»Doch, ich denke, dazu wäre ich in der Lage.«

»Dann versprich es mir«, forderte die andere Frau.

Kyla lachte unsicher. Wie kam S'hilia dazu, so etwas von ihr zu verlangen? Kyla war einzig und allein an den Schwur gebunden, den sie der Herrscherin Paraila geleistet hatte, doch keineswegs an die Versprechung, die sie einer eifersüchtigen Frau ihres Alters in der Einöde geben würde. Daher schüttelte sie auch entschieden den Kopf.

S'hilia seufzte schwer. »Ich habe wohl zu viel von unserem Gespräch erwartet. Es tut mir leid – für mich ... und für dich.« Damit erhob sie sich und ging zu dem Durchlass, der sie wieder bergan führen würde. Kyla verspürte ein seltsames Gefühl des Verlustes. Es war ein gutes Gespräch gewesen, und sie hätte es gerne weitergeführt. Außer Lanari hatte sie bislang kaum Frauen ihres Alters kennengelernt. Es war interessant zu erfahren, wie sie sich das Leben einrichteten und welche Zukunftspläne sie hatten – auch wenn der Zukunftsplan von S'hilia für Kyla sehr erschreckend gewesen war.

Sie hoffte inständig, sie hatte sie durch ihre Ausführungen davon abbringen können, eines Tages auf die andere Seite der Mauer zu gehen – womöglich noch mit ihrer Tochter! Es tat Kyla in der Seele weh, Xinith einem Leben dort ausgesetzt zu sehen. Das durfte auf keinen Fall passieren!

Ob sie auch mit Ganruy darüber sprechen sollte? Wenn sich die Gelegenheit bot, würde sie es sicher tun. Ansonsten hoffte Kyla darauf, dass S'hilia eine so verständige Frau war, wie es auf sie inzwischen den Eindruck machte. Dass sie in Tritam aufgewachsen war, war für ihre Bildung ganz sicher hilfreich gewesen. Dennoch hatte sie – ebenso wie Lanari, die kaum Unterricht erhalten hatte – den Wunsch, Mutter zu werden. Und das tatsächlich sogar noch früher als ihre geliebte Freundin. Aber vielleicht war es für S'hilia ebenso wie für Lanari die Möglichkeit, einen anderen Lebensweg einzuschlagen.

Lanari wollte nicht länger nur die Tochter der Dienerin sein. Sie wollte durch ihre Mutterschaft an Ansehen und Einfluss gewinnen. Und S'hilia? Sie hatte einen mächtigen Mann wie Ganruy an sich gebunden, indem sie gleich zwei seiner Kinder austrug, gebar und sie umsorgte. Kyla dachte darüber nach, dass sie vielleicht deshalb keinen Wunsch nach Mutterschaft hegte, weil sie auch ohne eigene Nachkommen bereits Macht und Einfluss erreicht hatte. Zudem war sie nicht wirklich in der Lage, sich ein solches Mutter-Kind-Verhältnis richtig vorzustellen. An einer Mutter hatte es ihr in den Wäldern gefehlt, und die zarten Bande, die sie zu Olha hatte binden können, waren so gewaltsam zerrissen worden, dass es auch heute oft noch schmerzte, an sie zurückzudenken.

»Vielleicht bin ich einfach nicht für dieses Leben gemacht«, murmelte Kyla und setzte sich auf einen der Felsen, um den Anblick des Sees noch einmal in sich aufsaugen zu können, bevor sie in die Höhle zu Quyntyr zurückkehren würde. Sie hatte keine Eile, denn sie glaubte Ganruys Worten, dass man sich um ihren Kranken kümmern würde. Ihr Kranker ... Es war so falsch, ihn als einen Teil von sich zu sehen. Und doch ... sie hatte sich körperlich mit ihm vereinigt. Und egal aus welchen Gründen es geschehen war, sie musste sich deshalb mit ihm verbunden fühlen.

Kyla legte die Hände in ihren Schoß und strich über ihren Unterleib. Ob Quyntyrs Samen sich dort eingenistet hatte? Es würde noch dauern, bis sie es mit Bestimmtheit sagen konnte, doch alleine schon der Gedanke, es könne geschehen sein, ließ sie vor Furcht erzittern. Es gab so vieles, das sie noch erledigen musste, ohne dass ihr Körper fett und träge werden würde. Gerade erst hatte sie durch S'hilias Worte begriffen, dass sie eine ansehnliche Figur hatte, da sollte ihr diese durch die übermäßigen Rundungen einer Schwangerschaft zunichte gemacht werden? Und dann die Geburt ... Kyla wollte nicht darüber nachdenken.

Sie war froh, dass anscheinend noch niemand hier auf den Gedanken gekommen war, sie könne das Kind des von ihnen geächteten Mannes in sich tragen, obwohl sie doch von ihrer Vereinigung mit ihm wussten. Oder hatten sie daran gedacht und verabscheuten sie deshalb umso mehr? Kyla seufzte. Warum mussten die Dinge immer so kompliziert sein? Warum konnte man nicht einfach nur dann ein Kind bekommen, wenn man dafür bereit war und es auch wirklich haben wollte? Und warum mussten die Frauen diese Aufgabe ganz allein übernehmen? Es schien Kyla nicht rechtens zu sein – weder für Frauen, noch für die Männer.

Ein Geräusch riss sie aus ihren Gedanken; sie wirbelte herum und nahm eine Kampfposition ein. Mit großen Augen blickten Xinith und Sibio zu ihr. Der Junge versteckte sich hinter seiner größeren Schwester und lugte angstvoll an ihrer Hüfte vorbei, während er seinen Daumen in den Mund schob. Xinith hielt etwas in der Hand – das Stoffpferd.

»Wir wollten fragen, ob du fertig bist. Wenn du fertig bist, dürfen wir hier spielen«, sagte Xinith mit so fester Stimme, wie es einem Kind ihres Alters nur möglich war. Kyla nickte. »Ja, ich wollte ohnehin gleich gehen. Aber wenn ihr hier spielt, dann gebt Acht, dass ihr nicht ins Wasser fallt«, mahnte sie. Xinith kicherte, und auch Sibio gluckste.

»Warum lacht ihr?«, fragte Kyla verwundert. Nun nahmen die Geschwister Anlauf und sprangen in voller Bekleidung in den See. Entsetzt lief auch Kyla zum Wasser, doch dann bemerkte sie, dass beide Kinder an der Oberfläche schwammen, als hätten sie nie etwas anderes getan. Xinith hob die Hand und winkte. Ehe Kyla sich versah, hatte sie selbst den Arm erhoben, um zurück zu winken. 'Kinder haben einen seltsamen Einfluss auf die Handlungsweise von Erwachsenen', schoss es ihr dabei durch den Kopf. »Aber eure Kleidung ist jetzt ganz nass!«, rief sie.

Xinith ruderte mit den Armen im Wasser, um auf einer Stelle zu bleiben und Kyla ansehen zu können. »Aber die darf doch nass werden. Das ist unsere Schwimmkleidung.« Schwimmkleidung ... Kyla wusste in diesem Moment, dass sie so etwas auch haben wollte. Sie würde S'hilia um Stoffe und Nähzeug bitten, um sich selbst welche anfertigen zu können. Auch wenn sie bislang nur bei Galynda gesehen hatte, wie man eine Nadel führte, so würde sie es mit Geduld bestimmt ebenfalls schaffen. »Gut, dann ... passt trotzdem gut auf«, sagte Kyla, weil sie immer noch in Sorge war, ihr jedoch kein wirklicher Grund mehr dafür einfallen wollte.

Kurz glaubte sie, Xinith die Augen genervt verdrehen zu sehen, als das Kind auch schon rief: »Manchmal machst du dir ganz umsonst Sorgen, Kyla.« Womöglich hatte sie recht. Und das nicht nur, was den Umgang mit dem See anging, sondern es war beinahe auch so, als hätte sie damit ebenfalls Kylas düstere Gedanken wegen einer möglichen Schwangerschaft gemeint, obwohl sie von ihren Gedanken diesbezüglich doch nun wirklich nicht das Geringste ahnen konnte. Dennoch ließ die junge Kriegerin es zu, dass die kindliche Stimme sie auch in diesem Punkt beruhigte.

»Komm, Golan, komm!«, rief Xinith. Kyla musste grinsen, als sie sah, dass das Pferd, das das Mädchen eben noch in der Hand gehalten hatte, nun auf der Oberfläche schwamm. Mit ihren Händen erzeugte Xinith Wellen und rief sofort: »Oh nein, ein Sturm ist aufgekommen, schwimm schneller, Golan, damit du nicht ertrinkst!« Es war seltsam, dieses Spiel zu beobachten. Der echte Golan war noch nie geschwommen, und Kyla bezweifelte, dass er diese Fertigkeit schnell genug erlernen würde, bevor sein großer schwerer Körper in die Tiefe sank. Doch das Stoffpferd meisterte seine Aufgabe offenbar gut, denn

Xinith hob es schließlich auf ihre Hände und jubelte: »Du bist das mutigste Pferd von ganz Chyrrta!« Sibio, der seiner Schwester bislang bei ihrem Spiel nur zugesehen hatte, plapperte mit Begeisterung nach: „Mutig ... mutig ... Golan mutig."

Er schwamm in der Nähe der Felsentreppe, und Kyla wurde bewusst, dass ihre Sorge, sie könnten vielleicht ihre Kräfte nicht einschätzen, unbegründet war. Vielmehr war sie selbst wohl ein Risiko eingegangen, den See komplett zu durchqueren, obwohl das Schwimmen für sie gänzlich neu gewesen war.

»Ich werde euch nun alleine lassen«, rief sie den Kindern zu.

»Treffen wir uns beim Abendessen in der Gemeinschaftshöhle?«, erkundigte sich Xinith.

»Vielleicht ... Wir werden sehen«, erwiderte Kyla. Dann wandte sie sich dem Ausgang zu und stieg den Gang hinauf.

7. Kapitel

Zehn Sonnenlichter waren seit Kylas erstem Besuch in der Grotte vergangen. Durch das Gespräch mit S'hilia hatte sich einiges geändert. Die Gemeinschaft nahm Kyla ohne Anfeindungen bei den Mahlzeiten in der Gemeinschaftshöhle auf. Es hatte sogar einige Gespräche mit Ganruys Leuten gegeben, die Kyla als inspirierend empfand. Herzlich war der Umgang zwar nach wie vor nicht, doch Kyla verlangte dies auch in keinster Weise.

Xinith jedoch bildete eine Ausnahme, sie hatte Kyla offensichtlich in ihr Herz geschlossen. Einmal war es sogar vorgekommen, dass sie sich auf Kylas Schoß setzen wollte, doch diese hatte es instinktiv verhindert, indem sie rasch aufgestanden war. Es war nicht notwendig, S'hilias Misstrauen zu erregen, indem sie den Anschein erweckte, für deren Tochter zu einer allzu vertrauten Person zu werden – auch wenn Kyla es insgeheim sehr bedauert hatte, diese Annäherung bereits im Keim zu ersticken.

Mit jedem neuen Tagesanbruch hatte sie ihre Pflichten erfüllt, die der Gemeinschaft nützlich waren. Dazu gehörte inzwischen nicht nur das Melken der Ziegen, sondern auch das Sammeln von Holz und das Wasserholen in der Grotte. Wenn sie dabei an S'hilia oder einer der anderen Mütter vorbeiging, die ihren Kindern die Haare kämmten oder ihnen in ihre Tageskleidung halfen, so empfing sie ab und an sogar ein kleines Lächeln. Sie nahm es wie

Sonnenlicht in ihrem Inneren auf, bevor sie in die Höhle zurückkehrte und sich den Rest des angebrochenen Tages um Quyntyr kümmerte. Ihm ging es inzwischen besser, und er fantasierte nur noch selten – sein Dauerschlaf jedoch hielt an und bereitete Kyla immer noch große Sorge. Was, wenn er beschlossen hatte, dass es besser für ihn sei, nicht mehr wach zu werden? Möglicherweise war ihm das Dahindämmern unbewusst zur geliebten Gewohnheit geworden, war es doch um so vieles einfacher, als sich den Problemen und Herausforderungen des Wachseins zu stellen.

Kyla brachte eine solche Einstellung zwar nicht mit dem selbstbewussten Kampflehrer von einst überein, doch es war nun mal eine Tatsache, dass sich seitdem vieles geändert hatte. Quyntyr war auf eine Art zerbrochen, die Kyla immer noch nicht bis ins letzte Detail verstand. Doch dass er ihr vor seinem Weggang aus dem Palast die Schuld dafür gegeben hatte, würde sie für immer begleiten.

Als Kyla ihm an einem Morgen wie üblich seinen Brei einflößte, öffnete Quyntyr seine Augen. Die Lider zitterten, seine schlaffe Hand griff nach dem Löffel und schob ihn beiseite. »Kyla?«, flüsterte er kraftlos. Es war das erste Mal, dass er sie erkannte. Sie nickte nur, als sie bemerkte, dass er erneut zum Sprechen ansetzte.

»Was ist geschehen?«

»Ihr wurdet überfallen. Wolas Clan hat die Frauen eingesperrt und dich festgebunden, um dich der unbarmherzigen Sonne auszusetzen. Du hast sehr gelitten und verlorst für lange Zeit das Bewusstsein.«

»Wie lange?«, fragte er schwach.

»Für mehr als einen halben Mondzyklus. Und es wird sicher noch einmal solange dauern, bis du wieder auf eigenen Beinen stehen kannst. Aber nun bist du wach, und das bedeutet, du hast das Schlimmste überstanden.« Sie lächelte aufmunternd. Quyntyr war nicht in der Lage, ihr Lächeln zu erwidern. Er stöhnte und schloss die Augen für einen Moment, bevor er sie wieder aufschlug und seine Finger sich um Kylas Hand legten.

»Du bist also wirklich hergekommen. Das ist gut, denn damit hast du einen Großteil des Weges bereits hinter dich gebracht.«

»Den Großteil welchen Weges? Was meinst du damit? Quyntyr? Quyntyr!« Sie rüttelte ihn leicht, doch ihr Kampflehrer hatte die Augen bereits wieder geschlossen und war in seiner schützenden Traumwelt versunken.

Beim Abendmahl fragte Kyla Ganruy, was Quyntyr mit seinen Worten gemeint haben könnte.

»Wie ich dir schon sagte, ist mir nicht bekannt, was er dir offenbaren möchte. Doch da er dich erkannt hat und Fragen stellen konnte, dürfte seine Genesung von nun an schneller vonstatten gehen. Er wird dir sicher schon bald selbst sagen können, was er mit seinen Worten meinte. Und vielleicht bist du dann so freundlich, es mir ebenfalls mitzuteilen. Bis dahin nimm ein großes Stück vom Fleischteller. Es kommt nicht allzu häufig vor, dass wir einen Dumpid erlegen. Sein Fleisch schmeckt etwas fad, aber H'Ohrla versteht sich darauf, es mit Kräutern, die sie mit Ziegenmilch vermischt, sehr schmackhaft zu machen.«

Die rothaarige Frau nahm sein Lob mit einem knappen Lächeln entgegen. Sie blickte auch Kyla kurz in die Augen, doch es gab keinen Zweifel, dass sie niemals freundliche Worte an sie richten würde. Kyla gab sich damit zufrieden, dass diese Frau nicht mehr ihre Finger in ihr Essen grub und sich auch mit anderen Boshaftigkeiten zurückhielt. Die junge Kriegerin nahm ein Stück von dem Braten und musste Ganruy recht geben – die Kräuterkruste gab dem Fleisch einen hervorragenden Geschmack.

Möglicherweise begann sie aber auch einfach nur wieder, sich an das einfache Leben anzupassen. Paraila hätte von dem Fleisch sicher keinen einzigen Bissen gegessen.

»Kommst du nach dem Essen mit uns in die Grotte?«, fragte Xinith, die damit beauftragt war, jedem den Wasserbecher neu zu füllen, der bereits ausgetrunken hatte.

»Ich weiß nicht«, erwiderte Kyla unsicher. »Jetzt, wo Quyntyr das Bewusstsein zurückerlangt hat, sollte ich immer an seiner Seite sein.«

»Unsinn!«, sagte S'hilia entschieden. »Du warst doch die ganze Zeit an seiner Seite. Deine Haut ist bereits so grau wie die Höhlenwände. Deine kurzen Wege an der frischen Luft, noch bevor die Sonne überhaupt richtig am Himmel steht, haben nicht verhindern können, dass du fahl und kraftlos geworden bist. Gönne dir wenigstens etwas Entspannung in der Grotte, solange die Sonne noch Licht spendet.«

Das ließ Kyla sich nicht zweimal sagen. Als das Essen beendet war, ging sie mit den Kindern zur Grotte und zog sich dort ihre Badekleidung an, die S'hilia ihr gefertigt hatte. Die Kinder platschten bereits im Wasser, als Kyla sich hineingleiten ließ.

»Sollen wir um die Wette schwimmen?«, fragte Xinith begeistert.

»Ich bin noch viel zu ungeübt, um es mit dir aufnehmen zu können.« Kyla machte ein paar Schwimmzüge, und die Kleine folgte an ihrer Seite. Dabei hielt sie ihr Stoffpferd in der Hand und tat so, als würde auch dieses eigenständig schwimmen.

»Siehst du, Golan kann das ganz prächtig. Ich wette, er ist schneller als wir beide.«

»An Land ist er das gewiss. Aber im Wasser? Ich bin mir da nicht sicher.«

»Hast du es denn nie ausprobiert? Musstet ihr nie einen See durchqueren auf euren langen Reisen?«

Xiniths Unwissenheit rührte Kyla. Sie überlegte, ob Ganruy und S'hilia wohl etwas dagegen hätten, wenn sie dem Kind die Wahrheit sagte. Da sie keinen Grund erkennen konnte, warum sie es nicht tun sollte, erklärte sie: »Die allermeisten Wasser von Chyrrta sind nicht so wie dieses hier. Sie sehen zwar auf den ersten Blick so aus, aber sie bergen eine Gefahr in sich, die für Chyrrta und Tiere gleichermaßen tödlich ist.«

»Dann kann man nicht darin schwimmen?«, fragte Xinith traurig.

»Nein. Es würde den sicheren Tod bedeuten.«

Während Kyla und Xinith miteinander gesprochen hatten, war Sibio ans Land zurückgeschwommen und spielte auf einem Felsen mit den Sachen, die er mitgebracht hatte.

»Sieh mal, Xinith, wie mein Firi fliegen kann!« Er warf ein Gebilde in die Luft und wollte es wieder auffangen, doch es prallte an seiner kleinen Hand ab und fiel ins Wasser.

»Oh nein ...«, sagte Xinith mit dumpfer Stimme. »Den hat Vater ihm gerade erst geschenkt. Ein Vogel aus Stein.«

Es dauerte nur wenige Augenblicke, bis der Schmerz in seinen Fingern verging, und Sibio suchend ins Wasser blickte.

»Er schwimmt nicht! Der Firi kann nicht schwimmen!«, teilte er dann völlig entsetzt mit.

»Weil er nicht aus Holz oder Stoff ist, du Dummerchen! Was hast du dir nur dabei gedacht, ihn ins Wasser fallen zu lassen?«, schalt seine Schwester ihn. Sibio begann zu weinen und jammerte immer wieder: »Firi, komm zurück, kleiner Firi.«

Kyla machte einige Schwimmzüge, hielt dann inne und wartete, bis das Wasser sich etwas beruhigt hatte. Sie blickte in die Tiefe. Da der steinerne Vogel am Rand des Sees ins Wasser gefallen war, lag er nicht am Grund, sondern auf einem Felsvorsprung. Dennoch war er tief genug, um in unendliche Ferne gerückt zu sein. Kyla schätzte, dass er zwei Körperlängen unter ihr lag. Xinith hatte inzwischen zu Kyla aufgeschlossen und sah ärgerlich zu ihrem weinenden Bruder.

»Ich hole ihn dir«, sagte sie dann. Das Mädchen steckte den Kopf ins Wasser und ruderte mit den Armen in Richtung Tiefe. Ihr Po wollte jedoch nicht bis unter die Wasseroberfläche sinken, und so hing sie eine Zeitlang kopfüber im See, bevor sie prustend wieder auftauchte.

»Ich schaff's nicht. Ich habe wohl zu wenig Kraft. Vater wird sehr enttäuscht sein, dass wir auf sein Geschenk nicht mehr achtgegeben haben.« Sie klang so mutlos, dass Sibios Weinen gleich noch lauter wurde. Auch Xinith schien nun kurz davor zu sein, loszuschluchzen.

»Also gut, *ich* versuche es«, sagte Kyla entschieden. Sie blickte hinab in die Tiefe. Die Steinfigur hob sich deutlich vom grünen Untergrund ab.

»Du musst tief Luft holen«, riet Xinith. Kyla nickte nur und atmete ein, dann tauchte sie kopfüber in die Tiefe. Das Gefühl, ihren Kopf vom Wasser umfasst zu wissen, und die plötzliche Kälte sorgten dafür, dass sie entsetzt ausatmete. Panisch trat sie den Rückzug an und war froh, als sie wieder durch die Oberfläche brach. Während sie heftig nach Luft schnappte, blickte Xinith sie kritisch an.

»So wird das nicht funktionieren«, urteilte das Kind.

»Jetzt gib mir doch die Möglichkeit, mich erst mal daran zu gewöhnen. Du bist zu ungeduldig mit mir«, erwiderte Kyla und wischte sich eine Haarsträhne aus dem Gesicht, die sich aus ihrem Zopf gelöst hatte.

»Du hast immer noch Angst vor dem Wasser«, befand Xinith. Kyla nickte. »Ein wenig, ja«, gab sie zu.

»Aber du bist doch eine Kriegerin!«

»Eine Kriegerin zu sein, heißt nicht, niemals Angst zu haben. Angst ist wichtig, damit man sich nicht in Gefahren begibt, die unnötig sind. Sie macht einen wach.«

»Bist du jetzt wach genug, um es nochmal zu probieren?« Xinith hielt sich an einem Felsvorsprung fest, damit sie sich leichter über Wasser halten konnte.

»Natürlich, meine Gebieterin, ich werde nun einen weiteren Versuch unternehmen«, erwiderte Kyla mit gespielter Demut. Xinith sah mit Spannung zu, wie Kyla erneut tief Atem schöpfte und sich kopfüber in die Tiefe strampelte.

Diesmal wollte die junge Frau nicht so schnell aufgeben. Sie nahm allen Mut zusammen, schlug heftig mit den Beinen und ruderte mit den Armen. Die Welt vor ihr war nur noch schemenhaft zu erkennen. Sie steuerte dem großen grünen Fleck entgegen, der wohl der überwucherte Felsvorsprung sein musste. Je tiefer sie sank, desto kälter wurde es. Ihre Ohren begannen zu schmerzen, und sie musste der Versuchung, ihr Unternehmen abzubrechen, mit aller Macht widerstehen.

Der grüne Bereich war nun so nah, dass sie den kleinen schwarzen Fleck darauf erkennen konnte. Sie tauchte hin und griff nach der Steinfigur. Ein Gefühl des Triumphs durchströmte sie, und sie hielt das Spielzeug fest in ihrer Hand, um es bei ihrem Aufstieg auf keinen Fall zu verlieren. Denn wenn es ihr nun entglitt, würde es in eine Tiefe sinken, die sie mit Sicherheit nicht mehr erreichen konnte.

Ein kurzer Blick nach unten ließ sie frösteln. Da waren dunkle Flecken, in denen Tiere lauern könnten, die sie bislang nicht kannte. Bewegte sich da nicht etwas Großes und starrte sie aus weit aufgerissenen Augen an? Mit heftigen Beinschlägen katapultierte Kyla sich regelrecht zurück. Sobald ihr Kopf die Oberfläche durchbrochen hatte, sog sie gierig Luft ein. Die Kinder jubelten, als Kyla die Figur in der Hand hielt, doch sie selbst hatte nur noch den Gedanken, das Wasser unbedingt verlassen zu müssen.

»Los, Xinith, schwimm und geh an Land. Schnell! SCHNELL!« Das Kind sah sie verwundert an. »Warum? Was ist denn los?«, wollte es wissen.

»Das Tier! Das riesige Tier unter mir. Hast du es denn nicht gesehen?«

»Nein. Da war nichts.« Xinith sah sie forschend an. Kyla widerstand dem Impuls, sich selbst an Land zu retten, während das Mädchen keine Anstalten machte, den See zu verlassen. Sie senkte den Blick und sah in die Tiefe. Da waren Felsbrocken am Grund. Einer war recht groß. Vielleicht hatte sie sich nur eingebildet, es wäre ein Tier. Alles sah unter Wasser so ganz anders aus. Bedrohlich. Verschwommen. Und die seltsamen Empfindungen, die ihren Körper beeinträchtigten, hatten sich vielleicht auf ihr Gemüt ausgewirkt.

Kylas Herz schlug immer noch sehr schnell, was sicher auf den angehaltenen Atem und die Anstrengung zurückzuführen war. Dennoch wurde ihr klar, dass das nicht der einzige Grund war. Sie hatte Panik bekommen. Panik, wie sie sie von Kämpfern kannte, die in der Schlacht verletzt worden waren, aber sich nicht in Sicherheit bringen konnten. Sie hatte Männer gesehen, denen eine Hand abgeschlagen worden war, die jedoch nicht mit der verbliebenen dem sicheren Tod trotzten, sondern nur mit starrem Blick den nächsten Hieb des Gegners erwarteten. Sie zeigten kein Anzeichen von Schmerz, sondern nur von so großer Verblüffung und Angst, dass Kyla irgendwann begriffen hatte, dass sie unter Schock standen. Und ganz ähnlich war es ihr wohl eben in diesem immer noch ungewohnten Element ergangen. Sie war in Gedanken, als Xinith sie an der Schulter rüttelte.

»Komm, wir müssen zurück. Mama wird sich sonst Sorgen um Sibio und mich machen. Danke, dass du den Firi geholt hast. Wenn ich mal so groß bin wie du, möchte ich das auch unbedingt können.« Kyla nickte nur, und gemeinsam schwammen sie zu Sibio zurück, der freudestrahlend das Geschenk seines Vaters entgegennahm. »Danke, Kyla«, sagte er und drückte den steinernen Vogel an seine schmächtige Brust.

»Kyla kann einfach alles!«, jubelte Xinith, und Kyla begriff, dass das Mädchen sie zuvor hatte antreiben wollen, über sich selbst hinauszuwachsen. Ihr kam in den Sinn, dass aus Xinith eine gute Anführerin werden könnte, wenn Ganruy sie nur lassen würde. Zugleich war ihr jedoch auch klar, dass sie dann vermutlich in ein paar Jahren einer Feindin gegenüberstehen würde, die um ihre Schwächen wusste.

Sie schüttelte den Gedanken ab, weil sie nicht wollte, dass diese ebenso düster wurden, wie das vermeintliche Tier, das sie in solche Angst versetzt hatte. Das Kinderlachen der Geschwister half ihr, auch den letzten Rest des unangenehmen Gefühls aus ihrem Geist zu vertreiben. Während sie ihren Zopf auswrang, sah Kyla zu, wie Sibio mit der Hand Flugbewegungen imitierte und immer wieder rief: »Firi kann doch fliegen! Firi kann fliiiiiiiiiiiegen!«

»Halt ihn nur gut fest«, mahnte sie.

Als ein Donnergrollen durch das Loch in der Felsendecke zu ihnen drang, sahen alle drei überrascht hinauf. Ein Blitz zuckte über den sich rasch verdunkelnden Himmel.

»Beeilt euch, Kinder. Ich muss zu Golan. Er fürchtet sich bei Gewitter.«

»Golan hat Angst? Ah, ich verstehe ... auch wenn er das Pferd einer Kriegerin ist, heißt das nicht, dass er keine Angst haben kann.« Xinith sah bei ihrer Erkenntnis sehr selbstzufrieden aus, und Kyla musste lachen.

»Das ist richtig, Xinith. Aber nun möchte ich nicht länger reden, sondern in seiner Nähe sein. Er wird dann viel ruhiger.«

»Weil du ihn vor den Blitzen und dem Donner beschützt?«, fragte Xinith.

»Nein, das kann ich nicht«, erwiderte Kyla. »Aber manchmal ist es einfach gut, wenn jemand ganz nah bei einem ist, dem man vertraut.«

Als Kyla vom Regen durchnässt zu Quyntyr in die Höhle zurückkehrte, war sie müde und erschöpft. Das Gewitter hatte die halbe Nacht lang angehalten. Die dunklen Wolken hatten gar nicht mehr aufhören wollen, Regen zur ausgedörrten Erde zu schicken.

Kyla hatte beobachtet, wie das Wasser sich im Tal und auf den Wegen gesammelt hatte, und plötzlich eine Vielzahl von reißenden Bächen entstanden, die alles überfluteten, was sie mit ihrem Tosen erreichen konnten. Und während Ganruys Leute freudig durch die nicht enden wollenden Regenfäden gelaufen waren, hatte Golans mächtiger

Pferdekörper vor Schreck bei jedem neuen Donnerschlag gezittert. Immer wieder hatte Kyla ihm die Hand auf den Rücken gelegt und ihn beruhigend gestreichelt. Schließlich hatte sie sich neben ihn auf das Stroh gebettet, das zumindest durch ein kleines Dach geschützt war.

Als das Wasser den Untergrund zu durchtränken drohte, hatte Kyla das Stroh aufgehäuft und war schließlich darauf eingeschlafen. Nachdem das Unwetter vorbei war, hatte Golan sie sanft mit der Nase angestupst, als wolle er sie wecken, damit sie den Rest der Nacht in einer bequemeren Umgebung verbringen konnte. Kyla hatte ihm zum Abschied über den Kopf gestreichelt, und er hatte ein sachtes Schnauben von sich gegeben, als wolle er ihr für ihre Anwesenheit danken. Während sie die Decke in der Höhle über ihren frierenden Körper zog, musste sie daran denken, wie sehr ihr das Reiten fehlte. Und auch Golan brauchte mit Sicherheit wieder mehr Bewegung, wenn er seine Kraft und Schnelligkeit behalten sollte. Also nahm sie sich vor, gleich am nächsten Tag mit ihm ins Tal zu reiten, um ihm auf ebenem Gelände die Möglichkeit zu geben, seine Kräfte wiederherzustellen.

Sie träumte im Schlaf von diesem Ritt, doch es war nicht sie selbst, die auf Golan saß, sondern Bahanda. Mit Brüllen und Tritten trieb er Golan an, jagte ihn die Felsen hinauf und prügelte mit Fäusten auf den erhitzten Pferdehals ein. Als Golan es schließlich schaffte, ihn abzuwerfen, stieg das stolze Pferd und zerschmetterte dem grausamen Mann mit seinen Hufen den Schädel. Kyla wachte zufrieden auf.

»Du musst einen seltsamen Traum gehabt haben. Dabei

steht es mir zu, im Schlaf zu stöhnen, zu keuchen und schließlich aus unerfindlichen Gründen zu lachen. Ich bin derjenige, der noch fiebert, nicht du.« Quyntyr hatte sich halb aufgerichtet und sah Kyla tatsächlich aus fiebrig glänzenden Augen an.

»So schlimm kann dein Fieber nicht mehr sein, wenn du schon fast stehst und dumme Reden schwingen kannst«, erwiderte Kyla zynisch. Doch sie konnte die Freude aus ihrer Stimme nicht ganz verbannen, ihn soweit genesen zu sehen.

»Sag, hast du von einer körperlichen Vereinigung geträumt? Am Ende gar noch von mir?« Nun war Kyla nicht mehr sicher, ob es wirklich das Fieber war, das seine Augen glänzen ließ. Sie erinnerte sich daran, dass seine Männlichkeit sogar trotz der Krankheit ein paar mal steif geworden war. Sie hatte versucht, es zu übersehen, doch das war kaum möglich, wenn sie seinen Körper wusch und sein Glied steil zu ihr aufgeragt hatte. Ob es jetzt auch in diesem Zustand war?

»Nein, ich habe von Bahanda geträumt«, sagte Kyla wahrheitsgemäß. Falls Quyntyr erregt gewesen war, so würden ihre Worte schon für Abhilfe sorgen.

»Er ist bereits so lange tot, und dennoch träumst du von ihm? Warum hältst du diesen Mann so lange am Leben?«

»Das tue ich gewiss nicht freiwillig. Ich würde viel darum geben, niemals wieder von ihm zu träumen.«

»Er hat dich damals dem Tod vermutlich nähergebracht als irgendein anderer Feind in all den Zeiten darauf. Sicher wird es daher nicht verwunderlich sein, dass du ihm immer noch deine Träume widmest. Aber was ist mit der wachen Kyla? Was beschäftigt deine Gedanken?«

Augenblicklich wünschte sie sich, er wäre immer noch der lethargische Mann wie vor wenigen Tageslichtern.

»Ich finde, wir sollten lieber darüber reden, was *deine* Gedanken beschäftigt hat, bevor du hierher gekommen bist.«

»Das weißt du nicht mehr? Ich war zu einem Werkzeug geworden. Einem Werkzeug deiner Macht. Du hast befohlen – ich musste gehorchen. Ich war nicht mehr dein Lehrer, sondern dein Diener. Ich war nicht mehr dein Freund, sondern dein Mittel zum Zweck.«

Kyla spürte, dass ihr Kopf zu schmerzen begann.

»Wenn du nur einmal aufhören würdest, mir meine Schuld ständig vor Augen zu führen, dann könnten wir darüber reden, was du mir in deinem Brief geschrieben hast. Es ist der Grund, warum ich hierher kam. Der Grund, warum ich dir Schweiß und Eiter von der Haut wischte. Der Grund, warum ich dir Wasser und Essensbrei einflößte. Und nicht zuletzt der Grund, warum ich genau diesen halb verdauten Brei aufwischte, nachdem du ihn ausgespien hast. Es wird Zeit, dass du etwas anderes ausspeist, Quyntyr! Sag mir, was du über meine Vergangenheit zu wissen glaubst!« Kyla war immer wütender geworden, und ihre Augen funkelten nun nicht weniger, als die ihres einstigen Kampflehrers.

»Bringe ich dich also immer noch zum Erbeben ... Möglicherweise sehnst du dich ja danach, dass ich wieder mit dir mache, was im Palast geschehen ist.«

»Hör auf! Was soll das, Quyntyr? Du hast keinen Zweifel daran gelassen, wie angewidert du von meiner Entscheidung warst. Gerade eben noch hast du mir erneut meine Schuld vor Augen geführt. Und nun redest du, als wäre es ein Spaß gewesen. Für mich – für dich ... und dabei wissen wir doch beide ganz genau, welche Schenkel du eigentlich spüren willst. Also hör endlich auf, und beantworte mir meine Frage!«

»Nein, Kyla. Das werde ich nicht tun. Nicht jetzt. Ich bin müde. Und ich bin nicht in der Stimmung für die Geschichte – die Wahrheit – die du von mir hören möchtest. Wenn du sie irgendwann kennst, wirst du verstehen, warum ich keine Lust habe, sie dir nun – in diesem Augenblick – zu offenbaren. Du meinst, dass ich die Schenkel einer anderen spüren möchte. Ja, ich wäre ein Narr, es zu leugnen. Und ich bin kein Narr ... auch wenn du mich zu einem gemacht hast.«

Kyla wollte ihn unterbrechen, doch er ließ es nicht zu, auch wenn seine Stimme nun vor Anstrengung schwankte.

»Ich habe immer nur von Paraila geträumt. Sie war die einzige. Noch nie zuvor habe ich eine Frau unter mir gespürt ... und dann hast du es gefordert. Zu was hat dich das gemacht? Wenn ich nun an Paraila denke, ist sie immer noch rein. Doch du bist meine Hure. Ja, Kyla, so sehe ich dich. Du bist hier nicht mehr im Palast – und in meinen Augen hattest du nie die gleichen Rechte wie die Herrscherin. Du bist eine Kriegerin – aber eben doch nur eine Bedienstete. So ist es ... so sollte es zumindest sein, wenn man alles andere außer Acht lässt. Also los, komm und erfülle deine Aufgabe! Mich gelüstet es nach einem weiblichen Körper.«

»Dann hast du wohl ein Problem, Quyntyr, denn dieser weibliche Körper wird nie wieder mit dir verschmelzen. Und eines rate ich dir: Verlasse dich nicht zu sehr darauf, dass ich dir nicht ein Messer in die Kehle ramme, nur weil ich dich gesund gepflegt habe!«

Kyla war so aufgebracht, dass sie die Höhle verlassen musste, um ihre Drohung nicht gleich in die Tat umzusetzen. Sie ging in die Gemeinschaftshöhle und holte sich einen großen Becher Honigwein, der noch vom Frühstück übriggeblieben war. Nach ein paar Schlucken begann sie sich zu entspannen, und Quyntyrs Stimme brannte sich nicht mehr ganz so sehr in ihren Geist.

»Geht es Quyntyr besser?« Ganruy setzte sich neben Kyla auf die Holzbank, sie waren allein in der großen Höhle.

»Es geht ihm gut – *zu* gut!«

Ganruy sah sie forschend an. Als Kyla verlegen auf den Tisch vor ihnen blickte, gab er ein Geräusch des Verstehens von sich.

»Er hat dich also an das erinnert, was kurz vor seiner Abreise aus dem Palast geschah«, mutmaßte er.

»Schlimmer. Er glaubt, es hier wiederholen zu können.«

Nun lachte Ganruy aus vollem Halse. Kyla blickte ihn zornig an, doch er brauchte einige Zeit, bis er nicht mehr vor Erheiterung schnaufte.

»Quyntyr ist doch momentan kaum in der Lage, seinen Hintern auch nur eine Handbreit von seinem Lager zu erheben. Was glaubt er, was er mit dir anstellen könnte? Wobei, wenn du dich auf ihn setzen würdest ...«

»Schweig!« Kyla war aufgesprungen, hatte ihr Messer gezückt und hielt es ihm an den Hals. Sie sah, wie er schluckte, doch sein Blick hielt dem ihren Stand.

»Ich hätte wissen müssen, dass du stets bewaffnet und jederzeit angriffsbereit bist. Zu glauben, wir hätten eine Art von Beziehung aufgebaut, die mich vor deiner Feindseligkeit schützt, war wohl nur ein Trugschluss.«

Kyla ließ das Messer sinken und steckte es wieder ein.

»Nein«, erwiderte sie. »Es war kein Trugschluss. Aber du solltest über dieses Thema nicht mit mir zu scherzen versuchen.«

»Warum nicht? Es mag ja sein, dass dich Paraila zu dieser ersten Vereinigung gezwungen hat, aber was hindert dich daran, sie in Zukunft als etwas zu erleben, das freudvoll und sehr befriedigend sein kann?«

Kyla umklammerte den Becher so fest, dass er einen Sprung bekam. Ganruy schüttelte leicht den Kopf, doch er sagte nichts dazu.

»Meine Herkunft hindert mich daran«, erwiderte Kyla mit düsterer Stimme.

»Deine Herkunft ... von der anderen Seite der Undurchdringlichen Mauern?«

»Ja. Das meiste, was ich dort sah – zwischen Mann und Frau – war schrecklich ... für die Frau.«

»Ich verstehe.« Ganruy hatte leise gesprochen, und Kyla fürchtete schon, er würde sie tröstend berühren wollen, doch er tat es nicht.

»Aber du bist inzwischen schon seit langer Zeit auf dieser Seite der Mauern. Und ich denke, du hast auch gesehen, dass die Dinge hier anders liegen.«

»Ja. Dennoch zieht es deine Gefährtin auf die andere Seite. Und ich verstehe nicht, warum du ihr nicht offenbarst, was sie dort erwarten würde – sie und Xinith.«

Ganruy räusperte sich. »Um ehrlich zu sein, habe ich keine Ahnung, was genau sie dort erwarten würde. Ich hörte Geschichten über die Sklaverei, doch ich habe sie weder selbst gesehen noch erlebt. Ich habe nur die Dinge erlebt, die hier geschehen. Und ich habe das Gefühl, dass sie nicht unbedingt besser sind. Warum also wunderst du dich, dass manche davon träumen, ein Leben jenseits der Mauern zu führen?«

»Weil die Geschichten über die Sklaverei wahr sind. Weil es schrecklich ist, dem Willen eines anderen gehorchen zu müssen!«

»So, wie du Paraila gehorchst?«

»Das kann man nicht vergleichen!«

»Warum nicht? Weil sie eine Frau ist? Ist es nicht egal, wem man seinen Körper und sein Leben schenken muss?«

Kyla sah ihn irritiert an. »Ich schenke Paraila nicht meinen Körper.«

»Wirklich nicht? Ist denn die sexuelle Vereinigung die einzige Art, dies zu tun? Kämpfst du nicht für deine Herrin und bist bereit, in Schlachten Wunden davonzutragen, Gliedmaßen zu verlieren oder sogar für sie zu sterben?«

Kyla schob den Becher von sich, aus dem nun ein dünnes Rinnsal des Weins auf den Tisch strömte.

»Das, was ich tue, ist ehrenhaft. Eine Hure sein zu müssen, ist unehrenhaft.«

»Siehst du, und genau da unterscheiden sich unsere Ansichten, denn in meinen Augen bist du Parailas Hure.«

Ehe Kyla auch nur nachgedacht hatte, war sie aufgesprungen und schlug Ganruy mit der Faust ins Gesicht. Der alte Mann war verwundert, doch er packte sie an den Schultern, um sie in Richtung Wand zu drängen.

»Du bist zornig, das verstehe ich. Aber verwechsle nicht Feind und Freund.«

»Du bist nicht mein Freund!«, schrie Kyla ihn an. Dann schlug sie seine Hände weg und rammte ihm ihre Faust in den Bauch. Ganruy japste nach Luft. Seine geballte Hand flog auf Kylas Kopf zu und erwischte sie an der Schläfe. Eine so schnelle Reaktion hatte sie dem alten Mann nicht zugetraut und zahlte nun mit Schwindel und einsetzender Übelkeit dafür. Aber der Schmerz entfachte nur umso mehr ihre Wut. Sie trat ihm gegen das Knie, worauf er schreiend zu Boden sank. Er krümmte sich wimmernd, und Kyla hatte bereits ihre Hände an seinem Hals, als sie eine Kinderstimme vernahm.

»Warum tust du meinem Vater weh? Willst du ihn etwa töten?« Es war Xinith, die ihr Stoffpferd verängstigt an die Brust drückte. Kyla lockerte ihre Finger, die einen Abdruck auf Ganruys Hals hinterlassen hatten. Der Unterlegene hustete und würgte, während er sich bemühte, wieder auf die Füße zu kommen. Mit kratziger Stimme sagte er an seine Tochter gewandt: »Kyla wollte mich nicht töten. Wir haben nur trainiert. Und sie hat ... gewonnen.«

Sein Blick streifte kurz ihre Augen, bevor er sich abwandte, seine Tochter umarmte und mit ihr gemeinsam die Gemeinschaftshöhle verließ. Kyla atmete schwer. Sie war kurz davor gewesen, Ganruy das Leben aus dem Körper zu pressen. Aber warum eigentlich? Nur, weil er ihr erneut seine Ansichten mitgeteilt hatte? Oder war es eher deshalb gewesen, weil sie aufgrund dessen, was zuvor zwischen Quyntyr und ihr gesagt worden war, noch Zorn empfunden hatte?

Wie auch immer, Ganruy schien trotz seines langen Lebens nie begriffen zu haben, wann man besser schwieg. Kyla erkannte, dass sie nicht mehr lange bei diesen Leuten bleiben konnte. Ganruy würde für immer ihr Retter, aber auch ihr Feind bleiben. Und S'hilia würde immer zu ihm halten, ganz gleich in welche Gefahr sie dadurch geriet. Zudem begann Xinith Kyla viel mehr ans Herz zu wachsen, als gut für sie beide war. Es wurde Zeit, den Berg Ultay zu verlassen. Doch wohin sollte sie gehen? Nach Tritam zurück? In den Palast konnte sie nicht ohne Quyntyr zurückkehren. Aber sollte sie ihn wirklich Parailas Wut ausliefern?

Ein Teil von ihr wollte das nur zu gerne. Doch der Grund, warum die Herrscherin ihn hinrichten lassen wollte, war einfach nicht richtig. Quyntyr hatte Ganruys Leuten keine Waffen besorgt, das war offensichtlich. Denn abgesehen davon, dass ihre Waffen alt waren und zu kaum etwas taugten, wollten sie doch gar nicht mehr wirklich in Schlachten ziehen. Sie folgten zwar Ganruy dem Rächer, doch der war alt und schwach geworden. Vielmehr war diese Gruppe bemüht, sich ein Leben in den Höhlen einzurichten, die sie und ihre Nachfahren auf lange Zeit vor allem anderen schützen würden. Dafür waren sie sogar bereit, in der Dunkelheit zu leben und sich vor anderen Clans zu verstecken. Nein, ganz egal was Paraila dachte, Quyntyr war nicht zum Feind übergelaufen. Der Verräter musste jemand anderes sein.

Vielleicht war es ihre Aufgabe, die Wahrheit herauszufinden, doch wie sollte sie das in Parailas Nähe tun, wenn diese durch wilden Hass auf Quyntyr blind für die Realität war? Kyla musste versuchen, ihre Reise zu nutzen, um mehr Informationen zu bekommen. Und die erste würde sie Quyntyr notfalls aus den Rippen pressen.

Er musste aufhören, seine Spiele mit ihr zu treiben, und endlich begreifen, in welcher Gefahr er selbst schwebte. Hinzu kam, dass er dadurch auch alle anderen in Ganruys Nähe in Gefahr brachte. Denn womöglich würde Paraila nicht mehr lange auf Kylas Nachricht warten, sondern ihre Reiter hinter ihr her schicken. Von Tritam aus könnte man ihre Spur vermutlich aufnehmen. Da Ganruy dort geächtet war, würde es vielleicht jemanden geben, der seinen Aufenthaltsort preisgeben konnte. Oder die Reiter zogen einfach auf gut Glück los. Möglicherweise waren sie schon unterwegs und folgten Golans Hufspuren.

Kyla wurde mulmig bei dem Gedanken, was sie mit Ganruys Gefolge machen würden, wenn sie es in die Finger bekamen. Rangany zögerte sicher nicht, Ganruy zu töten, und seine Frau und seine Kinder ebenfalls. Vielleicht würde er aber auch im Andenken an seinen besten Freund

Bahanda noch viel Schlimmeres mit ihnen anstellen. Und gerade Xinith könnte seine Aufmerksamkeit auf eine Art wecken, die Kyla Übelkeit verursachte, wenn sie nur daran dachte. Doch was sollte sie tun? Ganruy würde ihre Warnungen ohnehin in den Wind schlagen. Dennoch musste sie dafür sorgen, dass er Vorkehrungen traf. Doch das würde noch warten müssen, denn augenblicklich war es ihr unmöglich, auch nur ein einziges Wort mit ihm zu wechseln.

All das verursachte ein unangenehmes Gefühl in Kylas Bauch. Als sie jedoch bemerkte, dass das Ziehen in ihrem Unterleib einen anderen Grund haben könnte, besorgte sie sich Tücher und verschwand in der Nische, die sie immer dann aufsuchte, wenn ihr Körper ihr keine andere Wahl ließ. Als sie frisches Blut zwischen ihren Beinen erkannte, fiel immerhin eine große Sorge von ihr ab. Die Vereinigung mit Quyntyr würde kein Kind zur Folge haben. Das war in all dem Unheil ein echter Lichtblick.

Als sie sich versorgt hatte, entschied Kyla, zu Quyntyr in die Höhle zurückzukehren und ihren ehemaligen Kampflehrer davon zu überzeugen, wie wichtig es war, dass er ihr endlich ihre Fragen beantwortete. Doch als sie dort eintraf, schlief Quyntyr tief und fest. Kyla spürte selbst, dass die Ereignisse ihren Tribut forderten. Sie legte sich auf ihr Lager und schloss die Augen. Schon bald sank sie in einen traumreichen Schlaf.

8. Kapitel

»Bist du jetzt gewillt, mit mir zu reden?« Kyla saß mit einer Schüssel voller Brei aus Früchten und Nüssen vor Quyntyr, um ihn zu füttern. Er hatte unbedingt selbst probieren wollen, den Löffel zu führen, doch dabei hatte er sich und seine Decke vollgekleckert, weshalb er den Löffel wieder ihr überließ.

»Warum hast du es denn so eilig? Wir haben doch früher auch lange Gespräche geführt, ohne dass du mich ständig bedrängt hast, mich zu eilen.«

Kyla schnaubte. Während er den nächsten Bissen kaute, erklärte sie: »Du hast die Zeit, die ich bereits hier bin, zum größten Teil verschlafen. Aber ich für meinen Teil denke, dass ich schon viel zu lange unter Ganruys Leuten weile. Und ich wette, die meisten von ihnen empfinden ebenso.«

»Und Ganruy selbst? Was sagt er dazu, dass du uns schon bald verlassen möchtest?«

»Er sagt nichts dazu, weil ich es ihm noch nicht offenbarte. Doch ich wette, wenn ich es tue, wird er Luftsprünge vor Erleichterung machen. Gestern gerieten wir aneinander, und ich bin davon überzeugt, dass er mich da bereits ganz weit weg wünschte.«

Quyntyr lächelte. »Dann hast du ihn also besiegt. Ich sehe es in deinen Augen und an deiner Körperhaltung. Es ist dieser Stolz, den du ausstrahlst, wenn du einen Feind in die Schranken weisen konntest. Du kannst zurecht stolz auf dich sein, aber du solltest unbedingt bedenken, dass es auch ein wenig weibisch wirkt.«

»So wirkt es auf dich doch nur, weil ich eine Frau bin. Wenn hingegen ein Mann selbstbewusst und mit geschwellter Brust umherstolziert ...«

»So wirkt er auf mich ebenfalls weibisch«, fiel Quyntyr ihr ins Wort. Kyla konnte nicht verhindern, dass sie über seine Äußerung lachen musste. Zum ersten Mal klang er wieder wie der Quyntyr, mit dem sie eine lange Freundschaft verbunden hatte.

»Nun gut, aber das alles ändert nichts an der Tatsache, dass ich schon bald von hier fortgehen sollte. Ich schätze auf eine gewisse Weise, was Ganruy getan hat – aber dass er gegen Paraila ohne weiteres das Schwert erheben würde, kann ich ihm einfach nicht verzeihen.«

»Er hat seine Gründe dafür«, sagte Quyntyr mit leiser Stimme. Als Kyla ihm einen neu gefüllten Löffel hinhielt, machte er eine Geste der Ablehnung. Sie legte den Löffel in die Schale zurück und schob sie ein wenig beiseite, um ihm den Becher mit dem Kräutertee zu reichen.

»Er sollte nun kalt genug sein, du kannst unbesorgt trinken.« Quyntyr nickte dankbar und führte mit zitternden Händen den Becher an seine Lippen. Er trank in kleinen Schlucken und reichte den Becher dann an Kyla zurück, ohne auch nur ein bisschen verschüttet zu haben. Sie betrachtete ihren ehemaligen Kampflehrer. »Auch du siehst nun ein kleines bisschen weibisch aus«, neckte sie ihn schmunzelnd. Quyntyr musste lachen.

»Ich bin nur ein Kämpfer, der stolz ist, den Kampf mit

dem Getränk auf sich genommen und bestanden zu haben.«

»Dein Ruf als Der-der-den-Tee-besiegte, wird sicher schon bald ganz Chyrrta erreichen.«

»Man wird bescheidener mit zunehmendem Alter«, scherzte er, doch seine Miene wurde ernst. »Ich bin mir nicht sicher, ob ich jemals meine Kraft von einst zurückgewinnen werde. Aber was bleibt mir noch, wenn dies nicht der Fall ist? Ein hässlicher Kauz wie ich kam schon so nur schlecht durchs Leben. Wenn ich nun auch noch meinen Status als Kämpfer verliere, hättest du mich besser sterben lassen.«

»So reden nur Verlierer. Aber du bist kein Verlierer, Quyntyr!«

»Oh doch, das bin ich«, widersprach er. »Ich lebte am Palast, in Parailas Nähe. Ich sah sie durch die Gänge wandeln, durch die Gärten, auf ihrem Thron sitzend in edlen Kleidern, die ihre Schönheit unterstreichen.«

»Und du sahst sie auf ihrem Balkon, wie sie ihren schönen Körper Bahanda schenkte. Das hat dir das Herz gebrochen«, erinnerte Kyla mit harter Stimme.

»Nicht so sehr, wie du mir mit deiner Wahl das Herz gebrochen hast.«

Nun lachte Kyla laut auf, doch es klang nicht freundlich.

»Das nehme ich dir nicht ab! Als Paraila sich mit Bahanda verband, war dein Traum, sie jemals erobern zu können, doch bereits vorbei. Ich glaube nicht, dass du so viele Jahreszeiten brauchtest – und meine Wahl – um das erst richtig zu begreifen.«

»Möglicherweise hast du damit recht. Doch was du

nicht bedenkst, ist Folgendes: Den Traum von einer Partnerschaft mit Paraila musste ich schon vor langer Zeit aufgeben. Aber ich konnte sie immer noch sehen – mich an ihrem Anblick und ihrer Stimme erfreuen. Doch das, was du getan hast, hat mir diese Möglichkeit genommen.«

»Du hast selbst entschieden, den Palast zu verlassen.«

»Nein, das stimmt nicht. Für dich mag es so aussehen, doch mir blieb keine andere Möglichkeit. Für jeden anderen wäre es eine Ehre gewesen, sich mit dir zu vereinigen, doch nicht für mich.«

»Und warum nicht? Was ist an dir so anders als an den anderen?«

Quyntyr machte eine ungeduldige Geste. »Das siehst du doch! Jetzt noch schlimmer als zuvor, falls das überhaupt wirklich möglich ist. Du hast mich nicht mit deiner Wahl geehrt, sondern vorgeführt! Alle haben über mich gelacht. Sie waren angewidert. Vielleicht hatten einige auch Mitleid, aber glaubst du wirklich, das macht es für mich besser? Ich konnte dort nicht mehr leben, wo alle meine abgrundtiefe Hässlichkeit in jeder Einzelheit gesehen hatten.«

»Ich finde, dass du maßlos übertreibst. Du bist tatsächlich anders als die meisten anderen, doch das macht dich noch lange nicht hässlich.«

Quyntyr sprang auf, als er Kylas Worte hörte, und stand schwankend, aber doch mit drohend erhobenen Armen vor ihr.

»Hör auf!«, zischte er sie an. »Hör auf damit, mir Lügen erzählen zu wollen. Ich habe schon vom ersten Moment an, als du in den Palast gekommen bist, geahnt, dass du es sein würdest, die mich daraus vertreibt. Nur auf welche Art es geschehen würde, das wusste ich nicht. Mit dem Einsatz deines Körpers – indem du mich im Kampf besiegst, ja, das hätte ich mir vorstellen können. Doch dass es diese Verwendung deines Körpers sein würde, darauf wäre ich niemals gekommen. Doch es ist geschehen, und ich sollte mit meiner Vorahnung recht behalten.«

Kyla erinnerte sich daran, wie er sie damals, als sie noch ein Kind gewesen war, gebeten hatte, dass sie ihn im Palast wohnen lassen sollte, egal was geschehen würde, weil er sich diesen Platz hart erkämpft hatte. Damals hatte sie nicht begriffen, warum er davon ausging, sie würde an seinem Aufenthalt dort etwas ändern wollen. Und sie begriff es auch jetzt nicht.

»Ich habe dich damit nicht vertreiben wollen. Du weißt, warum ich dich erwählte. Aber vielleicht begreifst du immer noch nicht, wie schwer mir das alles gefallen ist. Wie abstoßend ich es fand – und das keineswegs wegen dir und deiner eingebildeten Unattraktivität. Sondern deshalb, weil ich es widerwärtig finde, Zeugen bei diesem Akt zu haben. Denkst du wirklich, es wäre mir leichter gefallen, mich vor den Anwesenden nackt zu zeigen, als dir?«

»Ja, das denke ich. Denn du bist eine Schönheit, und dein Körper schmeichelt den Augen von Männern und Frauen gleichermaßen.«

»Es ist gut, das zu hören, Quyntyr! Sehr gut sogar, denn die Frauen sind es, die ich damit beeindrucken will, nicht die Männer!« Kyla hatte es geradezu hinaus gespien, und nun spürte sie, wie sie augenblicklich rot wurde. Was hatte sie sich nur dabei gedacht, sich derart aus der Reserve locken zu lassen? Doch nun war es geschehen, und sie konnte ihre Worte nicht mehr rückgängig machen.

Ungläubig sah Quyntyr sie an, als prüfe der Verstand, ob seine Ohren es richtig vernommen hatten.

»Du liebst Frauen?«, fragte er dann sicherheitshalber nach.

»Und wenn es so wäre?«

»Dann wäre es so ungewöhnlich wie du selbst bist. Und daher erscheint es mir passend.«

Kyla konnte kaum glauben, wie selbstverständlich es aus Quyntyrs Mund klang.

»Das meinst du nicht ernst. Du verhöhnst mich«, wandte sie dennoch ein.

Quyntyr schüttelte verwundert den Kopf. »Warum sollte ich das tun? Meinst du nicht, dass gerade ich verstehe, wie du dich fühlst?«

»Weil du dich auch zu Frauen hingezogen fühlst?«, spottete Kyla.

»Nein. Weil du wie ich ein Außenseiter bist. Auf andere Art, aber das ist nicht von Belang. Wenn man nicht den allgemeinen Regeln entspricht, muss man ständig etwas verbergen. Oder sich rechtfertigen, sobald es ans Tageslicht dringt. Ich denke, in diesem Punkt sind wir uns einig.«

Kyla dachte über seine Worte nach, schließlich nickte sie. »Vermutlich hast du recht. Ich habe mir selbst geschworen, es niemals jemandem zu offenbaren, doch nun ist es geschehen. Und ich gebe zu, dass ich froh bin, mich dir gegenüber dafür nicht rechtfertigen zu müssen, weil du es nicht forderst.«

»Du müsstest dich auch nicht jemandem gegenüber rechtfertigen, der es von dir fordert, denn niemand hat das Recht dazu. Aber ich weiß wie es ist, sich dennoch dazu getrieben zu fühlen. Du hast im Gegensatz zu mir jedoch einen Vorteil. Du kannst deine Neigung verbergen, während ich meine helle Haut und meine farblosen Augen zur Schau tragen muss. Meine Narben konnte ich hingegen verbergen – bis zu jenem Tag.«

»An dem ich schuld bin. Ja, ich habe es begriffen. Es tut mir leid. Hätte ich geahnt, wie sehr du es mir übelnehmen würdest – wie sehr du darunter leiden würdest – so hätte ich vielleicht einen anderen erwählt.«

»Und wer wäre es statt mir gewesen?«, erkundigte sich Quyntyr. Kyla überlegte angestrengt. Sie wurde erneut rot, als sie an Lanari dachte. Diese Wahl hätte vermutlich ein Entsetzen nach sich gezogen, das den gesamten Palast zum Erzittern, wenn nicht sogar zum Einstürzen gebracht hätte.

»Wäre es Paraila gewesen?«, fragte Quyntyr neugierig.

»Was? Nein!« Kyla war über diesen Gedanken geradezu entsetzt. »Auf gar keinen Fall!«, bekräftigte sie. Quyntyr hob beschwichtigend die Handflächen. Er hatte sich wieder auf sein Bett gesetzt und wirkte noch blasser als sonst, doch die Unterhaltung schien ihm trotz der Anstrengung wohl zu tun.

»Also gut, wer wäre es dann gewesen?«

»Ein anderer Mann wäre es gewesen. Um den Schein zu wahren. Ich weiß nur auf die Schnelle nicht welcher. Ich habe ja nicht umsonst dich erwählt. Nur du schienst mir unter diesen Umständen als passend.«

Er zögerte einen Moment, dann sagte er versöhnlich: »Nun, da ich dein Geheimnis kenne, verstehe ich deine Beweggründe besser. Und ich fühle mich in der Tat ein wenig geehrt, denn es muss dir schwer gefallen sein, dich überhaupt von einem Mann berühren zu lassen.«

»In der Tat. Aber ich gebe zu, dass ich es mir schlimmer vorgestellt habe. Dass *du* es warst, hat mir viel von meiner Angst genommen.«

»Konntest du es ein wenig genießen?«, fragte er nun neugierig.

»Ich weiß nicht ... mir fehlt wohl der Vergleich.« Dieses weitere Geständnis fiel Kyla beinahe schwerer als das erste, denn dieses gab sie wohlüberlegt Preis. Sie wollte nicht, dass Quyntyr noch glaubte, sie habe womöglich doch eine sexuelle Beziehung zu Paraila gehabt. Und erst recht wollte sie vermeiden, dass er auf den Gedanken kam, dass Lanari ihr Herz entflammt hatte. Dies sollte ihr Geheimnis bleiben, das sie mit ins Grab nahm.

»Mir hat es gefallen. *Du* hast mir gefallen«, gab er zu und fügte mit einem Blick in ihre Augen an: »Aber auch mir fehlt der Vergleich.«

Was er ihr damit offenbarte, erstaunte Kyla. Sie hatte nie darüber nachgedacht, dass Quyntyr sich zuvor noch nie mit einer Frau vereinigt hatte. Doch nur das ergab Sinn, wenn sie bedachte, wie schlecht er über sich selbst und sein Aussehen dachte, zudem hatte er es doch schon zuvor bekannt, ohne dass sie groß Notiz davon genommen hatte.

»Dann war es also für uns beide ein Beginn ... Kein Beginn zwischen uns beiden«, stellte Kyla klar, »aber ein Beginn für etwas, das wir vielleicht irgendwann mit jemand anderem wieder teilen wollen.« Die junge Frau hatte es gesagt, weil sie es genau so empfand.

»Ja, es versöhnt, wenn wir es so sehen wollen. Bis auf eine Tatsache natürlich ...« Er wartete, ob sie herausfand, was er meinte.

»Bis auf die Tatsache, dass du deshalb überstürzt den Palast verlassen hast.«

Quyntyr nickte. »Richtig. Aber nun kann ich zurückkehren, sobald ich dazu in der Lage bin. Die Dinge zwischen uns sind geklärt, und ich fühle mich den Blicken und dem Getuschel der anderen gewachsen.«

Das war so ziemlich die unangenehmste Ankündigung, die Quyntyr ihr hatte machen können. Kyla verschluckte sich vor Schreck an ihrem eigenen Speichel und bekam einen Hustenanfall. Quyntyr indes blickte sie voller Vorfreude und mit vor Aufregung rot gefärbten Wangen an. Als Kyla sich einigermaßen beruhigt hatte, versuchte sie ihre Stimme so gefasst wie möglich klingen zu lassen.

»Du solltest nichts überstürzen. Es bedarf noch viel Zeit, dich so gesund zu pflegen, dass du eine Reise auf dich nehmen kannst. Und wenn es soweit ist, dann empfehle ich dir, dich bis nach Tritam zu begeben, aber nicht zurück an den Palast.«

»Und warum nicht? Also willst du mich doch loswerden?«

»Nein, gewiss nicht. Ich ...« Kyla stockte und überlegte

fieberhaft, wie sie ihre Worte so rücksichtsvoll wie möglich wählen konnte.

»Raus mit der Sprache! Die Zeit meiner Schonung ist vorbei.«

Das sah Kyla grundlegend anders, doch sie wusste auch, dass es Zeit wurde, Quyntyr reinen Wein einzuschenken, wenn sie nicht wollte, dass er womöglich noch etwas sehr Törichtes tat, das ihn das Leben kosten konnte.

»Nun, die Dinge liegen so: Es gibt einen Verräter am Palast, den Paraila zur Strecke bringen will.«

»Das ist mir bekannt. Ich selbst war es, der sie über die Beschädigungen der Waffen aus der Palastwaffenkammer informierte.«

Kyla wand sich. »Das mag sein. Aber sie ist fest der Meinung, dass *du* der Verräter sein musst.«

»ICH? Wieso ich? Das ergibt keinen Sinn!« Quyntyr hatte nun wieder sämtliche Gesichtsfarbe eingebüßt, und seine Lippen zitterten von der Kraftanstrengung, die Kylas Worte ihm offensichtlich abverlangten.

»Ich fürchte, das spielt für Paraila keine große Rolle. Sie hat ihre eigenen Schlüsse gezogen und mich damit beauftragt, dich zu finden.«

»Und du hast mich gefunden.«

»Das war nicht schwer, weil du mir selbst mitteiltest, wo du hingehst«, erinnerte Kyla.

»Das allein schon sollte doch der Beweis für Paraila sein, dass ich nichts zu verbergen habe. Sie weiß wo ich bin und hat dich geschickt, um mich zurückzuholen.«

Kurz überlegte Kyla, ob Quyntyr womöglich immer

noch fantasierte. Doch dann wurde ihr klar, dass er nur dieselbe Verliebtheit zeigte wie stets. Und er schien völlig in seinen eigenen Worten und Beteuerungen aufzugehen.

»Ich würde Paraila niemals in den Rücken fallen. Sobald ich zurück im Palast bin, werde ich alles daran setzen, den Verräter zu finden und ihn ihr zu bringen«, schwor Quyntyr.

»Wenn du in den Palast zurückkehrst, wirst du vielleicht gleich viermal Gelegenheit dazu haben, die Verfolgung des Verräters auf dich zu nehmen. Allerdings in Einzelteilen, denn Paraila plant, dich von Pferden in Stücke reißen zu lassen.«

Die Luft schien augenblicklich so dünn geworden zu sein, dass keiner von beiden mehr richtig zu atmen vermochte. Quyntyr sah so schrecklich erschüttert aus, dass es Kyla ganz schwer ums Herz wurde. Sie wünschte, nicht ausgerechnet sie hätte ihm diese fürchterliche Botschaft überbringen müssen.

»Das kann nicht sein«, sagte er mit schwacher Stimme. »Du musst etwas missverstanden haben. So lange, wie ich schon am Palast lebe ... Alles, was ich für Paraila und damit auch für das Reich getan habe ... Warum sollte ich diese Errungenschaften durch Verrat vergiften wollen?«

»Erwähnte ich schon, dass Paraila in diesem Punkt nicht gerade logisch denkt?«, fragte Kyla mit dem Anflug eines hilflosen Lächelns. Quyntyr schien es nicht einmal zu bemerken. Er war völlig gefangen in dem Albtraum, der ihn im wachen Zustand gnadenlos gepackt hatte und ihn fest in seinem zerstörerischen Griff hielt.

»Ich würde *alles* für sie tun. Sogar mein eigenes Leben hingeben.«

Seine Stimme klang, als würde er in Gedanken sehr weit weg sein. Kyla spürte, wie plötzlicher Zorn sie überfiel. Sie dachte an Ganruys Geschichte. An all die Leben, die ausgelöscht worden waren, weil Paraila die Macht hatte, unschuldige Chyrrta wie Schwerverbrecher hinrichten zu lassen. Sie dachte an die Wasser, die vergiftet wurden und die dadurch arglose Tiere aufs Grausamste töteten. Sie dachte an Bahanda, dem ein ehrenvolles Begräbnis zuteil geworden war, obwohl er Olha geschändet und sie und Zygal auf bestialische Weise zu Tode gefoltert hatte. Als Kyla der Herrscherin von Bahandas Übergriffen auf Kinder erzählt hatte, war ihr kein Glaube geschenkt worden. Und nun würde die Ungerechtigkeit ihren Freund Quyntyr treffen, wenn sie ihn nicht dazu brachte, einzusehen, dass die Herrscherin alles andere als unfehlbar war.

»Es wäre unklug, Paraila von ihrer Meinung gegen dich abbringen zu wollen, ohne die notwendigen Beweise in der Hand zu haben, wer in Wahrheit der Verräter ist.«

»Aber ich möchte, dass sie so schnell wie möglich weiß, dass ich voll und ganz hinter ihr stehe«, warf Quyntyr unglücklich ein. Kyla schwieg einen Moment. Ihr war klar, dass sie eine List einsetzen musste, die möglicherweise eher weiblicher Natur war, die aber den kopflos Verliebten hoffentlich zu einer Art von Einsicht brachte, die ihm den Hals retten würde. Daher wischte sie ihre Ungeduld zur Seite und sagte mit so verständnisvoller Stimme wie es ihr möglich war: »Deinen Wunsch kann ich gut nachvollziehen. Doch noch bist du kaum in der Lage, dich aufzurichten, geschweige denn, lange im Sattel zu sitzen und gegen Feinde anzukämpfen. Doch all das musst du, um zum Palast zurückkehren zu können. Zudem würde Paraila vermutlich ein Fest für dich feiern lassen, wenn du ihr den Verräter gleich bei deiner Rückkehr ausliefern könntest.«

Quyntyrs Augen begannen zu glänzen, und Kyla wurde klar, dass sie es geschafft hatte, ihn mit seinen eigenen Träumereien nach ihrem Wunsch auszubremsen.

»Es wird ewig dauern, bis ich das bewerkstelligen kann. Denn du hast recht, ich kann mich derzeit kaum rühren. Geschweige denn all das auf mich nehmen, was dafür nötig wäre.« Er seufzte bekümmert. Kyla schenkte ihm ein Lächeln. »Aus diesem Grund erneuere ich unsere Freundschaft, wenn du einverstanden bist, und gebe dir zu diesem Anlass ein Geschenk.«

»Was für ein Geschenk?«

»Das Geschenk meiner Dienste. Ich werde für dich nach dem Verräter suchen. Es wird sicher einige Zeit dauern, doch sobald ich ihn überführt und ergriffen habe, werde ich wieder herkommen, um dich abzuholen. Bis dahin solltest du vollständig genesen sein. Und wenn es soweit ist, wirst du erhobenen Hauptes zum Palast reiten und Paraila den Verräter übergeben. Im gleichen Augenblick wirst du von jeder Schuld reingewaschen sein und mit Sicherheit Parailas Dank entgegennehmen können. Wie immer dieser aussehen mag, überlasse ich deiner Fantasie. Fest steht auf jeden Fall, dass sie dir mit Freuden deine Räume erneut überlassen wird, und wer weiß – vielleicht ist dir dann sogar eine Stelle als Berater an ihrer Seite sicher. Wäre das nicht ganz wunderbar?«

»Ja, das wäre es!« Er strahlte – ob fiebrig oder aus dem Gefühl des Liebestaumels heraus, vermochte Kyla nicht zu beurteilen.

»Und du würdest die Suche nach dem Täter wirklich auf dich nehmen?«

Kyla erinnerte ihn lieber nicht daran, dass sie die Suche ja bereits dadurch auf sich genommen hatte, dass sie Parailas Befehl ausgeführt hatte, *ihn* zu suchen. Sollte er ruhig das Geschenk als so wertvoll erachten, wie sie es ihm weismachen wollte. Und wenn es wirklich dazu kam, dass sie den Verräter fand, Quyntyr dafür aber die Dankbarkeit Parailas ernten ließ, war es in der Tat ein großes Geschenk. Sie nickte zur Bestätigung.

»Dann nehme ich deine Freundschaft mit Freuden wieder an«, sagte Quyntyr feierlich. Kyla reichte ihm die Hand, um das Gesagte zu besiegeln.

»Nun, wie ich dir bereits sagte, kann ich nicht länger hier verweilen. Es wird Zeit für mich, aufzubrechen. Daher bitte ich dich, nicht länger mit deinen Informationen zu zögern, die du mir versprachst. Je eher ich sie erhalte, umso rascher kann ich mich auf die Suche nach dem Verräter machen.«

Quyntyr zog die Stirn in Falten, als hätte er das Gefühl, in eine Falle getappt zu sein. Kyla blickte ihn jedoch so unschuldig an, dass er wohl zu dem Schluss kam, er müsse sich irren.

»Wenn ich es dir sage, wirst du vielleicht einen anderen Weg einschlagen«, gab er dann zu bedenken. Sein Einwand war mehr als berechtigt, denn gerade er hatte ja bereits anklingen lassen, dass sie mit ihrer Reise zum Berg Ultay erst einen Teil ihres Weges hinter sich gebracht hätte – doch wohin dieser Weg sie führen würde, wusste nur er allein. Es wurde Zeit, dass er sie einweihte!

»Freundschaft geht nicht nur in eine Richtung. Ich werde nie vergessen, dass du mir damals mein junges Leben im Kampf gegen Bahanda gerettet hast. Aber ich habe viel Zeit mit deiner Pflege zugebracht, die ich eigentlich anders hätte nutzen müssen. Daher musst du verstehen, dass ich mich nun erst einmal um meine Belange zu kümmern habe, bevor ich mich wieder um deine sorgen kann.« Sie hoffte, dass Quyntyr ihr weiterhin abnahm, dass sie den Verräter in erster Linie für ihn finden wollte.

»Gut«, willigte er ein. »Dann erzähle ich dir also, was ich weiß, gleich nachdem du mir noch etwas Wasser gegeben hast.« Kyla tat es und hoffte, ihre Hand würde nicht zu sehr zittern, denn nun hatte sie eine Aufregung befallen, mit der sie nicht gerechnet hatte. Nachdem er den letzten Schluck seine Kehle hinab gezwungen hatte, lehnte Quyntyr sich bequem zurück und begann zu berichten.

»Ich war erst ein paar Monde im Palast, als ich eines Abends zufällig ein Gespräch zwischen Givney und Paraila mitangehört habe.«

»Du meinst, du hast sie belauscht?«

»So könnte man es vielleicht nennen. Doch Tatsache war, dass ich mich einsam fühlte. Bei Olha und Zygal hatte ich ein anderes Leben kennengelernt. Eine Art von Nähe, auch wenn sie oft genug schmerzhaft war und ihren Gipfel um ein Haar in meiner Tötung fand. All diese Erlebnisse wirkten in mir nach, und ich fühlte mich schrecklich allein in dem abgelegenen Palastflügel, in dem ich untergebracht war.«

Seine Beschreibungen kamen Kyla mehr als bekannt vor. Sie schwieg jedoch, um seinen Redefluss nicht erneut zu unterbrechen.

»Also tapste ich barfuß durch die langen Gänge, auf der Suche nach einem anderen Chyrrta, der mit seiner Stimme die dunklen Schatten aus meinem kindlichen Gemüt vertreiben würde. Als ich vor einer Tür ankam, aus der die Stimmen meiner Gönnerin Givney und ihrer Tochter Paraila drangen, öffnete ich sie vorsichtig. Doch ich trat nicht ein, denn mein Gefühl sagte mir, dass ich den beiden Frauen in diesem Moment absolut nicht willkommen sein würde. Ich lauschte, weil ich glaubte, vielleicht eine nette Geschichte anhören zu dürfen, die es vermochte, mich zu beruhigen, damit ich später in meinem Bett in den Schlaf finden würde. Doch was gesagt wurde, war mir lange Zeit ein Rätsel. Einerseits lag das natürlich daran, dass ich ein Kind war. Andererseits lag es aber vor allem daran, dass ich noch nicht das Mädchen kannte, um das es in dem Gespräch zwischen Mutter und Tochter ging.«

Kyla hielt den Atem an, doch sie versuchte ruhig zu bleiben, denn bislang hatte Quyntyr noch nicht die beunruhigenden Worte gesprochen, die sie befürchtete.

»Von einem Kind war die Rede, das Parailas Zukunft bestimmen würde. Das wäre noch nicht besonders seltsam gewesen, doch Givney sprach in einem Ton, der gehässig klang. Sie drohte Paraila mit diesem Mädchen. Und das auf eine Art, die ihre Tochter zum Weinen brachte. Bitterlich schluchzte sie, und durch den Türspalt konnte ich erkennen, wie sie neben den Füßen ihrer Mutter zu Boden glitt und sich an ihren Beinen festhielt, als wären sie die Rettung in einem eisigen Sturm.

Doch Givney Gallan hatte kein Mitleid. Im Gegenteil. Sie herrschte ihre Tochter an, sich wie eine zukünftige Herrscherin zu verhalten und befahl ihr, den Kopf zu heben und ihr in die Augen zu blicken. Als Paraila es mit verweinten Augen und immer noch schluchzend tat, holte Givney aus und verpasste ihrer Tochter eine Ohrfeige, die so heftig war, dass sie davon zu Boden geschleudert wurde. Ich war entsetzt ... konnte nicht verstehen, warum eine Mutter so etwas tut. Nicht eine Herrscherin. Nicht in diesem Palast.«

»Das war der Augenblick, in dem du dich in Paraila verliebt hast, nicht wahr?« Quyntyr gewann ein wenig an Farbe, was sein sonst weißes Gesicht fleckig aussehen ließ. Er biss sich auf die Lippe.

»Ja«, gestand er. »In diesem Moment brannte mein kleines Jungenherz für sie – und es hat seitdem niemals mehr aufgehört, Flammen für sie zu schlagen.«

Kyla schluckte die Bemerkung hinunter, dass diese Metapher sich so selbstzerstörerisch anhörte, wie Quyntyrs Liebe zu Paraila es in Wahrheit auch war.

»Von da an stritten die beiden häufiger. Ich konnte jedoch schlecht einschätzen, ob dies nicht das normale

Verhältnis zwischen Mutter und Tochter war, da ich ja noch neu im Palast war. Wie dem auch sei, eine weitere Auseinandersetzung folgte einige Zeit darauf, und von da an gingen sich die beiden Frauen offensichtlich aus dem Weg. Erst sah ich Paraila für lange Zeit nicht mehr, weil sie sich größtenteils in ihre Gemächer zurückgezogen hatte, doch als sie damit begann, sich wieder in den Sälen aufzuhalten, verschwand Givney. Sie hatte Paraila die Macht überlassen und verließ den Palast, ohne je zurückzukehren.«

»Wie seltsam«, grübelte Kyla. Dann zuckte sie jedoch mit den Schultern und sagte: »Nun, um ehrlich zu sein, hatte ich mir von deinen Offenbarungen allerdings sehr viel mehr erwartet. Vor allem, weil es mir scheint, als kreise dein Geist vor allem wieder nur um Paraila. Mag ja sein, dass ihre Mutter ihr Unrecht antat, doch geendet hat es für Paraila wahrlich gut, denn die Mutter ging und die Tochter erhielt die Macht.«

»Das ist richtig. Aber findest du es nicht auch seltsam, dass sie offenbar damals bereits über dich sprachen und Givney Paraila mit dir unter Druck setzte?«

»Wenn sie Paraila wirklich wegen mir gedroht hat, wundert mich das in der Tat. Doch dass sie von mir sprachen, ist nicht weiter sonderbar, denn die Prophezeiung existiert ja bereits seit langer Zeit.«

»Stimmt. Und doch ist es sehr seltsam, dass Givney damals schon zu wissen schien, dass es sich bei dem geweissagten Krieger in Wahrheit um ein Mädchen handelt, denn nach mir folgten zunächst viele Knaben, die man für die Krieger hielt.« Kyla grübelte. »Ja, das ist wirklich äußerst seltsam. Dennoch weiß ich nicht, ob ich deine Worte für eine große Offenbarung halten soll. Denn selbst wenn Givney damit rechnete, dass es sich beim Retter von Chyrrta ebenso gut um ein Mädchen wie einen Jungen handeln konnte, hat das letztendlich nicht mehr zu bedeuten, als dass sie vielleicht ein Gespür hatte, das mit dem Wort Vorahnung ebenso gut bezeichnet werden kann wie mit purem Zufall. Oder gab sie diesem Mädchen etwa meinen Namen?«

»Nein, das tat sie nicht.«

»Siehst du, dann spricht dies doch in der Tat für einen Zufall.«

»Das denke ich nicht. Denn sie nannte einen Namen, doch er lautete nicht Kyla sondern Far'hyna – was den alten Büchern nach soviel wie 'die Seelenlose' bedeutet.«

»Far'hyna? Damit ist doch der Beweis erbracht, dass sie nichts von mir wusste. Ich verstehe nicht, wie du glauben kannst, dass deine Worte – deine Lauscherei von vor so langer Zeit – irgendeine Bedeutung für mich haben könnte.«

Quyntyr nickte bedächtig, doch Kyla bemerkte, dass sein Blick unverändert überzeugt von dem blieb, was er behauptet hatte. Sie begann, sich darüber zu ärgern, dass sie diesem kranken Mann unbedingt ein Geheimnis hatte entlocken wollen. Wenn es denn überhaupt eines gab, dann hätte sie besser gewartet, bis er wieder vollständig im Besitz seiner geistigen Kräfte war. Denn so waren seine Hirngespinste tatsächlich nichts weiter als die überdrehte

Fantasie eines liebeskranken Außenseiters, der sich endlich der Aufmerksamkeit einer anderen Chyrrta sicher war. Vermutlich setzte er daher alles daran, sie mit seinen Märchen so lange wie möglich an sich zu binden.

»Wenn du mir nichts weiter mitzuteilen hast, dann werde ich mich nun von Ganruy und den anderen verabschieden gehen«, kündigte Kyla an, um Quyntyr klarzumachen, dass ihr Interesse nicht länger seinem Unsinn galt.

»Wenn du es so eilig hast, dann geh ruhig. Aber nein, ich war noch nicht fertig. Und ich weiß, dass du denkst, ich würde Dinge erfinden. Doch dem ist nicht so, das schwöre ich bei meinem Augenlicht, das mir immerhin nach all der Qual noch geblieben ist.«

Er schwor? Kyla, die gerade hatte aufstehen wollen, ließ sich wieder zu Boden sinken. »Dann berichte weiter!«, forderte sie. Quyntyr zögerte nicht.

»Ich hatte den Inhalt dieses Streits für lange Zeit vergessen – nicht jedoch die Ohrfeige und den harschen Umgang von Givney mit ihrer wunderschönen Tochter.« Kyla stöhnte gequält. Quyntyr fuhr fort, als hätte er es gar nicht bemerkt. »Viel Zeit war seitdem vergangen, und du warst inzwischen schon seit einigen Mondzyklen im Palast, als ich eines Tages einen Brief auf Parailas Nachttisch fand.«

»Auf ihrem Nachttisch? Wie, bei allen grünen Wassern, kamst du in die Nähe von Parailas Nachttisch?«

Augenblicklich wurde Quyntyr tiefrot. Kyla fragte sich, wo der scheinbar ständig schneeweiße Mann plötzlich das ganze Blut dafür hernahm.

»Ich ... es war ... Zufall.«

»Ja, sicher. Nur ein Zufall. Ich denke, ich kann mir diesen Zufall ungefähr vorstellen. Was hast du da getrieben, in Parailas Schlafzimmer? Hast du dir so Erleichterung für deine männlichen Triebe gesucht? Indem du ihr Zimmer – ihr Bett – aufgesucht hast? Um WAS zu tun, Quyntyr?« Kyla starrte ihn so erbost an, als wäre es ihr eigenes Zimmer gewesen, das er mit seiner Anwesenheit und möglicherweise mit verwerflichen Handlungen entweiht hatte. Quyntyr behielt seine Gesichtsfarbe, doch er schwieg nun verbissen. Als Kyla begriff, dass er womöglich seine Krankheit als Ausflucht nehmen würde, um nun mit seiner Erzählung abzubrechen, forderte sie: »Komm zum Ende mit dem, was du mir zu berichten hast. Und wenn es mich tatsächlich interessieren sollte, verspreche ich dir, über diese schändliche Sache nie wieder auch nur ein einziges Wort zu verlieren.« Quyntyr tat, als wäre er nicht bei etwas ertappt worden, das ihn in ein gänzlich anderes Licht rückte, als er Kyla bislang erschienen sein musste.

»Es war ein Brief, den Paraila an ihre Mutter schrieb – das Tintenfass stand daneben und die Spitze der Feder war noch feucht. Ich wusste, mir blieb nicht viel Zeit, um ... den Brief zu lesen.«

»Dass du dazu überhaupt gekommen bist ...«, höhnte Kyla und fügte an: »Nun sag mir schon, was drin stand.« Er kam dieser Aufforderung ohne Umschweife nach.

»Paraila hatte Folgendes geschrieben: 'Ja, du wurdest richtig informiert, ich habe Far'hyna am Palast aufgenommen. Das Kind wird lernen, was ich für richtig halte. Und du, Mutter, wirst dich aus allen Angelegenheiten heraushalten. Kehre nie aus Hanitram zurück und verrotte von mir aus in deinem Turm am Stausee. Er ist jenseits von allem, was in Chyrrta von Belang ist – so, wie du für mich nie wieder von Belang sein wirst.' Dort endete der Brief. Ob Paraila noch etwas hinzufügte oder ihn nur unterzeichnete, weiß ich nicht. Eben sowenig weiß ich, ob sie ihn jemals abschickte.«

»Aber du denkst, dass es sich bei dieser Far'hyna in Wahrheit um mich handelt?«

»Um wen sollte es sonst gehen? Es gab kein neues Mädchen im Palast, außer dir.«

»Dann denkst du also, dass ich mich auf den Weg nach Hanitram machen sollte? Um zu ergründen, warum Givney mich Far'hyna nannte?«

»Ja, das denke ich. Vor allem, weil du offenbar der Grund dafür warst, dass Mutter und Tochter sich wohl für den Rest ihres Lebens verfeindet haben. Findest du das nicht auch seltsam, obwohl die Gallan-Frauen doch eigentlich dasselbe Ziel haben sollten?«

»Ich weiß nicht«, bekannte Kyla. »Du hast selbst gesehen, dass Paraila von ihrer Mutter geschlagen wurde. Vielleicht haben sie sich deshalb überworfen. Doch warum ich bei dieser Angelegenheit eine Rolle gespielt haben soll, ist mir in der Tat unklar. Aber vor allem frage ich mich, warum sie mir einen anderen Namen gaben. Vielleicht hast du recht, ich sollte nach Hanitram reiten und der Sache auf den Grund gehen. Wo ist dieser Ort?«

»Das fragte ich mich damals auch. Ich schlug in meinen Bücher nach und fand eine verlassene Gegend, die so genannt wurde. Es handelt sich also nicht um ein Dorf oder gar um eine Stadt, sondern um ein Gebiet. Es ist groß und liegt westlich vom Berg Ultay. Drei oder vier Tagesritte werden notwendig sein, um dorthin zu gelangen. Doch dann bist du erst am Rande des Gebiets, über das selbst in meinen Büchern nicht viel geschrieben stand. Es scheint Niemandsland zu sein. Ob dort überhaupt Chyrrta leben, weiß ich nicht.

Doch das schwierigste wird es sein, diesen angeblichen Stausee zu finden, von dem Paraila schrieb. Wenn es denn je so etwas gegeben hat, weiß wohl niemand, ob er noch dort ist. Wozu sollte so ein See auch gut sein? Es macht keinen Sinn, vergiftetes Wasser anzusammeln, denn davon gibt es nun wahrlich genug, auch ohne dass man es staut. Oder wollte man versuchen, dadurch das umgebende Land im Laufe der Zeit wieder fruchtbar zu machen? Doch so weit entfernt vom Palast ergibt dies ebenfalls wenig Sinn, denn um frisches Wasser für Felder und Äcker zu erlangen, wäre der Weg zum Palast viel zu weit gewesen. Nun, vielleicht wirst du herausfinden, was es mit all dem auf sich hat.«

Kyla seufzte. »Keine Ahnung, was mich dort erwartet. Und ob es sich lohnt. Du hattest mir eine Wahrheit angekündigt, von der du nicht sicher warst, ob ich mutig genug dafür bin. Doch eine Wahrheit kann ich hier nicht erkennen.«

»Ich denke, du verkennst die Brisanz. Wenn Givney Paraila wirklich mit dir gedroht hat, dann geht im Palast und unter den Gallan-Frauen etwas vor, das Einfluss auf ganz Chyrrta haben könnte«, gab Quyntyr zu bedenken.

»Ja, da hast du recht. Ich sollte mich auf den Weg machen, um herauszufinden, ob dem Reich irgendeine Art von Gefahr droht – durch wen auch immer.«

Im Grunde war sie froh, durch die seltsamen Rätsel einen Grund zu haben, Ganruy und seine Leute zu verlassen. Golan würde die Reise ebenfalls gut tun, zumindest wenn sie nicht erneut durch räuberische Banden in Gefahr gerieten. Doch je näher sie diesem Niemandsland kämen, umso weniger Banden würden sie wohl antreffen, denn selbst diese Chyrrta mussten schließlich von irgendwas leben. Und wo so gut wie nie jemand vorbeikam, gab es auch keinen, den man überfallen konnte.

»Denkst du, man wird sich ausreichend um dich kümmern, wenn ich nun abreise?«, fragte sie und verspürte ein schlechtes Gewissen, den zurückgewonnenen Freund der Obhut von Leuten zu überlassen, die ihn im Grunde verachteten. Quyntyr hingegen schien sich darum keine Sorgen zu machen. »Ganruy und ich sind schon sehr lange befreundet. Man wird sich hier gut um mich kümmern. Ich verlasse mich darauf, dass du mit dem Verräter zurückkommen wirst, damit ich in den Palast zurückkehren kann.«

»In Ordnung, dann werde ich nun meine Sachen packen und mich verabschieden.«

Es war eigenartig, die paar Habseligkeiten in ihre Tasche zu stecken, ohne etwas Neues hinzugewonnen zu haben. Und doch war Kyla bewusst, dass sie eine ganze Menge von diesem Ort mitnehmen würde, wenngleich es auch nicht dinglich war.

»Ich danke dir für unsere Gespräche – auch wenn sie uns nicht immer an ein Ziel führten. Und ich hoffe, du kannst mir verzeihen, dass ich dich angriff.« Kyla stand in der Gemeinschaftshöhle und hielt ihre Hand Ganruy zur Verabschiedung hin. Der alte Mann ergriff sie. »Auch wenn du oftmals das Gefühl haben musstest, hier nicht willkommen zu sein, so möchte ich dir doch versichern, dass du einen Platz in meinem Herzen eingenommen hast, den ich dir mit Freuden zugestehe. Wir warten darauf, dass du uns vielleicht schon bald wieder besuchst – derweil werde ich mich gut um unseren gemeinsamen Freund Quyntyr kümmern.«

Kyla war froh, sein Versprechen zu hören, denn egal wie viele Differenzen sie auch hatten, im Grunde vertraute sie dem alten Mann.

»Nun ... dann gehe ich jetzt.« Kurz blickte sie sich um, doch niemand anderes war erschienen, um sie zu verabschieden. Kyla durchschritt den Gang, der hinaus führte. Die Sonne stand schon nicht mehr allzu hoch am Himmel, sodass sie keine sengende Hitze mehr zur Erde nieder schickte. Und doch würde es noch geraume Zeit hell bleiben, was Kyla erleichterte. Allerdings war es schwer einzuschätzen, welche Gefahren sie auf ihrem Weg befürchten musste, und ob das Tageslicht dafür hilfreich oder doch eher nachteilig war. Sie würde in ein Gebiet reiten, das sogar noch unbekannter war als die Landschaft auf ihrem Weg zum Berg Ultay. Ein Teil von ihr hatte Furcht vor diesem Weg, doch der weitaus größere verspürte das alte Gefühl der Vorfreude. Kyla war bereits früher immer viel unterwegs gewesen, wenn sie zwischen den einzelnen Dörfern hin und her ritt, die zu Parailas Reich gehörten. Auf Golans Rücken war ihr wahres Zuhause. Und sie freute sich darauf, ihrem treuen Pferd nun mitzuteilen, dass ihre Reise endlich weiterging.

Sie hatte die Höhle gerade verlassen, als sie abrupt stehenblieb. Zunächst glaubte Kyla, ihre Augen würden ihr nach der Dunkelheit in der Höhle einen Streich spielen, doch dann erkannte sie, dass das Plateau vor der Höhle tatsächlich mit Chyrrta gefüllt war. Es waren Ganruys Leute, die ihr zum Abschied doch noch Ehre erwiesen – nicht die Ehre für eine Kriegerin, sondern sie wünschten einem Gast alles Gute für die Reise.

Nahrungsmittel wurden ihr überreicht. S'hilia überreichte ihr gleich eine ganze Tasche voll, die Kyla dank eines daran befestigten Seils am Sattel festbinden konnte. Paharja gab Kyla eine Trinkflasche und schenkte ihr ein sehr knappes Lächeln, das Kyla dennoch außerordentlich freute. H'Ohrla reichte Kyla eine Decke, die sie wohl selbst gefertigt hatte. Kyla war so gerührt, dass sie für geraume Zeit kein Wort herausbrachte. Sie blickte stattdessen jedem von ihnen offen in die Augen und hoffte, dass sie ihren tiefen Dank darin ablesen konnten.

»Kyla, Kyla, geh nicht fort!« Das war Xinith, die auf die junge Kriegerin zugerannt kam. Als Kyla Tränen in den Augen des Mädchens erkannte, spürte sie, wie auch ihre eigenen Augen feucht wurden. Xinith hatte sie erreicht und umschlang ihre Beine, als könne sie so den Plan der Abreise vereiteln. Sibio stand in der Nähe und blickte verwundert auf das Geschehen. Offenbar war er verunsichert, weil seine große Schwester weinte und sich so seltsam verhielt. Kyla ging in die Hocke und umarmte Xinith.

»Ich werde wiederkommen, das verspreche ich dir. Und wenn es soweit ist, bringe ich dir und deinem Bruder ein schönes Geschenk mit. Bis dahin passt du gut auf ihn auf, in Ordnung?« Xinith nickte und zog die Nase hoch.

»Ist gut. Ich werde auf dich warten. Und auf Golan.« Kyla musste bei ihren Worten schmunzeln, und sie erkannte, dass der Blick des Kindes nun sehnsüchtig zu ihrem Pferd ging. »Ich hätte zu gerne gewusst, wie es ist, auf ihm zu reiten«, bekannte das Mädchen.

Kyla blickte fragend zu S'hilia und hoffte, diese würde verstehen. Als die junge Mutter nickte, sah Kyla wieder Xinith an und sagte: »Was hältst du davon, wenn ich dir diesen Wunsch sofort erfülle? Golan muss sich erst wieder daran gewöhnen, einen Reiter auf dem Rücken zu haben. Wer wäre da besser geeignet als du? Du kannst auf ihm reiten, während wir den Berg hinabsteigen. Doch du musst mir versprechen, ihn hinterher wieder alleine zu erklimmen, ohne deinen Eltern zur Last zu fallen.«

»So stark und zielstrebig wie eine Kriegerin?«, fragte Xinith mit glänzenden Augen. »Ja. Und so stark und zielstrebig wie eine junge Frau, die Eltern hat, die sie immer ermutigen werden, die Wahrheit hinter den Dingen zu sehen.« Ganruy, der inzwischen neben S'hilia getreten war, nickte Kyla dankbar zu. Diese erwiderte die Geste und weitete sie auf alle Umstehenden aus. Dann ging sie mit Xinith zu Golan, der sie mit einem freundlichen Schnauben begrüßte. Als sie das Mädchen auf seinen Rücken setzte, erinnerte sie sich unwillkürlich an ihren ersten Ausritt mit Golan – der alles andere als rühmlich gewesen war, und sie musste bei der Erinnerung daran grinsen. Xinith hingegen machte ihre Sache richtig gut. Mit stolzem Blick saß sie auf dem großen Tier, und Kyla kam abermals in den Sinn, dass aus ihr eine gute Anführerin werden könnte, falls Ganruy ihr diese Position jemals überlassen wollte. Doch eines Tages würde ihm ohnehin nichts anderes übrigbleiben, und wer wusste schon, welchen Kampf seine Tochter dann in seinem Namen weiterführen würde.

Als sie am Fuß des Berges angelangt waren, hob Kyla Xinith vom Rücken des Pferdes und umarmte sie noch ein letztes Mal. Sie betrachtete, wie das Mädchen im Anschluss ohne zu murren den Rückweg antrat, und nun erkannte Kyla mehr denn je, dass der Abschied vorbei war. Sie musste in ein neues Abenteuer aufbrechen, das ihr hoffentlich Antworten auf die Fragen bringen würde, die sich durch Quyntyrs Offenbarungen aufgetan hatten.

9. Kapitel

Drei Sonnenlichter und drei Nächte lang war Kyla bereits geritten. Als das vierte Tageslicht angebrochen war, machte sie Rast und ließ Golan auf einem schmalen Wiesenstück grasen. Die Landschaft hatte sich ganz anders entwickelt, als sie es sich vorgestellt hatte. Denn als die vergangene Nacht zur guten Hälfte vorüber war, waren die Felsen und der karge Boden immer öfter von grünen Flächen unterbrochen worden, die Kyla im Dunkeln zunächst für Schlamm gehalten hatte.

Doch als Golan plötzlich stehengeblieben war und den Kopf gesenkt hatte, vernahm sie eindeutig das Geräusch, das er immer dann machte, wenn er Futter zwischen seinen Zähnen zermalmte. Kyla war abgestiegen und hatte sich in der Düsternis umgeblickt. Seit sie vom Berg Ultay aufgebrochen war, hatte sie lediglich zwei Bandenüberfälle ausmachen können, die jedoch nicht ihr gegolten hatten. Sie fanden in weiter Ferne statt und galten dem Krieg der Clans untereinander.

Seit dem letzten Sonnenlicht war ihr in der Einöde kein Lebewesen mehr begegnet. Doch das sollte nun ein Ende haben. Denn mit der zunehmenden Vegetation huschten auch immer mehr Tiere über Kylas und Golans Weg. Zunächst waren es nur Insekten, die Kyla um die Ohren summten und das Pferd piesackten. Doch inzwischen hatten sogar schon mehrere Hasen und Tokals ihren Weg gekreuzt. Kyla blickte nach Westen – in der Ferne erkannte sie einige Bäume, die in noch weiterer Entfernung in einen Wald übergingen. Dahinter erhoben sich grüne Hügel, die sie noch bei Tageslicht erreichen würde. Kyla öffnete ihre Tasche und holte die Karte hervor, die der Buchhändler aus Tritam ihr letztendlich doch noch überlassen hatte.

Sie orientierte sich am Berg Ultay und konzentrierte sich auf die Punkte, die in westlicher Richtung eingezeichnet waren. Sie war erstaunt, dass das angebliche Niemandsland in der Vergangenheit offenbar von vielen Seen und Dörfern geprägt gewesen war. Ortschaften, die inzwischen schon seit langer Zeit nicht mehr existierten. Doch die Wälder waren geblieben. Unterirdische Wasserläufe versorgten die zahlreichen Bäume offenbar immer noch gut genug, während Seen ausgetrocknet und die Fische darin nur noch Erinnerung waren. Ebenso die Fischerdörfer, die auf der Karte noch existierten, die inzwischen jedoch seit langer Zeit schon zu Staub zerfallen waren.

Kyla suchte weiter. Und schließlich fand sie die Region mit dem Namen Hanitram. Sogar der Stausee war auf dieser Karte eingezeichnet. Kyla dankte dem Buchhändler stumm für seine Großzügigkeit, ihr diese für sie nun absolut kostbare Karte überlassen zu haben. Rund um den See waren einige Bauwerke eingezeichnet. Fünf Höfe, mehrere Hütten, zwei Schmieden und insgesamt vier Türme.

Es würde nicht leicht werden, den richtigen auf Anhieb zu finden, doch mit dieser Karte wusste sie, welche Stellen sie aufsuchen musste. Das war um so vieles besser, als das große Areal ohne den geringsten Hinweis absuchen zu müssen. Kyla verstaute die Karte wieder und griff nach Golans Zügeln.

»Genug gegrast, mein Freund. Wir müssen weiter.« Damit schwang sie sich in den Sattel und trieb ihr Pferd an, damit es dem Wald entgegensteuerte.

Als Kyla den Ort erreicht hatte, an dem der Stausee einst gewesen war, hielt sie Golan an und blickte über das Land. Damals mochte das Ufer steil abgefallen sein, doch nun waren nur noch einzelne Abhänge auszumachen, wo einst das Wasser in Hülle und Fülle gestaut worden war.

Von dem See war nicht mehr das Geringste zu sehen, und ohne die Karte hätte Kyla ihn mit Sicherheit nicht einmal erahnen können. Sie ritt weiter. Ihr Weg führte sie zum ersten Turm, den sie jedoch bis auf die Grundmauern niedergebrannt vorfand.

Sie setzte ihren Weg fort. Der zweite Turm befand sich auf einem Hügel, dessen Rückseite durch Erdrutsche abgetragen war, was das Bauwerk so schief stehen ließ, dass Kyla ausschloss, jemand würde darin leben können.

Als sie den dritten Turm erreichte, ging die Sonne bereits unter. Ein Lichtschein drang durch eine der Fensteröffnungen nach außen, sodass Kyla Hoffnung schöpfte, den letzten Turm erst gar nicht mehr suchen zu müssen. Sie ließ Golan hinter dichten Büschen stehen, damit man ihn nicht auf Anhieb erblickte. Dann sah sie sich das runde Bauwerk genau an. Kleine und große Steine wechselten sich ab, der Turm war an die zehn Mann hoch.

Als Dach diente ein großer Spitzhut aus Metall; neben der Behausung lagerten Holzscheite. Kyla suchte nach der Tür und fand sie in Form einer löchrigen Holzwand vor, die ein wenig offenstand, jedoch mit dicken Seilen von Innen gesichert war. Kurz überlegte die Kriegerin, ob sie rufen und damit ihren Besuch ankündigen sollte. Doch sie entschied sich dagegen, denn sie wollte vermeiden, dass man sie abwies. Sie war nicht den langen Weg her geritten, um am Ende kehrtmachen zu müssen, nur weil die Bewohner des Turmes Fremde mit Sicherheit schon lange nicht mehr gewohnt waren.

Also zog Kyla ihr Messer hervor, schob es in den Türspalt und zerschnitt die Seile kurzerhand. Mit einem leisen Knarren öffnete sich die Tür nun so weit, dass Kyla problemlos hindurch schlüpfen konnte. Der untere Bereich des Turms war düster und roch moderig. Überall lag Gerümpel herum. Kyla versuchte, so vorsichtig wie möglich zu treten, um keinen Lärm zu verursachen. Als sie die Stufen der steinernen Wendeltreppe hinaufstieg, hielt sie ihr Messer bereit. Möglicherweise hausten hier inzwischen Verbrecher, die ihr sofort die Kehle durchschneiden wollten, wenn sie sie als Eindringling entdeckten.

Als Kyla eine geschlossene Tür sah, wollte sie diese öffnen, doch dann hörte sie von weiter oben eine Stimme: den Gesang einer Frau. Er klang schief und krumm, doch Kyla war nicht hergekommen, um sich an Sangeskunst zu erfreuen, also stieg sie nun mit schnelleren Schritten die sich umeinander windenden Stufen empor. Die Stimme wurde deutlicher. Als Kyla kurz unter dem Dach sein musste, erblickte sie einen kleinen Raum, dessen Wände rund wie die Außenwand des Turmes waren. Das Tageslicht, das durch zwei Fensteröffnungen fiel, war schwach geworden. Mehrere Kerzen brannten im Raum, davon der Großteil auf einem vielarmigen Leuchter aus Metall.

Da die Fenster keine Scheiben hatten, ließ der stetige Luftzug die Flammen wild tanzen. Ebenso bewegten sich die Schatten an den steinernen Wänden auf und ab und hin und her, dass einem ganz schwindlig werden konnte. Doch den seltsamsten Anblick bot die singende Frau, die auf einem aus Steinen errichteten Thron saß, dessen Sitzfläche mit mehreren Fellen ausgelegt war. Sie starrte Kyla an, doch unterbrach nicht ihren Gesang. Ihre Stimme wurde jedoch noch schriller und überschlug sich jetzt ein ums andere Mal. Die langen Haare der Frau waren offen, der Wind spielte mit ihnen. Auf dem Kopf trug sie eine Krone, die jedoch zweifelsohne aus Blech gefertigt worden war, verbeult und so schief wie die Stimme der Sängerin.

»Givney Gallan?«, fragte Kyla so laut, dass sie den Gesang übertönte. Die Stimme erstarb.

»Wer will das wissen?«

»Kyla – Kriegerin der grünen Wasser.«

Die Frau runzelte die Stirn und fasste nach ihrer Krone, um sie sich fester auf den Kopf zu drücken.

»Kenne ich nicht. Kenne ich nicht. Kenne niemanden, der so heißt«, brachte sie so rasch hervor, dass die Worte sich überschlugen. Ihr Blick wandte sich zum Fenster.

»Ich komme vom Palast«, sagte Kyla.

»Palast. Palast. Palast – wir sind drin ... im Palast.«

Kyla begann zu begreifen, dass die Frau fantasierte. Der Umgang mit Quyntyr sollte ihr jetzt tatsächlich hilfreich sein, denn es gelang ihr gelassen zu bleiben, und die Frau nicht unnötig aufzuregen.

»Er ist wahrlich eine Augenweide, Euer Palast, Herrscherin Givney.« Sie senkte den Kopf ein wenig und erkannte nun, dass die Frau sie wohlwollend anblickte.

»Was wünscht Ihr von mir? Wie war noch gleich Euer Name?«, erkundigte sie sich mit einem erneuten Stirnrunzeln. Kyla überlegte, dann erwiderte sie: »Mein Name lautet Far'hyna.« Für einen kurzen Augenblick geschah gar nichts, doch dann sprang Givney von ihrem Thron, riss sich die Krone vom Kopf und warf sie nach Kyla. »Lügnerin! LÜGNERIN!«, kreischte Givney wie von Sinnen. Sie suchte nach Weiterem, das sie nach ihrer Besucherin werfen könnte, doch sie fand nur die Felle, die es nicht mal bis zu Kyla schafften, sondern schon vor ihr auf den schmutzigen Boden fielen.

»Warum sollte ich lügen?«, erkundigte sich Kyla so ruhig wie möglich. »Tot! Sie ist tot!« Die Frau stieß einen erneuten Schrei aus und rannte dann blindlings auf Kyla zu, um mit Fäusten auf sie einzuschlagen.

Die Hiebe waren jedoch so schwach, wie die Frau in Wahrheit kraftlos war. Kyla war es ein Leichtes, ihre schlanken Handgelenke zu umfassen und so zu unterbinden, dass sie weitere Treffer erhielt. Das Messer hatte sie zuvor rasch hinter ihrem Rücken in den Gürtel gesteckt, um der Angreiferin keine Waffe zu liefern. Die Gegenwehr der Frau war nur von kurzer Dauer, sie blickte Kyla nun interessiert in die Augen.

»Wie haben dir die Würmer geschmeckt?«, fragte sie. Kyla sah sie verständnislos an.

»Wenn du wirklich Far'hyna bist, dann sag mir, wie der Brei aus Gewürm geschmeckt hat!«, rief Givney nun ungeduldig.

»Ich weiß von keinem Brei ... «

»Hah! Lügnerin! Ich wusste doch, du bist eine Lügnerin!«, triumphierte Givney und grinste so breit, dass ihr Gesicht wie eine groteske Maske wirkte. Kyla war ratlos. Natürlich hatte sie Würmer gegessen, als sie alleine in den Wäldern aufgewachsen war, doch was wusste Givney davon? Und warum sprach sie von einem Brei? Andererseits war sie offensichtlich nicht mehr bei Verstand. Kyla wurde klar, dass ihre Reise wohl umsonst gewesen war, denn dieser verwirrte Geist würde ihr keine Fragen beantworten können.

»Sie meint den Brei, den ich dir einflößte, als du der Milch aus meiner Brust entwachsen warst«, erklang plötzlich eine andere Stimme hinter Kyla. Sie gab Givney frei und wirbelte herum. An der Treppe stand eine Frau. Sie war älter als Givney, seltsame Gegenstände hingen um ihren Hals. Eine Kette aus Knochen und getrockneten Pflanzen, wie Kyla erkannte – es handelte sich also vermutlich um eine Heilerin. Die ältere Frau verzog die Lippen zu einem leichten Lächeln, doch es sah traurig aus. Und auch ihre Stimme verriet diese Gefühlsregung, als sie sagte: »Nun ist es also soweit. Du bist hergekommen, um die Wahrheit über deine Herkunft zu erfahren.«

»Ja ... Ja, das bin ich!«, sagte Kyla nun bestimmt.

Die Heilerin machte Givney ein Zeichen, dass diese sich wieder auf den behelfsmäßigen Thron setzen sollte. Dann hob sie die Krone auf und gab sie der einstigen Herrscherin von Chyrrta in die Hände. Diese setzte das Blechteil mit würdevollem Blick auf ihren Kopf.

»Die Krone beruhigt sie meist«, erklärte die Heilerin und machte nun auch Kyla eine Geste, sich an einen kleinen Tisch zu setzen, der neben einem der Fenster stand. Kyla nahm auf einer Holzbank Platz, die Heilerin setzte sich ihr gegenüber. Sie griff zu einem Krug und schenkte Wasser ein, dann schob sie den Becher Kyla hin.

»Bist du hungrig? Ich habe noch Brot und etwas gedörrtes Fleisch.« Während sie sprach, hob sie ein Tuch von einer Schlüssel und legte die Sachen einfach so vor Kyla auf das Holz des Tisches.

»Ich kam nicht her, um euch eure Vorräte wegzuessen oder zu trinken«, stellte Kyla klar.

»Nein, du kamst her, um uns in die Verdammung zu stoßen, in die wir seit langer Zeit gehören.«

Mit einem Blick durch den Raum sagte Kyla bedächtig: »Was auch immer du mir unterstellst, mir scheint, ihr lebt schon seit geraumer Zeit in einer Art Verdammung, Givney und du.«

»Ja, das ist richtig. Wir sind schon lange hier. Sehr lange.«

»Aber warum?«

»Aus Schuld.«

Kyla wartete, doch die Heilerin sprach nicht von selbst weiter. Stattdessen begann Givney erneut zu singen.

»Welche Schuld tragt ihr? Hat es etwas mit Paraila zu tun?«

»Mit Givneys Tochter – ja, damit hat es zu tun. Sag mir, meine Hübsche, wie nennt man dich?«

»Man nennt mich Kyla, Kriegerin der grünen Wasser.«

»So, diesen Namen hast du also inzwischen. Nun, als ich dich zuletzt sah, warst du Far'hyna.«

»Das behauptest du zumindest. Und viel mehr noch, du bist der Ansicht, dass ich Milch aus deiner Brust getrunken hätte.«

»Du glaubst mir nicht«, schlussfolgerte die Heilerin.

»Nein. Du wirst mir die Umstände wohl erklären müssen, wenn ich deinen Worten Glauben schenken soll.«

»Du hast gesagt, sie sei tot, Yawenda! Tot! Lügnerin! LÜGNERIN!«

»Du wusstest schon lange, dass sie nicht tot ist, Givney. Und nun sei still. Regiere, aber sei ruhig dabei«, sagte die Heilerin leise aber bestimmt.

Givney ging wieder zum Singen über und wiegte den Kopf, während sie die Krone mit beiden Händen fest auf ihr Haupt drückte.

»Eigentlich wäre es Givneys Aufgabe, dir von den Geschehnissen von damals zu berichten. Doch ich weiß, dass sie dazu nicht mehr in der Lage ist. Also werde *ich* dies tun.« Kyla nickte ungeduldig.

»Givney und ich stehen uns schon lange nahe. Sie hatte

mich einst an den Palast rufen lassen, als ein hohes Fieber drohte, ihr damals noch junges Leben zu beenden. Mein Ruf als Heilerin war zu diesem Zeitpunkt tadellos, und ich half ihr so schnell wieder auf die Beine, dass uns von da an eine Freundschaft verband. Ich tat in ihrem Auftrag viel Gutes am Volke – doch wie ich gestehen muss, war auch manches Übel dabei.« Sie schlug die Augen nieder. Kyla dachte nach und sagte dann düster: »Warst du die Heilerin, die Sanuths Geisteskraft zerstört hat?«

»Ja, eben jene bin ich. Damals kam Berater Jorlay zu mir und befahl mir im Namen Givneys, Olhas und Zygals Sohn das Mittel zu verabreichen. Ich suchte den Jungen auf und versprach ihm mehr Muskelkraft, wenn er meine Tropfen regelmäßig einnähme. Er tat es – und meine Kräuterkunst war gut ... das Mittel machte ihn in kürzester Zeit zu einem Schwachsinnigen.« Die Heilerin berichtete mit einer Stimme, die ihre Schuld trotz des stolzen Wortlauts deutlich machte.

»Und war es tatsächlich Givneys Wunsch gewesen, dass dies geschah?«

»Anfangs nicht. Doch als sie Jorlay zu einer Unterredung gebeten hatte, war sie im Anschluss seiner Ansicht. Alles nahm seinen Lauf.«

»Und du hast zu all dem geschwiegen?«

»Natürlich! Sie war schließlich nicht nur meine Freundin, sondern auch meine Herrscherin. Was sie verfügte, war zum Wohle Chyrrtas. Und mir wäre es ganz gewiss nicht gut bekommen, mich gegen die Herrscherin und ihren Berater aufzulehnen.«

Bei ihren Worten kam Kyla unweigerlich Ganruy in den Kopf, der bis heute forderte, dass alle Chyrrta nach Wahrheiten suchen und die Herrscherinnen nicht nur durch ihr Geburtsrecht als unfehlbar gelten sollten. Wären seine Wünsche Wirklichkeit, so wäre Sanuth wohl niemals hingerichtet worden. Ihre Zieheltern hätten sich an Jorlay nicht rächen müssen, und sie wären bis heute angesehene Chyrrta. Doch nun waren sie tot – auf brutalste Art ermordet, weil die Ränke am Palast bewirkt hatten, dass man sie als Werkzeuge einer angeblichen Prophezeiung benutzte.

»Es ist gut, nun mein Gewissen zu erleichtern«, gab Yawenda zu. Kyla zeigte sich jedoch nicht milde. »Dazu bin ich sicherlich nicht die Richtige. Olha und Zygal wären es gewesen. Du hast nicht nur das Leben ihres Sohnes zerstört, sondern auch ihres.«

»So war es vorherbestimmt. Sie waren deine Zieheltern, vermute ich.«

»Ja, das stimmt. Doch das tut nichts zur Sache.«

»Ich denke schon. Denn das Schicksal ließ sich nicht aufhalten, auch wenn es eine Zeitlang so aussah.«

»Berichte weiter!«, forderte Kyla, die keine Lust auf weitere Rätsel hatte.

»Ja, ja, erzähl es ihr! Erzähl ihr, dass sie eigentlich TOT ist!«, rief Givney. Wenn sie ihren Mund nicht verzog, und nicht so abwesend aussah, ähnelte sie in der Tat Paraila.

»Givney war eine gute Herrscherin, die alles tat, was sie für ihr Volk für richtig hielt. Und sie war eine gute Mutter, die ihre Tochter mit Strenge und Disziplin erzog.«

Ob diese Mischung sie zur guten Mutter machte, wagte Kyla zu bezweifeln. Die Heilerin fuhr fort: »Aber Paraila war von jeher ein schwieriges Kind. Verwöhnt und immer auf der Suche nach dem Schönen. Sie war geradezu besessen davon. Wiederholt erwischte Givney sie dabei, wie sie bereits im Alter von dreizehn ihren Körper selbst streichelte und liebkoste. Sie verbot es ihr und sperrte sie oftmals in einen Raum voller Staub und Schmutz, um ihre Eitelkeit und die offensichtlich erblühenden Triebe darin zu ersticken. Doch es gelang nicht. Im Gegenteil. Paraila stahl sich immer häufiger aus dem Palast und wollte auch unter Androhung harter Strafen nicht beichten, wo sie ihre Zeit verbracht hatte.

Givney sperrte sie abermals ein, doch es kam, wie es wohl kommen musste. Einen Jahreslauf später entwischte Paraila und kam für mehrere Sonnenlichter nicht wieder. Wir suchten sie überall, doch taten wir es unter einem Vorwand, weil nicht bekannt werden sollte, dass das Volk der Regentschaft einer so verantwortungslosen Herrscherin entgegensah.

Nach fünf Nächten stand Paraila schließlich wieder vor den Palasttoren. Sie war zurück – doch wie sich im Laufe der Zeit herausstellte, hatte sie etwas mitgebracht. Ein Kind wuchs in ihrem Leib heran. Stell dir das einmal vor! Eine zukünftige Herrscherin, die mit nur vierzehn Jahren das Balg eines Mannes erwartet, der niemals am Palast gewesen war! Paraila schwor, sie würde den jungen Mann lieben, der von Angesicht der Schönste war, den sie je erblickt hatte. Doch ich frage dich, wie soll ein Mädchen in diesem Alter die Liebe kennen? Die Schenkel hatte sie für diesen Jüngling breit gemacht, nicht mehr! Und doch mit diesem grauenvollen Ergebnis, das nicht geduldet werden konnte.

Um ihre Tochter zu strafen, die sich offensichtlich so sehr von der Schönheit junger Männer verführen ließ, verfügte Givney die Aufnahme des überaus hässlichen Jungen, der bei Olha und Zygal eine Zeitlang Unterschlupf gefunden hatte. Sie wollte, dass ihre Tochter seinen abstoßenden Anblick Sonnenlicht für Sonnenlicht ertragen musste, und sagte ihr, seine Aufnahme sei ihre Buße, die sie so lange zu ertragen hätte, bis er eines Tages vielleicht von selbst den Palast verlassen wollte. Doch das reichte natürlich nicht. Denn Givney wusste, dass das Volk den Gallan-Thron gefährdet sähe, wenn Parailas Verfehlung herauskäme.

Sie fragte mich, ob ich ihr etwas geben könne, das das Kind tötet, aber ihre Tochter am Leben lässt. Ich versuchte drei Mittel im Laufe der Zeit, doch das wachsende Kind trotzte allen, während Paraila schwächlich wurde. Also blieb uns keine Wahl. Givney sperrte Paraila ein und ich kümmerte mich um das Mädchen, als das Kind geboren wurde. Als ich Paraila mitteilte, dass ich ihr Kind fortbringen würde und niemals jemand etwas von ihrer Schwangerschaft und Niederkunft erfahren würde, geschah ein Wunder ...«

»Ein Wunder!«, jubilierte Givney und fügte lachend an: »Trink das! Trink das! Stoße mit uns auf die Geburt deiner Tochter an, An'tham! TRINK!«

»Schweig! Du machst es nur noch schlimmer!«, fuhr

Yawenda ihre Freundin an. Diese schwieg nun tatsächlich, aber sie grinste immer noch.

»Paraila war nach der Geburt wie ausgewechselt und stimmte zu, dass man ihre Tochter fortbrachte«, berichtete die Heilerin.

»Er hat getrunken, Yawenda, weißt du noch? Er trank – und sank ... zu Boden ... zu BODEN!«

Die Heilerin seufzte schwer. »Ja, er trank!«, rief sie in Givneys Richtung, dann wandte sie sich wieder Kyla zu. »Sie will offenbar, dass du auch das erfährst. Der junge Mann, mit dem Paraila sich eingelassen hatte, wurde von Givney zur Niederkunft in den Palast eingeladen. Kaum war das Kind aus dem Mutterleib, reichte sie dem glücklichen Jungen einen Krug mit Blandur, um ihn auf das Wohl seines Kindes trinken zu lassen. Und er trank – doch das Bier hatte sie aus dem Wasser des Sees am Dorfende brauen lassen. Er starb auf grausame Weise vor unseren Augen. Die Parasiten fraßen ihn von innen heraus auf. Am ganzen Körper traten sie aus, bissen Löcher in seinen Leib, ließen seine Augen platzen und stießen ihm die Zähne aus dem Mund.

Paraila, von der Geburt geschwächt, musste mit ansehen, wie dieser Junge, den sie zu lieben glaubte, von ihrer Mutter seine gerechte Strafe erhielt, weil er es gewagt hatte, eine Gallan-Frau ohne Einverständnis ihrer Mutter zu schwängern. Ich gebe zu, dass es schrecklich war, all das mitanzusehen, doch es bewirkte etwas Gutes, denn Paraila hatte nun begriffen, dass sie folgsam sein musste. So nahm ich das Kind und wollte es fortbringen. Doch nachdem ich den Raum verlassen hatte, musste sich noch etwas ereignet haben, von dem ich bis heute nicht den genauen Wortlaut kenne. Ich vermute jedoch, dass Paraila ihrer Mutter androhte, die Sache doch noch dem Volk mitzuteilen, und auch von An'thams Tod zu berichten.

Doch das ist nur eine Vermutung – zutrauen würde ich es Paraila aber, ihre Mutter erpresst zu haben, die doch stets nur das Beste für sie wollte.

Mir hingegen berichtete Givney damals, die Schuld an der Schwangerschaft auf sich zu nehmen. Denn sie hatte ihre Tochter offenbar nicht fest genug im Griff gehabt, um die Katastrophe zu verhindern. Also entschied sie, ihre Macht eben jenem Mädchen zu übergeben, das ihr nun geläutert schien, und selbst in die Verbannung zu gehen. So machten wir uns gemeinsam auf die Reise.

Doch schon bald war Givney von dem Kind derart genervt, dass sie mir befahl, es hinter die Undurchdringlichen Mauern zu bringen, um es einem Schicksal zu übergeben, das einem Bastard wie ihm entsprach, und um jede Spur zum Palast zu tilgen. Sie kannte gleich mehrere durchlässige Stellen, die von ihren Reitern ausgekundschaftet worden waren. Wir schlüpften durch eine hindurch und legten das Kind im Wald ab. Doch als wir uns wieder zurück schleichen wollten, begann das Mädchen zu weinen.

Als ich es wieder hochhob, gab Givney ihm voller Spott den Namen Far'hyna, um mich daran zu erinnern, dass dieses Kind in ihren Augen keine Seele besaß. Sie stellte mich vor die Wahl, mit ihr zu gehen, oder diesem ungewollten Bündel meine kommende Lebenszeit zu widmen. Ich spürte, dass sie glaubte, ich würde mich für sie entscheiden, doch das Kind war mir zu Herzen gegangen. Es konnte doch nichts für seinen unwürdigen Vater und die Umstände, wie es empfangen worden war. Also entschied ich, mich um das kleine Ding zu kümmern. Zugleich musste ich Givney versprechen, ihr binnen eines Jahreslaufes nach Hanitram zu folgen. Und so geschah es.

Ich versorgte das Kind, das dazu niemals selbst in der Lage gewesen wäre – ich ließ es solange an meiner Brust saugen, bis Milch hervortrat. Kräuter unterstützten diesen Vorgang, und so musste das Kind nicht lange warten, um sich sättigen zu können. Als es in der Lage war, einen Brei aus Würmern zu sich zu nehmen, gab ich ihm die Brust nur noch selten.

Schließlich war das Mädchen in der Lage, sich selbst auf allen vieren durch den Wald zu bewegen und Nahrung aufzusammeln. Ich brachte ihm bei, was essbar war, und schlug ihm fest auf die Finger, wenn es nach etwas greifen wollte, das sein Leben gefährdete. Als es in der Lage war, die ersten Schritte allein zu tun, war meine Zeit gekommen, Givney nachzureisen. Ich hatte den Ablauf des Jahres schon überzogen, doch es fiel mir nicht leicht, das Kind nun zu verlassen.

Ich tat es dennoch, nachdem ich eine Höhle als Unterschlupf für das Mädchen gefunden hatte. Meine Gebieterin hatte mir eine klare Anweisung gegeben, und es wurde Zeit, ihr Folge zu leisten. Also verließ ich das Kind – in dem Glauben, es würde ohne mich nicht überleben können ... doch das hast du offensichtlich.« Bis zuletzt hatte Kyla gehofft, Yawenda spräche von einem anderen Kind. Und doch war ihr klar, dass sie ihr ja bereits zu Anfang ihrer Erzählung offenbart hatte, dass es um sie ging. *Sie* war dieses Kind, das Paraila damals geboren hatte ...

»Also ist Paraila meine Mutter«, sagte Kyla beinahe flüsternd. Sie vergrub ihr Gesicht in den Händen, denn sie hatte das Gefühl, jeden Moment würden ihr die Sinne schwinden. Sie atmete tief durch und versuchte zu ergründen, ob sie den Worten glauben durfte, die sie hier gehört hatte. Doch sie spürte, dass sie der Wahrheit entsprachen. Paraila hatte sie die ganze Zeit über belogen. Denn sie hatte gewusst, dass Kyla eigentlich Far'hyna war – dies ging aus dem Brief hervor, den Quyntyr damals auf ihrem Nachttisch gesehen hatte. Doch Paraila hatte es vorgezogen, ihrer eigenen Tochter die Stellung als Kriegerin aufzubürden, damit sie niemals erfuhr, dass das Reich, das sie retten sollte, in Wahrheit auch ihr eigenes war. Denn als Parailas erste Tochter war sie die zukünftige Herrscherin von Chyrrta!

»Du hast es ihr gesagt! DU HAST MEINE SCHANDE UND DIE MEINER TOCHTER VERRATEN!«, schrie Givney plötzlich so laut, dass Kyla rasch den Kopf hob. Die verwirrte Frau war von ihrem Thron aufgesprungen, hatte den Kerzenleuchter ergriffen und stürmte damit auf Yawenda zu. Kyla versuchte den Schlag zu verhindern, doch es gelang ihr nicht rechtzeitig. Der schwere Leuchter traf den Schädel der Heilerin – ein fürchterliches Knacken war zu hören. Als Givney erneut ausholte, zog Kyla ihr Messer unter dem Gürtel hervor und rammte es ihr in die Brust. Givney sank zu Boden, ihre Krone kullerte davon. Die ehemalige Herrscherin von Chyrrta verzog schmerzerfüllt den Mund. Dann sang sie eine Zeile ihres unmelodischen Liedes, bevor ihre Stimme schließlich für immer verstummte. Kyla hockte sich neben Yawenda, die am Boden lag, und nahm ihre Hand. Sie war noch warm. Die Heilerin suchte den Blick der jungen Kriegerin, ohne den Kopf bewegen zu können, der stark blutete. Unter ihr bildete sich bereits eine große Lache, doch die Stimme der Frau klang gefasst.

»Ich werde nun sterben, und ich bin froh darüber. Es wurden schreckliche Fehler begangen. Lange Zeit glaubte ich, du wärest der schrecklichste von allen. Doch ich habe inzwischen begriffen, dass auch ich furchtbare Fehler machte – und eben solche zuließ. Ich wollte nie etwas Schlechtes für Chyrrta. Ich habe nur ... getan ... was ich für ... richtig hielt.«

Ihre Augen wurden starr, als das Leben aus ihr wich. Kyla ließ ihre Hand los und sah sich im Raum um. Es gab nichts, das sie noch länger an diesem Ort halten würde. Sie stieg die Stufen hinab und überließ die beiden Freundinnen nun wieder ihrer Einsamkeit.

Kyla wusste nicht, was sie denken sollte. Hergekommen war sie, um Rätsel zu lösen, doch verlassen würde sie diesen Ort in dem Wissen, dass die beiden Frauen viel zu lange ein Geheimnis für sich behalten hatten, das nun alles änderte.

Als Kyla auf Golans Rücken stieg, war ihr Kopf so leer wie lange nicht mehr. Sie wünschte sich die Zeit zurück, als sie in der Höhle an Quyntyrs Seite gesessen hatte. Eigenartig, dass auch die scheinbar schlimmsten Zeiten immer noch zu denen werden konnten, die man plötzlich vermisste. Ja, es war schlimm gewesen, untätig zu sein. Doch nun würde sie tätig werden müssen – gegen all die Lügen, die man ihr jahrelang als Wahrheiten aufgetischt hatte. Im Geiste hörte sie Ganruy, wie er sagte, dass aus Kyla, der Kriegerin, schließlich doch noch Kyla, die Wahrheitssucherin geworden war.

Über die Autorin

Regina Raaf, 1972 in Porz am Rhein geboren, schrieb bereits in ihrer frühen Jugend Geschichten auf einer mechanischen, später auf einer elektrischen Schreibmaschine. Sie erlernte den Beruf der Buchhändlerin, da die Liebe zur Literatur schon immer einen großen Stellenwert in ihrem Leben einnahm. Als Texterin und Fotografin verdient sie heute ihren Lebensunterhalt und widmet sich dem Schreiben von Romanen, wann immer ihre Zeit es zulässt.

Ihr Kinderbuch »Bruno und Brunella« sowie das Jugendbuch »Meerjungfrau im Rollmopsglas« sind noch in ihrer alten Heimat Much entstanden. Heute lebt Regina Raaf im Oberbergischen Land, nahe der Krombacher Insel, und lässt sich von der schönen Umgebung zu weiteren Werken wie dem Mehrteiler »Kyla – Kriegerin der grünen Wasser« inspirieren.

In Vorbereitung:

Kyla

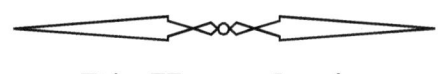

Die Herrscherin

**Kriegerin der grünen Wasser
Teil 3 der Saga**

Fantasy-Roman

Erscheinungstermin, weitere Informationen, Newsletter-Anmeldung und mehr auf **www.grünewasser.de**